病気を描くシェイクスピア

エリザベス朝における医療と生活

堀田 饒
Nigishi Hotta

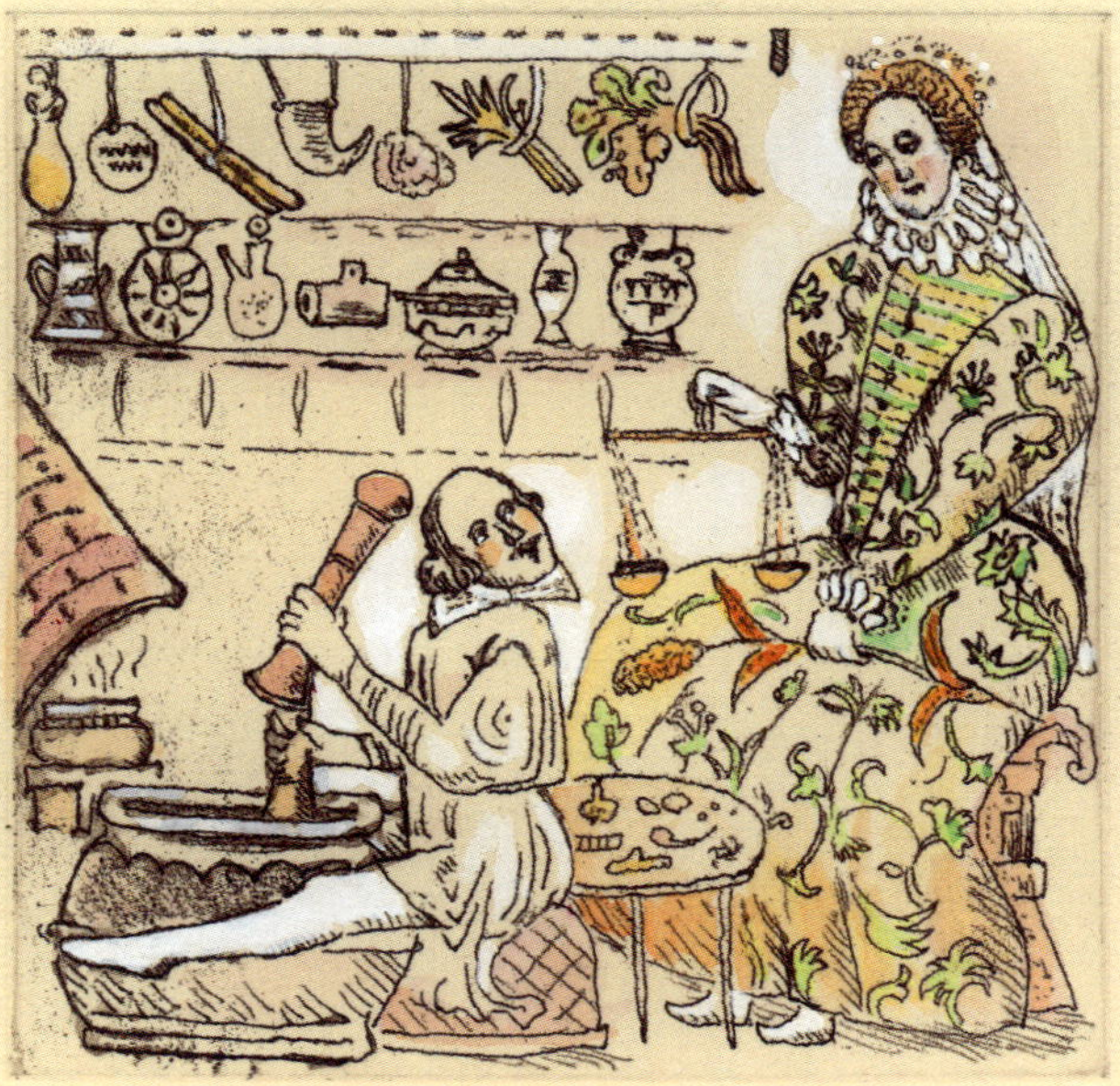

集英社

序文

　このたび、縁あって『病気を描くシェイクスピア――エリザベス朝における医療と生活』と題した本書がホーム社から上梓される運びとなりましたのは、望外の喜びです。シェイクスピアとその作品に造詣が深くなく、浅学非才な門外漢が、それらを題材に紡いだ文を一冊の本として出版することにいささかの逡巡を覚えました。しかし、この本を手にされたことが切っ掛けで、シェイクスピアに関心を抱かれることにでもなれば、私の意図したことに適うものです。

　シェイクスピアの作品が纏まった形で、坪内逍遙によってわが国に紹介されて約百三十年になります。しかし、本書で取り上げた題材の中心をなす〈病〉に真正面からアプローチした文章がわが国ではほとんど刊行されていないのは不思議なことです。この事実こそが、私をしてシェイクスピアに挑ませた大きな理由と言えます。しかし、シェイクスピアとその作品に十分な知識も文才もない身として、それらを補うものが求められました。それが趣味の切手で、世界で発行されたシェイクスピアに関連したものをほぼすべて網羅して解説を加えることで、内容の充実に努めてみました。したがって、本書はシェイクスピアの活躍した時代の世相と彼の作品に関わる文を縦糸に、シェイクスピアに関連した切手の題材を横糸に紡がれたものです。本書を認《したた》めることになった経緯などは本文中で触れていますので、ここでは割愛させていただきます。

　わが国において、シェイクスピアの作品は坪内逍遙をはじめとして多くの方々によって、素晴らしい解釈と美しい表現で紹介されてきました。しかし、私がシェイクスピアの戯曲に限って、本書ではあえて坪内逍遙の訳に拘《こだわ》ったのは以下の理由からです。シェイクスピアの時代の情景描写、雰囲気、生活臭そしてなによりも近代医学以前の民間伝承の医療を醸し出すのには、現代日本語への過渡期の坪内逍遙の表現が最も相応しいと考えたからです。わが国においても未だ近代医学の黎明期にあって、原因、診断術そして治療法も確立されていない疾病が多かった明治時代に主に活躍した坪内逍遙の訳は、おどろおどろしい医術に翻弄された時代に生きたシェイクスピアの戯曲を紹介するのに最も相応しいと愚考したからに他なりません。しかし、それがために台詞が読みづらく、内容の理解に戸惑われる方がいらっしゃるかと思いますが、先の理由から御容赦いただければ幸甚です。

本書で私が紡いだ拙《つたな》い内容を補って余りあるものの一つが、収載したシェイクスピアの『ソネット集』の訳にシェイクスピアの研究ではわが国の第一人者である小田島雄志氏のものを用いさせていただいたことです。そして二つ目が本書の装画を、銅版画家でわが国のホスピタルアートの第一人者である山本容子さんにお願いしたことです。『ソネット集』でコラボレーションをなさっておられるお二人の御協力により、拙い内容を意味あるものにしていただきました。心からお礼を申し上げます。〈シェイクスピア没後四百年〉の記念すべき年に、多くの方々のお力添えで本書を刊行出来ましたことに感謝致しまして、序にかえさせていただきます。

二〇一六年九月吉日

堀田　饒

病気を描くシェイクスピア——エリザベス朝における医療と生活　目次

病気を描くシェイクスピア——エリザベス朝における医療と生活

1 プロローグ——作品誕生の時代背景

人間世界は悉《ことごと》く舞台です、さうしてすべての男女が俳優です。
めい〳〵が出たり入ったりして、一人で幾役をも勤める、
一生は先づ七幕《なゝまく》が定《きま》りです。

《お気に召すまま》第二幕第七場

ウィリアム・シェイクスピア（一五六四〜一六一六）［1-1 巻末口絵参照、以下同］の作品を読まれた方は、彼の博学さには驚きを禁じえないであろう。天文学、薬草学から医学などに至るまで、当時としては最先端の知識が作品の中に巧みにちりばめられている。時を経た今でも世界の中で、広く読まれている背景にはさまざまな要因が挙げられよう。〈人間模様の織りなす綾〉、〈世相を敏感に捉えた風刺〉、〈人生訓となる数々の珠玉の言葉〉など、時代を超えて心の琴線に触れる台詞とストーリーに魅せられるからにほかならない。

I シェイクスピアを認めるに至った経緯

その偉大さは、シェイクスピアに関する種々の研究会、学会が世界各国、あるいは国際的規模で定期的に開催されていることにも窺える。また、シェイクスピアにまつわる刊行物として、毎年論文、著書も数多く世界中で出版されている。わが国でもしかりであるが、一九九一年には第五回国際シェイクスピア学会が東京で開催されていて、日本がこの領域では世界をリードする研究の多いことの証

しの一つといえる。事実、わが国からシェイクスピアに関する研究成果が数多く発信されているが、シェイクスピアの作品と時代にみられる〈病〉や〈生活習慣〉からアプローチしたものは極めて少ない。シェイクスピア研究家でもなければ、シェイクスピアの造詣も深くなく、文才もない浅学非才の素人が、シェイクスピアを取り上げて文を認《したた》めるのは、誠におこがましいのは重々承知の上で、「病気を描くシェイクスピア――エリザベス朝における医療と生活」と銘うち、シェイクスピアにあえて挑戦することにした。素人は素人なりに、専門家とは異なった視点から物事を捉えることは、それなりに意義があるのではと愚考したからにほかならない。

II　シェイクスピアの活躍した時代のイギリス政情

シェイクスピアの作品は、戯曲三十九編（以下《　》で示す）、物語詩四編とソネット集、そして数編の短い詩が現存するというのが一般的である。これら作品を楽しんで読むには、シェイクスピアが活躍した時代前後の世相と自然科学事情を知っておくことは無駄ではない。シェイクスピアが活躍したのは、イギリスのエリザベス女王（在位一五五八～一六〇三）の時代からジェームズ一世（在位一六〇三～一六二五）の御世で、とりわけエリザベス女王には解決すべき問題が山積していた。エリザベスの父ヘンリー八世（在位一五〇九～一五四七）と最初の妻キャサリンとの間に生まれた女王メアリー一世（在位一五五三～一五五八）の跡を継いだのがエリザベスである。山積していた問題の一つは、わがままな父ヘンリー八世によりローマ・カトリックから分離して誕生したイギリス国教会とプロテスタントに関わる宗教問題。二つ目は、前女王のメアリー一世が引き起こしたフランスとの戦争終結と和平交渉の決着。そして、三番目の問題は、イギリス統治機構の整備である。ともかく、エリザベス女王は、イギリスの精神的支柱ともいえた国教会の基盤を確固たるものに築き上げ、フランスとの対外戦争を決着し、枢密院を中心にすえた行政改革を行い、彼女の治世初期にほぼ三つの問題は解決をみた。しかし、襲いくる難問を次々と解決した彼女の治世は、国民の間では人気が高かったものの、解決出来なかったのが慢性的に歳入が不足した財政問題だった。

エリザベスの跡を継いで王座に就いたのが、ジェームズ一世で、エリザベスの父ヘンリー八世の姉マーガレットの曾孫《そうそん》にあたり、エリザベスとは血縁関係にある。王位に就いたジェームズ一世は、放蕩をほしいままにし、悪魔学に関心が深く、ホモセクシャルであったと噂されていた。ジェームズ一世の生まれ育ったのはスコットランドで、悪魔や魔女には事欠かない土地。シェイクスピアの四大悲劇の一つ《マクベス》［1-2］はスコットランドが舞台で、冒頭から魔女三人が登場する。シェイクスピアは、自らの目や耳で得た情報を作品の中に巧みに織り込むことで、当時の大衆から大いに受けたことであろう。

III　自然科学・芸術の近代化の黎明期

一方、自然科学や芸術の世界でも近代化の黎明期といえ、科学史の中で記念すべき二つの出版がいずれも一五四三年になされている。シェイクスピアが生まれる約二十年前のことだった。一つがポーランドのニコラウス・コペルニクス（一四七三〜一五四三）の『天体の回転について』、もう一つはイタリアのアンドレアス・ヴェサリウス（一五一四〜一五六四）の『人体の構造《ファブリカ》』で、天文学と解剖学と分野は異なるが、いずれもその後の自然科学の発展に大きな道を拓いたと言っても過言ではない。芸術の領域では、イタリアでレオナルド・ダ・ヴィンチ（一四五二〜一五一九）が解剖学も学び、画家・彫刻家・建築家として活躍していた。シェイクスピアが活躍した同じ時代には、物理学ではニュートンの万有引力の法則の発見に繋がる根拠を示したドイツのヨハネス・ケプラー（一五七一～一六三〇）、コペルニクスの地動説を支持したイタリアのガリレオ・ガリレイ（一五六四～一六四二）、思想の領域ではイギリスに哲学者フランシス・ベーコン（一五六一～一六二六）、近代哲学の祖とされているフランスのルネ・デカルト（一五九六～一六五〇）がいた。そして、医学の領域では、血液循環を発見したウィリアム・ハーヴェイ（一五七八～一六五七）がイギリスに、〈近代外科の父〉と呼ばれるアンブロアズ・パレ（一五一〇?～一五九〇）がフランスでモンペリエ大学を中心に活躍し、名声を博していた。

忘れてはならないのは、クリストファー・コロンブス（一四四六?～一五〇六）が一四九二年にアメリカ大陸を「発見」し、ヴァスコ・ダ・ガマ（一四六九?～一五二五）、フェルディナンド・マゼラン（一四八〇～一五二一）らの探検家が輩出し、大航海時代を迎えていたことである。以来、未知の世界から、香辛料、植物、食物、動物などの異文化の多くの情報がヨーロッパにもたらされたばかりか、新しい病気も持ち込まれる結果となった。シェイクスピア［1-3］も少なからず恩恵にあずかり、得られた情報から想像を掻き立てて、作品の創作に反映させたことは想像に難くない。シェイクスピアが活躍した時代は、中世から近世の過渡期で、混沌として変化に富んでいたといえる。大衆は、シェイクスピアの巧みなストーリー展開の戯曲から、歴史と世情を知り、人間模様の綾を読み、国内外の新しい情報を学び、社会あるいは世界を身近に感じたことであろう。

2 戯曲に登場する医師——趣向を凝らした役割

医業は只一時、命を延ばすだけのもので、
医者みづからも死は免れない。

《シンベリーン》第五幕第五場

先に述べたように、シェイクスピア［2-1］は、活躍した一五九〇年から一六一四年の約二十五年間で戯曲三十九編、物語詩四編とソネット集、そして数編の短い詩を世に送り出している。そのうち、作品に医師が出てくる戯曲は七つで計八名である。そのほかに、古代ギリシャ・ローマ時代に活躍した二人の〈医聖〉ヒポクラテス（BC四六〇?～BC三七七）とガレノス（一三〇頃～二〇一）が名医として紹介され、その二人の教えを否定し、敢然と歯向かった、〈医化学の父〉と尊称されるスイスの医師パラケルスス（一四九三～一五四一）の名前が挙がってくる。とりわけ、ガレノスは三つの戯曲で五回も登場することから、シェイクスピアの時代は古くからの伝承的医療が広く浸透していたことを物語っている。

Ⅰ　古代ギリシャ・ローマ時代の医療の先駆者

現代活用されている科学思想で、古代ギリシャに起源を発しないものはないと言われ、医学もしかりで、今日汎用されている医学用語の多くが、由来をギリシャ語あるいはラテン語に求められる。現代医学の基本理念はヒポクラテスの教えに辿り着き、彼が〈医学の父〉と敬われる所以《ゆえん》である。彼とその学派の功績は、医療を宗教的、神聖的なものとの関わりから袂《たもと》を分かち、病状の正確な観察に基づいて病気を診断し、治療方針を決めたことである。加えて、すでに古代ギリシャ時代に医の倫理の重要性を唱えていたことは驚くべきことといえる。彼とその学派が、後世に残した医学にまつわる書に五十五編からなる『ヒポクラテス全集』がある。

ヒポクラテスと並んで古代西洋医学において、二大〈医聖〉の一人とされるガレノスはローマ時代に活躍したギリシャ人で、その功績は古代医学を集大成し、自ら種々の価値ある実験を試み、医学を系統立てて後世に伝えたことである。ヒポクラテスが観察から得られたエビデンスを重視したのに対して、ガレノスはそこに実験というスパイスを加味した医療を打ち立てたといえる。

西ヨーロッパの歴史で中世とは、ローマ帝国の初期崩壊の三五〇年頃から、近世ヨーロッパに新しい文化が芽生えるルネサンス時代を迎える一四五〇年頃までを指している。中世の医療の基本は古代ギリシャ・ローマ時代の教えの再現と享受といえ、この時代に活躍した医師はヒポクラテスとガレノスの教えを翻訳し、そこに自己の経験と考えを少し加味したにすぎず、医学の領域に新しい発展はみられなかった。

また生理学、解剖学は動物から得たものだった。十四世紀に、人体解剖からの知識会得への願望が強まったのは、自然の成り行きといえた。

II　ヨーロッパに浸透した中世の医療との決別

中世の医療では、病気の診断に尿検査が欠かせず、医師は色・混濁度・沈渣《ちんさ》をチェックした。そんな時代の高名な医師の一人がアビケンナ（イブン・スィナー、九八〇～一〇三七）である。中央アジアのイスラム王朝、サーマーン朝に生まれた彼は、ヒポクラテス、ガレノス以来のギリシャ・ローマ医学の伝統を集大成して、アラビア語による『医学典範』全五巻を編纂した。十二世紀にはラテン語に翻訳され、中世ヨーロッパのラテン世界に広く普及し、各大学で標準的医学教科書として活用されたばかりか、フランスでは十七世紀中葉まで用いられた。したがって、シェイクスピアの作品に、名医としてヒポクラテスやガレノスらの名前が登場してきても不思議ではない。

ところでシェイクスピアの戯曲で、病気の診断として尿検査に関する描写が取り上げられているものに《ヴェローナの二紳士》（一五九四〜一五九五）、《マクベス》（一六〇五〜一六〇六）、《ヘンリー四世第二部》（一五九七〜一五九八）などがある。例えば、《マクベス》において、侍医に向かって——

マクベス　侍医、若し汝《きさま》の力で、此の国の小水《せうすゐ》を検査して、其病源を究《きは》めて、故《もと》の通りの健康状態にしてくれることが出来るものなら、俺は汝《きさま》を大喝采してくれるがなァ、

——第五幕第三場——

と語っている。

時がたち、客観性と回帰性の精神に溢れたルネサンス時代の医・科学者は好奇心に富み、因習的な考えに疑問を抱いた。そんな一人に、スイスの医師パラケルススがいる。彼は、数世紀にわたってヨーロッパで金科玉条とされてきたアビケンナの著書『医学典範』に疑問を抱き、スイスのバーゼル大学の前でその書物を公然と燃やすことで、中世までの医学と決別し、近代医学の発展に先鞭をつけたのである。鋭い観察眼と深遠な思想とを持ったパラケルススこそは、実験的アプローチに種を播き、生命現象に化学的解明の道を拓いたといえる。

III 作品に登場する医師たち

ところで、名前のみがシェイクスピア作品に登場する上記の名医三名を除いて、実際に登場する八名のうち四名に名前がつけられている。いずれも一六〇〇年以降の作品である。《ウィンザーの陽気な女房たち》（一六〇〇～一六〇一）に登場するのは医師キーズ、《ペリクリーズ》（一六〇七～一六〇八）には医師セリモン、《シンベリーン》（一六〇九～一六一〇）には王妃の侍医コーニーリアス、そして《ヘンリー八世》（一六一二～一六一三）の医師バッツである。ほかに、名前の無い医師が登場する作品として《リア王》（一六〇五）、《マクベス》（一六〇五～一六〇六）があり、後者にはイングランドの医師とスコットランドの医師二名が出てくる。また、劇中の台詞の中で立派な医師として登場する医師が一人いて、《終わりよければすべてよし》（一六〇二～一六〇三）に登場するジェラード・デ・ナーボンである。総計八名の医師がシェイクスピアの戯曲に登場するが、登場する医師の場面と台詞は、別の機会に紹介してみたい。

一方、名医の代表としてヒポクラテス、ガレノス、パラケルススの三名が登場する作品には以下のものがある。《ウィンザーの陽気な女房たち》（第三幕第一場）［2-2］で、ウェールズの牧師エヴァンズが「あの男はヒポクラチーズ（ヒポクラチーズ）も、ゲーランも、知りをりゃしません。のみならず、悪党であります」と宮廷医キーズの医学知識の低さを述べる件がある。ヒポクラチーズがヒポクラテスで、ゲーランがガレノスである。また、ガレノスとパラケルススが登場するのは、《終わりよければすべてよし》（第二幕第三場）の中で、老いた貴族ラフューが「名医が悉《ことごと》く見放したのに……」と言うのに対して、伯爵バートラムの随行員パローレスが「手前もさう申すのです、ゲーレンもパラセルサスもですよ……！」と語っている。パラセルサスはパラケルススである。

そして、《ウィンザーの陽気な女房たち》の第二幕第三場で、フランス人医師キーズを嘲る宿屋の亭主の言葉に、「おい、お医者の神さま、ゲーランさん」とガレノスを引用している。さらに、《ヘンリー四世　第二部》（一五九七～一五九八）〔2-3〕の第一幕第二場に、自堕落な酒をこよなく愛する落ちぶれた貴族フォールスタッフが「ゲーレンの医書に其原因が書いてあるのを読みましたよ」と語っている。また、《コリオレイナス》（一六〇七～一六〇八）の第二幕第一場において、機知に富み、おしゃべりなローマの貴族メニーニアスが「例のゲーランの無類飛切《むるゐとびきり》の処方だって、只もうその欺瞞《ぎまんてき》的なものです、此大妙薬に比すれば」と語っている。

《リア王》で、「煩わしい国事」を三人の娘に分割し、委ねようとするリア王は、誰が自分を一番愛しているかを娘たちに尋ねる。末娘コーディリアが感じていることを正直に言い、王の怒りを買う。彼女を守ろうとするケント伯がこう言う。

ケント伯　良医を殺して悪い病に報酬をおやりなされ。お宣言のお取消しをなさらんに於ては、声が此喉から出る限り、あくまでも間違った御所行《ごしよぎやう》ぢゃと申しまするぞ。

——第一幕第一場——

王を思って正直に述べるコーディリアを良医に喩えた、シェイクスピアである。

シェイクスピアの作品に医師を主人公にしたものがないのは誰もがよく知っているが、古《いにしえ》の医師の名前を持ち出して劇に登場する医師の揶揄《やゆ》に用いている。脇役である医師を道化的に用いたり、時に尊敬の念で描写していて、シェイクスピアの周囲にモデルを見出して演じさせていて興味深い。

3 医学知識と医師像——ジョン・ホール医師の存在

医者なんか信じるな。やつの解毒剤は毒だぞ。
やつは汝《きさま》ら以上の人殺しだ。

《アテネのタイモン》第四幕第三場

シェイクスピアの戯曲を読んだ経験がなくても、あるいは舞台を観たことがなくても、作品に登場する人物は、親しみ深いものが多い。彼の紡いだ言葉や人生観が、知らず知らずのうちに我々の日常生活の中に溶け込んできている。シェイクスピアの観察力の確かさ、そして表現力の鋭さと豊かさが、四百年の時を超えて多くの人々の心の琴線に触れ、共感を呼ぶからにほかならない。

なかでも、作品に登場する医師像は、端役ではあるが、物語の光と影の演出に重要な役所を担っている。

I シェイクスピアの生い立ちと医師ジョン・ホール

シェイクスピア［3-1］は一五六四年四月二十三日、ロンドン郊外のストラットフォードに父ジョン・シェイクスピア（一五二九～一六〇一）と母メアリー（一五四〇～六〇八）の子供八人の三番目として生を受けた。父は手袋や革製の巾着をつくる職人から出発し、羊毛や食品の取引きで成功を収め、やがて町会議員となり、一五六八年には町長にも選出されるほどの地元の名士だった。裕福な家庭ではあったが、シェイクスピアの学歴ははっきりしておらず、近所の学校で読み書きを学んだ後、グラマー・スクールに進んだと考えられている。グラマー・スクール卒業後、裕福な家庭の子女はオックスフォード大学かケンブリッジ大学に進学するのが一般的だったが、彼には進学した記録はない。一五八五年から一五九二年までは、シェイクスピアの〈失われた年月〉として知られ、何をしていたのかは未だに謎とされている。

一五八二年十一月二十八日、シェイクスピアは堅実な自由農民の長女アン・ハサウェイ（一五五五／五六～一六二三）と結婚し、一五八三年と一五八五年に子宝に恵まれている。一六〇七年、長女スザンナ（一五八三～一六四九）が医師ジョン・ホール（一五七五～一六三五）と結婚した。シェイクスピアの義理の息子となったホール医師は、一六〇〇年にストラットフォードに医院を構えている。彼は、一五九七年頃フランスのモンペリエ大学に留学していた。かつて名を馳せたフランソワ・ラブレー（一四九四～一五五三）が医学部教授として活躍したモンペリエ大学で、ホール医師は最先端の医学の知識と技術を学んだと考えられる。おそらく、一六〇〇年以前からシェイクスピアはホール医師と言葉を交わす機会が少なくなかったのだろう。シェイクスピアは、ジョン・ホール医師から医学の知識を修得したのみならず、患者とその家族に接する医師としての姿勢をも多く学んだに違いない。

しかし、一六〇〇年以前から作品に医学的言及がなされていることから、当時の民間伝承医学の知識にもシェイクスピアは精通していたに違いない。《ハムレット》［3-2］にはヒポクラテスの箴言（『ヒポクラテス全集』）から五つ用いられている。また、その頃オランダ語の医書の翻訳本をシェイクスピアが所持していたことが知られていて、そこから医学知識を得ていた可能性が考えられる。

II　作品にみられる医師モデル

シェイクスピアの長女の婿ジョン・ホール医師のほかに、作品のモデルとされる人物がいる。その一人がケンブリッジ大学ゴンヴィル・アンド・キーズ・カレッジの創始者ジョン・キーズ（一五一〇〜一五七三）である。卓越した内科医だったキーズ医師は、エドワード六世（在位一五四七〜一五五三）、メアリー一世そしてエリザベス女王の侍医でもあった。

ホール医師がフランスのモンペリエ大学に学んだのに対して、キーズ医師はイタリアのパドヴァ大学に学んでいる。十六世紀に入ると、従来の近代科学の思想形式に貢献した論理学的な手法に取って代わり、経験的な研究に手を染める学者が現れてきた。そのプロセスにおいて北イタリアの諸大学、とりわけロンドンで解剖学の講義をしていたキーズ医師が学んだパドヴァ大学は重要な役割を果たし、この経験的な研究で先鞭をつけた領域が解剖学だった。

近代解剖学の創始者アンドレアス・ヴェサリウスは、一五三七年にパドヴァ大学の教授に就任し、一五四三年に先に述べた『人体の構造《ファブリカ》』を出版している。ベルギー人のヴェサリウスはパドヴァ大学を辞した後は、カール五世（一五〇〇〜一五五八）、その子フェリペ二世（一五二七〜一五九八）の侍医を務めた。

一方、ジョン・ホール医師が学んだモンペリエ大学は、十二世紀になってから医学校として史上に登場して来る。西ヨーロッパが三世紀にも及ぶイスラム世界の支配下にあったにもかかわらず、モンペリエ大学はスペインから伝わってくるイスラム文明に影響されることなく、自由で独立した精神にのっとって、当時のヨーロッパ医学をリードしていた。
さらに、《ヘンリー八世》に登場するのが医師バッツである。作品の中でヘンリー八世の侍医であるが、実際にもヘンリー八世の侍医で王立内科医学校の理事そしてケンブリッジ大学ゴンヴィル・ホールの理事をも務めていて、その時代を代表する内科医であった。シェイクスピアと同時代の劇作家は、医師を悪者としてみせることを好んでいた。それに対して、シェイクスピアは破廉恥と言っても仕方のない医師を戯曲に登場させるが、悪徳医師はいずれの作品にもみられないのが大きな特徴といえる。

III　作品のモデルになった医師の役柄

シェイクスピアは、良い医師のモデルを娘婿のジョン・ホール医師に求めた節があることを多くの研究が示唆している。シェイクスピアの長女スザンナとの結婚七年前からストラットフォードで医院を開いていたホール医師の性格、資質に感化されて、シェイクスピアは自分の作品の中で良い医師像を彼に求めていた。例えば、《マクベス》［3-2］に登場する二人の医師のうちのスコットランドの医師が医師として難しい道徳的立場を貫く一シーンがある。夢遊病者であるマクベス夫人に関して、侍女と医師との会話に一端が窺える。

医師　二晩徹夜して御一しょにお見張りをしましたが、おっしゃったやうなことは無いぢゃありませんか？　最近にお歩きなすったのは何日《いつ》でした？

——第五幕第一場——

これに対して、侍女はマクベス夫人が始終眠ったままで行動したことを証言して、医師の専門的な内容の秘密保持に不満を述べることになる。
一方、シェイクスピアはケンブリッジ大学のジョン・キーズ医師と同名のキーズを用いてフランス人の宮廷医として《ウィンザーの陽気な女房たち》に登場させ、道化師的な役割をあてがい、実際のキーズ医師の行状を風刺的に描写している。

宿の亭主　判事さんの旦那、失礼。（と突然横合から口を出して、キーズに）小水《せうすゐ》さん、ちょいと。
キーズ　小水！　それ、意味、何ありますか？
——第二幕第三場——

キーズ医師の設定がフランス人であることから、英語で話すのがうまくない会話となっている。
また、ヘンリー八世の侍医バッツは《ヘンリー八世》において、カンタベリー大司教のトマス・クランマーが会議室に入室しようとするが扉は閉ざされて困惑している様子を、ヘンリー八世を伴って上から下を見下ろす場面の前後に登場する。

バッツ　極めて奇異なる光景を御覧に入れませう。……
王　といふのは何だ？
——第五幕第二場——

わずかな場面ながら、バッツ医師が王からの信頼を得ている様子が描かれている。
いずれにしろ、シェイクスピアは七作品に八名の医師を登場させ、少なくとも異なった七つの性格を念頭に置いて、役柄を与えている。

4 シェイクスピア時代のロンドン事情と疫病

不幸《ふしあはせ》を治す薬は、只もう望より外にはございません。

《尺には尺を》第三幕第一場

医学の進歩への貢献は微々たるものだったローマ人が、医療体制や公衆衛生の領域で果たした貢献は非常に大きい。戦傷者への対応に加え、古代ローマが湿地と隣り合わせでマラリア熱が流行したことなどが背景として挙げられる。当時の政治家も、公衆衛生あるいは衛生設備に関心を抱いていた。ローマの医療制度は軍隊が最高とされ、中世のヨーロッパの病院体系は古代ローマ時代の軍隊病院から発展したといわれる。

しかし、シェイクスピア［4-1］の活躍した十六世紀から十七世紀にかけてのロンドンは上下水道の設備は完備されていなく、不衛生極まりないものだった。公衆衛生が未発達で、疾病に対する知識も乏しく、医科学の進歩していない環境にあっては、各種疫病が流行っても不思議ではない。シェイクスピアは、その実情を自分の戯曲に風刺的な視点で捉えて描写し、聴衆からの大喝采を博していた。

I　十六世紀のロンドン事情

シェイクスピアが劇作家として育ったロンドンは、その人口が一五七四年で二十万人だったのが一六四二年には四十万人に急増している。したがって、人口急増で生じた諸問題を肌で感じたシェイクスピアが、ロンドンっ児の世情を作品に投影していったことが、多くの聴衆に受け入れられたのであろう。ロンドンは南の境がテムズ川で、東はロンドン塔から西にはセント・ポール大聖堂、フリート・ディッチまでの一帯で半円形の城壁に囲まれていた。悪臭を放つテムズ川はロンドンっ児の給水源であり、街路は糞便と排尿で溢れて悪臭に満ちていた。折からの人口の急増にもかかわらず、上下水道は不完備で迷路のように入り組んだ街は不衛生極まりない環境といえ、種々の疫病が流行しても不思議ではなかった。

加えて、シェイクスピアの生きた時代、資本主義が台頭しつつあり、中産階級が誕生し、貧富差は大きくなっていて、人々の貧困状況は悲惨極まりなかった。穀物収穫が思いのほか少なく、その値段の四百パーセント上昇を余儀なくされ、多くの人々が飢えで死に追いやられていた。事実、シェイクスピアはローマの将軍の悲劇を描いた《コリオレイナス》の中で、権力者たちが穀物を蓄えることで値段の上昇をはかり、腹を立てた人々が武器を振り回したり、飢餓状態の人々が抗議する場面を設けている。

シェイクスピアが生まれた一五六四年前後のロンドン郊外のストラットフォードは横根《よこね》（リンパ節腫脹）が大流行し、人口の優に六分の一が病死し、その年にストラットフォードで生まれた新生児の三分の二近くは、最初の誕生日を迎えることなく死んだとされている。また、疫病の代表ともされるペスト（黒死病）の大流行で、シェイクスピアは上演する劇場の変更を余儀なくされたり、劇団員の罹患した性病で上演を中止させられたりした。疫病がシェイクスピアをたびたび悩ましたが、彼の作品にもそれら疫病が多く取り入られている。さらに、人々は疫病による災害を遊興にふける人々を懲らしめる神の天罰と捉え、責任を課せられた劇場はたびたび閉鎖に追い込まれた。

II　人々の楽しみは劇場そして……

多くのシェイクスピアの戯曲が上演された「ローズ座」［4-2］と「白鳥座」［4-3］とがあるロンドンのテムズ川南岸は、当時一大セックス産業地でもあった。川沿い東のロンドン塔では断頭台に上る政治家が首をはねられ、槍で突き刺される光景を演劇を観終えた帰りに見物する常連客が少なくなかった。しかし、テムズ川に架かる橋は唯一ロンドン橋のみで、この歓楽を目当てに毎日四千人余りの人々が対岸か二千もの水上タクシーを使って、川を横切りこのロンドンに訪れた。もちろん、これらの人々を目当てに掏摸《すり》が横行したのは、ここに述べるまでもない。性病の発信源になった売春婦は、劇場の雑踏の中で客を探し、劇場内の小部屋あるいは劇場外の場所で相手に病気をうつし、流行させていったのである。事実、劇場「ローズ座」は、買収した有名な劇場興行主、高利貸のフィリップ・ヘンズロウにより、一時期売春宿の経営の契約にまで至った経緯がある。

当時、数々の演劇がいくつもの劇場で上演され、シェイクスピアの作品も上演された。劇場として知られたものには「白鳥座」、「グローブ座」、「ローズ座」、「シアター座」、「ブラックフライアーズ座」、「ホープ座」などがあった。当時のロンドンで一番大きい劇場は「白鳥座」で、三千人の観客を収容可能だった。シェイクスピアの最初の戯曲《ヘンリー六世》三部作が上演されたのは「ローズ座」であったが、一五九二年ペストが大流行し、一五九三年に閉鎖されている。これは「ローズ座」

に限られたものではなく、すべての劇場が閉鎖された。

シェイクスピアは、劇作家兼俳優として活躍していたが、一五九三年はフランス、ベルギー、ドイツ、オランダからの移民に対する強い排斥運動、ペストによる失業などにより、ロンドンの人心は殺伐としていた。シェイクスピアの仲間も、梅毒やペストで亡くなる者が少なくなかった。ペストが大流行した時期、シェイクスピアはロンドンを離れて、イングランドのランカスターを中心に権力を誇ったサウサンプトン伯の庇護の下、詩や戯曲を書いたり、演じたりしている。

Ⅲ　シェイクスピア戯曲の台詞で重きをなす疫病

シェイクスピアの活躍した時代の疫病は、ペスト、性病、マラリア熱がある。いずれも、彼の作品の中に登場するが、ペストに関しては《恋の骨折り損》、《アントニーとクレオパトラ》、《コリオレイナス》、《ロミオとジュリエット》、《トロイラスとクレシダ》などと多い。

一方、性病に関する描写も《トロイラスとクレシダ》、《オセロー》、《夏の夜の夢》、《ヘンリー八世》、《ヘンリー四世　第二部》、《間違いの喜劇》、《尺には尺を》、《アテネのタイモン》、《ハムレット》、《リア王》、《ヘンリー五世》などと多い。タイアの領主ペリクリーズの娘マリーナが誘拐されて売春宿に売られるが、亭主の説得にも負けず純潔を守り通し、最後に両親との面会を果たすというストーリーの《ペリクリーズ》に、シェイクスピアは売春宿の亭主と女将《おかみ》を登場させ、ストーリーの展開上で重要な役柄を二人に担わせている。

亭主　（焦れ出して）小面倒な阿魔《あま》ッちょめ、梅毒《かさ》でも患《か》きゃァがれ！

女将　ほんとだ。梅毒患者《かさっかき》にでもしなけりゃ、始末のしやうがないよ。

——第四幕第六場——

言うことを聞かないマリーナに業を煮やした売春宿の亭主と女将が、上客を逃がしたくないあまりに彼女をなじる場面である。

人口の急増していたロンドンの街は、移民をはじめ多くの問題を抱え、ホームレスが溢れる一方で、商人の活気に満ちた喧騒の中、人を魅きつけて止まない歓楽と不衛生極まりない環境が疫病の大流行につながっていった。

シェイクスピアは、数多くの戯曲に売春婦を登場させ、病気の巣窟、悪徳がはびこり、無秩序のまかり通る当時の世相を投影し、人の欲望を満たす場所として売春宿を設定している。劇場は、疫病の発生源の一つであった。

5 エリザベス朝の医療事情

容貌で人の心術を知察する法は無い。

《マクベス》第一幕第四場

シェイクスピア［5-1］の作品に登場する医療に関わる表現、記述、そして薬などを理解するには、その時代の医療事情に少しは知識がないと、苦しむことにもなりかねない。

シェイクスピアが活躍したのは十六世紀末から十七世紀はじめで、まだ現代医学とはほど遠く、古代ギリシャ・ローマ時代のヒポクラテスに源流が求められ、ガレノスが伝統を受け継いだ医療が中心だったことを念頭に置いて、作品を読むことが大切である。そして、医業が専門化への移行途上にあった時代だった。

I 医業の分担途上にあったシェイクスピアの時代

シェイクスピアが活躍した時代の前まで、医療は必ずしも医師のすることではなく、聖職者の行為の一部でもあった。聖職者は、時に医師であり、薬剤師で、ロンドンでは理髪師そして歯科医の仕事を担うことが流行り、赤く塗られたポールを立てて宣伝する有様だったという。

この悪しき慣習に敢然と立ち向かったのがイギリス建国の父ヘンリー八世で、大きな医療制度の改革に乗り出し、その始まりが一五一八年の王立医学校の設立が許可されたことで、聖職者の入学が排除された。この新しい制度により、聖職者が医療事業から完全に排除された訳ではなく、王立医学校への入学志願者は相変わらず教会のコントロール下にあり、聖職者の批判を避ける逃げ道が用意されていた。医学校の入学には、ロンドン司教あるいはセント・ポール大聖堂の主席司祭の試験を受けて、その資格が審査された上で医師になることが是認され、外科医、内科医などに分類されていった。しかし、ロンドン郊外七マイル（約一一・二キロメートル）以上の地域では、何人《なにびと》も内科医あるいは外科医としての権力行使の占有が許されなかった。例外として、教区の司教あるいは司教総代理により試験され、認められた場合はこの限りではなかった。

外科医の地位は内科医に比べて極めて低いものだった。内科医になると、監視、管理、警察などによる統制の管轄外で、とりわけ薬剤師は薬の効果がなかったり、副作用の出現でその責任を内科医に押しつけられたりして苦しめられた。医学校の偉大な力は、訴訟問題にも権限が及び、異常な診療行為の起訴、投獄のみならず、誤った収監に対して異議を唱え、決定を下すことができた。

II　エリザベス朝の内科医と外科医

エリザベス女王の父、ヘンリー八世の御世では内科医と外科医の診る疾病に判然とした区別があった訳ではなかったが、エリザベス女王の治世になると両者の診療行為に相違が生じてきている。例えば、瘰癧《るいれき》（リンパ腺腫脹）、疱瘡《ほうそう》（天然痘）、そして膿瘍や傷の内面の治療に外科医が手を出した場合、殺人罪での起訴に値する事例が女王による委員会の全員一致で是認されている。

エリザベス朝の外科医は、内科的医薬の処方も傷の内面治療も許されていないのに対して、内科医は法律によって外科的処置が許されていた。すなわち、外科医は内科医とはまったく異なった階級と目されていたのである。内科医は、高収入で社会的地位も高く、富裕で素晴らしく豪華な馬車に乗り、服装はいかにもお洒落《しゃれ》なベルベットの服とベルベットの帽子という出で立ちだった。しかし、内科医に求められる最も重要なことは、質の高い医療行為もさることながら、最も高い知的レベルの維持であった。そのために内科医は懸命に努力して、当時の科学と文学に精通して自己の意見を持ち、古典および現代口語に精通した知識を持つことの研鑽を怠らなかった。また、旅することで学び、肥えた味覚と正しい作法を身につけることで、科学への無知を覆い隠すマントを用意した内科医もいたという。

しかし、周囲から尊敬の眼差しで見られた医師像とは裏腹に、彼らが行った医療行為は時代遅れの感が強く、お世辞にも素晴らしいとは言えなかった。事実、新しい病気、例えばペストに無力なばかりか、精神病に至ってはその療法は極めて残酷なものだった。要するに、シェイクスピアの時代は、近代科学の波が押し寄せていて、医学の世界もしかりで新しい時代への過渡期にあったのである。

シェイクスピアの作品に登場する医師は、エリザベス女王が認めた医療階級制度と流行病対策の掟などの見解を身につけ、皆同じような特質と性格を持った人たちである。このような視点で、作品を読むと楽しさが倍増してくる。

III　シェイクスピアが意図した医師像

シェイクスピアの医師と老人に対する眼差しはやさしい。とりわけ、同時代のほかの劇作家に比べて医師に対して敬意を払った表現の場面も少なくない。その一人が、《終わりよければすべてよし》に台詞の中で登場する医師ジェラード・デ・ナーボンである。フランス王が死に瀕し、ロシリオン伯爵夫人は自分の医師が生きていれば、王を助けられるのにという思いが募るのだが、その医師も最近亡くなった。亡くなった医師こそはジェラード・デ・ナーボンで、その娘ヘレナは父親の治療法を身につけていて、伯爵夫人の養女になる。ヘレナが、父親譲りの治療をフランス王に申し出るという物語の設定の一場面が次である。

ロシリオン伯爵夫人　（ヘレナを顧みて）此若い婦人の亡くなった父御《ちゝご》は……あゝ、亡くなるといふ事は何といふ悲しい事でありませう！……立派な方でもあり、上手なお医者でもありました。あの方が十分に腕を揮《ふる》ひなされば、或ひは人間が全《まる》で死なぬやうにもなり、死の神は仕事がなく、遊んでばかりゐようかとさへ思はれました。あゝ、王のお為に、若しあの人が生きてゐましたなら、御難病もついお治《な》りなさいませうのにねえ。

ラフュー 其方は何といふ御仁《ごじん》でございましたな?

ロシリオン伯爵夫人 其道では有名でした、が、さうあって当然なお人でございました。ヂェラード・デ・ナーボンと申しましてね。

――第一幕第一場――

この作品に、シェイクスピアはエリザベス女王の侍医であり、ケンブリッジ大学ゴンヴィル・アンド・キーズ・カレッジの創始者ジョン・キーズが立派な名医であることを暗ににおわせている。一方、《リア王》〔5-2〕に登場する医師には名前はないが、次のように語る。

リア王の侍医 御療治の法はございまする。陛下には人体の保姆《ほぼ》と称しまする御安眠が、御不足であらせられます。それを催させ申す種々の薬草がございます、其力を借りますれば、きッと御安眠遊ばします。

コーディリア (独白的に)ありとある貴い秘法、地中に籠って未だ世に知られない薬種、霊草、わしの涙に濡《うるほ》うて生《お》ひ出でてくれい! 善良なる御方《おんかた》の御悩《ごなう》を癒《いや》しまゐらする助けとなれ!

――第四幕第四場――

このリア王の末娘コーディリアと王の侍医との短い会話の中に、シェイクスピアは内科医―哲学者を思わせる場面を設定している。
もちろん、シェイクスピアの作品に登場する医師がすべて名医ばかりではなく、藪医者《やぶいしゃ》も登場してくる。藪医者らしき言及のみられる作品の一つが、《リチャード二世》である。王と嬖臣《へいしん》ブッシーとの会話。

ブッシー　ガントのヂョン老公が俄かに御重態におちいらせられました。只今急使を以て即刻の御臨御を懇願に及ばれまする。
王　どこにをるんぢゃ？
ブッシー　イリー館においでゝございます。
王　（半分独語のやうに）神よ、何とぞ医師をして彼れをば速かに墓穴へ送る手助けをなさしめたまへ！

——第一幕第四場——

6 シェイクスピアの時代に跋扈した〈いかがわしい医療〉

人間は智慧で仕事をする、魔術でやらかすんぢゃない、とすると、智慧の仕上げにゃ時間がかゝる。

《オセロー》第二幕第三場

まがい物は、宝石、絵画、陶磁器などに限られたものではなく、医療の世界でもしかりである。今日でもメディアを介して、偽医者が本物以上に医者らしい態度で、医学専門用語を駆使して長きにわたって医療行為を行い、診療行為を受けた患者も疑いを抱くことなく満足していたと教えてくれている。シェイクスピアの作品にも、いかがわしい医療行為が登場してくる。

I 〈体液病因〉論に基づく治療

シェイクスピア［6-1］の活躍した十六～十七世紀にまたがるエリザベス朝の医療は、それに先立った数世紀にわたって発展し、確立されてきた原理が手本とされている。中世の医療の基本は古代ギリシャ・ローマ時代の教えの再現と享受といえる。先に挙げたアビケンナ（イブン・スィナー）の『医学典範』は、中世ヨーロッパのラテン世界に広く普及し、フランスでは十七世紀中葉まで重宝されたが、シェイクスピアの作品にみられる医学的記述の多くが、この考えによっている。

シェイクスピアの戯曲にみられる医療は、〈体液病因〉論に基づいている。その理論は、アリストテレス（BC三八四～BC三二二）が集大成し、医聖ヒポクラテスにより科学的思想にまで昇華され、そしてガレノスにより明確に確立された。この〈体液病因〉論は、宇宙のあらゆる現象は四元素からなり、その四元素の調和の破綻が病気を招くというもので、四元素は土、空気、火、水である。そして、土は〈黒胆汁〉、空気は〈血液〉、火は〈胆汁〉そして水は〈粘液〉である。この〈体液病因〉論によれば、四つの体液の基本的特質は〈熱〉、〈冷〉、〈湿〉、〈乾〉であり、その治療手段として食事、薬、ハーブそして種々の肉体的鍛練が試みられた。

病気の原因となる〈体液〉の是正と病状・徴候への対応は、医師や薬剤師による加療に加えて、ハーブに精通した人、魔女、聖職者、王によるローヤル・タッチ（royal touch）などがあるが、それと同時にいかがわしい薬を商う大道薬売りが抜扈《ばっこ》していた。

II　ローヤル・タッチの栄枯盛衰

いかがわしい医療行為がシェイクスピアの時代に横行しても、世情からみて不思議ではない。薬石効がなければ、藁にも縋《すが》るのは人情といえ、そこに魔女とかローヤル・タッチの奇跡を期待したとしても致し方がない。ローヤル・タッチは、王様の〈お手付け〉で、対象になった主な病気は瘰癧（結核性リンパ節炎）である。

ローヤル・タッチは五世紀の終わり頃にフランスのクロービス王（四六六～五一一）によって始まり、とりわけアンリ四世（一五五三～一六一〇）の活躍がよく知られていて、王様の手を患部にかざすことで病が癒え、一度に千五百人の病を癒したという記録が残されている。彼の在位期間は一五八九～一六一〇年で、シェイクスピアが活躍した時代にほぼ一致する。一方、イギリスにおけるローヤル・タッチは十一世紀にアングロ・サクソン王のエドワード懺悔《ざんげ》王（一〇〇三頃～一〇六六）が始まりとされていて、ウィリアム三世（一六五〇～一七〇二）の御世まで続けられていた。

《マクベス》[6-2]には二人の医師が登場するが、その一人は邪悪に対する王の〈お手付け〉の効果を語っている。スコットランド王の息子に王の侍医が語る。

医師　御療治を戴からうとしてをりまする憫《あは》れな輩《てあひ》が多勢参ってをります。彼等の病ひには、如何に名誉の医術も功を成しませんのですが、陛下がお手に触れさせられゝば……さういう霊力を天からお授りになりましたのですから……彼等は直ぐ回復いたします。

――第四幕第三場――

エリザベス女王の跡を継いだジェームズ一世(一五六六〜一六二五)は、学問好きで虚栄心が強く、シェイクスピアは王への甘言としてこのエピソードを戯曲に挿入したと考えられている。シェイクスピアの処世術の一端が窺えて興味深い。

盛んだったイギリスのローヤル・タッチは荘厳な儀式となり、チャールズ二世(一六三〇〜一六八五、在位期間一六六〇〜一六八五)の侍医は、ローヤル・タッチの効果は絶大で、「ロンドンの全外科医が治すよりも多くの患者を毎年治している」と認めている。当時、ローヤル・タッチの迷信がいかに大きなものだったかは、先に紹介したシェイクスピアの作品からも窺える。

ところで、シェイクスピアが活躍した前後は魔女や妖術が、時にいかがわしい医療行為に関わって問題を起こしたため、エリザベス女王の御世の一五六三年に妖術取締り令が公布されている。一五九七年には、ジェームズ一世が『悪魔論』なる著書を出し、魔女取締りに厳しい態度を示した。因みに、《マクベス》の冒頭に、魔女三人が登場するが、これについては後述する。

III 藪医者と大道薬売り

エリザベス朝に処方された薬は多彩で、もとをただせばアラビア医学に由来していて、そこに一四九二年のクリストファー・コロンブスの新大陸「発見」などにより未知の大陸から病気に効くとされる薬石が運び込まれていた。薬は植物由来にとどまらず金属、鉱石などで、眉唾物の薬が登場してきても、違和感はない世情だった。

シェイクスピアと同時代に活躍した劇作家ベン・ジョンソン（一五七二〜一六三七）は戯曲「ヴォルポーネ（Volpone）」の中で、いんちき薬売りとして油性の薬を売る大道薬売りの口上を生き生きと描写している。いかにこの手合いの商売が広く流行っていたかを物語っている。

シェイクスピアの《リチャード二世》で、国王の叔父ランカスター公ゴーントが王に向かって言う。

ゴーント　あんたは、今、此全国を病床にして、病みほうけた人望を抱いて、臥てゐなさるのだ。さうして其大切な体の療治を、無頓着にも、最初あんたに傷を負はせた其発頭人の藪医者共に一任して、平気でゐなさる。

——第二幕第一場——

死を前にして、王の国政がイングランド王の名を汚していると非難する場面で、〈藪医者〉という言葉が登場している。

また当時医師以外によるハーブ療法の可否も大きな問題となっていて、内科医による訴訟へ発展したことが記録として残されている。《終わりよければすべてよし》において、王の病気を治そうとハーブ（秘薬）療法を申し出たヘレナに対して、

王　其誠志《こゝろざし》はかたじけない。が、其療法は信じかねる。碩学《せきがく》の侍医共すら手を退《ひ》き、医学会全部が、もう斯うなっては到底人力を以てして自然の衰弱を復しやうはないと見限った今となって、其見込みのない病ひを贋《まが》ひ医者に弄《もてあそ》ばせなどして、わが分別力に汚名を与へ、生中《なまなか》の迷ひを醸《かも》して

はならんわい。

——第二幕第一場——

と秘薬（ハーブ療法）を行うことを〈贋ひ医者〉と呼ばわっている。

しかし、エリザベス朝の病気の治療に、ハーブが果たした役割は決して少なくなかった。

7 調剤師とその特権——医薬分業

わたしに不利なことをおっしゃらうとも、決して変に思ふには及ばない。

それは甘《あま》い結果に導くための苦《にが》い薬に過ぎないからッて。

《尺には尺を》第四幕第六場

古代エジプトの時代に、医療を職とする身分に医師とそれを助ける薬剤師や湯治師の存在が知られている。シェイクスピアが活躍した時代の前後、聖職者がまだ医師と調剤師を兼ね備える役割も務めていたが、先に述べたように、彼が活躍し始めた頃から、イギリスでは医師の専門職の登場により、聖職者は医療業務を取り上げられ、調剤師の仕事からも解放されつつあった。そして、専門の調剤師が内科医、外科医に次ぐ、医療における第三の核となる位置を確保しようとしていた。

I 調剤師組合の設立とその特徴

アラビア医学の影響は薬学においても同様で、今日の薬学の発展の礎《いしずえ》はアラビア医学を措《お》いては語れず、古代ギリシャ医学から学んだ知識を基に一層発展させ、薬剤研究の進歩に大きく寄与したといえる。事実、薬局を設け、薬局方をつくったのはアラビア医学で、ギリシャ由来の伝統を発展させて、薬剤の調合法に新しい道を開拓していった。しかし、このアラビア医学の伝統から脱却して、化学領域の研究に新時代をもたらしたのは、アラビア医学の影響を強く受けた中世ヨーロッパの先覚者たちで、その一人がスイス生まれのドイツ人医師パラケルススである。

シェイクスピア［7-1］の活躍した時代前後のイギリス、エリザベス朝では調剤師（薬剤師）が食料品商と同じ組合に属し、食料品商の店頭でも薬剤を商うことが認められていた。すなわち、十六世紀のイギリスでは正規の薬品を食料品商が取り扱っていたのである。しかし、この組合から離脱して調剤師独自の組合設立を許可したのは、エリザベス女王崩御後に王位に就いたジェームズ一世で、彼の在位十四年目の一六一七年のことであった。Apothecaries' Company（調剤師組合）がGrocer's Company（食料・薬品商組合）から、独立したのである。

このことにより、食料品商は店頭で薬剤を取り扱えなくなったものの、不正行為はあとを絶たなかった。医薬品の購入から販売までをまかされた調剤師に与えられた特権の一つに、不健全で有害な薬の摘発があり、その目的に応じた家宅捜査まで許されていた。しかし、不正行為の摘発による処罰は、College of Physicians（内科医師会）の会長らに助言を仰ぐことが求められていた。

しかし、いつの世でもみられる光景かもしれないが、当時の調剤師の中には過剰な利益をあげることに熱心な守銭奴も少なくなく、訴訟が絶えなかったという。

Ⅱ　シェイクピアの作品に登場するapothecary

シェイクスピアの作品に、apothecary（調剤師）が登場するのは、《ロミオとジュリエット》の中でロミオに毒薬を売る人物としてである。一方、台詞としてのapothecaryは、《ヘンリー六世　第二部》（第三幕第三場）で、ヘンリー六世に奸計をめぐらすウィンチェスター司教ボーフォート枢機卿が瀕死の状況で発する台詞に現れる。そのほか、《リア王》において、

リア王　悪臭や腐爛《ふらん》や……おゝ、穢《きた》な、おゝ、穢《きた》な！　ベッ、ベッ！　……麝香《じやかう》を一オンスばかり持って来てくれい。おい、薬剤商《きぐすりや》、心持を治してくれ。さァ〳〵、代《だい》を遣《や》る。

——第四幕第六場——

と謀反人グロスター伯を相手に放つ言葉にみられる。apothecaryが、シェイクスピアの戯曲に登場する場面は限られている。

ここでは、apothecaryをあえて調剤師としたが現在の薬剤師と業務の少し異なるからで、薬剤師を言い表わす英語として最も一般的なのはpharmacist, chemistそしてchemist and druggistがあるが、これらはいずれもシェイクスピアの作品には登場しない。apothecaryの語源はギリシャ語のapotheke（倉庫）に由来し、ラテン語の倉庫管理人を意味するapothecariusから、十三世紀にフランス語のapotecarie, apothicarieそして十四世紀中頃に英語のapothecaryが生じたとされている。したがって、原意は、香味料、生薬などの日用雑貨を保存しておく倉とかそれらを取り扱う店を指していたが、十四世紀末頃には薬剤を調剤、販売する者を意味することになったという。

ところで、坪内逍遙訳はapothecaryを《ロミオとジュリエット》では〈薬種屋《やくしゆや》〉、《ヘンリー六世第二部》では〈薬屋〉、そして《リア王》においては〈薬剤商《きぐすりや》〉と使い分けている。

III　薬屋の店先と医薬分業

apothecary（調剤師）が、台詞の中ではなく登場人物として取り扱われている唯一の作品は、《ロミオとジュリエット》［7-2］である。ジュリエットの死を伝え聞いたロミオが自殺を決心して彼女の墓所へ向かう途中で薬屋を思い出し、毒薬を手に入れようと思い立つ。

ロミオ　思ひ出すは彼薬種屋《あのやくしゆや》……たしか此辺《あたり》に住んでゐる筈……いつぞや見た折は、身に襤褸《つゞれ》を着《き》て、薬草類を撰《え》ってをったが、顔は痩枯《やせが》れ、眉毛は蔽ひ被《かぶさ》り、鋭い貧に軀《み》を削られて、残ったは骨と皮。貧しい店前《みせさき》には鼈《おほがめ》の甲、鰐の剥製《はくせい》、不恰好な魚の皮を吊して、周囲《まはり》の棚には空《から》箱《ばこ》、緑色《りよくしよく》の土の壺、及び膀胱《ばうくわう》、黴《か》びた種子《たね》、使ひ残りの結縄《ゆはへなは》、乾枯《ひから》びた薔薇などを口実《いいわけ》ほどに取散らして貧羸《みすぼ》らしう飾った店附《みせつき》。

——第五幕第一場——

と当時の薬屋の店先が描写されていて興味深い。

亀の甲、鰐の剥製、変形した魚などは、人目を引く演出が窺えて面白い。雑然とした店先で興味を引くのが、〈膀胱（bladders）〉と〈乾枯びた薔薇（old cakes of roses）〉である。〈膀胱〉は牛、豚などの〈膀胱〉を指していて、かつては氷嚢《ひようのう》あるいは浣腸に用いられたことがあるのに対して、"old cakes of roses"は訳者により表現はさまざまだが、花弁のみを日干しにして固めたもので、香料として化粧水あるいは消臭薬として用いた。これらおどろおどろしい店先の状況は、シェイクスピアの育った田舎あるいは活躍したロンドンの場末でみた光景をもとに、描写されたのであろう。

ロミオ 予《わし》に毒薬を一匁ほど売ってくりゃれ、直《すぐ》に血管に行渡って世に饜《あき》果《は》てた飲主《のみぬし》を立地《たちどころ》に死なすやうな、

薬種商 されば、其様な大薬毒をば貯へてはをりまするが、マンチュアの御法度《ごはっと》では売ったりゃ、命がござりませぬ。

——同右——

法を犯して毒薬を売ることに尻込みする薬種屋とロミオとのやりとりから、ロミオが買おうとする毒薬がいかに致死的なのかが、この会話の中に巧みに描写されている。

ところで、ロンドンに薬屋が登場したのは一三四五年のことであるが、医師と調剤師との業務の住み分けに触れた作品として、イギリスの作家ジェフリー・チョーサー（一三四三?〜一四〇〇）の『カンタベリー物語』がある。そこに登場する医師は、たえず調剤師数人に薬を種々用意させておいて、処方した薬を患者のところへ届けさせている。まさに、今日の医薬分業が、今から約六百年前に窺えて興味深い。しかし、調剤師が開業の認められている正規の資格を得られるようになったのは、十八世紀以降のことで、シェイクスピアが活躍した時代はいかがわしい店先での商いだった。

8 種々の病気とその特徴

智謀者《ちえしや》は何物をも利用する。病気までも利用してくれる。

《ヘンリー四世　第二部》第一幕第二場

医科学の進歩が著しい今日、現代の我々がシェイクスピア［8-1］の活躍した十六世紀頃に流行したり、対応に手をこまぬいていた病気を想像するのは容易ではない。彼の時代の前後は、古代ギリシャ医学から近代医学への過渡期であり、生理学をはじめとした基礎研究に新しい萌芽がみられ始めていた。その一典型が、血液循環の発見で、臨床的にも基礎的にも病気の成因と対応のその発展を考えるならば、一大ターニング・ポイントとなるものだった。しかし、シェイクスピアの作品に登場する病気とそれへの対応は、それらの考えが台頭し、浸透する以前で、まだ古代ギリシャ医学の流れを汲むものだった。

I　血液循環の発見と近代生理学の誕生

シェイクスピアの活躍した時代、〈血液循環〉の理論はまだ確立されていなく、ガレノスの生理機能の考えが主役だった。ガレノスは、心臓の収縮で血液を心臓から肺へ送り、その血液は肝臓を経て心臓の左側に流入し、再び収縮により大動脈へ押し出されるとし、心臓を血液循環のポンプと見立てた。先人たちとは異なって、動脈の役目が空気を運ぶのではなく、血液を運ぶことを明らかにした。

しかし、彼は動脈よりも静脈を重視し、循環の中心的役割を肝臓としていた。彼が得た情報の多くが、死んだ動物と人間からで、自《おのず》から限界があったのは致し方がない。それを正したのがイギリスの医師ウィリアム・ハーヴェイである。

ハーヴェイは弁膜の配置をも含めた心臓の構造の詳細を調べて、心臓から駆出される血液が弁膜という防壁構造で心臓への逆流を防ぎ、動脈血が末梢に向かって一方通行なのを明らかにした。ハーヴェイが〈血液循環〉の理論を発表する前のシェイクスピアが活躍した時代は、潮汐と同じように、血液は身体中を進んだり、戻ったりして流れているという考えだった。しかし、ハーヴェイは動脈と静脈がどのように接続しているかを知らず、一つの血管系から他の血管へ血液がいかに流れるかを説明出来なかった。これを明らかにしたのが、イタリアの解剖学者マルチェロ・マルピギー（一六二八～一六九四）で、ハーヴェイ没後四年を経た一六六一年に動脈と静脈との接合部が毛細血管であることを明らかにした。

ハーヴェイの学説は、一六二八年に『心臓と血液の運動に関する解剖学的研究』としてドイツのフランクフルトで出版された。シェイクスピア没後十二年を経ていた。長い間疾病の出現は〈体液病因〉論に基づいており、対応もそれに準拠したものだったが、ここに、近代生理学の基礎が誕生し、近代的な病気の診断と分類へと進展する切っ掛けとなった。

II 〈汚れたふんどし〉の病状・徴候の描写は鋭い感覚

ハーヴェイは、一六〇〇～一六〇二年にかけてイタリアのパドヴァ大学で学び、ロンドンに戻ってケンブリッジ大学で研究を続け、彼の二番目の著書『血液の循環』が一六四九年に出版された。彼は自分の生きた時代について、「この時代は趣味の悪い著述家が暑い日に群れをなす蠅のように大勢いて、彼らの浅薄でくだらない作品の放つ悪臭で窒息しそうである」と述べている。悪臭を放つ著述家に哲学者フランシス・ベーコン、詩人ジョン・ミルトン（一六〇八～一六七四）、劇作家シェイクスピア等がいて、ハーヴェイは彼らを〈汚れたふんどし〉と言ってはばからなかった。その最たる〈汚れたふんどし〉こそ、シェイクスピアだった。

この〈汚れたふんどし〉の代表ともいえるシェイクスピアの時代、病気の出現の多くが〈体液病因〉論で片付けられ、異なった種々の病気の出現は体液不均衡の結果と考えられていた。彼の作品に登場する病気は多くが無名で、病状・徴候が羅列されていただけだが、現代の知識からすればその多くに病名が付けられるほど、シェイクスピアの病状・徴候の表現感覚は鋭く、繊細である。《あらし》［8-2］で、激しい嵐に見舞われて漂着した島において、ナポリ王の王子ファーディナンドを捜索する場面で、すすめられた食物に手をつけない王に対して老顧問官ゴンザーローが言う。

ゴンザーロー　いや、御懸念遊ばすには及びません。手前共が子供であった時分には、野牛のやうに、喉に胴乱然《どうらんぜん》たる肉の塊を垂下《ぶらさ》げてゐる山の住民があるなぞと申したとて、誰れも真実《ほんたう》には致さなかったものでござります、

——第三幕第三場——

「野牛のやうに、喉に胴乱然たる肉の塊」は、原文では“Dew-lapp'd like bulls（雄牛のようなのどぶくろ）”とあり、これは巨大な甲状腺腫を指すのは明らかで、風土病のクレチン病を示唆している。

しかし、多くの病気は単に“sickness”、“distemper”、あるいは“illness”と呼ばれているにすぎず、名

付けられたものは通常用いられる一般的用語が台詞の中で話されている。"agues（悪寒）"、"scald（火傷）"、"gout（痛風）"、"scurvy（壊血病）"、"hare-lip（口唇裂）"、"great-pox（梅毒）"などがその典型と言える。

III 〈痛み〉からみた病気

シェイクスピアの時代に流行った疾病のペスト、梅毒、マラリア、ハンセン病などの症状・徴候に関しては別の機会に紹介するとして、彼が作品の中に描写した病状を眺めてみるのも無駄ではない。患者の訴える病状の中でも、痛みに関するものが少なくない。

リウマチによる疼きと痛み、可動を消失し、硬直した筋肉、関節の病状が巧みに描写されたものに、《オセロー》では、オセローの妻デズデモーナのこんな台詞がある。

デズデモーナ　ちょうど、指が一本痛むと、それが原《もと》で、健全な身体《からだ》中が痛くなって来るやうなものよ。

――第三幕第四場――

《ハムレット》では坪内逍遙訳によると、

ハムレット　我五体の筋肉、ゆめ俄《にはか》に老い朽つるなよ、しかと此身をさゝへをれやい。

――第一幕第五場――

となるが、原文は、Hamlet："my sinews, grow not instant old, but/ Bear me stiffly up."と筋肉の硬直を

述べている。

さらに、《アテネのタイモン》では、タイモンの台詞に sciatica（坐骨神経痛）の用語が関節炎の苦痛の表現に用いられている。

タイモン　坐骨神経痛よ、元老共の四肢《てあし》を引きつらせて、足腰の立たんやうにしてやれ、やつらの行儀と同様に跛足《びっこ》にしてやれ！

――第四幕第一場――

この関節を含めた骨に関連した痛みは、《あらし》の中に、女性の進行性脊椎後彎症を示唆する描写がみられる。また、痛風に関した描写も少なくないが、シェイクスピアの時代に人々を苦しめた病気に梅毒がある。人々は重篤な関節炎を患った時に梅毒によるものか否か、ずいぶん危惧していたようで、その情景が《ヘンリー四世　第二部》で、自墜落な生活を楽しみ、こよなく酒を愛する貴族フォールスタッフが語っている。

フォールスタッフ　……老人《ぢぢい》と吝嗇《りんしよく》、若い者と漁色根性《すけべゑ》、どっちも離れッこはないや。けれども、かたくは痛風《つうふう》、かたくは梅毒。ところが、どっちから見ても、おれの口で呪ふわけにゃいかない。

――第一幕第二場――

この痛みについては、頭痛、歯痛にも触れている。ところで、シェイクスピアの戯曲の中でたびたび触れられているリウマチであるが、現代的感覚で〈リウマチ（rheumatism）〉の言葉を最初に用いたのは、フランス人医師ギヨーム・ド・バイユー（一五三八〜一六一六）で、彼の著述『Liber de rheumatism』の中である。その中で、彼はヒポクラテス時代以来はじめて、リウマチと痛風との区別を行っている。

9 病気診断の術

全くその通りに、目に訴《うった》ふることをのみ主とするものは内容の乏《とぼ》しいものぢゃ。とかく世人は虚飾《きょしょく》に欺《あざむ》かれる。

《ヴェニスの商人》第三幕第二場

多くの病気は、原因が定かで、診断が確立されていれば、予防も含めて適切な対応が可能なことが多い。とはいえ、医科学の進歩した今日でも、空然変異の新しい微生物などによる伝染病が突然出現して、対応に翻弄されることが少なくない。診断が出来たとしても、治療に病気が反応しなかったり、治療薬が開発されていない特別な疾病では対応の難しいのは致し方のないことである。病気への適切な対応の最初の入口が診断なのは、古今を問わず同じである。

シェイクスピア［9-1］の時代においても、古代ギリシャ医学の流れの中で、限られた知識と情報、そして術《すべ》でもって病気の診断を行い、対応に取り組んでいる様子が彼の作品に描写されている。

病状、徴候、触診に依存した診断

十六世紀後半から十七世紀初頭のシェイクスピアの活躍した時代に、その後の近代医学にみられる医科学の進歩に伴う微生物学やX線に代表される診断技術の発展は想像だにされなかったであろう。当時における医者による病気の診断は、主に三つの術に依存していたとしてもよい。一つは、罹病した患者自身が訴える〈病状（symptom）〉、次いで患者の身体的外観あるいは態度などを観察して医師が感覚的に捉える病気の〈徴候（sign）〉、そして三つ目は稀ではあるが医師が直接患者の病状を診る〈診察（examination）〉があり、それがすべてであった。

シェイクスピアの活躍した時代の前後は、医師が〈病状（symptom）〉という言葉を用いた際には、患者の健康状態の衰えを意味するものにすぎず、今日のように患者自身が自覚する身体の不調を言い表わすものではなかった。また〈徴候（sign）〉も、現在では医師が観察出来る病気のしるしとなっているのに対して、以前は医師に与える病気の特別な情報という意味合いにすぎなかった。この手法は、時代が少し進んだ十七〜十八世紀になると今日で言うところの問診となり、患者の訴える症状とその経過を根拠としたり、理学的検査で身体的異状を把握し、視診、聴診、打診、触診による診察などで情報を得て診断が下されていった。そして今日では、医科学並びに理・工学的技術の進歩により、診断技術の飛躍的発展を遂げ、術前診断が可能な疾病が少なくなくなった一方で、各種検査への依存度が高くなった弊害も少なくない。その一つが、理学的検査あるいは五感を介した診察などが疎かになり、必要以上に余分な検査を実施することである。

II　占星術が活用された予防

ルネサンス時代に活躍した人文科学に精通した医師で忘れてはならない人物が、イギリスはオックスフォード大学教授トーマス・リナカー（一四六〇～一五二四）で、イタリアで医学を学び、多くのギリシャ語の医学書を英語に翻訳した。この手法により、ヒポクラテス、ガレノス、ペダニオス・ディオスコリデス（四〇～九〇）らの古代ギリシャ医学に批判的態度で臨み、不正確な原典の混乱を正し、中世ヨーロッパに席巻した時代遅れの理論から医学を解放した業績は大きい。トーマス・リナカーは、一五〇一年に宮廷医に召しかかえられ、一五一八年にヘンリー八世を介して王立医学校創始許可を得ている。

彼の時代は、まだ医療が〈体液病因〉論に基づいたものだった。しかし、緩徐ではあったが変化の兆しがみられ、病気を客観的に分類し、注意深く観察し、理に適った根拠に基づいた治療の確立へと進んでいった。とはいえ、シェイクスピアの活躍した時代は、病気の診断法は非常に限られていて、通常占星術と尿検査が主体をなし、彼の作品にそれらの言及がみられる。《シンベリーン》で、妻イモジェンの不倫を疑って殺害を企てる夫ポスチュマスからの手紙を受け取ったイモジェンが言う。

イモジェン　〈手紙を受け取って〉若しわたしが此字を知り抜いてゐるほどに天文を知ってゐる星学者があったなら、其人はどんな未来をも予言することの出来る大学者であらうねえ。

――第三幕第二場――

この時代の人たちが懐いていた占星術に対する考えがよく窺える。

そして、人間に及ぼす天体の影響がシェイクスピアの戯曲にたびたび記述されている。その一つが《リア王》［9-2］で、リア王の家臣であるグロスター伯の庶子である腹黒のエドマンドの独白。

エドマンド　大酒飲《おほざけのみ》も虚言家《うそつき》も間男《まをとこ》もみんな止むを得ない星の勢力、其他《ほか》、人間が犯す悪といふ悪は、何れも何かしら神のさせることゝ見做《みな》す。

——第一幕第二場——

さらに抒情詩である『ソネット集』には、運の吉凶の予知のみならず時疫、飢餓、四季の特徴や出来事にも占星術が微細に予防することが謳《うた》われている。

III　尿からの病気診断

大昔から今も、価値を失っていないのが尿検査である。とりわけ、糖尿病の診断あるいは病状把握に果たしてきた役割の大きさは計り知れない。尿検査が、視覚、味覚、嗅覚という五感を駆使した診断の時代から脱却して、化学的手法が取り入れられたのは十六世紀初めである。その一人がパラケルススで、尿を蒸留して各成分に分離し、蒸留液と底に溜まった残渣の量と性状から診断を下した。

近代医学の過渡期ともいえるシェイクスピアの時代は、パラケルススが唱える手法の尿検査は広く普及しておらず、視覚、味覚、嗅覚という五感を生かしたものが主流だった。事実、シェイクスピアの作品にも尿検査に関わる描写がいくつかみられる。《ヘンリー四世　第二部》から。

フォールスタッフ　（侍童を見返って）こら、大男、医者は何てった、おれの小便の事を、医者は？

侍童　へい、あの、小便は立派な健全な小便だ、けれども此持主は、自分で気が附いてるよりも以上の不可《いけな》い病気を持ってるんだと言ひました。

――第一幕第二場――

視覚などによる尿検査が中心だった時代、医者はマデュラと呼ばれる人間の身体に見立てた膀胱型のガラス瓶に尿を満たし、最上部が頭部、その下は胸部、次が腹部、そして最下部は泌尿生殖器になぞらえられていた。満たされた尿のさまざまな色調、沈殿していく濁りの変化などから病気の診断が下された。《ヴェローナの二紳士》[9-3]で、二紳士の一人ヴァレンタインとその召使いスピードとの会話から。

スピード　御不在中に痴けたことめが入り込みまして、尿器《しびん》の中の小水よろしくと光るんですから、だれの目にだって、お医者様同様、あなたの御病症がわかりますんですよ。

――第二幕第一場――

シェイクスピアの時代に聖職者の医療行為が禁止されていたにもかかわらず、経済的理由から抜け道として彼らは患者の尿を医者のところへ持参させて診断を仰いだ上で、治療行為を行っていた。その状況が《十二夜》で、オリヴィア伯爵夫人の使用人フェイビアンによって語られる。

フェイビアン　あの仁《じん》の小水《せうすゐ》を例の巫女《みこ》のとこへ持ってって見るがいゝ。

――第三幕第四場――

と見事に描写されている。原文は“Carry his water to the wise woman”。

10

治療法そして良い医療

此バチルスだらけの穢《むさ》い世の中を、全然《すつかり》掃除して、清浄《きれい》にします、
みんながわたくしの苦《にが》い薬を服《の》んでさへくれりゃァ。

《お気に召すまま》第二幕第七場

病気の治療の歴史において、今日ほど治療薬および治療の術《すべ》の選択肢の多い時代はなかった。とりわけ、糖尿病の治療において、経口血糖降下剤、インスリン製剤などによる血糖コントロールをする術の多さは、過去を振り返っても比類をみないもので、医師の匙加減が問われると言っても過言ではない。

しかるに、シェイクスピア［10-1］の活躍した時代はあらゆる病気に対して治療の選択肢は限られているばかりか、選択すべき術もない疾病も少なくなかった。原因がはっきりしない病気が多く、治療の対応がたてられなかったとしても致し方のないことだった。したがって、対応は原因療法よりも、勢い対症療法が中心なのがシェイクスピアの活躍したエリザベス朝前後の治療事情であった。

Ⅰ　治療の基本は悪い体液の排除

先述したように、その時代の治療法は、それに遡った数世紀の伝統を引き継いだものだった。根底に流れる思想には、アリストテレスからガレノスへと受け継がれた生命の器官が、従来の心臓を単極とする生理学が崩れて、心臓に匹敵する重要なものとして脳と肝臓が注目され、この三つの器官に対応した生命の基本を負うものとして〈動物精気〉、〈自然精気〉そして〈生命精気〉という鼎立《ていりつ》した概念がある。この概念によった、四つの〈体液病因〉、すなわち〈熱〉、〈湿〉、〈冷〉、〈乾〉の平衡維持が人間の身体にとって重要で、それが健康維持につながると考えられていた。

したがって、病気の治療もさることながら健康維持の考えが強かった当時として、反対の教義に立脚した対応・処置が求められた。〈熱〉は〈冷〉を追い出し、〈湿〉は〈乾〉を和らげるという考えから、身体からそれらの過不足をなくすのを目的とした種々の対応が試みられた。

医学的治療という視点から捉えたならば、病気を発症させる体液の排除が治療の目的となっていた。この目的達成には、下剤や浣腸、あるいは出血、瀉血《しゃけつ》そして放血という外科的手段に訴えられ、これらはたびたび反復された。加えて、補助的手段として医学的とはいえない〈自然の魔術〉とも言える、魔よけ（お守り）、まじない、輪形の飾り（銅の腕輪など）などの信仰による癒しがあり、時には催眠術も施されていた。

Ⅱ　瀉血に、下剤に、そして浣腸

病気を発症させる体液排除を目的とした治療として、エリザベス朝にも汎用された瀉血あるいは放血は、当時の標準的治療行為の一つであった。そして、この治療行為は古代エジプトの医術にすでにみられ、人類の歴史において、かなり早い時期から活用されていた。瀉血あるいは放血の量は、原因とされた体液に依存していたようで、長い年月にわたって過多に実施されてきた。瀉血に際しては、注意深く局所の皮膚を温めたり、こすったり、そして揉んだりして準備がなされ、止血帯が利用された。また、瀉血された血液の量を計測するために金属の容器に血液が集められていて、"rankness"なる言葉で採血に関する医学的状況を言い表わしていた。

この瀉血について語る場面が、《ヘンリー四世　第二部》にみられる。戦乱の場で放逸と不摂生な生活に慣れた人々を慮《おもんぱか》って、反乱軍の指導者ヨークの大司教スクループが言う。

スクループ　幸福に食傷してゐるともがらに養生を勧めて生活の血管を阻害しさうに思はれる悪血を瀉《くだ》したいと思ふばかりです。

——第四幕第一場——

一方、下剤は目的に応じて現在でも非常に有用な一治療法なのは明らかである。《マクベス》において、マクベスは彼の侍医にイングランドの軍隊に対して何をしたいかを語る。

マクベス　……大黄《だいわう》でも、旃那《せんな》でも、どんな下剤を掛けても、あのイギリス共を追ッ払ッちまふことは出来んのか？

——第五幕第三場——

下剤で治療効果の見えない場合に強力な効果を期待して、浣腸が用いられた。

《オセロー》［10-2］で、オセローの妻デズデモーナに高官キャシオが手をとってキスをし、小声で挨拶する場面で、オセローに嫉妬を抱かせる悪漢イアーゴーが一人離れて傍白する。

イアーゴー 舐め方上等！　見事々々！　全く其通り。……おや、又かい唇へ指を三本？　そいつが灌腸管であったらよからう！

——第二幕第一場——

この時代、浣腸の実施には、乾燥した豚の膀胱を用いて、管が固定され、油が塗られて患者の肛門内に挿入されたという。

Ⅲ　良い医療の必須とは

シェイクスピアは、医者の診療の在り方にも触れていて、治療の効果にも大きな影響を及ぼすことを示唆的にいくつかの作品で述べている。それは、経験的あるいは彼の長女スザンナの夫ジョン・ホール医師、そしてケンブリッジ大学ゴンヴィル・アンド・キーズ・カレッジ創始者ジョン・キーズに学んだのかもしれない。

〈良い医療の必須〉の第一は、〈診断が適切〉なことで、《ハムレット》［10-3］において、ハムレットの憂うつ病についてハムレットの継父デンマーク王と母親である妃が交わす会話に描写されている。

王 和子《わこ》が乱心の源泉《みなもと》を悉く探《さぐり》出したと申すわ。

——第二幕第二場——

そして、第二に〈患者の望みに応える〉雰囲気を医師が醸し出す必要性を唱えていて、《アントニーとクレオパトラ》で、愛するアントニーはシーザーの姉と結婚したという知らせを聞いたクレオパトラが怒りに震えて言う台詞。

クレオパトラ　正直に言うたにもせい、不吉な事を知らせるのはようないことぢゃぞ。めでたい知らせは長々と弁ずるがよい、

——第二幕第五場——

そして、第三に〈良い病歴に学ぶ〉で、《ヘンリー四世　第二部》において、国王の忠臣ウォリック伯。

ウォリック伯　たれしも、其一生中に、多少過去世《くわこせい》の特質を表現する或事件を記憶してをるものでございます。それをとくと観察しますれば、将来の趨勢を、

——第三幕第一場——

と国事が気にかかって不眠症の国王の心を和らげる。第四に、〈過ぎたる言動を慎む〉ことが大切で、患者が辟易する対応は良くなるものも悪くするとしていて、《ヘンリー六世　第二部》で、王位継承権のあるヨーク公から民衆に反乱を起こさせることを命じられたジャック・ケイドとケイドの暴徒に殺されることになるヘンリー六世の忠臣セイ卿との会話。

セイ卿　貧人共の公事を（有利に）裁決しようとて、延廷《えんてい》した為に、いろ〳〵の病気に罹りもした。

——第四幕第七場——

最後に、〈治療後の健康回復と扶養が訪れる〉ことの示唆が大切なのを述べている戯曲に《アテネのタイモン》がある。資産家の貴族タイモンの台詞。

タイモン　……弱者は扶け起しただけでは足らん、支《つッか》へ棒までしてやるのが当然だ。

——第一幕第一場——

財産目当てにこびへつらう追従者は、落ちぶれれば資産家を見捨てると諭す詩人。そこに訪れたタイモンの友人の使者が、主人の逼迫した財政を訴えたのに対するタイモンの台詞である。

シェイクスピアは、さりげなく種々の話題を作品という布地の中に巧みに織り込んでいて、〈良い医療〉はその一典型であり、読者は行間に人の生き様《いざま》などの警句、格言を読み取ることも大切といえる。

11 化学薬品のなかった時代の薬

多年わたしが験《ため》した結構な薬剤や薬液やお祈りの力で以て、
あの男を真人間に戻らせることが出来るか出来んか。

《間違いの喜劇》第五幕第一場

過去数千年にわたって、人類は病状に適したより効果的、より安全な薬を求めて探索してきた。薬の開発の歴史を振り返ってみても、「良薬と毒薬は両刃の剣」といえ、薬の素材となる物質の働きのある一面を活用したことから、薬効の強いことは副作用の強さを併せ持つことにもなりかねない。

エリザベス朝前後に比べて化学薬品が全盛の今日とはいえ、薬の原料がまだ動植物、金属、鉱石によっているものも少なくない。したがって、シェイクスピア［11-1］が活躍した時代のいわゆる〈薬〉を〈毒薬〉あるいは〈ハーブの類〉とはっきりと分けて論ずるのは極めて難しい。ここでは、エリザベス朝前後に汎用された薬について、剤型・用い方、そして働きに触れてみたい。

Ⅰ　薬の作用メカニズムが明らかになるには十八世紀まで待たなければならなかった

薬が有史以前から存在したのは、数々の調査結果から明らかである。今日の飽食の時代とは異なり、先史時代の原始人は飢餓の時代で空腹に耐えかね、手当たり次第に草などを食べ、その経験から薬物学的知識が生存には不可欠だったと考えられる。経験から有害か有用かを会得し、薬が誕生していったといえる。

今から約四千三百年前に、チグリス川とユーフラテス川の流域に世界最初の文明を築き上げたシュメール人の医師は、湿った粘土に当時の処方箋を残している。「カーペンター草の種子の粉末、マークハジのゴム状の樹脂の粉末、チームス草の粉末をビールに溶かして飲め」。どんな病に処方し、服用量のいかほどかは刻まれてはいないが、その時代にすでに処方箋が存在した。また、彼らは薬の調剤（合）に樹皮、ギンバイカ、アギ、チームス草などの薬草のほか、ヤナギ、モミ、西洋ナシ、イチジク、ナツメヤシなどの種子、根、樹皮などを用いていたばかりか、塩や硝石なども用いていた。

紀元前一五〇〇年頃のエジプトで有用薬が選別されてきたが、その一つがアヘンで、ケシの実の抽出液で痛み、苦しみを和らげるのに用いられた。時代が進んでギリシャ時代になると、アルカロイドの一種スコポラミンを含有するマンドラゴラを煎じて鎮痛などに汎用され、イヌサフランの抽出液が痛風の痛み止め、そしてヤナギの樹皮の抽出液が熱冷ましに有効なのを発見している。これらのいくつかが、シェイクスピアの作品に登場してくる。

ギリシャ人のペダニオス・ディオスコリデスはローマ軍の軍医として従軍し、各地で薬として役立つ薬草などの情報を収集し、『マテリア・メディカ』として出版し、その後十五世紀もの間教科書として活用された。ギリシャやローマの薬を受け継いだのがアラビアの錬金術師たちで、その知識と技術を駆使して科学としての薬物学が発展し、八〜十三世紀がその黄金時代だった。しかし、化学薬品が登場するには十八世紀まで待たなければならない。

II　投薬経路の多彩さ

疾病の治療として用いられる薬の投与経路は、経口的、経静脈的、経皮的、経胃・腸的などと多彩である。シェイクスピアが活躍した時代には、経静脈的すなわち注射の類はなかったようだが、あとの投与経路は効果は別として存在していた。

経口的投与経路とはいえ、剤型が調剤（粉剤）、煎じ薬、丸薬、シロップ、砂糖水などさまざまである。シェイクスピアの作品で丸薬（pill）の登場は、二回ほどあるが、《ヴェローナの二紳士》で、二人の紳士の会話において、次のような台詞が出てくる。

プロテュース　僕がわづらってた時分に、君は苦い薬ばかりくれた。だから、君にも同じ処方をやらなけりゃならん。

――第二幕第四場――

原文は"When I was sick, you gave me bitter pills"となっていて、苦い丸薬（bitter pills）である。古今、洋の東西を問わず、良薬は苦いものとされていて興味深いが、丸薬は古代エジプト時代にみられた剤型の一つである。また、古代エジプトの時代から汎用されてきた経皮的投薬として湿布薬あるいは軟膏薬があり、シェイクスピアの作品に登場してくる。両薬の登場する台詞が《恋の骨折り損》にみられる。ほら吹きのスペイン人アーマードーと田舎の若者コスタードとの会話で、コスタードが言う。

コスタード　此嚢《かばん》には、どねえな膏薬《サーブ》もねえんで。へい、車前草《おんばこ》があるッきりで。薬は何もねえんで。

――第三幕第一場――

車前草《おんばこ》（plantain）＝おおばこ（plantago major）の葉を揉んで局所に貼り、湿布薬として用いられた。一方、膏薬は《あらし》で、激しい嵐に見舞われて漂着した島でナポリ王アロンゾーと弟セバスチャン、そして王の正直な老顧問官ゴンザーローとの会話に出てくる。

ゴンザーロー　膏薬をお貼附《はり》なさるべき痛み処《しょ》を、お擦りなさるとは如何したものでござります？

――第二幕第一場――

当時の聖書などには、膏薬として〈イチジクの塊〉、〈ブドウ酒で酸敗したパンを煮たもの〉などが用いられたことが記されていることから、シェイクスピアの念頭にあった膏薬もこの類のものであった可能性が想定される。

Ⅲ　囚人で確かめられていた薬効

薬の生理作用が科学的に明らかにされてくる十八世紀までは、薬に効果があってもその作用メカニズムは不明だった。薬に関する化学の発達の中で合理的な医薬品の評価方法の進歩に大きな役割を果たしたのは、フランスの生理学者で医師のフランソワ・マジャンディ（一七八三〜一八五五）とクロード・ベルナール（一八一三〜一八七八）だった。

ところで、シェイクスピアの活躍した時代、薬の力価の証明には囚人たちが適用されていた。一五三四年、法皇パウルス三世の侍医アントニオ・ブラサロバにより、その実施が示唆されていて、臨床的効果の疑わしい薬の検査に有罪となった囚人の徴用を唱えている。《シンベリーン》で、薬の調合を習った侍医に語る王妃の台詞から。

王妃　……わたしが更に試験をして知識を増さうとするのは当然ぢゃないの？　わたしは此毒薬といふのを、絞殺するだけの価値もない、勿論、人間でない動物に試みて見て、其効力を験《ため》した上で、なほ其作用を和《やはら》げる薬剤を用ひたり何かして、それ〴〵の薬徳や効果を知りたいと思ふのです。

——第一幕第五場——

シェイクスピアは、この作品で罪人で薬効を確かめていたことを暗に示唆している。シェイクスピアが活躍した時代の煎じ薬として用いられたものにマンドラゴラ（マンドレイク）があり、鎮静剤、下剤、催吐剤として用いられたが、媚薬あるいは幻覚剤としても効果ありと推測されていた。ギリシャ時代から知られた採集人は、根に有害物質を有する植物マンドラゴラの保護に努めていた。この植物の根は、フォークの形をし、全体が人間に似ているとされていて、地面から植物が引き抜かれる際に泣き叫ぶと想像し、この泣き声を耳にした人間は気がおかしくなるか死ぬと信じられていた。したがって、採集人は、茎を犬に結びつけて根こそぎ抜き取っていた。《ロミオとジュリエット》［11-2］で、ジュリエットとその母キャピュレット夫人との会話に、このことがジュリエットによって語られている。

ジュリエット　聞けば必然《きツと》狂乱《きちがひ》になるといふ彼曼陀羅華《あのまんだらげ》を根びくやうな、凄い気味のわるい声を聞いたら……おゝ、早まって覚めた時分に、其様な怖しい、畏《こは》いものに取巻かれたら、気が違はいでをられうか？

——第四幕第三場——

12 良薬なのか毒薬なのかそれが問題

邪推嫉妬《やきもち》の本来は劇毒だ、初めはそれを苦いとさへも思はない。

《オセロー》第三幕第三場

人類の歴史と毒の歴史は、ほぼ同じといわれているばかりか、毒や薬が目的に適って使用出来たか否かでホモ・サピエンスたる人類が生まれ、知恵が誕生してきたとされている。ともすれば、〈毒（poison）〉は害をもたらすという認識が増え、恩恵を与えるという考えを遥かに凌駕してきたのが現実としても過言ではない。古から人類は、矢毒に代表されるように狩猟の術として毒を活用して生き延びてきた。

一方で、忌わしいことに毒が悪用されていることが少なくなく、シェイクスピア［12-1］の作品にも、その場面が登場してくる。しかし、現代でも人の病気の治療に用いた薬が意図に反して人体に弊害をもたらし、薬害訴訟にまで発展するようなことが後を絶たない。「薬と毒は表裏一体」で、用い方次第で人に益したり、害したりする危険性が潜むことを忘れてはならない。

I　シェイクスピアの戯曲に登場する毒あれこれ

一口に毒といっても、その素材はさまざまなばかりか分類も、①作用・症状・用途、②起源、③化学的、そして④法的、によるものに分けられる。今、素材ともいえる起源から毒を眺めれば、①動植物・微生物由来、②鉱物由来、そして③化学合成された化合物由来、に大別される。シェイクスピアが活躍した時代の毒が、①、②なのはここに改めて述べるまでもないことである。一般的に、毒を言い表わす英語には毒の総称となるpoison、その他toxin（トキシン、毒素）、そしてvenom（ベノム、毒液）がある。トキシンは、動植物・微生物などの生物由来の毒を指し、ベノムは動物由来の毒の中でも毒を分泌する器官（毒腺）から分泌される毒液で、ヘビ・サソリ・ハチ・クモなどがその代表である。

また、作用の視点からは、①腐食毒（接触した局所の作用、硫酸など）、②実質毒（呼吸後に臓器を冒す、砒素化合物など）、③血液毒（赤血球のヘモグロビンに結合して血液を害する、一酸化炭素など）、④神経毒（吸収後に神経系を冒す、アヘンなど）、⑤発癌毒（発癌あるいは癌化を促進する、アフラトキシンB_1など）、⑥遅延毒（胎児の催奇性、サリドマイドなど）に大別されている。

ところで、シェイクスピアの作品に登場する毒薬にはopium（アヘン、poppy＝けし由来）、aconite（アコニット、植物aconitum napalmsからの抽出物で古代中国では矢毒として用いられた）、belladonna（ベラドンナ）、mandrake（マンドレイク）、hemlock（毒にんじん）、darnel（毒麦）などの植物由来、動物由来としてaspic（＝asp、エジプトコブラ）、そして鉱石由来にratsbane（殺鼠剤で、砒石すなわち亜砒酸）がある。そのほかに、hebenon（ヘベノン）が《ハムレット》に登場してくるが、架空の毒草でシェイクスピアの造語と考えられ、その由来は諸説ある。一説として、hebenus（＝yew いちい）の毒性とhenebon（＝henbane ヒヨス）の毒性を兼ね備えた毒草という意からhebenusから“us”、“henebon”から“heneb”を取り除いて、二語を合わせてhebenonが誕生したと想定されている。《ハムレット》（第一幕第五場）で、ハムレットの父親が毒殺される場面において“With juice of cursed hebenon in a vial（小瓶より大毒液の）”として用いられている。

II　用い方次第で良薬にも毒薬にも

シェイクスピアは同時代の他の劇作家に比べて、作品の中で薬、毒、ハーブの記述には慎重である。《ロミオとジュリエット》〔12-2〕では、修道士ロレンスが語る台詞に、薬、毒薬、ハーブに関する類が溢れていて、その中に毒草の関わる表現が多くみられる。例えば、修道士ロレンスは庵室で採薬籠をたずさえて、

ロレンス　昨夜の湿気を乾《かわか》す前に、毒ある草や貴い液《しる》を出す花どもを摘んで〔With baleful weeds and precious-juiced flowers〕、吾等の此籃を一杯にせねばならぬ。〔略〕幼稚《いとけな》い蕚《はなぶさ》の裡に毒も宿れば薬力《りき》もある〔Poison hath residence and medicine power〕、嗅《か》いでは身体中《からだ》を慰むれども、嘗《な》むるときは心臓と共に五官を殺す。

——第二幕第三場——

と、毒薬を示唆している。シェイクスピアは、いずれの台詞の中にも毒草は用い方次第で良薬にも毒薬にもなりうる、とはっきりと述べている。

さらに、毒薬の実際の使用と効果についての台詞が《シンベリーン》に出てくる。シンベリーン王とその侍医コーニーリアスとの会話で、亡くなった妃の企みを明かすコーニーリアスが言う。

コーニーリアス　御前のためにも毒薬を準備《ようい》したと御自白になりました。それをめしあがれば、忽《たちま》ちお体に障りますが、一インチづつといふ風に、漸次の衰弱によってお命を取るに到る其

間、

——第五幕第五場——

一方、《オセロー》では、オセローに昇進を阻まれたイアーゴーが、

イアーゴー　あの多淫《すけべゑ》なムーアめ、どうやら俺の夜被《よぎ》ン中へ潜《もぐ》り込みゃァがったらしい。さう思ふと、毒薬で臓腑を引ッ掻き廻されるやうだ、

——第二幕第一場——

とオセローが自分の代理を務めたという噂を思い出して、怒り狂うイアーゴー。《シンベリーン》での毒薬は"mortal mineral"、そして《オセロー》での毒薬は"poisonous mineral"、といずれもmineralが毒石＝毒薬として用いられ、鉱石すなわち砒石（亜砒酸）が想定されている。

Ⅲ　毒殺を描写した戯曲の中のシーン

悪意を抱いて毒殺する場合、多いのが飲物、食物への毒の混入で、剣先などへの毒の塗布もあるが、シェイクスピアの作品において、《ハムレット》では耳道を介し、《アントニーとクレオパトラ》［12-3］では毒蛇による咬傷《こうしょう》で死に至る状況が見事に描写されている。

《ハムレット》で、ハムレットは彼の父親を殺害して王位を奪った父の弟デンマーク王と母親ガートルードとの結婚に近親相姦の嫌悪を抱くことになる。ハムレットは父親の死の真相を父の亡霊との会話で知る。

亡霊　予《われ》園内に眠れる折から、油断を見すまし、忍びより、汝の叔父が小瓶より我耳に注ぎ入れし大毒液の効力《きゝめ》は覿面《てきめん》、水銀のやうに、我五体のありとあらゆる血管を走り伝って

――第一幕第五場――

と亡霊は語る。後世、この手法について、①どんな毒液を用い？　②作用メカニズムは？　③死の原因は？　④目を覚ますことなく可能だったか？　などの疑問が提起されることになる。先にも述べたが、用いた毒はシェイクスピアの架空の毒で hebenon（ヘベノン）である。

一方、《アントニーとクレオパトラ》では、愛するアントニーが戦に敗れてクレオパトラの腕の中で死ぬことで、自分の命を死に神に奪わせて誇りを持たせると決心したクレオパトラは、いちじくの入った籠を届けにきた道化に向かって言う。

クレオパトラ　汝《おのし》は其処にナイル河の可愛い蛇を持ってゐるか、人を殺すけれど痛《いた》うはない蛇を？
〔略〕よい気持ぢゃ、鎮痛剤《バーム》（balm）のやうで、柔《やはら》かで、まるで空気のやうに、さうして
……

――第五幕第二場――

歴史上のクレオパトラは、死罪の囚人と動物を用いて各種毒薬を験して、痛みが少なく、緩徐に感覚が麻痺して、やがて深い眠りにつける、しかも苦しみの少ないのはエジプトコブラをおいてほかにないことを知っていたという。

さらにシェイクスピアは《ジョン王》で、修道僧に毒を盛られたジョン王に毒薬の効き方を語らせ

ていて、心配するヘンリー王子に言う。

ジョン王　毒害された、殺された、捨てられた、はふり出された。一人だって、おれの此胃袋へ冬の冷《つめ》ィたい指を突込ませてくれるものもないのだ！　此胸が焼けるやうだのに、おれの王領内のどの河をもそこへ流れ入れさせてくれる者もない！　此乾き果てゝゐる唇を、あの切るやうに冷たい北の風に懇願して、キッスさせて、おれを慰めようともしてくれない！

――第五幕第七場――

真に迫った、見事な描写である。

13 消臭と心を癒すハーブの活用

人に摘まれない荊棘《のばら》で生長し、生死して、凋んでしまふよりも、
摘み取られて蒸溜罐《ランビキ》に掛けられる花薔薇の方が幸福だ。

《夏の夜の夢》第一幕第一場

医科学が進歩して、いくら素晴らしい診断機器や医療技術が登場してきたとしても、病の治療の基本は患者とその家族の心を癒すことにあるのは論を俟《ま》たない。古代ギリシャに活躍した医聖ヒポクラテスは、「病める者の訴えに耳を傾け、その心を癒すことが医療の基本」と述べている。

病と限られたものではなく、種々の悩みに苛まれる状況にあっては、事情に応じて種々の術が選択されるが、香料植物はその一つでハーブ（herb）としてよく知られている。ハーブと一口に言っても、風味用、香料用、薬用などと多彩で、シェイクスピア［13-1］の作品にも広い用途で登場してくる。

I　ハーブからの薬創生は家族の義務

ハーブが薬、香料、風味料として、古代エジプト時代にすでに用いられていたのはよく知られているが、ハーブを薬用、香料用、風味用とかに厳密に区別するのは難しく、多くは植物自体あるいは抽出された物質が活用されている。ここでは、まず薬用としての視点から、ハーブを捉えてみたい。

薬の歴史は人類の歴史が始まって以来、生き抜くための生活の知恵として発達し、今日に至っている。アメリカのジョンズ・ホプキンス大学内科学教授ウィリアム・オスラー（一八四九〜一九一九）は、「薬を欲しがるか否かが、人間と動物とを区別する最大の特徴であろう」と皮肉めいた警句を残している。

広義から、薬物に関する記述はローマ時代のアレクサンドリアの記述家アウルス・コルネリウス・ケルスス（BC二五〜五〇）が医学・歴史・農学などに関した事柄を編纂し、『百科事典』として出版したのが医学文献としては初期のものである。現存するものは一四七八年刊で、本書に纏《まと》めあげられた動物学、植物学などの記述は、以降に発展する自然科学研究の礎となったとされている。その後、古代ローマの博物学者大プリニウス（二三〜七九）が百科事典『博物誌』三十七巻を公にし、甥の小プリニウス（六二頃〜一一四頃）により纏められ、出版された。薬に関する内容は後世の人々に大きな影響を与えている。以後、プリニウスの著書を典拠に四〜七世紀にかけて、薬草書が絵入りで著されていった。

六世紀になると、キリスト教精神がヨーロッパに広がり、古代ローマ時代の医学が隆盛を迎え、薬草の知識が聖職者にとっても欠かせない教養の一つとなり、修道院に薬草園が設けられて医学に精通した修道士が管理・運営していた。アイルランド、イギリスでもしかりで、人々の健康管理に修道院が一役を担い、その療法に薬用、香料、風味料としてハーブが用いられていく。エリザベス朝では、ハーブから薬を創生することは家族の義務の一つで、シェイクスピアの作品でもハーブからの薬の抽出に先立つ薬草採集の場面が、《ロミオとジュリエット》で修道士ロレンスにより語られている。

ロレンス修道士　太陽《ひ》が其燃ゆるやうな眼《まなこ》を挙げて今日の昼を慰め、昨夜の湿気を乾《かわか》す前に、毒ある草や貴い液《しる》を出す花どもを摘んで、吾等の此籃を一杯にせねばならぬ。〔略〕さて其子宮《こぶくろ》より千差万別の児供《こども》が生れ、其胸をまさぐりて乳《ち》を吸ふやうに、更に何か一種宛《ひとくさづゝ》霊妙《いみ》じい殊なる効能のある千種万種を吸出だす。あゝ、夥しいは草や木や金石どもの其本質に籠れる奇特《きどく》ぢや。

——第二幕第三場——

II　エリザベス朝は香りの文化

香料としての視点からハーブを捉えると、シェイクスピアの活躍したエリザベス朝はまさに香りの文化が開花した時期ともいえなくはない。いな必然性が生んだ、香りの文化である。当時のロンドンは、上下水道がまだ十分に発達しておらず、折からの急激な人口増加で街には屎尿《しにょう》、あるいは悪疫による死体などで悪臭に満ちていた。一方で、貴族社会は香料で身の装いを整えることが嗜《たしな》みともいえた。消臭、嗜み、癒し、加えて儀式と、香料の用途は広かった。

太古から神への祈りの儀式に人類は香木を薫《た》くことに、香料の歴史が始まったと考えられる。時代を重ねていく過程において、香りの用途は広がり、香水の文化が誕生し、素材も草木のみならず動物にも求められていった。麝香《じゃこう》は、動物性香料の代表ともいえよう。

シェイクスピアの《ヘンリー四世　第一部》〔13-2〕で、むこうみずな者（hotspur）と綽名をつけられた勇敢な戦士ヘンリー・パーシー。

ヘンリー・パーシー　化粧品屋の若い者のやうにぷん〱香水を匂はせて、指先にゃ香料匣《かうれうばこ》を摘《つま》んでゐて、時々それを鼻の先に当てたり離したりするんで、鼻も腹が立つと見えて、二度目にゃふんと鼻であしらふ。〔略〕兵卒が死骸を担《かつ》いで其前を通ったりすると、風上《かざかみ》から穢らはしい物を鼻の先へ持って来るとは無礼だ、不躾《ぶしつけ》だなぞと罵りました。

——第一幕第三場——

貴族の身だしなみの香水、そして死体による悪臭を一気にまくしたてて王に向かって戦場での不満を述べている。エリザベス朝の香りの文化の一端がここに見事に凝縮されている。

III シェイクスピアにとってターニングポイントになった年？

戯曲の執筆に際して、シェイクスピアが参考にした本草書については多くが考えられる。とりわけ、当時その所有するロンドンの庭園には稀少な植物の多いことでつとに名の知れていた、植物採集家にして理髪師・外科医だったジョン・ジェラード（一五四五～一六一二）が、一五九七年に出版した『本草書または植物の歴史（The Herball or General Historie of Plantes）』は、要領よく纏められていて、作品の執筆に際して参考になった可能性は否定出来ない。その証左として、ハーブ、毒草などに詳しく触れている作品は、《ロミオとジュリエット》（一五九五～一五九六）、《ヘンリー四世　第一部》（一五九六～一五九七）以外は、ほとんど一五九七年以降で、《ヘンリー四世　第二部》（一五九八）、《ヘンリー五世》（一五九九）、《ハムレット》（一六〇〇～一六〇一）、《終わりよければすべてよし》（一六〇二～一六〇三）、《オセロー》（一六〇四）、《リア王》（一六〇五）、《ペリクリーズ》（一六〇七～一六〇八）、《シンベリーン》（一六〇九～一六一〇）が主なものとして挙げられる（作品年代は、G. Blackemore Evans ed., *The Riverside Shakesperes*, Houghton Mifflin Co., Boston, 1974による）。

一方で、シェイクスピアが作品に医者を登場させるのが一五九七年以降なのと不思議に一致していて、先にも述べたように、長女のスザンナの夫となるジョン・ホール医師がストラットフォードに開院した時期が一六〇〇年である。義理の息子から薬、毒薬、薬草に関して情報を得ていたことも考えられる。医学および本草関連の内容の質が、一五九七年以降の作品で高くなっているのは前述したとおりである。

《ヘンリー五世》〔13-2〕で、バーガンディ公爵がフランス国家の疲弊と廃れた庭園を比較して述べ、ハーブ、毒草、雑草に触れている。

バーガンディ公爵　人心を慰め娯《たのし》ます葡萄も摘取る者なければ腐り、平らに刈込む筈の生垣も、頭髪おどろの囚人の如く、みだりがはしく若枝《え》を延ばし、不耕地《あれち》には毒麦や毒人参や臭いトマサウなぞが茂り、それらの蛮草を抜くべき犁頭《すきさき》は錆び、以前は九輪草其他の可憐な野花を咲かせました牧場さへも、鎌が入らず、手入れが届かず、荒れ次第になって、美も用もない雑草以外、何も生えなくなってをります。

――第五幕第二場――

さらにシェイクスピアは、ハーブを花言葉として作品の中で活用していて、《ハムレット》（第四幕第五場）で、オフィリアが兄、王、女王の性格・気質を花の名前になぞらえた台詞がある。

14　アルコールの功罪

学問だっても、悪魔が守ってる金山《かなやま》同然だ、
酒がそれを押開《おッぴら》いて活用させなけりゃァ。

《ヘンリー四世　第二部》第四幕第三場

アルコールは古来、〈百薬の長〉として広く親しまれてきたが、活用次第では「毒にも薬にもなる」。

文明の開かれる以前から、アルコールは人類によって生産され、飲用されてきたのは、紀元前二〇〇〇年頃のメソポタミア文明の遺跡から発掘された粘土板の記録からも明らかである。

シェイクスピア〔14-1〕の作品には、ワイン、エール、ビールをはじめとした種々のアルコールが登場し、その功罪の蘊蓄《うんちく》が登場人物を介して語られる。

I　シェイクスピアが好んだ〈サック酒〉

シェイクスピアの活躍するエリザベス朝以前のイギリスでは、アルコールといえば大麦から造られたエールとブドウから生産されたワインが飲物の主流で、ビールは十五世紀中頃からイギリスで愛飲されだした。とりわけ、ワインはシェイクスピアの作品にたびたび登場し、土地名など異なった呼称でも呼ばれている。

イギリスとワインとの関わりは、古代ローマ時代に遡って、占領したローマ人によるブドウ栽培の形跡があるものの定かではない。当初、スペイン、イタリアなどから輸入されていたようである。中世を迎えると、フランス王妃エレオノールがノルマンディ公アンジュー伯と結婚した二年後の一一五四年にノルマンディ公はイングランド王ヘンリー二世（在位一一五四〜一一八九）として即位し、イギリスとフランスのワイン産地であるボルドーとの結びつきが深くなっていく。リンゴ酒を常飲していたイギリス人がワインに強く傾倒していったのは、ワインの味を熟知したフランス系のノルマン人がイギリスに居住し始めた一〇六六年以降からである。ヘイスティングズの戦いで、フランスのノルマンディ公ウィリアムがイギリス軍を破り、ウィリアム一世（在位一〇六六〜一〇八七）として戴冠したのが一〇六六年である。現在のフランスのボルドー地域周辺は、ヘンリー二世の即位によってイギリスに帰属し、生産されたワインはイギリスに運ばれて、貴族間で楽しまれることとなった。

しかし、一三三七年フランスで王位継承の〈百年戦争〉（一三三七〜一四五三）が勃発し、新たなワイン生産地を探す必要性がイギリスに生じ、スペインはイベリア半島のヘレス産ワインに目がつけられた。〈百年戦争〉終結後、イギリスでは〈バラ戦争〉（一四五五〜一四八五）、そしてスペインで〈レコンキスタ〉（国土回復運動）（七一八〜一四九二）があり、〈バラ戦争〉の終結を迎えた一四八五年、イギリスのヘンリー七世（在位一四八五〜一五〇九）が「航海条例」を設け、イギリスに輸入されるワインはイギリス船籍に限定され、ワインの呼称も産出国の名前ではなく英語名に変えられていった。その好例がシェリー（sherry）で、十六世紀にはサック（sack）と呼ばれ、シェイクスピアの作品にたびたび登場する。しかし、英語化が進み、サックは〈シェリー〉、ボルドー産の赤・白ワインは〈クラレット〉、マラガは〈マウテン〉、そしてラムは〈キル・デビル〉と呼ばれることになる。〈シェリー〉すなわち〈サック〉は十三世紀生まれのスペイン産ワインで、百年戦争、エリザベス時代、大航海時代、そしてヴィクトリア時代と約六百年間の長きにわたって、イギリスの影響下で発展してきた〈白ワイン〉である。

II　今も昔も変わらぬ卵酒

シェイクスピアの時代、衛生上の問題から水は飲物として必ずしも安全ではなかった。したがって、よほど貧しい階級でなければ、朝食にはエール、昼にビール、晩餐にはワインが一般的であったという。しかし、ワイン貯蔵を自宅に許されたのは、貴族、ワイン業者、酒類販売許可を得た居酒屋（tavern）に限られ、仕事後に家路につく働き手は、近くの居酒屋でワインを口にし、友達と時を過ごすのが一般的であった。
アルコールの効能、悪影響そして酔払った振る舞いなどを、シェイクスピアは作品に巧みに投影した。アルコールの効能に関して、《ヘンリー四世　第二部》で酒をこよなく愛し、自墜落な生活を楽しむ落ちぶれた貴族フォールスタッフが、国王の三男ランカスター公ジョンとの会話に自己の哲学を披瀝している。

フォールスタッフ　好《い》いシェリー酒は二重の効能を持ってるからなァ。先づ脳《あたま》へ登る、そこに蟠《わだかま》ってるあらゆる痴鈍《ちどん》な、下等な毒気を乾燥さしッちまって、それを、その、想像力の活発な、当意即妙の動きをするものにして、機敏な、猛烈な、いろんな面白い形象《かたち》を生み出し得るものにする。〔略〕上等シェリーの第二の特質は血を温めることだ。前にゃ血が冷えて沈み切ってゐるので、肝臓が白《しら》っちゃけてゐたのが……それは臆病意気地なしの標章《しるし》だが……シェリーを飲むと温まって来て、五臓六腑から四肢《てあし》の隅々まで血が走り出す。
――第四幕第三場――

アルコールのそのほかの効能に、日常生活においてサック酒の熱燗に卵を一個あるいは焼きパンを入れて飲用されたが、前者は病人用の飲物として一般的であったのであろう。《ウィンザーの陽気な女房たち》〔14-2〕で、自分の妻にフォールスタッフが恋しているのを知ったフランク・フォードの館で不愉快な目にあったフォールスタッフが、戻ったガータ館で部下のバードルフに発した最初の言葉は、

フォールスタッフ 酒《サック》を五合ばかり持って来い、焼麵麭《トースト》を容れて。〔略〕さ、早くテムズ河の水ン中へ酒《サック》を注《つ》ぎ込んでくれ。下ッ肚《したっぱら》が冷《ひえ》ッちまった、まるで腎《じん》を冷すために雪の塊りを丸薬代りに呑込んだてィ心持だ。

――第三幕第五場――

間髪を容れずに、

バードルフ 鶏卵を入れますか？

フォールスタッフ 何にもなしで。おれは蛋白《たんぱく》なんか入れるのは嫌ひだ。

――同右――

疲労困憊しているフォールスタッフを見かねた部下が、彼の健康を気遣って卵酒をすすめている。今も昔も変わらない、微笑ましいやりとりである。

シェイクスピアの活躍した時代、ワインに比べれば安価なアルコール、〈燃える水〉と呼ばれた火酒を売って歩く〈ブランデー売りの女〉がいたという。当時、この類の蒸留酒は居酒屋では売られていなかった。また、命の水（aqua vitae、強酒・ブランデー・ウィスキーなど）は、産婆や乳母の常用酒であったことが、《十二夜》、《ロミオとジュリエット》で言及されている。

III　アルコールの悪影響と悪用

舞台での酔払った振舞いや光景が、シェイクスピアの時代の観客に人気が高かったようである。アルコールの罪に関して、気の利いたやりとりの台詞が彼の作品の随所にみられる。

《マクベス》で、マクベスを殺すことになるマクダフと謙虚な門番との会話で飲酒は三つの大きな誘因になると語る門番。

マクダフ　特に彼《あ》の三付《みッつ》といふのは何だ？

門番　へい、小便と鼻の赤くなるのと眠くなるのとでございます。淫情《いろけ》は募りもしますが、衰へもします。

——第二幕第三場——

シェイクスピアの描写は、微に入り細を穿《うが》っている。酒皶鼻《しゅさび》（rhinophyma、酒で赤く肥大した鼻瘤《びりゅう》でbrandy noseとも言う）を指す赤い鼻の先については、《ヘンリー四世　第一部》において、居酒屋〈ボアズ・ヘッド（猪頭）亭〉でサック酒を長年飲み続けてきた部下バードルフがフォールスタッフの肥満体にケチをつけたお返しに、こう言う。

フォールスタッフ　汝《きさま》も其面《つら》を改造しなよ、すると、おれも生活の改造をやるから。汝は提督旗艦《アドミラル》だ、其証拠には桃灯《ちやうちん》を船尾《とも》の高甲板に掲げてゐやがる。と思ったら鼻だった。して見ると、汝は炎々燈《バーニングランプ》の勲爵士《ナイト》だらう。

——第三幕第三場——

誰もが知っている膨らんだ赤い鼻（鼻瘤）を“burning lamp”と見事に表現している。

一方、アルコールの悪用例が、《マクベス》にみられる。夫マクベスを王にすべく、マクベス夫人がスコットランド王ダンカンの侍従を酒で眠らせ、ダンカン暗殺の罪を着せようと企らむ夫人とマクベスの会話。

マクベス夫人　あの二人《ふたアり》の侍士《さむらひ》に葡萄酒を勧めて、祝盃を重ねさせます、すれば、脳の番人の記憶力も煙りとなり、理智の器《いれもの》も蒸溜鑵《くわん》同然になりませう。

——第一幕第七場——

アルコール中毒の治療に海水の活用を訴える興味深い台詞が《あらし》［14-3］にみられる。ナポリ王アロンゾーに仕える給仕頭ステファノーに向かって、野蛮で醜悪な奴隷キャリバンが語る。

キャリバン　殿さま、お願ひします、あいつを殴って下さい、さうして酒壜《とつくり》を取上げて下さい。あれがなくなりゃァ彼奴海水《しをみず》の外に飲むものがなくならァ、

——第三幕第二場——

15 食生活と健康は？

腹が膨れ過ぎると、頭は却って痩せます、美食を重ねると、肋《あばら》は物持ちにもなりますが、智慧は身代限りになります。

《恋の骨折り損》第一幕第一場

飽食の時代とされる今日だが、シェイクスピア［15-1］の活躍したエリザベス朝も新大陸をはじめ、諸外国から新しい食材や珍しい香辛料がイギリスに輸入され、貴族社会や裕福な人たちの食生活は豊かであった。この時代、「料理には病を癒す力がある」という思想が広く浸透し、食生活を介して健康維持という考えが芽生えてきていた。したがって、家庭料理とガーデニングはとても重要であった。

I　宗教改革、大航海時代そして家庭菜園

シェイクスピアの活躍した十六世紀、イギリスの食生活に大きな変化をもたらした要因に、宗教改革、大航海時代そして家庭菜園が挙げられる。十六世紀に宗教改革を断行したヘンリー八世とエリザベス一世の政治は、〈修道院の解散〉と〈断食の励行〉を国民に強いた。〈修道院の解散〉は、所有していた広大な土地の解放とハーブ園の消滅を意味した。このことは、弁護士、内科医、貿易などで財を成した商人の手に土地が渡り、新興の地主が誕生し、家庭菜園やガーデニングの隆盛を演出した。シェイクスピアの時代はハーブ全盛で、野菜・果物もその一翼を担っていた。折から、前掲の『本草書または植物の歴史』が一五九七年に出版された。実用的な料理に関する本も、一五四五年に出版されたこともあり、ガーデニングと家庭菜園への関心がイギリス人の間に高まった。

良妻たる者、健康上の観点からも食材と調理を考え、食卓を豊かにすることが求められた。勢い、家庭菜園が花盛りを迎えたが、菜園を所有出来ない人は朝早く市場に出掛けたり、あるいは菜園所有者に新鮮な野菜・果物を分けてもらうネットワーク作りが必要だった。そんなシーンが《リチャード三世》にみられる。ロンドンの土壌で育った苺は特に美味と評判が高く、グロスター公はイーリー司

教の有名な菜園に言及している。

グロスター公　わたしが先頃ホルボーンへ参った時、あんたの処《とこ》の御園内に、好い草苺が沢山あるのを見ましたっけ。どうか、あれを少々取寄せていたゞきたいものですねえ。

――第三幕第四場――

しかし、宗教改革以上に、イギリスの食生活の向上に大きく貢献したのが大航海時代の始まりで、新大陸からの食材、香辛料は食卓に潤いをもたらしたばかりか、アメリカ原産のジャガイモやトウモロコシなどは、今やヨーロッパにおいても主食の一翼を担っている。砂糖もその一つだったが、シェイクスピアの活躍した時代に常用出来たのはわずかなもので、上流社会に限られ、一般庶民の手に届くには十七世紀末まで待たなければならず、それに代わるものとして蜂蜜があった。この大航海時代に活躍したイギリス人に、ウォルター・ローリー（一五五二～一六一八）とフランシス・ドレイク（一五四〇頃～一五九六）がいる。

II　肉の中でも最高に美味な鹿肉

宗教改革で〈断食の励行〉が国民に強いられたが、本来の宗教的理念から逸脱していて〈断食〉によって〈断食による肉断ち〉を狙い、魚の消費が増えて漁業の発展を意図していたが叶わなかった。十六世紀末になると宗教的意義も薄れて、〈断食による肉断ち〉が漸減していき、魚に代わって肉が好まれた。とりわけ、鹿肉は最高に美味たるものだったが、一般庶民には高嶺の花であった。というのも、鹿狩りというスポーツには免許が必要で庶民には手が届かない肉となり、密猟が横行したという。シェイクスピアの《ウィンザーの陽気な女房たち》〔15-2〕で、田舎判事ロバート・シャローから贈られた鹿肉へのお礼を述べるウィンザーの市民ジョージ・ペイジに対して……。

ペイジ　過日は有りがたうございました鹿肉《ベニズン》を。
シャロー　いや、甚だお粗末さんでねえ。もっとえい肉をあげたかったでごわしたが、殺し方がようなかったのでねえ。

——第一幕第一場——

と下手な処理を謝罪する判事。

そのほかに食された肉に、兎、豚、羊、牛、ニワトリなどの鳥類、そして十六世紀に入って七面鳥がアメリカからスペイン経由でイギリスにもたらされて、たちまち人気を得ている。《十二夜》で、裕福な女伯爵オリヴィアの叔父トービーの酒と馬鹿騒ぎを愛する立ち居振る舞いを評して、オリヴィアの使用人フェイビアンが言う。

フェイビアン　あの仔細らしい様子が、まるで七面鳥よろしくでさ。翼《はね》をおッ立てゝ、のさばり歩く様子はどうです?

——第二幕第五場——

シェイクスピアの時代、イギリスで七面鳥がいかに広く知れ渡っていたかが窺える。

ところで、イギリスの貴族たちが食べる肉の量が余りにも多いことについて、一五七七年に出版された聖職者ウィリアム・ハリソン（一五三五〜一五九三）の手になる『イングランドの情景』に「肉体の維持よりは、健康を急速に害するためにと懸念を抱かざるを得ない」と認《したた》められている。これら肉は、ロースト、シチュー、串焼きなどのほかに、鹿肉、兎肉などはパイとして食べられていた。しかし、これらの肉を食べられない貧乏人は、主な蛋白質をいわゆる〈白い肉〉のミルク、バター、チーズなどと、干し魚、塩漬魚、酢漬魚、時には卵に頼っていた。

III　フォールスタッフに代表される生活習慣病

人間の三大欲の一つ〈食欲〉は、美食家にとって抑えることの難しい課題である。健康にとって良い食べ方が、《ヴェニスの商人》［15-3］で語られている。ヴェニスのベルモントの裕福な遺産相続人ポーシャと彼女の侍女ネリッサとの会話に窺える。

ネリッサ　人は何にも食べないでゐても、飢《かつ》ゑて病人になりますけれど、十分過ぎる程いたゞいても、やっぱり病気になりますのね。ですから中位《ちゆうくらゐ》といふことは、決して中位の幸福《しあはせ》どころぢゃございませんのよ。度《ど》を過す時は白髪を速《まね》く、程《ほど》を守れば寿《いのちなが》しでございますわね。

——第一幕第二場——

人が病気を患わない秘訣は、多からず少なからず、ほどほど（腹八分目）に食べることにあり、その成果は決して中程度ではなく、健康で長生きという大きな幸せをもたらすとネリッサは強調している。

しかし、食い意地はとどまるところを知らず、大食家はまた大酒飲みであることが少なくなく、ために病を発症することになる。シェイクスピアの作品の登場人物では、それに相応しいのが陽気で憎めないフォールスタッフをおいてほかに見当たらない。メタボリック・シンドロームが疑われる肥満体で、生活習慣の不摂生から生じた痛風発作を嘆くフォールスタッフの台詞が、《ヘンリー四世　第二部》にみられる。酒飲み仲間フォールスタッフとの付合いがヘンリー皇太子に悪影響を及ぼすと懸念する高等法院長が小言を述べるのに対して、

フォールスタッフ　畜生！　又痛風が痛みゃァがる！　かまふもんかい、跛足《びっこ》ォひいたって。

——第一幕第二場——

痛風発作には、肉汁、アルコール、ストレスなどが誘発因子となるが、シェイクスピアの医学的知識は広い。

大食漢で大酒飲みで、肥満体のフォールスタッフの体型と性格を見事に描写した台詞は、《ヘンリー四世　第一部》で、彼を前にして、ヘンリー皇太子（ハル）により語られている。

ヘンリー皇太子　汝《おまひ》の堕落は実に甚しいと言はんけりゃならん。畢竟、肥満した老人に化けて汝に附纏ってゐるあの悪魔めの所為《せゐ》だ。あの酒樽の化物のやうな汝の友だ。何故あんな気まぐれの容器《いれもの》を友達にするのだ、あんな下等《やくざ》な粉篩《こなふる》ひ箱を、あんな水腫《みずぶくれ》のお化けを、あんな大きな酒嚢を、あんな臓腑《はらわた》詰込みの大革鞄《おほかばん》を、あんな牛の孕《はら》ませ丸焼て奴を、

あんな翁《おきな》さびた道化《バイス》を、あんな白髪頭の牛道《はんだう》を、あんな老爺《ぢゝい》の横道者を、あんな老込みの虚栄餓鬼を、どうして汝《おまひ》は友達にするんだ？　試酒《きゝざけ》と大飲との他に、あいつに何の長所《とりえ》がある？

——第二幕第四場——

はなはだ手厳しいが、「それは誰の事を」と、うそぶくフォールスタッフである。肉を食べ、生野菜の摂取が少なかった当時、病として壊血病が多く、ヘンリー八世、エリザベス一世も壊血病に悩まされていた可能性の高かったことが、後世医師の研究で報告されている。章を改めて壊血病について触れてみたい。

16 君主の玉座たる肝臓、脳、心臓

肝の臓も、脳髄も、心臓も、それらの無上の王座。

《十二夜》第一幕第一場

イギリスの医師ウィリアム・ハーヴェイが一六二八年に公表した〈血液の循環〉に関する考えは、現代医学の進歩のあらゆる分野の基本をなしていると言っても過言ではない。しかし、シェイクスピア［16-1］が活躍した時代、ハーヴェイの学説はまだ公にされておらず、すでに述べたように、シェイクスピアの医学知識は旧態依然としていて、ヒポクラテス、ガレノスの医学が金科玉条として享受されていた。

I　身体機能を司る霊魂と精気

第六章の冒頭で触れたように、シェイクスピアの時代には、身体を構成する臓器の中でも、肝臓、脳、心臓の果たす役割の重要性は認識されていたものの、アリストテレスの学説を基にガレノスが手を少し加えた〈体液病因〉論が浸透していた。

アリストテレスの考えによれば、脳は心臓内の熱調節、胃と腸は心臓をはじめとした上半身への栄養供給、四肢は身体の移動、肺は身体の冷却、肝臓と脾臓は食物の調理、腎臓は膀胱に排泄物を分泌、横隔膜より下の内臓は血管を身体に固定という役割を各々が担う。さらに、彼は生物が活動する上で、栄養霊魂と感覚霊魂は不可欠で、これら霊魂は心臓に宿すとした。しかし、彼の考えを発展させたガレノスは〈霊魂〉に匹敵するものとして〈精気〉なる概念を打ち立て、〈霊魂〉と身体各部とを結びつけ、それが発生・運動・感覚を司るとした。

ガレノスは、心臓、脳、肝臓の働きは生命精気、動物精気、自然精気によって制御されているとした。呼吸で摂取された空気は肺を経て心臓の左心室に入り、血液と一緒になって生命精気が形成される。この生命精気は、心臓を起点に動脈血と共に身体各部に運ばれて、諸器官の活動を可能とする。また、脳で生命精気から生成された動物精気は、神経を介して身体各部へ送られ、感覚と運動を表現する。一方、消化吸収された栄養物すなわち乳糜《にゅうび》を素に肝臓で血液と共に生成された自然精気は、静脈を介して身体各部へ運ばれて栄養として活用されることに寄与する。ガレノスの学説では、血液は乳糜から肝臓で生成され、肝臓が心臓、脳と共に重視されている。また、肝臓に乳糜が溢れる状態は臆病の一特徴とされていた。これらのことは、シェイクスピアの作品に反映されている。

《ハムレット》［16-2］において、

ハムレット　五体にありとあらゆる動脈、鉄《くろがね》の如くに張り満ち、

——第一幕第四場——

そして、《恋の骨折り損》では、王に随行する貴族ビルーンが言う。

ビルーン　只孜々汲々《しゝきふ〳〵》と研究ばかりしてゐると動脈中の鋭敏な精神が毒殺されてしまふ、

——第四幕第三場——

ここで、動脈（artery）が全身にはりめぐされて、生命精気（vital spirit）が運ばれること、頭を使いすぎて鋭敏な精神（nimble spirit）すなわち生命精気が台無しになる可能性が示唆されている。さらに、《ヴェニスの商人》で、アントーニオの友人バサーニオが、

バサーニオ　強者らしく見せよう為に、表面《うはべ》には勇者の飾を附けてゐるが、内面を査《しら》べると、そやつらの肝臓は乳のやうに白いのぢや。

——第三幕第二場——

と述べ、ガレノスの学説の一端を披瀝している。

Ⅱ　近代的な〈血液循環〉説の登場

ガレノスは心臓を血液循環のポンプと見做したが、先人たちと異なり、動脈は空気を運ぶのが役目ではなく、血液を身体全体に運ぶことを明らかにした。しかし、動脈より静脈を重視し、血液循環の中枢を肝臓としていた。このことは、先に紹介したシェイクスピアの作品にも生かされているが、彼は作品の中で静脈（vein）については四十回以上も触れているのに対して、動脈（artery）は先に紹介した二つの戯曲《ハムレット》、《恋の骨折り損》に登場するのみで、当時の知識として静脈が動脈に比して、いかに重きをなしていたかを物語っている。

しかし、ハーヴェイの登場により、ガレノスの〈精気〉の存在、肝臓を中心とした血液循環の考えは、陰に隠れてしまった。ガレノスの得た情報の多くが、死んだ動物と人間からで自ずから限界があり、先に述べたように、それを正したのがハーヴェイで、『心臓と血液の運動に関する解剖学的研究』、そして一六四九年に『血液の循環』の出版をもって、近代生理学の基礎が誕生したことになる。

Ⅲ　人の気質の源は〈君主の玉座〉による

シェイクスピアは当時一般的に流布していた憶測を基に作品の中で、肝臓、脳、心臓の機能を種々の観点から披瀝している。肝臓は熱を発する源で、心理的信条から不安、臆病そして怒りと結びつけ、愛は肝臓の熱で生まれると考えられていた。臆病について、《リア王》で、リア王に尊大な態度をとるオズワルドに対してリア王に忠誠を守るケント伯の台詞。

ケント伯　肝玉《きもツたま》の小《ちッ》ぽけな、何かといふと政府頼《おかみだの》みの、下賤な、

――第二幕第二場――

と言い、坪内逍遙は臆病な（lily-livered）＝肝玉の小ぽけなと訳している。また、《あらし》で、ナポリ王アロンゾーの息子ファーディナンドに、ミラノ大公プロスペローはミランダとの結婚式当日まで純潔を守ることを厳命するが、

ファーディナンド　わたしの心臓の、雪よりも冷たい操が、わたしの肝臓の熱血を消してしまひます、

――第四幕第一場――

と愛が肝臓の熱でつくられることを述べている。

肝臓に次いで、君主の玉座の第二番は脳髄だった。ガレノスの研究で際立ったものに、脳脊髄の生理機能があり、第一と第二脊椎間の脊髄損傷で死、第三と第四脊椎間の損傷は呼吸停止、第六脊椎以下の損傷で胸部の筋麻痺が生じて横隔膜のみの呼吸、それ以下の脊椎損傷により麻痺は下肢、膀胱、腸管に限局されることを明らかにしている。シェイクスピアは、脳を〈魂の椅子〉あるいは〈思考力と推理の源〉と捉え、作品にたびたび用いているが、多くは人の災難あるいは危機・予知の欠如との関わりから触れられている。例えば、《マクベス》［16-3］で、

マクベス　忘れてゐたことを思ひ出さうとして、つい茫然《ぼんやり》してゐました。

――第一幕第三場――

茫然《ぼんやり》して（dull brain）という表現に用いている。さらに、〈記憶の源〉として脳軟膜（pia mater）や脳室（ventricles）にも言及してる。

君主の玉座の第三番が心臓で、その重要性をここに挙げるまでもなく、シェイクスピアは手を替え品を替えてたびたび取り上げている。ここでは、心臓の血液が濃くなったり、熱くなったりするために抑うつ気質（melancholic humour）が生じてくることを紹介したい。《ジョン王》から。

ジョン王　彼の悒悶《メランコリー》といふ陰鬱な気分がおまひの血を凝固《こゞ》らせて重ッくるしくしてゐたなら……

——第三幕第三場——

これら〈君主の玉座〉を占める臓器の他に、当時生命維持に重要な臓器として脾臓があり、複雑な生理的機能を有し、情緒の多くがこの臓器から発生されると考えられていた。さらに、喜怒哀楽にも影響を及ぼすとされ、それらについての言及がシェイクスピアの作品には多くみられる。《お気に召すまま》で、アーデンの森において、いとこのシーリアに語るロザリンド。

ロザリンド　悒欝《いふうつ》が胎《たね》を下し、むら気が孕《はら》ませ、狂気が生ませたと愚かさとしてむら気（spleen）に触れている。

——第四幕第一場——

17 目は口ほどに物を言い

目で見ないで心で見るのが恋の習ひ。

《夏の夜の夢》第一幕第一場

シェイクスピア［17-1］が作品の中で言及した病状の中で最も多いのが眼に関するもので、その洞察は鋭い。それら観察からの病状描写は、今日の医学的視点から捉えても日常診療で思い当たるものが少なくなく、興味深い。シェイクスピアの観察眼は、読者あるいは観客を納得させ、魅了させるという特徴がある。

I 『ハンムラビ法典』にみる白内障手術の掟

古から、眼に関わる疾病が日常生活を営む上で大きな支障となったのは想像に難《かた》くなく、関心も高かったことがメソポタミア文明の栄えた時代に編まれた『ハンムラビ法典』（ＢＣ一七九二～ＢＣ一七五〇頃）にも窺える。この時代、司祭と医師との関係は密接なもので、医師が司祭を兼ね、内科治療をまかされた司祭医師は外科治療に携わる者に比べて、階級が上と見做されていた。その証左の一つとして、『ハンムラビ法典』では内科治療には治療費が定められていなかったのに対して、外科治療には治療費が規定されていた。

例えば、白内障の手術に関する掟として、『ハンムラビ法典』第二百十五集に、「医師が銅製メスを用いて大きな手術を行い、患者を救うことが出来た。あるいは銅製メスを用いて白内障の手術を施行してその目が癒えれば十セケルの銀を受取ってもよい」と認められている。当時、五セケルの価値は高級住宅の家賃一年分に相当し、いかに高額な治療費を請求出来たかがわかる。しかし、「手術で人の眼を潰した場合には、手術者の両腕は切断されるべきである」とも謳われていて、失敗すれば代償が大きい、厳しい掟である。

上の事実から『ハンムラビ法典』の編まれた当時、現代でも失明原因の一つを占める白内障治療としての手術が、いかに普及していたかを物語り、白内障で苦しめられていた人が多かったことを窺い知ることが出来る。当時の手術手技の詳細は明らかではないが、時代が下って紀元前三世紀になると、アレクサンドリア（現エジプト領）の外科医が眼の白濁した水晶体を押し落とすという圧下法の手術手技を編み出した記録が残されている。したがって、シェイクスピアが活躍したエリザベス朝にも、老人にみられる白内障の少なくなかったであろうことは、シェイクスピアの作品に白内障が登場することからも示唆される。

しかし、近代的な白内障手術は十八世紀中頃、〈近代眼科学の父〉とされるフランスのジャック・ダヴィエル（一六九三〜一七六二）の手がけた水晶体外囊摘出術に始まり、その後幾度かの改良が重ねられて、今日の計画的囊外摘出術による後房レンズの移植の手技が世界的に普及している。

II　病名のない病気を病状で巧みに表現

シェイクスピアの活躍した時代、眼の生理学の研究にも力を注いだ人に、天文学者、物理学者で名の知れたドイツのヨハネス・ケプラーがいる。眼の光線屈折およびその調節作用の重要性を認識していたケプラーは、光の集中が網膜の前に結ばれれば近視になることを唱え、屈折異常の本質および眼鏡の効力を述べている。また、白内障と関連の深い水晶体および水晶体と網膜との間に存在する硝子体は視力にあずからず、網膜の存在が重要で物体は網膜上に倒像として投射されることを明らかにした。

ところで、老人にみられる視力障害の代表ともいえる白内障に触れているシェイクスピアの戯曲の一つが、《冬の夜ばなし》である。シシリア王レオンティーズは、王妃の不貞を疑って嫉妬にかられ、信頼するシシリア貴族カミロに不貞の相手であるボヘミア王ポリクシニーズの毒殺を命ずる件で、

レオンティーズ　他人の目は残らず底翳《そこひ》になッちまって、自分らだけが、他《ひと》に見られないでゐたいと願ったりしても？

――第一幕第二場――

と妻の不貞が広く知れわたることを懸念した心の内の苦しみを吐露している。また、《リア王》においては、グロスター伯が把火《たいまつ》を掲げて近づいてくるのを魔法使いと捉え、リア王を前にしてグロスター伯の嫡子エドガーが、

エドガー　底翳《そこひ》にするも、斜視《やぶにらみ》にするも、兎唇《いぐち》にするも彼奴《あいつ》だ。

――第三幕第四場――

と語っている。

シェイクスピアは、底翳すなわち白内障を《冬の夜ばなし》では、"the pin and web" とし、《リア王》では "the web and the pin" と表現している。白内障は水晶体に蛋白質が沈着した状況で、眼に入ってくる光は蛋白質の粒子のために散乱して眩しく、病状がすすんでくれば霞んで見えにくくなる。

この状況を、シェイクスピアは光で反射して眩しくする〝pin（ピン）〟と、物が霞んで見えにくくなったことを〝web（クモの巣）〟状と捉え、病状描写は誠に見事である。

シェイクスピアの活躍した時代、現在のように病名のついた病気は少なく、このように病状で表現されているものが多く、その典型を白内障（cataract）にみることが出来る。

III　目は口ほどに物を言い

シェイクスピアは、観客の心を摑むのに視力喪失を舞台上で効果的に用いて、深い同情を抱かせてストーリー展開に共感を呼び起こすのに長けていたことが、彼の作品の端々に窺い知れる。ここでは、白内障以外の眼に関わる記述をシェイクスピアの作品にみてみたい。

《ロミオとジュリエット》［17-2］において、ジュリエットのことを忘れさせようとロミオを説得する友人ベンヴォーリオが、

ベンヴォーリオ　もッと目に自由を与へて、あちこちの他《ほか》の美人を見たらよからう。

ロミオ　目を失《なく》した男が、其失した目といふ宝をば忘れぬ例《ためし》。如何《どん》な抜群な美人をお見せあっても、それは只其抜群な美をも抜く抜群な美人を思出さす備亡帳《おぼえちやう》に過ぎぬであらう。

――第一幕第一場――

と反論し、失ってはじめて失ったものの大切さを知る盲目者に喩えて、恋人ジュリエットを忘れられない切なさを訴えている。「目は口ほどにものをいい」という格言があり、眼差しから情況を判断

するシーンを《ヘンリー四世　第二部》でみることが出来る。

王　枕元へ王冠を置いてくれ。

クラレンス公　(ウォリックに、小声で) 目が凹《くぼ》んでゐます。大変に変って来ました。

——第四幕第五場——

と"His eye is hollow (目が凹んでいる)"と永遠の眠りに王がつかんとする状況を表現している。また《マクベス》で、マクベスへの反乱軍レノックス。

レノックス　大あわてゞ参ったと見えまするあの目刺《まなざし》！　あの様子では容易ならん御報告をいたされさうにございます。

——第一幕第二場——

戦況報告に参上した反乱軍に加わった領主ロスの目の表情から、ただならぬ状況に陥っていることを読み取った発言である。

さらに、《ヘンリー六世　第二部》において、王に語るグロスター公。

グロスター公　ボーフォート (教政顧問) のあの赤く輝く目は底意の黒さを洩してをります。又、サッフォークの曇った眉根は其暴風《あらし》立つ根性を見せてゐます。

——第三幕第一場——

と目付きおよび眉毛から人間の底意を読み取る台詞である。シェイクスピアは、事態の惨事を知らせるのに目付きを効果的に活用し、観客に共感を抱かせ、事態を予測させるのに役立たせている。

眼の病状として機能的な視点から捉えた表現が《夏の夜の夢》にみられ、ハーミア、彼女に求婚中のディミートリアス、そしてその彼に恋心を抱くヘレナとの会話の最中に突然、

ハーミア　何だか目に焦点がなくなったやうだわ、何もかも二つに見える。

——第四幕第一場——

と、いわゆる〈複視〉を訴えていて、臨床的に非常に興味深い。また、先に紹介した《リア王》で、リア王を前にしてグロスター伯の嫡子エドガーが、

エドガー　底翳《そこひ》にするも、斜視《やぶにらみ》にする（squints the eye）も、

——第三幕第四場——

と斜視が台詞に登場する。シェイクスピアの活躍した時代、シェイクスピアに匹敵するほど眼に関して医学的興味を惹起する言及をした作家は見当たらない。

18 環境と学習による影響の大きい嗅覚と聴覚

目へ玉葱《たまねぎ》の臭ひがして来た。今にも涙が出さうだ。

《終わりよければすべてよし》第五幕第三場

劇作家あるいは舞台俳優として活躍したシェイクスピア［18-1］は、潔癖症な上に匂いや音に敏感であったことが後世の多くの研究から示唆されている。ストラットフォードの田舎に生まれ育ち、澄んだ空気、そしてそよぐ風で生じる木々のざわめき、鳥の囀《さえず》りに慣れ親しんできたシェイクスピアにとって、不衛生に伴う悪臭が漂い、賑わいをみせる喧噪のはなはだしいロンドンの街が惹起する感覚刺激には、人一倍敏感であったと想像されても不思議ではない。彼のこの特質が、作品の端々に珠玉のようにちりばめられ、舞台効果を一層際立たせている。

I　作品にみる条件反射

繰り返し述べてきたように、シェイクスピアの活躍した時代の医学的知識は古代ギリシャのヒポクラテスの教えに基づき、ガレノスらが手を加えたものが広く浸透して、その影響がシェイクスピアの作品に色濃く透影されている。ガレノスの考えの基本となった『ヒポクラテス全集』には、当時みられたあらゆる病気の病状と対応がこと細かく網羅されている。しかし、病名のついた病気は限られていて、多くは患者の容態が種々述べられている。ヒポクラテスの教えに後世の人々が手を加え、最終的に纏め上げられて完成したのが紀元前四世紀頃とされる『ヒポクラテス全集』で、その冒頭を飾るのが、〈ヒポクラテスの誓い〉である。その精神は現代に受け継がれているが、そこには「医神アポロンそしてその子医師アスクレピオスをはじめ、すべての男神、女神にかけて、またこれらの神々の証人として、わたしの能力と判断力の限りをつくしてこの誓約を履行することを誓う」と謳われている。
この『ヒポクラテス全集』には、匂いと関連する器官の鼻の病気として蓄膿症が記載されている。また、鼻と咽・喉頭と関連したものに炎症・潰瘍の視点からジフテリアが取り上げられている。冒頭に掲げた、「目へ玉葱《たまねぎ》の臭ひがして来た。今にも涙が出さうだ」はシェイクスピアの医学的言及の中でも最も簡潔といえ、嗅覚に関した素晴らしい表現で"Mine eyes smell onions"とわずか四語からなるにすぎない。しかし、この簡潔な表現からその情景が容易に目に浮かび、学習体験による感覚器官の機能的連動が巧みに描写されている。それはまさに、「ベルの音で消化液分泌が亢進する」犬を使ったロシアの生理学者イワン・ペトロヴィッチ・パヴロフ（一八四九〜一九三六）による、消化液分泌の神経支配を明らかにした〈条件反射〉の研究が思い起こされる。

II　思い起こさせられる悪臭への嫌悪感

シェイクスピアの作品に、鼻と咽・喉頭に関連した言及のいくつかをみてみたい。匂いについて、《ウィンザーの陽気な女房たち》で、間男とされたフォールスタッフがあわてて身を隠したのが洗濯籠。

フォールスタッフ　きたねえシャツや女衫《スモツグ》や短靴下《ソツク》や長靴下《ストツキング》や脂肪《あぶら》でにちゃつく布巾《ナプキン》なんかで俺を暗雲《やみくも》に詰込んだものだ。いや、臭いの何のッて、あんなたまらない臭気《にほひ》を嗅《かが》されたことはなかった。

――第三幕第五場――

また《冬の夜ばなし》では、シシリア王レオンティーズの奇妙な振る舞いを不信に思ったボヘミア王ポリクシニーズに尋ねられたシシリアの貴族カミロは、彼がレオンティーズの王妃に言い寄るという一線を越えたことで暗殺を命ぜられたことを告白するのに対し、自分の潔白を主張するポリクシニーズは、

ポリクシニーズ　おれの最近の、最大の名誉も、けふ限り、腐って悪臭を発して、如何な遅鈍《ちどん》な感覚の者も俺が傍へ行くと、鼻を掩《おほ》って避け、噂にも記録にも見聞したことのない大悪疫以上に、おれの名は嫌はれ、憎まれるやうになってしまへ！

――第一幕第二場――

と訴える。観客は、この二つの台詞から匂いの強烈さを容易に想像させられても不思議ではない。シェイクスピアの作品に取り上げた鼻の病気は風邪か鼻炎のいずれかが多く、そのほかに梅毒の鼻や酒皶が登場する。

一方、咽・喉頭に関するものとして、病気による声への影響や声変わりに触れられている。《ヘンリー四世　第二部》で、体調不良な国王が横たわり、そこに到着した皇太子は横たわる父王はすでに亡くなったと思い込み、

ヘンリー皇太子　口の端《はた》に羽があるんだが、動《いご》かない。……息をしてるのなら、あんな軽い柔毛《にこげ》だから、

是非動く筈だが。

——第四幕第五場——

と訝りながら王冠に手を出す。また、《ヴェニスの商人》で、愛するバサーニオの友人アントーニオの命を救うために男装して法廷に向かおうとするポーシアとネリッサの会話から。

ポーシア 声は声変り前といふ調子で話すの、ぴい〳〵声よ。それから、ちょこ〳〵歩きなんかはしないでね、大股《おおまた》に歩いて、

——第三幕第四場——

当時の演劇では、日本の歌舞伎の女形《おやま》と同じく、男性がすべての役をこなし、女性を少年が演じていたことから、この台詞に〈声変わり〉という言葉が登場してくる。

III 音への敏感さの描写を示す巧みさ

五感といえば視覚、嗅覚、触覚、味覚そして聴覚で、この五感のすべてに触れている台詞を《アテネのタイモン》にみることが出来る。キューピッドに扮した使いの小童の台詞から。

小童 五官の最善なる者は悉く閣下を恩人と崇め、喜んで来って裕《ゆた》かなる御恩沢に浴《よく》しまする。聴覚、触覚、味覚、嗅覚は既に御宴席に於て十分の満足をいたゞきましたから、これより一《ひと》へに御目をもてなしまするための催しに取りかゝりまする。

タイモン それはかたじけない。御優待しませう。……こら、奏楽をして其人達を歓迎しろ。

五感すべてを介したおもてなしを、アテネの貴族タイモンに語るキューピッド。

——第一幕第二場

ここでは聴覚に関して、シェイクスピアの作品に求めてみたいが、多くの言及は難聴に関したもので枚挙にいとまがない。《恋の骨折り損》で、王に随行する貴族ビルーンを相手に、王女に随行する貴婦人ロザラインは、

ロザライン　重病者は、自身の苦悶の声で耳が塞がれてゐる筈ですけれど、若し彼等が尚ほ善くあなたの駄洒落を面白がるやうでしたら、いつまでも其お癖をお続けなさいまし。

——第五幕第二場

と彼がそんな馬鹿げたことを続けられるならば結婚してもよいと、さげすんで挑発している。《ジュリアス・シーザー》で、シーザーの権力と成功にねたむキャシアスを危険な男と捉えるシーザーに、彼に忠実な従者アントニーが「御心配なさるな」と告げるが、

シーザー　右の方へ来てくれ、此方《こッち》の耳は聞えん。え、お前は彼男《あの》を如何《どう》思ふ、正直に話してくれ。

——第一幕第二場

と片方の耳の難聴を明らかにしている。また、手前勝手に耳が聞こえないのは、いつの世にもいる

もので、《アテネのタイモン》では、アテネの貴族タイモンに皮肉を込めて、

哲学者アペマンタス　あゝ、人間の耳は追従《おべつか》にゃ敏感だが、諫言《いけん》にゃ聾だ。

——第一幕第二場——

とへつらいにだまされやすいタイモンに苦言を呈している。

しかし、五感の感覚に関して敏感な情景も、これほど巧みに描写された場面は、シェイクスピアの作品でこれをおいてほかには見当たらないというのが《夏の夜の夢》〔18-2〕である。アテネ近郊の森の中、魔法にかけられた職人たちは芸居の稽古に耽っている。ハーミアとライサンダーの恋人同士が登場しての会話。

ハーミア　闇の夜で目は利《き》かなくなったけれど、耳は常よりも善く聞える。視る方で損しても、聴く方が倍になったので償《つぐな》はれる。……（ライサンダーを見附けて）ライサンダーさん、此目が貴郎を見附けたんぢゃありませんよ、耳が伴《つ》れて来てくれましたの、貴郎の声を聞き分けて。

——第三幕第二場——

暗闇で耳にする音に鋭敏になるのを誰もが経験しているが、その表現は的確で、ここからもシェイクスピアの音への敏感さが伝わってくる。

19 創傷への対応と外科医

情けないもんだなァ忍耐心の無い人間てものァ！　如何《どん》な負傷《きず》だって、漸々《ぜん〳〵》でなくッちゃァ治《なほ》らないぜ！

《オセロー》第二幕第三場

シェイクスピア［19-1］が活躍した時代の前後、創傷などの外科的対応に理髪師・外科医が幅を利かせていた。いくらか新しい技術と考えが取り入れられるには、フランスの理髪師・外科医アンブロアズ・パレの登場まで待たなければならなかった。外科医が今日のように、地位を確立し、尊敬されるには時間を要し、その訪れは突然で十九世紀中頃のことだった。しかし、外科医がもたらした訳ではなく、麻酔法、消毒法そして殺菌学の発展によるものだった。

Ⅰ　戦場で鍛えられた外科的対応

中世ヨーロッパにおける手術などの外科的対応の発展は、国家混乱に伴う戦《いくさ》による外傷への処置に基づくもので、外科医の腕の大部分がそこで鍛え上げられた。その一典型が、パレである。

当時卑しいとされていた理髪師・外科医から身を起こしたパレは、フランス王の外科医という高い地位にまでのぼりつめ、人並み外れた栄達を遂げる。名声を徐々に高めていった彼が、腫れもの、瘤、癰《よう》、さらには炭疽病などへの治療に卓越した技術を認められたのは一五三六年のことで、アンリ二世（一五一九〜一五五九）をはじめとして四代のフランス王に仕えることになる。その間、幾度となく戦場に赴き、得られた経験が大いに役立った。正式な教育を受けたことのないパレは、学識者たちが感化された定説、先入観などに束縛されることなく、明晰な頭脳と強い意志で新しい手技に挑戦していった。手足の切断で生じる出血に対し、白く変色するまで傷口を焼灼《しょうしゃく》することが従来の方法だったが、彼が動脈の結紮《けっさつ》という新しい手技を導入したのは、その一例である。

さらに、包帯や骨折の治療、補装具（特に義手、義足）を紹介し、普及させたばかりか、動脈鉗子《かんし》などの外科器具にも改良を加えた。看病と治療後の養生の基準などを設けたパレの偉大さは、麻酔薬や抗生物質もなかった時代に創意工夫でより良い手段を編み出し、確かな観察と論理的思考で病状に適切に対処したことである。一五四五年、彼の最初の著書『火縄銃または他の火器による外傷および矢・投槍などによる傷の治療法、さらに大砲用火薬による火傷について』が出版されたが、ラテン語ではなくフランス語で書かれていたことに大きな意義があった。このことが、ラテン語を解せない外科医たちを大いに鼓舞した。

パレの業績が英語の文字となって紹介されたのは、シェイクスピア没後十八年経った一六三四年である。しかし、シェイクスピアの義理の息子ジョン・ホール医師にみられるように、フランスの有名大学に学んで帰国したイギリス人医師も少なくなく、パレの業績がシェイクスピアの活躍した時代に、広く知れ渡っていたことに疑う余地はない。その証左として、《アテネのタイモン》で、アテネの将軍アルシバイアディーズの次の台詞。

アルシバイアディーズ　これが高利貸議官めらが武官の傷口へ注ぎ込む膏薬か？
――第三幕第五場――

原文は"Is this the balsam that the usuring senate/ Pours into captains' wounds?"で、坪内逍遥は"balsam"を膏薬としているが、香油あるいは香膏という意味もある。事実、パレは傷口の手当てに卵の黄身とバラ油そしてテレビン油を混ぜて作った薬（軟膏の類）の患部への塗布で、発熱、激痛、腫れを防ぎ、患者が熟睡したことを書き留めている。

II　理髪師組合と外科医団体の統合

シェイクスピアが活躍し始める直前の一五四〇年、ヘンリー八世の肝いりで、似たような業務を行っていた理髪師組合と外科医団体が一つに纏められて、理髪師・外科医組合が設立され、一七四五年まで存続した。イギリスと前後して、フランスをはじめ西ヨーロッパの各国で理髪師・外科医組合が設立されていった。

理髪師・外科医は、傷の手当て、表在性腫瘍の切開、瀉血《しゃけつ》、焼灼、刀剣などによる傷の手当を行い、骨折や脱臼の治療にあたった。しかし、当初から理髪師と外科医の統合による業務の一体化を疑問視し、役割の分担化が望まれていたとしてもおかしくない。シェイクスピアは、作品の中で理髪師に言及したことはなく、外科医（surgeon）にのみ触れていて、暗にそのことを仄めかしているのかもしれない。《夏の夜の夢》において、刀で自害したピラマスを前にして、アテネの大公シーシュースが、と外科医の必要性を口にしている。

シーシュース　外科医者の手に掛けたら蘇生するかも知れん。

——第五幕第一場——

シェイクスピアの活躍したロンドンでは、理髪師・外科医にとって、喧嘩や決闘による外傷の手当ても少なくなかった。エリザベス朝のはじめ、ロンドンの徒弟らは武器の携帯が禁じられていたが、短剣やナイフの類は許されていた。農民でさえ、畑仕事に際しては領地の端に刀、防護具（小型の楯）や弓矢を置いていたという。盛んだった決闘は、《十二夜》や《お気に召すまま》に登場する。一六一三年、ジェームズ一世は、「私的理由による決闘」の反対宣言を公布し、時の星室庁裁判所の検事総長フランシス・ベーコンにより「私的決闘の有罪宣告」が下されている。当時、決闘がいかに多かったかが、ここにも窺える。

因みに、イギリスに最初に設立された"College of Surgeons（外科医師会）"は、エジンバラで一五〇五年のことである。

III　創傷の治癒経過の鋭い描写

シェイクスピアが外科的処置と創傷の治癒経過に精通していたのは、彼の作品の端々に垣間見られる。作品の中で、たびたび言及されている傷手当ての一つに〈テント（tent）〉がある。その用途は、止血と膿《うみ》などの滲出物の吸収・排出にあり、素材はリント布あるいは亜麻布をロール巻きにしたもので、創傷部深くに挿入した。化膿がすすんで滲出物を十分に吸収し、膨張してテント状となって、甘い臭いが漂い出始めると、傷が癒え出したということで肉芽形成を意味した。《トロイラスとクレシダ》から。

パトロクラス　おい、だれがテントにばかり引ッ籠ってゐるよッ？

サーサイティーズ　さァ、そりゃ外科医者でなきゃ其療法を受けてゐる患者だらうよ。

——第五幕第一場——

傷は緩徐に癒えることが、この章の冒頭に紹介した《オセロー》[19-2]で、オセローの軍隊の旗手で悪漢イアーゴーの台詞に述べられている。

イアーゴー　如何《どんな》な負傷《きず》だって、漸々《ぜんぜん》でなくッちゃァ治《なほ》らないぜ！

——第二幕第三場——

そして、肉芽形成から瘢痕組織への移行について、シェイクスピアは表面の形状が〈T〉から〈H〉になることで、巧みに表現している。《アントニーとクレオパトラ》で、アントニーとその従者のスケイラスのやりとりがある。

アントニー　大変に血が出てるぞ。

スケイラス　つい先刻《さッき》までは、創《きず》がT《チー》の字形でしたがね、今はH《エイッチ》チ、、（眉を顰めて）になってまさァ。

——第四幕第七場——

創傷部を横から眺めれば、肉芽形成時には隆起した〈T〉の字に、瘢痕形成時には頂が陥没して〈H〉の字になることをアルファベットで描写している。と同時に、〈H〉の字の語呂合わせをしていて、〝ache（[éik]、痛み）〟をしばしば〈H〉の字の〝aitch（[éɪtʃ]）〟と発音させている。そして、シェイクスピアは戦闘中の緊張時に負った傷は痛みを覚えず、精神的緊張が解けると痛みが生じることを、

《ヘンリー四世　第一部》で取り上げていて、勇敢な戦士ホットスパーが言う。

ホットスパー　ちょうど傷口が冷えて来て、痛い最中に、

――第一幕第三場――

また、激しい重傷の癒える際にも痛みが生じることを、《ジョン王》で語っている、ローマ法王使節の言葉。

パンダルフ枢機卿　いや、激しい病ひが癒りかけると、其回春に際して却って最も激しい発作が起り、

――第三幕第四場――

そして、一刻を争う外科手術を要する場面が《コリオレイナス》で、ローマ将軍で執政官のコミニアスに、

コミニアス　創口は、只痛むばかりでなく、われ〱の忘恩を憤って、腐り爛《たゞ》れて、終《つひ》には命に係《かゝは》るような外科療治を要するでせう。

――第一幕第九場――

と語らせている。ここで、坪内逍遙は"tent（テント）"を〈外科療治〉と訳している。

創傷に対する治療と病状経過のシェイクスピアの描写は、豊かな知識に基づく、巧みな筆致と言わざるをえない。

20 あらゆる事象が網羅された妊娠から出産まで

わたしは乳汁《ちゝ》を飲ませたことがあるから、赤児《あかんぼ》の可愛さは善く知ってゐます。

《マクベス》第一幕第七場

人の一生は、この世に生を受けた時から始まり、その道程は必ずしも平坦ではない。古くから、妊娠と出産は正常ばかりではなく、異常の危険性を伴う可能性が認識されていた。太古から妊婦は出産に際し、多くの場合が他人の助けを借りてきた。関わる学問が産科学あるいは助産婦学として発展し、今日に至っている。シェイクスピア［20-1］の手になる作品の数々には、妊娠から出産まで、種々の事象が巧みに織り込まれていて興味はつきない。

I 古から重きをなしてきた助産婦（産婆）と産科学

出産時、介添役となる助産婦（産婆）の存在は大きい。シェイクスピアの《ヘンリー四世 第二部》で、

ヘンリー皇太子　産婆共に聞くと、子供衆にゃ罪はない、世の中が賑かになって、御親類がおそろしく殖えますからと言ふよ。

――第二幕第二場――

産婆は"midwife"と表現されているが、〈賢い女（wise woman）〉も多くの症例に立会い、豊かな経験と知識を持った女性と考えられていた。

古から、妊娠と出産が人の健康に占める比重の大きさの証左の一つに、紀元前二〇〇〇年頃の古代エジプトの時代に纏め上げられたとされるカフーンの『産婦人科パピルス』がある。宗教的あるいは魔術的要素のない『産婦人科パピルス』は、豊かな経験と優れた知識に基づき、複雑な症例・徴候を正確に捉え、合理的な対処法に言及した質の高いものである。妊娠の診断から妊娠誘発、陣痛、母乳の促進などが認められ、婦人科的には生理不順から乳房や性器の疾病まで取り上げられている。

時を経て、トラヤヌス帝（五三頃～一一七）やハドリアヌス帝（七六～一三八）の時代に、産婦人科領域で業績を残した人にローマで活躍した医師ソラノス（九八～一三五）がいる。骨盤の狭さや異常胎位を難産の原因とし、出産時の助産婦（産婆）や介助者の立つ位置、妊婦の寝かせ方まで、分娩手順をこと細かに記している。しかし、中世においては産科学に大きな進歩はなく、鉤と鉗子を用いた分娩を行うアラビア医学を踏襲し、それを凌駕することはなかった。一一〇〇年以降は、ソラノス以来再び会陰保護がはかられ、この頃から分娩は助産婦（産婆）に委ねられていき、死体を用いて帝王切開が試み始められた。新しい産科学の幕開けは、一五〇〇年にスイスで生身の人間で帝王切開に初めて成功したことに求められ、近代産科学の誕生へと発展していく。

II　妊娠から出産までのあれこれ

シェイクスピアの作品には、正常分娩から異常分娩、胎児奇形などからなる妊娠と出産のドラマが巧みに構築され、避妊にまで言及されている。妊娠すなわち受胎の情況を描写し、ストーリーの展開の中で重要なシーンが《尺には尺を》にみられる。軽率で風変わりな若い紳士クローディオは恋人を妊娠させて死刑を宣告されるが、その友人ルーシオが言う。

ルーシオ　貴女《あんた》のお兄さんと某情人《いゝひと》とが、抱《だ》っこしたんですよ。物を食ゃァ肥るやうにね、又、種蒔《たねまき》から花時と順を追やァ、何にも生《は》えてゐなかった畠から立派な収穫が提供されるやうにね、つい お肚《なか》が充実したんでさ、お兄さんの耕耘《かううん》の効が現れてね。

——第一幕第四場——

妊婦の多くが、普通ではない、季節外れの食物を異常に欲することになるが、シェイクスピアはこの奇癖を同じ《尺には尺を》で取り上げている。ぽん引きで監獄に収監された道化ポンピー。

ポンピー　その御婦人は、大きなお肚《なか》をなすって店へお出なすったんでございます、お殿さまの前でげすが、煮梅《にうめ》が是非貰ひたいとおっしゃって、へい。

——第二幕第一場——

"stewed prunes"を〈煮梅〉と坪内逍遙は訳している。

子宝を授かる願い、出産に伴う陣痛、帝王切開による出産、性の決定など、シェイクスピアの描写の筆致は冴える。興味深いのは、シェイクスピアの観察力の鋭さが、お腹《なか》の大きくなった妊娠の歩行姿の描写として、《夏の夜の夢》で、妖精の女王ティターニアが王に語る中に窺える。

ティターニア 帆が多情《いたづら》な風に孕ませられて脹腹《ぼてれん》となるのを見ては笑ったわね。其帆の後をば彼《あ》の女が……ちょうど其時分は、お肚《なか》に彼《あ》の小童《ちびすけ》を有ってゐたので……可愛らしい、泳ぐやうな腰附をして、追ッ掛けく、

——第二幕第一場——

出産間近の妊婦の苦しみ、陣痛について、シェイクスピアはいくつかの作品で触れている。《ペリクリーズ》で産気づいたセイーサを乗せた船が激しい嵐にあった甲板上で、神々へのとりなしを請うタイアの領主ペリクリーズ。

ペリクリーズ おゝ、ルーシナ（助産神）よ！ 神聖なる保護神《まもりがみ》よ、夜叫ぶ女共をいたはり助ける産婆神よ、此舞ひ踊る船へ其神体を移されて、わが妃の陣痛を速かに経過せしめたまへ！

——第三幕第一場——

ルーシナ（Lucina）は、古代ローマの安産の女神である。いよいよ新生児の誕生、最初の泣き声のシーンを《リア王》から。

リア王 吾々は生れると号《な》く、なんでこんな阿呆ばかりの大舞台へ出て来たかと思うて。

——第四幕第六場——

この語り口は、耳にする人によってはシェイクスピアの紡ぎ出した皮肉な台詞に妙に共感を覚えさせられる、鋭い表現である。

III　出産にまつわる話題

医科学が発達し、管理・治療も含めた医療技術の進歩した今日といえども、安心で安全とは必ずしも言えないのが妊娠・出産である。母体および新生児が健常状態ならば、妊婦をはじめとして取り巻く周囲の喜びは大きい。ここに、安心で安全な出産と健やかで五体満足な赤児の出生を願って、信心・信仰の風習が生まれても不思議ではない。

シェイクスピアの作品にも、関連した神々や信仰が登場する。まずは、婚姻の神としてギリシャの男神 Hymen（ヒュメーン）が、《ペリクリーズ》に出てくる。タイアの領主ペリクリーズとセイーサの結婚の祝宴を前に、詩人ガワーが、

ガワー　妹背神《ハイメン》は新婦を閨房《けいばう》に伴ひて、そこにて処女性を失はしめて、やめて嬰児《みどりご》を鋳造せしむ

——第三幕——

と吟唱する。《夏の夜の夢》（第一幕第一場）［20-2］では、アテネの森でアテネの大公シーシュースとアマゾンの女王ヒポリタの結婚式が新月にとり行われ、妖精の王オーベロンと妖精の女王ティターニアが祝福にかけつける。民間信仰として、新月は妊娠しやすいと信じられ、結婚式のとり行われるこ

とが多かった。また、女性たちは、古代ギリシャ・ローマ時代の多産と繁殖の男神 Priapus（プライアプス）に跪き、多産の子宮を授けられる加護が神から得られることを祈願したが、その神が《ペリクリーズ》で不妊を願った売春宿の女将の台詞に登場する。

女将　畜生ッ、しやうのない女だよ！　プライエーパスさん（古代の醜男神）をだって、彼女《あいつ》は冷ィたくして、（金仏さまにして）子種を絶《たや》してしまふよ。

——第四幕第六場——

不妊といえば、更年期に触れた場面が《リチャード二世》に登場する。国王の叔父ヨーク公とその夫人との会話において、

ヨーク公夫人　外に男の子がありますか？　生まれる望みがありますか？　わたしの懐妊期はもうとうに尽きてゐます。あなたは年を取ったわたしから、大事《だいじ》の倅をもぎとって、母としての幸福をなくさせようとなさるのですか？

——第五幕第二場——

新生児の授乳と離乳に触れた台詞が、シェイクスピアの作品にみられる。授乳に関しては、すでに冒頭で紹介した《マクベス》（第一幕第七場）で、マクベス夫人の母性本能を語る台詞にみられるが、離乳に関しては《ロミオとジュリエット》でジュリエットの乳母の台詞に登場する。ジュリエットの母親キャピュレット夫人に、乳母がジュリエットの幼い頃の思い出話を語る。

乳母　妾《わたし》が乳首へ苦艾《にがよもぎ》を塗《まぶ》って鳩小舎の壁際《かべぎは》で日向《ひなた》ぼっこりをして〔略〕妾の乳の尖所《さき》の苦艾《にがよもぎ》を嘗《な》めさっしゃると、苦《にが》いので、阿呆どのがむづかって、乳をなァ憎がって！

——第一幕第三場——

わが国でも、梅干しや生姜漬けの汁、そしてセンブリなどの薬を用いているが、"wormwood〔苦艾〕"はギリシャ時代から、よく知られていて、欧州各地に自生するArtemisia absinthium〔菊科〕の植物である。

エリザベス朝時代、シェイクスピアに限られたものではなく、妊娠から陣痛そして出産までの奇跡のドラマは同時代の作家たちの格好の題材であった。シェイクスピアの言及は民間伝承調とはいえ、この領域の知識はかなり豊富であり、彼の才能を物語る描写である。

21 飛び交う卑猥な話題は日常茶飯事

嫉妬ぶかい女の毒舌は狂犬の毒牙よりも怖ろしいほど有毒だといひます。

《間違いの喜劇》第五幕第一場

太古の昔から今日まで、種を維持するための性の営みは営々と受け継がれてきている。しかし、人間の性の営みは、ともすれば享楽、肉欲の観点から文学作品などに格好の対象とされてきたともいえる。
翻《ひるがえ》って、シェイクスピア［21-1］の活躍した時代は、性にまつわる話題が日常会話でごくありふれたものだったという。だからこそ、シェイクスピアの作品の数々に、性に関わる話題が台詞に上品に織り込まれていても不思議ではない。言い換えれば、性にまつわる際どい表現、言及が潜む台詞を観客が期待し、それに劇作家と俳優が応えることで舞台と客席との間に一体感が生まれたのではないだろうか。劇作家も観客も、卑猥《ひわい》にはなりすぎないようにわきまえた洗練を身につけていたといえる。

I　手の込んだ暗喩的表現

エリザベス朝前後に活躍した劇作家の多くが、作品に手の込んだ暗喩的表現を駆使して、性にまつわる駄洒落を作品に巧みに織り込んでいた。シェイクスピアの作品に盛り込まれた愛の営み、男女の性器、同性愛、そしてそれらに関連する諸々の表現、言及は他に類をみないほど多彩である。シェイクスピアが厳選した言葉は、粗野でも、あからさまでもなく、極めて手が込んでいて、思慮深く、曖昧な表現に徹し、真の紳士の如くである。

シェイクスピアが愛の営みを描写する際の表現例として、“foiling（建築の弁飾り）”、“execution（演奏）”、“horsemanship（馬術）”、“groping（体をまさぐる）”、そして多いのが“pricking（刺すように突く）”である。そのほか、情況的にみて“dance（踊る）”が、それを暗示しているのを《から騒ぎ》にみることができる。メシーナの知事リオナートの娘ヒーロー、リオナートの姪ビアトリスそしてヒーローに仕える侍女マーガレットが、ヒーローのウェディングドレスを用意しながら彼女の部屋で語る会話より。

マーガレット　あなたお歌ひ遊ばせな。わたくし踊りませう。
ビアトリス　あんたが軽い恋路を？　踵《かゝと》を高く挙げて！（お尻《ゐど》を振って）御亭主さんのとこに、馬小舎が沢山ありさへすりゃ、穀物小屋《バーアン》（赤んぼ）が足らなくッて困るやうなことはないわねえ。

——第三幕第四場——

シェイクスピアは“dance with one's heel（踵で踊る）”で、ベッドを踵で蹴って音を立てることから情景を暗示している。

一方、性器への言及では、女性に関して“circles（円、丸）”、“breach（割れ目、穴）”、“holes（穴、膣）”に加えて、“lap（膝）”、“fountain（泉）”、“medlar（西洋かりん）”、“demesne（御料地）”、“chaste treasure（貞淑の宝）”、“Venus' glove（ヴィーナスの手袋）”、“dial（時計の文字盤）”、“private parts（私的部分）”、“secret things（秘め事）”、などと表現は多彩である。男性については、“pike（槍のとがった先）”、“dribbling dart of love（愛のしたたるダーツ）”、“horn（角）”、“instrument（楽器）”、“lance（槍）”、“prick（突くもの）”、“three-inch fool（三インチの馬鹿者）”、などと数を挙げればきりがない。

II　性的倒錯は——レズビアンとソドミー

シェイクスピアの時代は現代とは異なり、性的特質を異性と同性とに必ずしも分けてはいなかったふしがある。同性愛願望の存在を認める表現を文学作品あるいは視覚芸術に求めた文人や芸術家だが、対象はぼやかされていて、矛盾に満ちたものだった。内容の多くは、女性の同性愛（レズビアン）願望だった。男色（ソドミー）という言葉が登場するものの、必ずしも男性同士の同性愛を意味するものではなく、愛の営みに関わる包括的な意味を持つ言葉といえた。

当時、男性同士の友情は男女間よりも、より重要と一般的には見做され、実生活で男から男への愛は社会から受け入れられていた。事実、シェイクスピアの活躍した時代に、哲学者、政治家そして大法官でもあったフランシス・ベーコンは、彼の男性召使いと特別な性的関係にあったにもかかわらず隠すことはなく、それが理由で大法官を罷免《ひめん》されはしなかった。しかし、彼のお気に入りの青少年による収賄が問題となり、大法官を辞任せざるを得なかったという。

また、エリザベス一世のあと王位を継承したジェームズ一世の同性愛はよく知られている。当時、宗教そして法的宣言により、男色は恥ずべき罪で死によって償われるべき重罪と取り扱われていたものの、その履行は稀であった。

同性愛者の存在は著しい規模とされているが、社会的秩序を乱さない限り、法の介入はほとんどなかった。さまざまな理由となる背景が潜む中で、当時のロンドンは人口増加が急激で経済的に深刻な状況に陥っていたことから、男性の結婚年齢が二十代後半から三十代前半であることを考慮すれば、同性愛が出産抑制の一便法として容認されていたことも否定出来ない。

一方、女性の同性愛（レズビアン）に対する法的対処は男性の同性愛に比べて極めて曖昧で、罪とは扱われないばかりか認知されていたようである。古代ギリシャの哲学者プラトン（BC四二八頃〜BC三四七）は、レズビアンを"female companion（気の合った女性友達）"と表わした。そして、女性は生殖器を含めてあらゆるものに一対兼備と述べている。古代ギリシャの神ゼウス（ローマ神話のジュピター）が女性を二等分にし、分けられた他方を片方が愛することになり、その成就を切望してレズビアンが誕生したとされている。シェイクスピアの作品の中でも、女性による嫉妬の最も現実的で偽りのない同性への愛情発露が、《夏の夜の夢》〔21-2〕で、ヘレナによって語られている。幼い時からヘレナの女友達ハーミアへの愛情は深く、ヘレナをめぐる二人の男性とハーミアに裏切られたと信じ込んで、これまでの人生を追想して語る。

ヘレナ　双子の桜桃《さくらんぼ》が、二箇《ふたつ》に見えてゐながら密着《くつつ》いてゐるやうに、一つ茎の二箇の可愛らしい苺のやうに。さういふ風に、身体は二つでも心は一つ。〔略〕さういふ情誼《よしみ》も何もかもめちゃくにして、男たちと一しょになって、不幸《みじめ》な昔の友達を馬鹿にしようといふのですか？

——第三幕第二場——

III　一つの台詞に〈ダブル・ミーニング〉

シェイクスピアの素晴らしさは、人の立ち居振る舞いや情緒の描写に数々の言葉を巧みに操って、登場人物に生命を与えたことである。既存の言葉では自己の表現に物足りなさを覚えたシェイクスピアは、登場人物の思い、情緒そして心理を的確に表現することを求めて、のめり込んだのが語彙を増やすことだった。因みに現代のイギリスの大学卒業生の語彙は三千から四千にすぎないとされているのに比べて、シェイクスピアの語彙は二万九千語と推測されている。そんなに多くの新しい表現あるいは新造語を観客が理解しえたかと、危惧されても不思議ではない。本章の冒頭でも触れたように、観客は意味ありげな台詞を期待し、常連客がまず理解を深めてから他の観客に伝授することで、舞台との間に一体感を醸《かも》し出す感性が観客に備わっていたと考えられる。だからこそ、シェイクスピアは楽しんで語彙を増やすことに専念し、魅力溢れる作品の数々を紡ぎえたのであろう。

ところで、シェイクスピアの作品の台詞には表の意味に加えて裏の意図が隠された"double meanings（ダブル・ミーニング）"の存在を肯定する人が少なくない。例えば、卓越したドラマにして複雑な共感を抱かせる《ハムレット》（第三幕第一場）［21-3］に、その一典型が窺えるという。ハムレット［21-4］の破滅的な愛情の対象オフィーリアに向かって放つ、彼の有名な台詞の一つ「こりゃ寺へ往きゃ、寺へ（Get thee to a nunnery）」は、隠された裏の意味では「こりゃ売春宿へ往きゃ、売春宿へ（Get yourself to a brothel）」となる。ハムレットの複雑な心境が反映されていて、オフィーリアを愛するハムレットは彼のような罪深い人間を生まないことを願う余り、彼女が貞節を失わないために尼僧院へ行くことを強く迫っている。一方では、ハムレットの母親が犯した近親相姦を恨む余りに、オフィーリアが見境なく男たちとの愛撫を重ねる娼婦のように取り扱われている。この前後に放たれる台詞から、複雑なハムレットの心情を描写することにシェイクスピアの才が深遠で、性的駄洒落の駆使にいかに精通していたかが窺い知れる。

22

数々の作品に梅毒の病期が

若気の淫ら心から、つい好もしく存じまして、戯れなぞしました。

《終わりよければすべてよし》第五幕第三場

かつては、梅毒、淋疾、軟性下疳《げかん》、鼠蹊《そけい》リンパ肉芽腫の四種が性行為感染症（sexually transmitted diseases : STD）、すなわち性病（venereal disease : VD）を意味していたが、多彩な病原微生物が同定されてきた今日では、エイズをはじめとした数多くの性病が知られている。しかし、シェイクスピア［22-1］が活躍した時代の性病といえば“pox（梅毒を意味する英語の古語）”だが、“small-pox（天然痘）”と区別して“great pox（梅毒）”と表現されることもある。

あらゆる病期の症状・徴候から治療に至るまで、梅毒にまつわる話題がシェイクスピアの作品の少なくとも七つに触れられている。当時、梅毒が流行し、市井で猛威をふるい、いかに恐れられていたかを物語っている。

I　神の怒りを買った羊飼いの若者シフィリス

梅毒がヨーロッパを席巻したのは、一四九二年にクリストファー・コロンブスがアメリカ大陸を「発見」した以降というのが定説である。しかし、それ以前にヨーロッパの風土病として、比較的穏やかな形態の微生物トレポネーマ様のスピロヘータが存在していたという。コロンブスの新大陸発見に伴った副産物として翌年、梅毒の原因となる微生物をヨーロッパはスペインに持ち込むこととなった。この微生物は遺伝学的変化を経て、より強い感染力と破壊力を獲得した梅毒発症へと進化したのは疑いがない。

当時梅毒は、〈フランス病〉、〈スペイン病〉、〈ナポリ病〉、〈ポーランド病〉そして〈イギリス病〉などと呼ばれた。一四九五～一四九七年にヨーロッパの多くの国々に広がった梅毒だが、一四九五年に流行したフランスでは〈ナポリ病〉といい、一四九七年に流行ったイギリスでは〈フランス病〉と呼ばれた。ヨーロッパの国々が、恐ろしい病気の流行の責任転嫁をはかって、近隣諸国に押し付けた結果にほかならない。シェイクスピアの《トロイラスとクレシダ》で、偉大なギリシャの騎士アキリーズのテントの前でギリシャ人の召使いサーサイティーズが言う。

サーサイティーズ　軍隊全部が疫病にとッつかりゃアがれだ！　……ネープルズ病（梅毒）にと言ったはうがいゝかな？

——第二幕第三場——

坪内逍遥は"The Neapolitan bone-ache"を〈ネープルズ病（梅毒）〉と訳しているが、〈ナポリ病〉である。また、〈フランス病〉の呼称は、《夏の夜の夢》（第一幕第二場）、《ヘンリー五世》（第五幕第一場）に登場してくる。

梅毒の呼称の多彩さは、畢竟《ひっきょう》相手国の誹謗にもなりかねないと危惧し、〈梅毒〉の名称に〈シフィリス（Syphilis）〉なる言葉を宛がったのは、哲学者、詩人そして占星術師であったイタリアはヴェローナの内科医ジロラモ・フラカストーロ（一四七八？〜一五五三）である。一五三〇年"Syphilis sive Morbus Gallicus（Syphilis or the French Disease）"なる詩を発表した彼は、登場する若い羊飼にシフィリスなる名前を与えたが、それに由来している。物語は、若くて美しい羊飼いが神聖な丘に羊飼いの神のために祭壇を設けたことで神アポロンの怒りを買い、侮辱の罰として忌わしい疫病を科せられる。しかし、最終的には神アポロンの計らいで、病気が癒される。この詩に歌われている忌わしい疫病こそは梅毒で、その症状・徴候に苦しむ羊飼いの様子は、「彼はまず横根に動揺した。奇妙な痛みを覚え、夜通し眠れなかった。病気は彼の名前を受け取り、近隣の羊飼いは広がる炎を捉えた」。加えて、治療にも触れている。因みに、Syphilis はギリシャ語の〝sys（豚）〟と〝phillos（友人）〟の合成語である。

II　各々の病期を代表する禿頭と骨絡み

シェイクスピアの作品には、梅毒の各病期を代表する症状・徴候が網羅されている。因みに、梅毒の病期は三期に分類され、I期：下疳（局所リンパ節の腫大）、II期：皮膚病変（皮疹、粘膜糜爛《びらん》、脱毛など）、III期：皮膚にゴム腫と結節の出現、深い潰瘍の形成、病変の拡大によって神経系が冒され、骨病変の出現、となる。病原微生物の梅毒トレポネーマに感染すれば、冒される最初は生殖器で炎症が惹起され、病状の進行で軟骨、骨に及んで鼻の欠落を招くことになる。

《ペリクリーズ》で、売春宿の亭主、女将と召使いボールトが店の不況をぼやいて、

ボールト　おかみさん、あの、腿《もゝ》を屈めて歩くフランスの士爵さんを御存じですかい？〔略〕
女将　あの人はねえ、病気を背負《しょ》ってやって来たんだよ。

——第四幕第二場——

と暗にI期の病状を匂わせている。一方、《オセロー》〔22-2〕では、高潔な副官キャシオと道化そして楽人が楽を奏でる前の会話で、

道化　ねえ、師匠たち、其楽器はネーブルズへでも往《い》ってゐたのかい？　怖ろしく鼻にかゝるねえ。

——第三幕第一場——

と〈ナポリ病〉のⅡ期の粘膜病変を示唆している。また、《夏の夜の夢》では、大公様の婚礼の夜の出し物となる芝居の稽古を練りに集まった大工ピーター・クウィンスの家で、

職工ボトム　藁色の髭で演るべいかな、橙色《だい〳〵いろ》のにしべいかな、赤紫色にしべいかな、あの真黄色のフランス金貨《クラウン》色て奴にしべいかな

クウィンス　フランスの頭《クラウン》（黴毒頭）にゃ、全然《まるツきし》毛のねえのがあるだから、

——第一幕第二場

と〈フランス病〉の第Ⅱ期の病状である脱毛に触れている。第Ⅲ期の病状は、《アテネのタイモン》で、財産を失い、友人からも見放されたアテネの貴族タイモンの家で、復讐に燃えるタイモンが二人の娼婦に悪巧みを授ける場面にみられる。

タイモン　売僧《まいす》めを腐らせろ。（骨がらみにしてやれ。）鼻をやッつけろ、鼻を落してやれ、（略）縮れッ髪の悪党ども（粋がりの遊冶郎共）を禿頭《やかんあたま》にしてやれ。

——第四幕第三場

と梅毒の病期のⅡ期とⅢ期に触れている。坪内逍遥訳には、たびたび〈骨絡《ほねがら》み〉という言葉が登場するが「全身に梅毒の病原菌がまわってしまうこと」、そして〈骨のうずき〉を意味していて、明らかに第Ⅲ期を描写している。

このタイモンの台詞には、梅毒のⅢ期の臨床像が生々しく表現されていることから、当時梅毒に苦

しむ人がいかに多かったかが窺い知れる。事実、一五八五年にロンドンの聖バーソロミュー病院の外科医が五年間で一千例以上の梅毒患者を診たと述べていて、当時のロンドンの人口が十二万四千人であることを考えれば、極めて頻度の高い病気である。復讐の手段として娼婦による春の販《ひさ》ぎで梅毒に感染させ、相手を苦しめることを選んだタイモン、その怒りがいかに強いかが推しはかれる。

III 風呂桶——絶食療法からペニシリンへ

長い間、人類を苦しめてきた病原菌が次々と発見され、それらへの対応の研究が始まった十九世紀末、梅毒の特効薬サルバルサン（化学物質六〇六号）が、ドイツの化学者パウル・エールリッヒ（一八五四～一九一五）と日本人の化学者秦佐八郎《はたさはちろう》（一八七三～一九三八）により発見された。梅毒の病原体スピロヘータ・パリダに効く化学物質の発見は一九〇九年に論文として発表され、以降の化学療法への道を拓くことになる。

シェイクスピアの時代から約四百五十年を経て、多くの段階の病状の梅毒に有効な薬としてペニシリンが登場し、今日に至っている。この発見と成功の発端は風邪を患ったアレキサンダー・フレミング（一八八一～一九五五）が、ロンドンの病院でのくしゃみによるバクテリア培養プレート上に生じた変化を鋭い観察眼で見逃さなかったことにある。一九二八年の〈青かび〉との出会いで、その抽出液がバクテリアの成長阻止に働くことを突き止め、ペニシリンと名付けられた。しかし、活性物質の抽出に失敗したフレミングはペニシリンの研究から遠ざかった。闇に葬り去られかかった仕事に光を当て、一九三八年にペニシリンの研究に着手し、ものにしたのがオーストラリアの病理学者ハワード・ウォルター・フローリー（一八九八～一九六八）とドイツの化学者エルンスト・ボリス・チェイン（一九〇六～一九七九）である。

遡って、シェイクスピアの時代に梅毒の治療として汎用されたのが、“tub-fast（風呂桶―絶食）”と“diet（減食）”である。パラケルススは、梅毒の治療に水銀を用いていたが、この〈風呂桶〉による治療には水銀の原鉱石である辰砂《しんしゃ》が用いられている。エリザベス朝に活躍したフランスの理髪師・外科医アンブロアズ・パレは、梅毒の治療として水銀の燻蒸療法を紹介していて、テントの中に病人を入れ、灼熱した皿に辰砂を投げ入れ、注水で生じた蒸気に晒すとしている。シェイクスピアが作品に取り入れた〈風呂桶〉も細かい点では異なるが、テントが風呂桶に代わったと考えれば理解しやすい。

《アテネのタイモン》で、復讐の念に強く駆られて娼婦に語るタイモン。

タイモン　病気（梅毒）をくれてやれ、邪淫根性《すけべゑこんじやう》を置土産にするやつらに。汝の淫念《いんねん》の熾《さかん》な時を利用して、やつらを桶風呂へ入《はひ》らせる下地を作れ。薔薇色の双頬《ほッぺた》をしてゐるやつら（青年者流）に断食療法をさせろ。

——第四幕第三場——

復讐すべき輩《やから》に梅毒をうつし、余儀なく治療をさせろと、二人の娼婦を唆かすタイモンである。

23 古から死に神と恐れられた黒死病

現在の怖ろしさは想像の怖ろしさ程ではない。

《マクベス》第一幕第三場

太古の昔から今日に至るまで、種々の伝染病が人々の健康と生活を脅かしてきた。しかし、死に神と恐れられたペストほど歴史上の伝染病で、人々を恐怖に陥れ、悲惨な結末をもたらしたものはなかった。ヨーロッパでは、多くの犠牲者が出たばかりか、社会秩序の維持にも予想だにしなかった影響を及ぼしたペストである。

シェイクスピア［23-1］の活躍した前後、疫病は神罰によるという考えが一般的だった。しかし、死をもたらす伝染病に聖人も罪人も等しく罹患したことから、病気の原因がほかに存在するという考えが、人々に芽生えつつあった。

I　劇団の解散を余儀なくされたシェイクスピア

十四世紀頃、商人たちによってアジアからヨーロッパに持ち込まれたペストは、地中海沿岸の港町から燎原《りょうげん》の火の如く、イタリアからギリシャ、フランス、スペインそしてついにイギリスにまで広がった。一三四八年六月から七月にかけて、イギリス海峡をノルマンディから渡ってきたペストはウェーマスとサザンプトンに上陸し、九月末にはロンドンに達した。当時のロンドンの人口は六万人前後だったが、犠牲者は二万人とも三万人ともいわれている。一三四八年には、ヨーロッパの全人口の三分の二がペストに罹患し、八年間にわたる猛威に晒されて罹患者の半分以上の二千五百万人が亡くなったという。一方、ロンドンでは一五九〇年から一六六五年にかけて流行し、この死に神ペストが大流行となったクライマックスは一六六五年のことで、死者が十万人を超え、その年九月のわずか一週間で三万人が亡くなったとされている。

ペストに見舞われたロンドンの劇場［23-2］は閉鎖され、シェイクスピアはたびたび地方巡業を余儀なくされた。一五九三年の疫病は夏中も流行し、シェイクスピアとその劇団は地方巡業を強いられた。財政的逼迫から、彼が率いる劇団の解散という憂き目にもあっている。この年、疫病によりロンドン市民の十分の一にあたる一万五千人が亡くなった。この疫病の犠牲者は劇団員にも及んだが、シェイクスピアがペストに感染したという記録はない。ロンドンに限られたことではなく、ヨーロッパ全土にわたって、疫病による犠牲者の続出が人手不足を招くなど、社会機構の維持を困難にさせた。

ところで、この疫病で亡くなった遺体の外観は、最も一般的な腺ペストによる皮下出血でチアノーゼを来して紫（赤黒）のまだら斑を呈した。ペストが black death あるいは black plague と呼ばれる所似で、十七世紀はじめにこの疫病が〈黒死病〉と呼ばれるようになった。シェイクスピアの作品にも、この外観を示唆する台詞が登場し、《コリオレイナス》はその一つである。元老院でローマの平民を代表する護民官ブルータスらの企みにより、ローマから追放されることになった武将コリオレイナスを前にして、執政官になることを夢みて彼を勇者に育てた母ヴォラムニアが発するのは、

ヴォラムニア　（半狂乱の体で）もう此上は、赤い時疫《じえき》よ、此ローマ中のあらゆる職業にとッついて、あいつらを滅《ほろぼ》してしまってくれ！

——第四幕第一場——

と呪いの叫び。

プレイグ（plague）は現代英語でペスト（pest）を指し、『オックスフォード英語語源辞典』によれば、語源はラテン語の〈傷、攻撃〉を示すプラーガ（plaga）に由来する。plagueは、オックスフォードの神学者ジョン・ウィクリフが一三八二年に翻訳した旧約聖書（エゼキエル書）に初出があるが、ペストを意味するようになったのは十六世紀中葉のこととされている。一方、ペスト（pest）はフランス語、スペイン語のpeste、ドイツ語のpest、イタリア語のpèsteでラテン語に由来していて、〈疾病、廃墟、破壊〉を指すペスティス（pestis）や〈疾病、汚染、不衛生状態〉を意味するペスティレンティア（pestilentia）ないしはペスティレンス（pestilens）に基づいている。フランス語のpesteは、十五世紀中葉に創出されたものという。

II　空気で運ばれ、呼吸を介して伝染する疫病

ペストは症状によって、①腺ペスト（bubonic plague）、②肺ペスト（pneumonic plague）、③肺血症ペスト（septicemic plague）、とに大別されるが最も一般的なのは腺ペストである。肺血症ペストは腺ペストが悪化したもので、発症後一日で命を失うこともある。

腺ペストは、潜伏期間は通常二〜五日だが数時間から十二日とさまざま、発症は突然で悪寒を伴うことが多く、体温は三九・五〜四一℃に上昇し、発症前後に鼠蹊部のリンパ節腫脹《しゅちょう》（横根）が最も一般的で七十パーセント、稀に腋窩《えきか》部（二十パーセント）、頸部（十パーセント）にみられる。死亡率は六十〜七十パーセントと高いが、人から人への二次感染はない。一方肺ペストは、潜伏期が五〜七十二

時間と短く、呼吸器系が冒され、出血性気管支肺炎となり、血痰や喀血する。罹患率は、腺ペストの一パーセント足らずではあるが、腺ペストと違って人から人へ空気感染し、死亡率は百パーセントに近い。

ペストの病源がペスト菌（イエルサン菌）と明らかになるには十九世紀末まで待たねばならなず、長い間ペストは罹患者の身体の腐敗物や有毒物から発生される有害な瘴気《しょうき》（毒気）によるものと捉えられていた。リンパ節の腫脹に対して熱いパップ剤、焼けつくような腐食剤、時にはナイフで腫瘍を潰すという手段に訴えたが無駄骨だった。医師は名医といえども、これといった手立てではなく、勢い怪しげな薬や病気よけの護符や祈禱《きとう》が幅を利かせた。また、十六世紀を過ぎるとイギリスやオランダでは、体内に侵入するペストをタバコが駆逐すると信じられ、ペストの特効薬とされた。

ペストは齧歯類《げつし》（ネズミ、リスなど）から感染したノミの媒介によって人へ伝染した。また人から人への伝染は咳などによって飛散した飛沫の吸入が一般的なのが肺ペストである。シェイクスピアの活躍した時代には、この途方もない恐怖を人々にもたらした伝染病が空気で運ばれ、人が呼吸することで感染すると信じられていた。シェイクスピアの作品には、そのことを示唆する情景が《ジュリアス・シーザー》にみられる。シーザー暗殺に加担することになったブルータスが眠れず床から脱け出しているのに気づき、夫を気づかう妻ポーシア。

ポーシア　まァ！　ブルータスは御病気だのに、衛生に好い筈の床の中を脱け出して、わざと夜の毒気を冒したり穢れた空気に触れたりして、弥《いや》が上に悪い病を招かうとなさるのですか？

——第二幕第一場——

と心を悩ます夫ブルータスを心配する。また、《アテネのタイモン》で、アテネの貴族タイモンは自己の気前の良さから周囲の皆に愛され、尊敬され、感謝されていると信じていたが、財産が尽きて誰にも相手にされなくなる。失望し、人間不信から憎しみの化身となったタイモン。

タイモン　物を言へば毒が伝染《うつ》るやうにしろ、さうして友誼も交際も単に毒の交換《やりとり》に外ならんものにしッちまへ！

——第四幕第一場——

当時は疫病が空気で運ばれ、呼吸で伝染することが広く信じられていたことが、いずれの作品にも窺える。

III　公布された禁止令の数々

西ヨーロッパ諸国のペスト流行は、上下水道整備という事業の推進などによる公衆衛生の発達、そして罹患者および罹患が疑われる人の隔離と検疫という取り組みから予防医学の誕生の兆しが窺え、二つの学問が生まれる切っ掛けにもなった。前者は不衛生な環境によるネズミの大群発生に伴うノミの繁殖を阻止し、後者は早期発見、早期からの適切な対応で疫病の流行を防ごうという試みである。

ペスト犠牲者の隔離を最初に提唱したのは、十四世紀に中世フランス最高の外科医とされるアヴィニヨンのギー・ド・ショーリアック（一三〇〇頃～一三六八）とされている。イギリスでは、一五一八年にオックスフォードの市長（行政長官）は、罹患した人には彼らの家の中に四十日間とどまることを命じている。この命令は、イタリアの伝染病の蔓延を防ぐ試みに準じていた。また、その命令には罹患を疑わせる旅行者あるいは保菌者を、港町あるいは都市から離れた場所に三十日間隔離し、不十分な折には四十日間まで延長した。さらに、〈検疫官（searcher）〉と呼ばれる役人が任命され、家々を訪問して、ペストの犠牲者を探し出させた。一五九二年、エリザベス一世は伝染病流行の阻止のために以下の命令を発している、①罹患者とその同居者の移動制限（死者発生では二十八日間、家から離れることの禁止を含む）、②病状回復後二十日間は戸締り厳守、③上記期間中は着衣した衣類を屋外につるすことの厳禁、および期間中に着衣した服を着用しての外出は禁止、などが謳われていた。

シェイクスピアの《ロミオとジュリエット》［23-3］では、上述の〈検疫官〉並びに移動の禁止などが台詞の中で述べられている。この情況背景として、ジュリエットの仮死の経緯が認められたロレンス修道士の手紙が、ジョン修道士に托されてマンチュアにいるロミオに届けられる手筈になっていた。しかし、ペストの流行により、交通路は遮断され、ジョン修道士はマンチュアに行くことが能《あた》わず、この手違いからロミオは自殺する羽目となった。ロレンス修道士とジョン修道士との会話。

ロレンス修道士　さてようこそお戻りやったマンチュアから。してロミオは何と被言《おしや》った？　若し筆に物せられたならば、其書面を見せやれ。

ジョン修道士　いやの、同伴者に連立たうとて、同門跣足《どうもんせんそく》の或御坊《あるごばう》を尋ねて、町で或病家をお見舞やってゐるのに逢うたところ、町の検疫の役人衆に両人《ふたり》ながら時疫の家《うち》にゐたものぢゃと疑はれて、戸外《そと》へ出ることを禁《とゞ》められた、それゆゑマンチュアへの急用も其場で止められてしまうたわいの。

――第五幕第二場――

上記のジョン修道士の台詞に、"searchers"が〈検疫の役人衆〉、そして"pestilence"が〈時疫＝ペスト〈悪疫〉〉として用いられている。イタリアの港町ヴェニスに近いヴェローナが舞台の《ロミオとジュリエット》において、シェイクスピアは検疫官を登場させて、交通遮断の処置を講じることでロミオ宛ての手紙の伝達の遅れた理由に仕立てているが、エリザベス朝時代の世相を描写するに相応しい設定といえる。

死に神ペストのヨーロッパにおける大流行を題材に数々の文学作品が編み出されたが、イタリアのフィレンツェの惨状を認めたのがイタリアの詩人ジョヴァンニ・ボッカッチョ（一三一三～一三七五）の手になる『十日物語（デカメロン）』で、ペストが大流行した一三四八年から一三五三年に編まれている。ペストの記述は本文への導入の部分で、病因論や疾病の症状も語られていて、鼠蹊部から腋下の腫れ物や黒色または鉛色の斑点の腕や股への出現が述べられている。イギリスのロンドンの惨状を綴ったのは、イギリスの作家ダニエル・デフォー（一六六〇～一七三一）の『ペスト年代記』で、一七二二年に出版された。また、アルジェリア生まれのフランスの実存主義作家アルベール・カミュ（一九一三～一九六〇）は、一九四七年にフィクションとして『ペスト』を発表している。

24 〈百病の王〉ともいわれたマラリアと発汗症

願はくば神々たちが、あんたゝちが此国《ここ》にゐる間は、
一切の病毒を攘《はら》ひ浄めたまはるやうに！

《冬の夜ばなし》第五幕第一場

シェイクスピア［24-1］の作品には、さまざまな疾病が登場するが、マラリア（malaria）もその一つである。しかし、彼が活躍した時代の前後にマラリアなる病名が存在した訳ではなく、三日熱、四日熱あるいは発汗症（sweating sickness）などと症状で表現されていた。

マラリアは何世紀にもわたって原因不明なばかりか、多くの人々を苦しめ、死に至らしめてきた。マラリア（malaria）は〈悪い空気（bad air）〉を意味するイタリア語の“mala aria”に由来していて、malàriaとなったのは十八世紀のことである。その命名は、沼地・湿地からの湿気によって生じる害悪で発生すると捉えられていたからである。

I 〈三日熱〉と表現していたシェイクスピア

マラリアはハマダラカの媒介によって、マラリア原虫が人から人へと伝染されていく。この原虫は、ある一定期間は人の体内で生活し、別の時期には特殊な蚊、すなわちハマダラカの体内で生き続ける。この形態の感染は媒介伝染と呼ばれる。この原虫には、熱帯熱マラリア原虫、三日熱マラリア原虫、卵形マラリア原虫、そして四日熱マラリア原虫の四種類が存在し、原虫の運び屋がハマダラカで人は

それらの保管庫ともいえる。これらマラリア原虫の多くが集合体を形成して世界中に広がり、ハマダラカの体内で有性卵を産む。この卵は人を宿主として、まず肝臓、次いで赤血球の中で種々の段階を経て繁殖する。この繁殖は激しく頻繁で切れ目がなく、この病気の特徴的な症状ともいえる周期的な悪寒、発熱、発汗の発作原因である。さらに、感染源で異なるが、症状として貧血および脾腫《ひしゅ》がみられる。

シェイクスピアは、発熱が毎日の〈毎日熱（quotidian）〉、隔日に発熱する〈三日熱（tertian）〉というマラリアの頻発する特質に気づいていた。《ヘンリー五世》［24-2］で、フォールスタッフの今際《いまわ》の描写に、この特質を用いている。やる気のない下級兵士たちを相手に、酒と女をこよなく愛して自墜落な生活を楽しんだ貴族フォールスタッフの今際を哀れむ居酒屋ボアズ・ヘッド（猪頭）亭の女将ネル・クウィックリー。

ネル・クウィックリー　すぐお出でなさいよ、ヂョンさまのとこへさ。あゝ、お惘然《かはい》さうに！　日発《にっぱつ》の間《かん》歇《けっ》熱たらいふ、まるで焦げ附くやうな熱病に罹っておいでなさるんだよ。迚《とて》も〳〵情けなくッて、見ちゃゐられない。

——第二幕第一場——

また、北半球では春の初めは三月で、マラリア流行の始まりの月でもあった。《ヘンリー四世　第一部》で、反乱軍の陣営において勇敢な戦士ヘンリー・パーシーは、

ヘンリー・パーシー　もう沢山、もう沢山。そんな賞讃は、三月の日光よりも有害だ、身方の者が瘧《おこり》に

とッつかれッちまふ。

と戦闘を前に同志に対して気の引き締めをはかっている。

II　シェイクスピアの娘婿ジョン・ホール医師の処方箋

シェイクスピアの活躍した時代、マラリアに対してどんな治療を行っていたのかは興味深い。南米産のキナの皮がマラリアに有効と、ペルーはリマにあるカトリック教会の一つであるイエズス会の修道士が知ったのは一六三〇年。ヨーロッパに大量のキナ樹皮が船積みされたのは一六三二年で、〈イエズス会の粉末〉として多大な恩恵をヨーロッパにもたらした。したがって、シェイクスピアの生存中は、〈イエスズ会の粉末〉の恩恵にあずかることはなかった。

ロンドンでマラリアが大流行したのは一六六八年頃で、ロバート・タルボーなる人物がチャールズ二世をはじめ、ロンドンの人々の疾病を彼の秘薬で治し、王の絶大な信頼を得た。同じ頃、フランスではルイ十四世の皇太子が、パリで猛威を奮うマラリアに罹患した。しかし、チャールズ二世が遣わしたタルボーが、病を速やかに治したことから、その薬の秘密を知りたがったルイ十四世である。随分後になって、タルボーの秘薬がほかならぬ〈イエズス会の粉末〉であることが判明した。ところで、一八二〇年にフランスの化学者ピエール・ジョセフ・ペルティエ（一七八八〜一八四二）とジョセフ・ビアネメ・カヴァントゥー（一七九五〜一八七七）が、マラリアに効く南米産キナの樹皮から有効成分のアルカロイド抽出に成功し、樹皮の産地名キナに因んでこの特効薬に〈キニーネ〉と命名し、今日に至っている。

シェイクスピアの時代のマラリアへの対応については、彼の娘婿ジョン・ホール医師がラテン語で書き留めた症例集ノート『観察報告集（Observations）』（後の一六五七年にジェームズ・クックが『イギリス人の身体に関する観察報告選集（Select Observations on English Bodies）』として英語に翻訳している）に窺い知ることが出来る。症例六六、メアリー・バーンズ夫人は妊娠中のために、通常用いられる催吐剤と緩下剤の処方は避けられ、処置はすべて外用薬だった。ローズマリーと *Veratrum album*（バイケイソウ）の白い粉が、細かく切って両手首に貼りつけられたイチジクの上にまかれ、この処置は体が熱っぽかったり、乾燥した状態に適切な対応と見做されていたようである。さらに、患者の脇腹にアーモンド油で混ぜられた marsh mallow（ビロードアオイ）が塗られている。しかし、ホール医師は妊婦ではない三日熱の患者すべてに、その効果はさておいて、催吐の働きがある oxymel（オキシメル、酢蜜剤）あるいは violets（スミレ）の緩徐な下剤用シロップを処方するのを標準的な治療としていた。この記録から察するにシェイクスピアの時代、マラリアが決して稀な病気ではなかったことが窺い知れる。

III　悪感と発熱を伴うマラリアに似た発汗症

マラリアに似て、悪寒と発熱を伴う、別の〈発汗症（sweating sickness）〉が、シェイクスピアの活躍し始める寸前に終息を迎えていた。この病気がイギリスに最初に出現したのは、ヘンリー七世治世下の一四八五年である。リチャード三世を戦いで打ち破り、三十年にわたるバラ戦争を終結させたヘンリー七世が、一四八五年八月二十八日にロンドンに到着した時には、大流行の最中で、その年の十月には数千人が死亡したという。この病気は、従来から知られていたペスト、マラリアに代表される伝染病とは異なった、人々に新しい恐怖をもたらした病気だった。

「病気は発熱と発汗で始まり、頭痛を伴い次第に首・肩・四肢に激痛が出現することで診断が下された。さらに、肝臓と胃にも痛みが走り、一時的に精神錯乱が出現し、激しい動悸を伴う」とケンブリッジのゴンヴィル・アンド・キーズ・カレッジの創始者で名医と誉れの高かったジョン・キーズは、彼の著書『粟粒熱と呼ばれる病気への対処法（A Boke or Counseill Against the Disease Commonly Called the Sweate or Sweatyng Sickness）』に認めている。この病気は、イギリスのみならずヨーロッパ全体に広がり、多くの死者を出した。この病気の原因は、汚染源として不潔な環境が温床ともされ、シラミやダニが伝染する回帰熱も一因とされている。最近では、ハンタウイルス説も唱えられていて、まだ定説はない。しかし一五七八年に終息を迎え、以降これに似た病気の報告は今日に至るまでない。

シェイクスピアは、この病状をたびたび作品に取り入れている。《ジョン王》では、アンジェの市民代表ヒューバート・ド・バーグと残忍で優柔不断なジョン王との戦場においての会話の中で、

ジョン王　（重患に苦しむ思入れで）身方の様子はどんなだ？　おゝ、ヒューバートよ、知らせてくれ。

ヒューバート　どうもわるさうでございます。……御気分はいかゞでございます？

ジョン王　久しく患《なや》んでゐた熱病が重《おも》ったので。おゝ、胸が苦しい！〔略〕（病苦に悩みつゝ）あゝ〳〵！　此熱病の暴君めがおれを焼立てをるので、さういふ吉報を聴いても、それを喜ぶ余裕がない。……スヰンステッドのはうへ出かけてくれ。すぐにおれを轎《のりもの》へ。……衰弱が募って、息が切れる。

——第五幕第三場——

と熱病で苦しむジョン王が描かれている。

また、《ヴェニスの商人》では、ヴェニスの街でヴェニスの商人アントーニオがその友人サラーニオとサリアリオと話をしている。

アントーニオ　何故斯う気が鬱《ふさ》ぐか、解らない。君たちはそれが為に鬱々《くさくさ》しッちまふといふが、自分でも鬱々《くさくさ》する。一体、どうして斯うなったのやら、何処で拾って来たのやら、どうして取《とッ》附《つ》かれたのやら、何が種で、何から生れたのやら、予《わたし》にも解らない。〔略〕

サラーニオ　雑炊《ざふすゐ》の熱いやつを吹くにつけても、若しも海で斯ういふ颶風《はやて》がやって来たらと思ふと、わたしなら忽ち瘧《おこり》にとッつかれます。

——第一幕第一場——

25 シェイクスピアの作品にみる感染症あれこれ

異常の病《やま》ひには異常の治療法を施すのが習《なら》ひでござる。

《から騒ぎ》第四幕第一場

シェイクスピア［25-1］の活躍した前後に人々を苦しめた疾病は梅毒、ペスト、マラリア、チフスなどに限られたものではなかった。発症頻度は必ずしも高くはなかったが、知られていたものにハンセン病、狂犬病、肺結核などの感染症があった。

しかし、これらの病気の各々の原因が明らかにされるには、微生物の狩人たちが登場してくる十九世紀末まで待たなければならない。シェイクスピアは作品の中に、さり気なくハンセン病、狂犬病そして肺結核を取り入れていたことから、当時それらの病気が決して稀なものではなく、舞台を見にきていた聴衆にも十分知られていたことが示唆される。

I　新約聖書に登場するラザロに由来する"lazar"

古から大西洋の沿岸一帯で部分的に広まっていたのが、ハンセン病（leprosy, leper, かっては癩病と呼ばれた）である。五世紀から六世紀には、フランス内陸部にも拡大し、フランスのリヨンではハンセン病患者の行動を制限する決議がなされたばかりか、次第に患者を隔離することで病気の撲滅を意図した取り組みが徹底されていった。十四世紀に入ると、市あるいは国家という行政下で医師がハンセン病患者を定期的に診察し、隔離病棟が設けられ、これら地道な努力で病気の広がりは終焉に向かっていくことになる。イギリスでは、十六〜十七世紀にかけてハンセン病は至極ありふれた病気だった。

ハンセン病は、抗酸性桿菌であるマイコバクテリウム・レプレ *Mycobacterium leprae*（らい菌）により惹起される慢性感染症疾患で、伝染性は余り高くない。しかし、らい菌の伝染経路は必ずしも明らかにされた訳ではなく、患者の五十パーセントは家族内の密接な接触で、菌は鼻腔からの飛沫により感染すると考えられている。病状は慢性皮膚病変と末梢神経障害とされることが特徴である。今日と異なって、原因も定かでなく、これといった治療法もなかった中世において、その発病は神に背いた行為のために発病すると広く信じられ、忌み嫌われる病気だった。しかし、病気は伝染性なものと人々に受け入れられていた。

シェイクスピアの作品には、leprosy や leper（ハンセン病）あるいは lazar（ハンセン病やみの乞食）などという言葉が、たびたび登場してくる。leprosy が用いられているのは、《アテネのタイモン》で、海岸に近い洞窟から鋤を持って現れた、世捨て人となったアテネの貴族タイモンは、

タイモン　此黄色い奴めは信仰を編み上げもすりゃ引きちぎりもする。忌《いま》はしい奴を有りがたい男にもする。白癩病《びやくらいや》み（the hoar leprosy）をも拝ませる。

――第四幕第三場――

と掘り出した黄金を元の通りに埋めようとする。leper は《ヘンリー六世　第二部》で、王に向かって語る王妃の台詞にみられる。

王妃　おや、そッちを向いて、顔をお隠しなさいますの？　わたしは汚らはしい癩病患者《かつたゐ》ぢゃありませんよ（I am no loathsome leper）。

――第三幕第二場――

一方、lazar が登場する作品の一つに《ヘンリー五世》があり、国王の崇拝者イーリー司教に語るカンタベリー大司教。

カンタベリー大司教　癩患者《かつたゐ》（lazars）だの、老朽者だの、労働に堪へない貧しい弱者共を救ふために凡そ一百ほどの慈恵院を経営するに足る、

――第一幕第一場――

『オックスフォード英語辞典』によれば、lazarは「ハンセン病のような不快な病気に苦しめられた可哀そうな病人」を意味し、中世ラテン語lazarusに由来した中世英語で、新約聖書の一部分である「ルカによる福音書」に登場する、悲しみにくれる乞食の名前ラザロ（Lazarus）によっている。一方、「ヨハネによる福音書」に記されている聖ラザロ（Lazarus）は同名異人で、病で亡くなって四日後にキリストにより蘇生し、この奇跡は文学などに広く取り上げられている。

II　恐水病と恐れられた狂犬病

狂犬病も古くから知られていた病気の一つで、シェイクスピアが狂犬病に罹った犬による咬傷が致死的な悲劇をもたらすことを知っていたのは、彼の作品からも窺える。《リチャード三世》〔25-2〕において、ヘンリー六世の未亡人でリチャード三世の母であるマーガレット王妃は、リチャードを王座へという野望に燃えるバッキンガム公と息子リチャードに向かって忠告を放つ。

マーガレット王妃　あの犬畜生めに警戒《ようじん》をなさい！　あいつは尻尾を振ってゐながら咬み付く。咬み付いたりといふと、歯の毒が怪我人を殺さないではおかん。

——第一幕第三場——

狂犬病は、現在でも世界各地で危険がもたらされている病気で、犬の唾液中に存在する神経向性ウイルスで発病する。狂犬病の犬に咬まれたら、人では潜伏期が十日から一年以上とさまざまで平均三十～五十日とされている。症状・徴候として、落ち着きがなく、倦怠感を訴え、発熱が始まり、やがて興奮状態に陥り、過度の唾液分泌そして咽頭・喉頭筋の激しい痙攣を伴う。このことから、患者は喉が渇いて水を飲もうとしても飲むことが能わないことから、〈恐水病（hydrophobia）〉とも呼ばれている。犬に咬まれた恐怖心が先立って、一時的に狂乱状態に陥る。適切な処置で死をまぬがれえるものの、重症ともなれば全身麻痺で死に至ることになる。

狂犬病に罹患と判断されたならば、狂犬病ワクチン接種が不可欠で、このワクチンは一八八五年にフランスの化学者ルイ・パスツール（一八二二〜一八九五）によって発見されている。狂犬病ワクチン接種の第一号は、フランスのアルザスに住むジョセフ・マイスター少年で、手足を狂犬に咬まれて余命一ヵ月と言われた二日後にワクチン注射を受けて命が救われた。この時、狂犬病ワクチンを発見したパスツールは、自身で第一号を験《ため》すことに尻込みしたために、他の医師が実施したという逸話が残されている。命を救われたことに感謝・感激したマイスターは、後にルイ・パスツール研究所の管理人として貢献したという。

また、シェイクスピアは狂犬病の恐ろしさを、離散家族再会の物語である《間違いの喜劇》で、台詞に巧みに盛り込んでいる。夫アンティフォラス（兄）の不義を嘆く妻エイドリアーナと、実はアンティフォラスの実母である女子修道院長イミリアとの会話。

修道院長　だから、御亭主の気がちがったのです。嫉妬ぶかい女の毒舌は狂犬の毒牙よりも怖ろしいほど有害だといひますからね。おまへが怒鳴るので、それで、先づ、睡眠が不足となったのらしい。

——第五幕第一場——

妻エイドリアーナの夫への態度を狂犬病に喩えて、窘《たしな》める修道院長である。

III 〈白いペスト〉と恐れられた結核

歴史に残る病気の中で、〈白いペスト〉と恐れられた結核は、一般的な風邪やインフルエンザと同じく社会病といわれてきた。唾液の飛沫で空気感染する結核菌が同定されるには、一八八二年ドイツ片田舎の医師ロベルト・コッホ（一八四三〜一九一〇）がベルリンの学会で、その発見を発表した十九世紀後半まで待たなければならなかった。世界人口の約三分の一がヒト結核菌を保持しているとされるが、保菌者の免疫機構が何らかの原因で破綻を来さない限り、肺結核の発病はない。しかし、医科学の発達した今日といえども、生活環境の烈悪な状況下では結核は極めて一般的な感染症で、これが原因で死に至ることも少なくない。

シェイクスピアの活躍した時代、この病気は対応もなく不治の病であったことが《ヘンリー四世第二部》［25-3］にみられる。自堕落な生活に落ちぶれた貴族ジョン・フォールスタッフがロンドンの街で、彼の天敵である高等法院長に出くわし、フォールスタッフが借金を申し入れて、高等法院長に断られる。

フォールスタッフ　おれの財布に金が幾らある？
召使い　七グロート（一グロートは四片）と二片《ペンス》です。
フォールスタッフ　財布の此衰弱（this consumption of the purse）は、もうどうも療治の仕様《しやう》がねえなア！

——第一幕第二場——

当時、consumption は悪液質、そして最近まで肺結核を意味していて、シェイクスピアは、〈財布の空〉を〈肺結核〉になぞらえ、対処のしようがないとフォールスタッフに言わせている。また、《から騒ぎ》では、メシーナの知事リオナート邸で、彼の姪のビアトリスと彼女に恋する若き貴族ベネディックがリオナートが言うところの楽しい戦争をしている。

ベネディック　おい、君を貰はうよ。けれどもこりゃ君を気の毒だと思ふからだよ。

ビアトリス　わたし、いやとはいひません、けれども、ほんとに、拠《よんどこ》ろなく承諾するのです。一つは、あんたの命を助けてあげたい為です、あんたは肺結核だといふことを聞きましたから（for I was told you were in a consumption）。

——第五幕第四場——

シェイクスピアの娘婿ジョン・ホール医師は、彼の『観察報告』の中で、結核を三例取り上げている。症例二一、メアリー・ウィルソン夫人の症状と処方をみてみると、「患者の熱は日中に上昇し、そして短時間で下降する」、いわゆる〈消耗熱（hectic fever）〉で、肺結核などの消耗性疾患に苦しむ患者にみられる。ホール医師は食事療法を中心とした療治を行い、カタツムリ、カエル、カワガニなどを用いた軽い食事をすすめ、特別の強壮剤飲料そして鶏肉の薄い澄んだスープとハーブによる浣腸を施している。後者は、当時下熱効果があると信じられていた。さらに、〈母乳〉を摂ることを処方していて、ウィリアム・ブキャン（William Buchan）は「肺病の患者に並々ならぬ効果があった」と一七七二年に認めている。また、肺結核が消耗性疾患であることを考えれば、栄養価の高い〈母乳〉が治療の一つとして選択されているのは、実に理に適っているといえよう。ホール医師の記録からも、肺結核が当時決して稀な病気ではなかったことが窺い知れる。
さらに、シェイクスピアは《マクベス》（第四幕第三場）で、当時scrofula（cervical tuberculous lymphadenitis）と呼ばれた結核のリンパ節浸潤には、王の〈お手付け〉が絶大な効果を発揮することを台詞に用いている（第六章に既出）。しかし、結核治療薬の登場は二十世紀初頭まで待たなければならなかった。アメリカのラドガーズ大学教授セルマン・ワクスマン（一八八八～一九七三）とその研究チームにより、一九四四年に土壌から採取した放線菌をもとにつくられた製剤ストレプトマイシンが結核に有効と発表され、以降種々の抗結核薬が開発され今日に至っている。一九五二年にノーベル生理学・医学賞が、ワクスマンに授与された。

26 健康を損う一因が悪臭

若し息に言葉同様の毒があったら、傍《そば》へ往く者はみんな死にます。

《から騒ぎ》第二幕第一場

シェイクスピア［26-1］が活躍していた時代のロンドンは、国内外から人の出入りが激しかった。人口は増加の一途を辿っていたにもかかわらず、下水道設備は相変わらず不十分だった。度重なる疫病の流行が多くの犠牲者を生み、死体の放置された街は、屎尿《しにょう》の混在と相俟って漂う悪臭が人々を悩ませる烈悪な生活環境にあった。

人々は、病気とそれに伴う死は彼らが犯した罪悪に対する神の懲らしめと信じ、苦しむことで罪を償うことに感謝した。しかし、ペストをはじめとした疾病の大流行は人々に公衆衛生へ関心を抱かせる切っ掛けともなりつつあったのが、シェイクスピアが活躍した時代であった。

I 〈体液〉の平衡を乱す外気の害毒

一六〇〇年代初めのエリザベス朝時代の約二十万人にものぼったロンドン住人が容認せざるを得なかったことは、ロンドンが〈悪臭〉、〈下水道の不備〉そして〈不衛生極まりない生活環境〉と指摘されたことである。エリザベス朝時代の前後に流行した疾病、とりわけペストは劇場閉鎖をたびたび余儀なくし、シェイクスピアの生活すべてに暗雲をもたらしていた。この恐ろしく、苦しい体験が随所に投影された彼の作品は、当時の人々に身近な出来事として映り、シェイクスピアの手になる戯曲の数々が人々に広く支持された一因ともいえる。

病気に罹る一因の背景として、当時広く享受されていたガレノスの医学知識からすれば、悪臭を放つ溜池、死体の放置などが醸し出す不潔で不健康な環境の空気あるいは水が身体内へ入り込めば、〈四つの体液〉の平衡を乱して病気を招くことになる。シェイクスピアの作品には、そんな状況を思い起こさせる情景が少なくない。《ジョン王》で、戦場にて負傷し、死に瀕しているフランス貴族メルンには、

メルン　もう今夜中にすら、……黯淡《あんたん》たる毒霧《どくもや》が、終日照らして疲労《くたび》れ切った老太陽の火光を、もう大分煙らせはじめてゐる不運な、不吉な今夜中にすら……君たちの息の根を止めッちまはうといふのだ、

——第五幕第四場——

と悪臭漂う空気が身体に害毒をもたらすことの悲劇を語らせている。

また、当時は外気が身体に及ぼす影響に太陽そして月が少なからず関係していると捉えられていたことが、シェイクスピアの作品に読み取れる。《あらし》で、ミラノ大公プロスペローによって島に監禁された、野蛮で醜悪な奴隷キャリバンは、

キャリバン　太陽が泥池や沼や沢《さは》から吸ひ上げる毒のありッたけ、プロスペローめに降りかゝって、奴の身体中を病気だらけにしてくれ！

——第二幕第二場——

とプロスペローを呪う。また、《夏の夜の夢》〔26-2、3〕では、アテネ近郊の森の中で妖精の王オーベロンと妖精の女王ティターニアが、昔の恋人のことや、ティターニアが養子にしたインドの男の児のことなどで口論が始まる。

ティターニア　海の支配者のお月どのが、腹を立てゝ蒼白《まツさを》になって、四方八方を水気《すゐき》だらけにして、湿気の病ひを流行《はや》らせる。

——第二幕第一場——

と、月により周囲一帯に立ち籠めた湿気を帯びた空気が身体に有害をもたらすことが述べられている。

一五四七年、ヘンリー八世の侍医アンドルー・ブールデ（一四九〇〜一五四九）の著書『身体の健康を考えて家を建てる賢い人に学ぶ本（The Boke for to Lerne a man to be wyse in the building of his howse for the health of body）』の中に、「館の周囲の空気が新鮮で清潔ならば、人の命を保護し、知力と体力とを活性化し、良い血液をつくり、人の命を確かなものにする。しかし、有害で腐った空気は血液を汚し、腐敗した体液を生ぜしめ、脳や心臓を腐らせて、人の命を短くする」と認められている。さらに、「空気を汚し、体液を腐敗させるものに、①運勢（星）の影響、②澱《よど》んだ水、③悪臭放つ霧、④長期間地上に横たわる腐敗物、そして⑤多人数が狭い部屋で不潔に居住する」などと不衛生な環境を醸し出す状況を挙げている。この時代、占星術の占める重要性が窺え、シェイクスピアは作品に上述の状況を巧みにちりばめ、公衆衛生の大切さを人々に訴えている。人々の心に、公衆衛生への関心が芽生えつつあったことが示唆される。

II　疾病にみる入浴文化の衰退

エリザベス朝時代の人々は、不潔な人は腐敗した悪臭を発散し、周囲の人々を病気に陥らせると信じ、身体を清潔に保つことを心がけていた。とりわけ、健康維持に非常に神経質だったとされるエリザベス女王の日常生活について、当時のヴェネチア大使は家族に宛てた手紙に「エリザベス女王は、病気治療としての必要性の有無にかかわらず、少なくとも月一回は入浴してみえる」と認めている。また、エリザベス女王は毎食前後に手を洗い、毎朝、毎晩必ず顔と手を洗ってリネンのタオルで拭いていたという。旅に際しては、簡易浴槽を携帯し、居城という居城には豪華な浴槽を設け、満たされた湯にはハーブの良い香りが漂い、人一倍身体の清潔に心がけていたとされている。

入浴文化を辿れば、多くの遺跡や記録などからギリシャ・ローマ時代のローマ人は入浴好きなことが窺い知れる。しかし、ローマ帝国滅亡と共に、入浴文化は衰退の一途を辿ることになる。とりわけ、十四世紀に始まったヨーロッパを覆うペストの度重なる惨状そして十五世紀にもたらされた梅毒の害悪が入浴文化の衰退に一層の拍車をかけることになった。人々は、ペストなどの疾病がもたらす有害は呼吸を介して吸い込まれた空気ばかりか、入浴などにより皮膚の毛穴からも身体内へ侵入すると信じていた。当時、フランドル人の女性が広めた熱い湯から立ちのぼる蒸気に身体を晒すサザク（Southwark）の共同浴場は、ロンドンっ児に人気があった。しかし、十五世紀末に梅毒がイギリスにもたらされ、病気が浴場を介して広がったとされ、ヘンリー八世によりサザクのすべての共同浴場が閉鎖された。エドワード六世治世下（在位一五四七〜一五五三）で、再び一部がオープンとなったものの、人々は用心深くなっていて利用者は限られた。エリザベス女王の御世になると、共同浴場は危険で不必要なものと見做された。以降、十九世紀末までロンドンでは入浴という習慣は廃れ、人々は週に一度程度身体を拭くか、お湯か水に浸るにすぎなかった。

ロンドン市当局もただ手をこまぬいていた訳ではなく、その一つが街路の中央に走る排水路に定期的に水を流すことだった。排水路は、汚物の溜った病原菌の巣窟の様相を呈していた。一五七四年、ロンドン市当局はペスト流行地域のすべての井戸および吸水器から、週三回水を汲み出し、バケツ十二杯の水を排水路にそそぐことを命じた。疾病温床の掃討を意図したものだった。《ヘンリー四世第二部》で、居酒屋ボアズ・ヘッド（猪頭）亭の女将クウィックリーの対応に腹を立てた、自堕落な生活を楽しむ落ちぶれた貴族フォールスタッフと、反論し怒る女将の会話から。

フォールスタッフ　其奴《そいつ》の首ッ玉を斬ッちまへ。其賤婦《すべた》を溝《どぶ》ン中へ（in the channel）叩ッ込んぢまへ。

女将クウィックリー　わたしを溝へ叩き込む？　おのしを溝へ叩き込んでくれる。

——第二幕第一場——

人が追いやられるには、これほどばつの悪い場所はなかった。裕福な人々は、ロンドンの不衛生な環境を避けて、少しでも空気の澄んだ良い環境を求めて、転居をはかったのは至極当然のことだった。

III　トロイ戦争の戦士"Ajax"が"a jakes"との語呂合わせで〈屋外便所〉を意味

衛生学（hygiene）が揺籃期にあったシェイクスピアの活躍していた時代、不快な臭いと不健康な空気に人々が鈍感であった訳ではなかった。呼気、汗、涙、尿そして大便などが人の身体に関連した悪臭の発生源として挙げられた。人々は屎尿処理に四苦八苦し、屋外の簡易便所から発せられる不快な臭いもさることながら、屋内の便所にも問題があった。「不快な臭いの漂う診療所に患者が訪れるのは、非常に恥ずかしい」と当時の医師サイモン・フォアマン（一五五二〜一六一一）は告白している。石造家屋内に設けられた屎尿貯溜の汚水槽から、熱気管を通して洩れてくる膨張したガスが原因だった。エリザベス女王の名付け親とされるジョン・ハリントン卿（一五三九／四〇〜一六一二）は屎尿処理に大量の水を供給するスペースを屋内に設けていた。しかし、処理に大量の水を要し、要した経費も馬鹿にならず、極めて限られた人たちにしか許されなかった。

ロンドン住人の二昼夜の家族平均の排泄物量は、なんと約十六トン。その処理に十二名からなるチーム、排泄物を入れる大きな樽、それらを運び出す車、労働者の食事、明りとなるロウソク、簡易便所の通風筒構築用レンガ、排泄物の入った樽を運び出すスロープ、さらに汚水槽の清掃など、計上しなければならない経費は馬鹿にならなかった。となれば、貧乏人が住む街では道の真ん中に設けられた排水路（channels）に屎尿が捨てられるのは致し方がなく、不快な悪臭が街に立ち籠めていた。

一五六八年、ロンドンをはじめとした各自治体は共同便所設置の命令を出している。とりわけ、ロンドンはテムズ川にかかるロンドン橋のものは最も目的に適ったものだったが、皮肉なことにその場所近辺に私的な用途の吸水ポンプが設置されていて、衛生上問題がない訳ではなかった。

便所に関連した内容が、《リア王》に登場する。薄昏《うすぐら》い夜明け方のグロスター伯の居城の前で、リア王に尊大な態度をとるオズワルドが狂気のリア王を守るケント伯をコーンウォール公の身内と間違えて声をかけ、両者は諍《いさか》いとなる。リア王の次女でコーンウォールの妻リーガン。

リーガン　なぜ争闘《けんくわ》をしたんぢゃ？

オズワルド　此乱暴な老年《としより》が、……こやつは先《せん》だって胡麻塩鬚髯《ごましほひげ》に免じまして、一命を助けつかはしました奴でございますが……

ケント伯　やい、Z野郎《ゼツトやらう》！　無くても差支へのない余計文字野郎《よけいもじやらう》！　……殿さま、お許可《ゆるし》さへ出りゃア、おれが此赤土野郎《あかつちやらう》を石灰《しつくひ》になるまで踏みのめして、それで雪隠《せッちん》の壁（the walls of a jakes）を塗ってくれます。

——第二幕第二場——

"jakes"は"privy（特に水洗でない屋外便所）"と同義語である。一五八六年にジョン・ハリントン卿は、当時のイギリス国内の下水設備の状況を纏めた『A New Discourse of a Stale Subject Called the Metamorphosis of Ajax』なる本を認めていて、"privy（屋外の簡易便所）"に"Ajax"という名前を用いた。多分、"Ajax"は"a jakes（屋外の簡易便所、privy）"との語呂合わせであったと考えられる。Ajax（アイアス）はトロイ戦争の英雄でアキレスに次いで速い足の持ち主だったが、アキレスの鎧《よろい》の争奪をオデッセウスと争って敗れ、おろかでほら吹きとされた。その男に、ハリントンは結びつけたのだ。因みに、"Ajax"には〈メランコリー（melancholy）〉という意味もある。

27

口腔衛生からみた身だしなみと対応

運命や不幸を嘲ってゐた哲学者だって、歯の痛いのを平気で耐へちゃァゐまい。

《から騒ぎ》第五幕第一場

先にも述べたように、エリザベス朝時代の人々は、人の身体から発せられる悪臭が健康を損なう害悪と見做し、無視出来ないものと捉えていた。状況次第では、口腔《こうくう》に関連したさまざまな問題が悪臭を放ち、周囲から忌み嫌われる一因となっていることが少なくない。

医科学が今日のように発達していなかった当時としては、口腔衛生をはじめ悪臭の原因への対応には、自ずから限界があるのは致し方のないことだった。シェイクスピア〔27-1〕の作品の数々に、口臭、歯痛をはじめ口腔衛生などに触れた台詞が少なくない。当時の人々が、身だしなみとして口腔にまつわる話題にいかに関心が高かったかを物語っている。

I　痛い（苛酷な）法律ではなく、臭い法律

シェイクスピアは、作品の中にしばしば口臭を取り上げていて、《ヘンリー六世　第二部》〔27-2〕に、その代表ともいえる場面をみることが出来る。ヨーク公のために民衆を率いて反乱を起こしたジャック・ケイドが部下たちと語り合う中で、

ディック　只、此イギリスの法律は、これから、いつも、あんたのお口から出ますやうに、とお願ひ申しますのです。

聖職者ジョン　ぢや、其法律は痛かんべい（苛酷な法律だらう）、先度槍で口を突かれたゞが、其傷が治《なほ》り切ッてゐねえだからね。

スミス　いんにゃ、ヂョンよ、（痛いよりも）臭いだらうぜ、炙《あぶ》り乾酪を食《くら》った息で出すんだからね（it will be stinking law; for his breath stinks with eating toasted cheese）。

――第四幕第七場――

と痛い（苛酷な）法律ではなく臭い法律になると、聖職者ジョンの吐く息の臭いことを皮肉っている。

また、私という一人称で書かれた、シェイクスピアによる唯一の作品『ソネット集』は、美しい青

年への詩人の同性愛的恋情、そして詩人と詩人の愛人である黒い女性と美しい青年との間に織りなされる三角関係という、極めてスキャンダラスな物語に富んだ百五十四編からなっている。その百三十番に、

香水ならかぐわしい香りを放つものがある、
彼女の息の匂いなどとうていそれにかなわない。
彼女がしゃべる声を聞くのは嫌いではない、
だが音楽にはもっとこころよいひびきがある。
〔略〕
だが誓って言おう、私の恋人は、そのような
大げさな比喩で飾られたどの女よりも美しいと。

（『シェイクスピアのソネット』小田島雄志訳、文春文庫）

と愛人の素晴らしさをより際立たせるのに、口臭とかぐわしい香水との取り合わせで対比させて謳いあげている。

口臭の原因は、食べた物の匂い、胃腸の調子が悪いことによる不消化物の発生する悪臭、歯の間に挟まった食物の滓《かす》に由来したもの、そして口腔疾患自体に基づく異臭とさまざまである。シェイクスピアは、〈炙《あぶ》ったチーズ〉を食べたことが原因の食物で発生する口臭に言及しているが、わが国ではさしずめ〈にんにく料理〉による口臭が思い出されても不思議ではない。また、《ジュリアス・シー

ザー》では、ジュリアス・シーザー暗殺の陰謀に加担することになるブルータスとシーザー暗殺の陰謀者との会話において、

キャスカ　奴がそれを辞退するたびに、愚民群《がらくたども》は喝采した、〔略〕シーザーが王冠を辞したといって堪らん臭い息を吐きかけて（uttered such a deal of stinking breath）吸鳴り立てた、その為に、シーザーは息を塞らせ、噎《む》せかへって、とう〳〵卒倒してしまッたんです。

——第一幕第二場——

とシーザー卒倒の原因を民衆が吐く息の悪臭（疾病？）としている。

II　歯痛と歯の喪失はあたりまえ

シェイクスピアが、作品に取り上げている口腔症状の一つが歯痛である。本章の冒頭で紹介した《から騒ぎ》の状況と台詞の前後をもう少し詳しく紹介すれば、以下である。メシーナの知事リオナートの邸内の庭において、リオナートの娘ヒーローとリオナートの弟アントーニオが無実なのに傷つけられたことに憤慨した場面から。

リオナート　不幸の重荷で身を拉《ひし》がれてゐる者に、耐《こら》へろ、諦めろといふのは定《きま》りだが、それを自分で経験すりゃ、どんな君子でも哲学者でも忍《がまん》耐し得るものぢゃない。〔略〕

アントーニオ　それじゃァ大人も子供も同《おんな》じですよ。

リオナート　もうよしてくれ。血や肉で出来てる人間だ。どんなに神のやうな筆附きで論を書いて、

運命や不幸を嘲ってゐた哲学者だって、歯の痛いのを平気で耐へちゃァゐまい。

——第五幕第一場——

歯痛が、いかに耐えられないほどのものかを訴えているばかりか、いかに多くの人々を苦しめていたかが窺い知れる。

歯の一本や二本を喪失しているのは、エリザベス朝時代の人々では、ごくあたりまえのことだったという。《終わりよければすべてよし》において、老いた貴族ラフューが、

ラフュー　わしだって歯が抜《ぬ》けきらんうちは若い娘が好《この》もしいて。

——第二幕第三場——

と加齢による歯の喪失に言及している。似たような状況では、《じゃじゃ馬ならし》〔27-3〕で、冒険好きの紳士ペトルーキオが横柄な召使いグルーミオを伴って、裕福な女性を娶《めと》るために旧友ホーテンシオを訪ねた場面。

ホーテンシオ　其女は金持だよ、非常な金満家だよ。〔略〕

ペトルーキオ　僕はパデューアで金持の嬶《かゝ》を見附けようとしてやって来たんだ。金さへありゃ他は問はないんだ。

グルーミオ　歯の一本もない、馬五十疋分の病気の問屋のやうなお婆ァさんだっていゝんです。お金さへありゃ何でもいゝんですから、お世話をなすって下さいまし。

——第一幕第二場——

一方では、歯が一本も抜けていないことで若さを強調する場面が、《ヘンリー八世》にみられる。宮中の溜りの間で、宮内大臣、サンズ卿そして騎士サー・トーマス・ラヴェルが語っている。

サンズ卿 もうとうに弾奏三昧《だんそうざんまい》は廃《や》めてしまひましたがね、しかし地味な小唄なら、一時間ぐらゐ聴かせられんこともありませんて。いや、中々聴けるといはせて見せますよ。

宮内大臣 ようく、サンヅ卿! まだあなたの駒ッ歯はしっかりしてゐますね(Your colt's tooth is not cast yet)。(まだお気が若うごすな。)

サンズ卿 はい、まだく脱《ぬ》けませんよ、歯齦《はぐき》が遺《のこ》ってゐます以上(Nor shall not, while I have a stump)。

——第一幕第三場——

III 口腔衛生への試みさまざま

歯痛、歯の喪失、歯の変色そして口臭を防ぐ手立てがエリザベス朝時代には種々試みられていた。歯の変色については、エリザベス一世が就任時は黄色であったのが高齢と共にまったく黒色になったことが認められている。人々は、美容上からか歯を白くするための一手段として、イカの骨から作られた粉の歯漂白(tooth blanch)剤で歯を磨いた後に、白ワインと硫酸塩の蒸留された液(spirit of vitriol)で口を漱《すす》ぎ、そして歯を拭う布(tooth cloth、濡れたリネン)でこすることがすすめられていた。また、ローズマリーの花を沸騰した湯で処理したものも、口の洗浄液として選択もされていたようである。

興味深いのは、ドイツ人が認めた文にエリザベス朝の人々の〈歯が悪い原因〉として、〈砂糖の摂りすぎ〉と結論づけていることである。事実、その時代の人々は砂糖が大好きで、シェイクスピアの作品にも窺える。《ヘンリー四世　第一部》で、酒と女をこよなく愛する自墜落な貴族フォールスタッフに向かって、仲間のポインズが言う。

ポインズ　（フォルスタッフに）おい、どうだね、後悔堂先生？　如何な御機嫌だね、砂糖入り葡萄酒のお武士《さむらひ》さん？

——第一幕第二場——

また、《リチャード二世》では、兵士を連れて登場したノーサンバランド伯。

ノーサンバランド伯　疲労を覚えさせますするところを、途々面白いお話をうけたまはりましたので、怡も砂糖によって辛《つら》い進軍を慰めると同様の愉快を得ました。

——第二幕第三場——

と疲労に対する砂糖の効用が語られている。当時、エリザベス朝の多くの人が砂糖は健康に良いと捉え、とりわけ子供には良いとされていた。

歯の衛生に関して、歯を磨かないと歯垢《しこう》（plaque）形成につながるとし、歯を拭う布で歯垢を取り除くことがすすめられている。

さらには、次のような歯磨粉（tooth powder）などの使用が試みられていた。「毎朝、クローブ（clove、フトモモ科の熱帯性高木である丁字《ちょうじ》のつぼみを乾燥させたもので香辛料あるいは歯痛の緩和に有用とされている）を二つ三つ食べたり、飲み込みなさい、そして歯肉と頬《ほお》との間にクローブを二つ保持することです。次に、歯磨粉としてキダチハッカ（savory、ヨーロッパ原産シソ科の芳香性植物）の一オンス、ガリンゲイル（galingale、英国産カヤツリグサ属の一種で根を香料・薬用に用いる）の半オンス、アロエの木の二分の一オンスで粉末をつくり、朝および正餐後そして就寝前に口にしたり、飲み込んだりすることです」

歯の間に溜った腐敗した食物の滓の除去には、羽根あるいは木でつくられた爪楊枝《つまようじ》が用いられた。《ジョン王》では、その情景が見事に描写されている。ロンドンにある国王ジョンの宮廷で、故イギリス王リチャード獅子心王の落胤《らくいん》とされる庶子フィリップ（バスタード bastard、庶子）を見たジョン王の母エリナー皇太后は、彼女の長男で前王リチャード獅子心王の面影を認め、フランスへの参戦を促す。庶子フィリップが同意し、ジョン王は彼にプランジネット家のサー・リチャードの称号を授ける。新たな地位に思いを馳せ、バスタードが言う。

バスタード　我輩閣下の御宴席に所謂漫遊家が楊枝（toothpick）携帯で着席する、〔略〕歯をスー〳〵言はせながら（歯にはさまった物を吸ひながら）其列国通のハイカラと問答に及ぶ。

——第一幕第一場——

また、《から騒ぎ》に、パデュアの若い貴族ベネディックが、

ベネディック　アジヤの極東へ楊枝取りにでも、

——第二幕第一場——

と楊枝（toothpicker）に言及しているが、当時は爪楊枝といえばアジアの極東のものが良いものとして、イギリスでは広く知られていたのであろう。因みに、わが国では古くから「柳箸やヤナギで作られた楊枝を使うと歯が疼《うず》かない」と言い伝えられていた。ヤナギの樹皮、葉に抗炎症作用のあることは、広く知られていた。含まれるサリシンという物質が体内で代謝されてサリチル酸に分解され、解熱・鎮痛を発揮することが後に明らかにされ、十九世紀末にヨーロッパでサリチル酸が量産され今日に至っている。

始末に負えないのが歯痛で、あらゆる試みでも癒されない場合には、最後の手段は〈ペリカン（pelican）〉と呼ばれた特別の〈かなてこ〉で、うっとうしい歯を抜くことだった。抜歯は、まず抜歯師（tooth drawer）に相談し、時には理髪師・外科医に頼むことになるが、地方の田舎では鍛冶屋にゆだねられていた。抜歯師の言葉が登場する《恋の骨折り損》（第五幕第二場）で、王に随行する貴族ビルーンが、「虫歯抜きの帽子《シャッポ》に附いている（worn in the cap of a tooth-drawer）」と抜歯師の帽子についているブローチやバッジが際立って目立つことを語っている。当時、歯科治療に携わる人の地位は低く、今日のように地位が向上するには、〈現代歯科医学の父〉と称されるフランスの歯科医師ピエール・フォシャール（一六七八〜一七六一）の台頭まで待たなければならなかった。

28 皮膚の変色が特徴の病状さまざま

何故そんな蒼い顔をしてゐるのです？
頬の薔薇が如何《どう》して然《さ》う急に萎《しを》れてしまったのです。

《夏の夜の夢》第一幕第一場

病気の診断や病状把握に五感を生かしたアプローチは、医科学の進歩した今日といえども有用なことが少なくない。とりわけ、視覚に訴える変化は内なる病状を警報として語っていて、時には病気の診断と病状把握への取っ掛りになると言っても過言ではない。

シェイクスピア［28-1］の作品にも、皮膚の色で病気や病状が表現されていて、今日にも相通ずるものがある。ここで取り上げる、"green-sickness（青ざめた病気）"、"jaundice（黄疸）"、そして"scurvy（壊血病）"などは、その代表ともいえる。

I　若い女性の病気"green-sickness"

シェイクスピアが活躍した前後、"green-sickness（青ざめた病気）"は、一般的には新たに月経が始まって貧血に苦しむ、若い女性の顔面が青白い状態として捉えられていた。語源的には、十六世紀頃にドイツ語の bleekzucht、ギリシャ語の bleichsucht anaemia に由来している。今日でいうところの chlorosis（萎黄病）で、赤血球の減少よりも血色素の顕著な減少を特徴とする慢性低色素性小球性（鉄欠乏性）貧血の一型といえる。このタイプの貧血は、主に思春期から二十代までの女性にみられ、通常は食事の鉄と蛋白の欠乏で発病する。シェイクスピアの時代、一治療法として結婚により解決されると信じられていたようである。

シェイクスピアの《ロミオとジュリエット》〔28-2、3、4〕において、ジュリエットはロミオが彼女のいとこを殺したことに大きな衝撃を受ける。乳母の計らいで、ジュリエットと一夜を過ごしたロミオは旅立つことになる。一方、ジュリエットの両親は彼女を元気づけるために、木曜日にパリスとの結婚話を持ち出すが、悲嘆にくれるばかりのジュリエットである。彼女の父親キャピュレットは、

キャピュレット　次の木曜日にパリスと一しょに会堂へ行くために。さうでないと、簀子《すのこ》の上へ叩き伏せて、引摺《ひきず》って行かうぞよ。おのれ、萎黄病《ゐわうびやう》で死んだやうな面《つら》をしをって！　うぬうぬ、碌でなし！　おのれ、白蠟面《びやくらふづら》めが！

——第三幕第五場——

とジュリエットに怒りをあらわにする。ここでは、萎黄病（green-sickness）が梅毒の意味で用いられている。シェイクスピアは、ジュリエットの感じやすい年齢（彼女の“green-sickness”）に注意を引き寄せ、父親による彼女への残酷な言葉や行動で一層憎悪をつのらせ、聴衆に同情を呼ぶ効果を巧みに演出している。この“green-sickness”を梅毒と絡めた台詞が、《ペリクリーズ》にも登場する。売春宿の一室で、売春宿に売られたペリクリーズの娘マリーナが二人の紳士を接客しなかったことに腹を立てた、売春宿の亭主とその女将そして召使いが語っている。

亭主　（焦れ出して）小面倒な阿魔《あま》ッちょめ（her green-sickness）、梅毒《かさ》（pox）でも患《か》きゃアがれ！

――第四幕第六場――

ここでは、"green-sickness"が頑迷さに関連づけて〈貧血を持つ若い女性〉を描写している。

また、男性版の"green-sickness"が《ヘンリー四世　第二部》、《アントニーとクレオパトラ》（第三幕第二場）にみられる。《ヘンリー四世　第二部》では、反乱軍と国王軍とが和睦し、ロンドンに帰還する国王の三男であるランカスター公ジョン王子に、自己の勇敢な活躍を宮殿に伝えてほしいと頼む落ちぶれた貴族フォールスタッフ。一人になったフォールスタッフは、

フォールスタッフ　全く、あの青い、沈着《おちつ》きくさった小僧どん、おれを好いちゃゐないや。〔略〕魚ばかり食ってるから男のヒステリーになる。で結婚をすりゃ、女子《あま》ばかり生む。

――第四幕第三場――

と酒を嗜まない、憶病者の王子を評して〈男のヒステリー（male green-sickness）〉と呼ばわっている。

II　黄疸（jaundice）は怒りと体液（humor）の一つ黄胆汁で発病

〈黄疸〉は、古くから知られていた病状である。現代医学の基本理念のルーツとされる、『ヒポクラテスの箴言』（『ヒポクラテス全集』）には、多くの臨床成績が纏め上げられていて、黄疸の原因と病変にも触れられている。血液中にビリルビンが過剰になった状況で発症する黄疸は、肝癌や肝硬変の他にも、胆道系疾患、ウイルス感染による肝炎、アルコール性や薬物性、何らかの原因による溶血、さら

には膵臓腫瘍などによる胆道系器官の圧迫に伴うものが主な原因として挙げられる。
シェイクスピアの作品のいくつかに、〈黄疸（jaundice）〉の台詞が登場してくる。《ヴェニスの商人》で、ヴェニスの商人アントーニオ、その友人グラシアーノらがベルモントにあるポーシアの家で語っている。

アントーニオ　わたしは此浮世を只浮世として見てゐる。めい〳〵が何か一役づつ演じなければならない舞台だと思ってゐる。さうしてわたしの役は憂鬱な役なのだ。
グラシアーノ　わたしゃ道化役《だらけやく》だね。年を取って皺くちゃになっちまふまでも、陽気に笑って暮したいね、〔略〕むしゃくしゃ腹《ばら》が因で黄疸《わうだん》（jaundice）になったりする必要はないぢゃありませんか？　ねえ、アントーニオー君、

――第一幕第一場――

当時、四つの体液（humor）の一つ黒胆汁でメランコリーが惹起されると考えられていたように、〈黄疸〉は怒りあるいは四つの体液の一つ黄胆汁の過剰で生じると考えられていた。ここでは、〈黄疸〉が憂鬱と関連づけられている。同じように、《トロイラスとクレシダ》において、トロイと交戦中のギリシャの軍事会議で諸王を前にして、ギリシャの総大将アガメムノン。

アガメムノン　諸公閣下、……何を御憂悶なすって、そんなに顔を黄胆色《わうだんいろ》（jaundice）にしておいでなさる？　すべて下界で企画される事は、「希望」が大げさに予期する其半分も三分の一も遂げられないのが定例《きまり》です。

――第一幕第三場――

因みに、jaundice の語源は中世英語の jaunes に求められ、古フランス語 jaunice = "yellowness"、jaune = "yellow" に由来している。

ところで、先に挙げたジョン・ホールの『観察報告集』には、黄疸の症例が少なくない。症例一七三には、肥満体で大酒飲みの男性患者が、全身の黄疸と下肢および睾丸の浮腫を訴え、三十代後半で亡くなったことが記録されている。六週間の対応は、下剤と瀉血により、病的な体液（humor）を追い出すことに努めている。とりわけ、下剤の処方はホール医師が浮腫と黄疸を伴った発熱への治療の標準的なものだった。また、症例六は、重篤な慢性マラリアに罹患していて、皮膚が黄色に変色した症例で、溶血によるものと考えられる。

III 〈海のペスト〉に苦しんだシェイクスピアの長女スザンナ

造船術と航海術の進歩が、一四四〇年以降西ヨーロッパの人たちに大航海を可能とした。その結果、船乗りの多くが歯茎は冒され、手足が腫れ、全身に及び、重篤ともなれば皮膚は点状出血で紫斑状を呈し、〈海のペスト〉と恐れられたのが壊血病（scurvy）である。古くから知られていて、紀元前五世紀に活躍した医聖ヒポクラテスも、この病気について詳しく触れている。この〈海のペスト〉に強い関心を抱いた一人がイギリスの海軍軍医ジェームズ・リンド（一七一六〜一七九四）で、一七四七年夏に乗船した軍艦ソールズベリー号二回目の航海時に、ひどい壊血病が発生し、回復はオレンジとレモン摂取者で顕著であった。この経験を基に一七五三年に『壊血病論集』を刊行したが、イギリス海軍が彼の意見を正式に採用したのは、リンド没後であった。

時が経って〈壊血病〉の原因が、壊血病因子のビタミンC不足であることが判明し、一九一六年頃から有効成分の抽出が始まり、純粋成分発見の先陣争いが激しくなった。成功したのは、ハンガリーの生化学者アルベルト・フォン・ナジラポルト・セント＝ジェルジ（一八九三〜一九八六）、一九三三年イギリスの有機化学者ウォルター・ノーマン・ハース（一八八三〜一九五〇）が化学構造を決定し、二人は抗壊血病（antiascorbutic）の酸という意味でアスコルビン酸と命名した。化学合成はスイスのタデウシュ・ライヒシュタイン（一八九七〜一九九六）が先鞭をつけた。ノーベル賞の受賞は、一九三七年にセント＝ジェルジに生理学・医学賞、ハースが化学賞、ライヒシュタインは一九五〇年度生理学・医学賞に輝いた。

シェイクスピアの活躍した時代の前後、四季を通して新鮮な野菜や果物が手に入ると限られたものではなく、壊血病に罹患した人が少なくなかったのはホール医師の症例集ノート『観察報告集』の記録からも明らかである。しかし、シェイクスピアの作品には壊血病（scurvy）を描写したシーンはないが、病気とは関係なく形容詞としてscurvyがたびたび用いられている。ホール医師の妻でシェイクスピアの長女スザンナが、この壊血病に苦しんでいたのは『観察報告集』からも明らかで、症例一三三として記録されている。病状として、歯茎のうみ、悪臭を放つ呼気、メランコリーなどが記載されていて、壊血病に対するホール医師の処方は、下剤の煉り薬、scorbutic herb（壊血病ハーブ）と鋼鉄入りのワインがすすめられている。

当時の壊血病治療の詳細は、『観察報告集』の症例一、ノーサンプトン伯爵夫人エリザベスに記述されている。症状として、悪臭を放つ歯茎、皮膚の紫斑状の点状出血と潰瘍形成そして浮腫を伴っていた。ホール医師の診立ては、壊血病とcacochymia。cacochymiaは、身体の体液（humor）が邪悪な状況の表現に用いられている。ホール医師の処方は、下剤と医薬用ビールすなわちscorbutic beer（壊血病ビール）であった。cacochymiaの是正には、センナ（senna）の葉、ダイオウ（rhubarb）の根、そしてハラタケ（agaric、カラマツの木に成長するキノコの一種でレバノンのカラマツのものが最高とされていた）からなる下剤用の煎じ液が処方された。

ダイオウとセンナの緩下《かんげ》作用は、シェイクスピアの時代にはよく知られていて、《マクベス》に登場する。復讐の念に燃えるマルカムらのスコットランド軍とイングランド反乱軍に迫られたダンシネーンの城内で、医師と語る精神的に追い詰められたマクベス。

マクベス 侍医、若し汝《きさま》の力で、此の国の小水《せうすゐ》を検査して、其病源を究《きは》めて、故《もと》の通りの健康状態にしてくれることが出来るものなら、俺は汝《きさま》を大喝采してくれるがなァ、其反響が、又汝を喝采する程に。……（シートンに）えゝ、それを除《と》るんだ。……大黄《だいわう》でも、旃那《せんな》でも、どんな下剤を掛けても、あのイギリス共を追ッ払ッちまふことは出来んのか？

——第五幕第三場——

また、壊血病の治療として、ホール医師が処方したのはscurvy-grass（壊血病の草）*Cochlearia officinalis*、brooklime（ゴマノハグサ科クワガタソウ属［veronica］の半水生植物数種の総称）*Veronica beccabunga*、そしてwater-cress（ミズガラシ、クレソン）*Rorippa nasturtium aquaticum*の三種のscorbutic herb（壊血病ハーブ）を含んだscorbutic beer（壊血病ビール）である。このscurvy-grassは、ヨーロッパの海辺に生育し、黒くて柔らかい肉質の葉を持ち、ビタミンCに富んでいて、当時壊血病予防に船乗りにすすめられていた。

29

表徴による臨床的描写

お泣きなさいお泣きなさい。口に出さない悲しみは、
心臓にばッかり囁くので、遂《しま》ひにはそれを傷めるやうになる。

《マクベス》第四幕第三場

シェイクスピア［29-1］の作品にみられる珠玉の台詞には、人間の深層心理が巧みに織り込まれているものが少なくない。ロンドン大学神経生物学教授セミール・ゼキは著書『脳は美をいかに感じるか』の中で、「シェイクスピアとワーグナーは最も偉大な神経学者に数えられる」と語っている。二人は、言語あるいは音楽という術を駆使して、人の心を探究する方法を心得ていて、人の心を動かすものが何かを誰よりもよく知っていたと述べている。

医科学の発達した今日の視点から、優れた神経学者と評価されるシェイクスピアの言葉による表徴の臨床的描写の数ある中から、〈動悸〉、〈呼吸困難〉そして〈消化〉にまつわるもののいくつかを紹介してみたい。

I 〈動悸〉の背景に潜む心理構造

今日のように、脈拍数が正常あるいは異常かを分単位による表示で可能になったのは、一七〇〇年代に時計の針に長針が加えられてからである。したがって、シェイクスピアの活躍した時代は、心臓の鼓動の速さは触診による脈拍計測で、数とその質をも診察していた。シェイクスピアの数多くの作品で、健康時、心理的不安あるいは病的状態時の脈拍について言及がなされている。

健康状態の描写は、《ハムレット》〔29-2〕にみられる。ハムレットにしか見えない父親の亡霊が去り、母親であるデンマーク王妃ガートルードと二人になったハムレット。

ハムレット なに、乱心！ 児《わし》の手の脈は、これ、此通りに健全ぢゃ、こなたのと比べても、間拍子が少しも違はぬ（My pulse, as yours, doth temperately keep time,/ And makes as healthful music）。

——第三幕第四場——

また、《トロイラスとクレシダ》では、恋に焦《こ》がれた心境が心臓の鼓動によせて巧みに描写されている。トロイの美女クレシダに深く恋するトロイ王プライアムの息子トロイラスを果樹園へと案内し、二人の恋の橋渡しを務めるクレシダの叔父パンダラス。

パンダラス この庭を歩いていらっしゃい。すぐ彼女《あれ》を連れて来ますから。

トロイラス あゝ、くら〳〵する。あゝか斯うかと俟《ま》ち焦《こが》れるために、心が独楽のやうに、くるくる廻る。想像してる間の甘い味で感覚が魅惑される。〔略〕此胸がひッくりかへるやうだ。心臓がどッきどッきと、まるで熱病の脈のやうに急になって来た（My heart beats thicker than a feverous pulse）。

——第三幕第二場——

愛に気持ちを高ぶらせるトロイラスの心境が、心臓の鼓動で見事に表現されている。さらに、怒りからくる胸が張り裂ける思いの苦しみと着衣した鯨の骨からなるコルセットの紐でしっかりと締めつけられた圧迫による苦しみを、心臓の鼓動に託して表現されている場面が《冬の夜ばなし》にみられる。王妃ハーマイオニが不倫で身籠ったと疑いを抱き、狂気に陥るシシリア王レオンティーズは、デルフォイの神託により不倫相手の無実が断言される前に、大切な人々を破滅に導く。その過ちを勇敢にもなじるシシリア王の忠実な貴族アンティゴナスの妻ポーライナ。

ポーライナ　あゝ、かなしやく／＼！　おゝ、早く此胸飾《レース》を切って下さい、心臓が寸裂《ちぎ》れさうだ。レースも何もかも寸裂《ちぎ》れさうだ！（O, cut my lace, lest my heart, cracking it, break too !）

——第三幕第二場——

このポーライナの台詞に出てくる“lace（レース）”を坪内逍遙の訳では文字通り〈レース（lace、胸飾り）〉としているが、ここでは女性の下着のコルセット？　を締める〈紐（lace）〉と解釈したほうが、状況を理解しやすい。下着の〈紐〉の締めが強いがゆえに、締めつけられる胸の苦しさをポーライナは訴えている。エリザベス女王の治世において、女性の下着の一つであるペチコート（petticoat）の胴体部分（bodies）の形状は鯨の骨で形成されていて、布地はダマスク織（絹あるいは麻）からなるキルト風あるいはベルベットなどであった。また、コルセットを目的としているならばしばしば〈コース

〈corse〉〉と呼ばれ、〈紐〉の位置が背部ならば"vasquine"あるいは"basquine"と称されていた。この〈ボディス（bodies）〉は鯨の骨、木あるいは葦《あし》でつくられていたが、エリザベス女王のボディスは布地に絹、サテン、ベルベットが用いられ、形状の骨組みは良い香りのする革から成っていたという。女性のファッションへの鯨の骨の活用はペチコートに限られたものではなく、十六～十七世紀にかけてのイギリスではスカートを広げるのにも鯨の骨が用いられていた。この鯨の骨からなる輪のついたスカートを、ファージンゲール（farthingale）という。確かに、エリザベス女王の肖像のスカートの広がりの見事な様子からも、この仕組みが窺える。

II 〈呼吸困難〉で表現された心理状況

息切れによる〈呼吸困難〉という表徴は、なんらかの原因に基づく酸素不足の状態といえ、傍らにいる人が見逃すことのないものである。〈呼吸困難〉は、人の死に際を描写するのに欠かせないことの一つで、シェイクスピアは死に際を含め、多くの状況に言及している。

イギリス王家の一つプランタジネット王家の八代にわたった最後の王であるリチャード二世（在位一三七七～一三九九）は、治世の後半は専制と寵臣政治のために国民の反感を買い、一三九九年に廃位された。そこに題材をとった《リチャード二世》に、死に際における〈呼吸困難〉の描写をみてみたい。かつて栄光に満ちていたイングランドがリチャード二世によって恥辱の場になったと嘆く、国王の叔父ランカスター公ジョン・オヴ・ゴーントは、国王の叔父ヨーク公エドマンド・オヴ・ラングリーとリチャード二世の到着を待ちわび、最後の言葉を国王に聞かせたいと願う。

ゴーント え、王は来られるだらうかね？ 此息を引取る前に、あの無頓着な、軽率な性根がきっと治るやうに、剛意見《こはいけん》をせねばならぬ。

ヨーク公 お気をお揉みなさるな、息が切れるのに、強ひて物を言はうとなさるな（Vex not yourself, nor strive not with your breath）。どうお諫《いさ》めなすったとて、王の耳には入らんのですから。

――第二幕第一場――

呼吸困難ではないが、怯《おび》えから生じる雰囲気を〈空気〉で表現されている光景が《トロイラスとクレシダ》での野営地において、ギリシャの将軍アガメムノンをはじめ騎士アキリーズ、愚鈍な兵士エイジャックス、スパルタ王メネレイアスらが語っている台詞に登場する。

アガメムノン おゝ、怖るべき勇士エーヂャックス、時刻よりも早く、立派に、活発に身支度が出来ましたな。では、其勇気で以て敵の心胆を奪ふべく、トロイへ向けて高々と喇叭をお吹かせなさい。それが為に慄《おび》え戦《おのゝ》いた空気め（the appalled air）が彼《あ》の大敵手（ヘクター）の頭《かうべ》を貫いて、いや応なしに爰《こゝ》へ引摺ッて来るやうに。

――第四幕第五場――

ヘクターは、ギリシャ軍に挑むトロイの王プライアムの長男である。

また、気忙しさが原因で〈呼吸困難〉に陥る場面は、《ロミオとジュリエット》で、ジュリエットの使いで出掛けた乳母の帰りが遅いのでやきもきしていたジュリエットと良い知らせを持って戻って来た乳母との会話にみられる。

乳母　ま、気忙《ぜは》しい！　暫時《ちいと》の間が待てぬかいな？　息が切れて物が言はれぬではないかいな？

（Do you not see that I am out of breath?）。

ジュリエット　息が切れて言はれぬと言やる程《ほど》なら、息は切れてゐぬ筈ぢゃ（How art thou out of breath, when thou hast breath）。

——第二幕第五場——

III　消化機能からの表徴

シェイクスピアが、食欲と消化機能に大いに関心を抱いていたことは、関連した素晴らしい表現が彼の作品の多くにちりばめられていることからも窺える。とりわけ、《リチャード二世》には夥《おびただ》しい。悩み事が消化不良の因なことを訴えている描写が《リチャード二世》にある。コヴェントリー競技場において、息子ヘンリー・ボリングブルックが追放されたことに絶望する国王の叔父ランカスター公ジョン・オヴ・ゴーントと国王リチャード二世との会話にみられる。

リチャード二世　息子さんを追放したのは十分に協議した上の事ぢゃ。さうしてあんたもそれを賛成すった筈ぢゃ。すれば、此裁決に不服を唱へなさる筈はないぢゃァないか？

ゴーント　舌に旨い物も、不消化なので、悩むことがあります（Things sweet to taste prove in digestion sour）。

——第一幕第三場——

国王リチャード二世により追放され、財産を没収されたランカスター公ゴーントの息子ヘンリー・

ボリングブルックは、後にヘンリー四世として即位する。この台詞の場面は、ランカスター公ゴーントが病に倒れたという知らせを耳にしたリチャード二世が彼のもとに駆けつけ、死を見届けたいと願っての行動が描かれている。

《間違いの喜劇》では、不消化には原因があり、消化不良が連鎖して他の病状を引き起こすことに言及している。浮気していると疑われたエフェサスのアンティフォラス（兄）は、妻エイドリアーナに家から締め出される。しかし、夫を連れ戻そうとするエイドリアーナと夫の実母である女子修道院長イミリアとの会話で、エイドリアーナを諭《さと》す修道院長。

修道院長　おまへが怒鳴るので、それで、先づ、睡眠が不足となったのらしい。それが頭《つむり》の惘《ぼう》となった原因なのであらう。三度の食物《たべもの》にも小言で味を附けたとお言ひだったが、食事は落ち着いて、心持よく食べないと、消化しません（Unquiet meals make ill digestions）。消化しないと、逆上《のぼ》せて、くわッとなって、熱が昂《たか》ぶる、熱が昂ぶるのは、取りも直さず、狂気の発作《ほっさ》です。

——第五幕第一場——

不消化の原因は妻の小言にあり、逆上の引き金となり、発熱し、狂気の発作をもたらすと自分の息子の妻を諌める修道院長である。

状況次第で、断食が健康に害をもたらすと警告を発する場面が、《恋の骨折り損》［29-3］にみられる。話に花が咲いていた恋愛談義中に、ナヴァール王ファーディナンドから恋愛是認の発言を求められた随行の貴族ビルーン。

ビルーン　断食だの、勉学だの、女に顔を合せないぞといふことは、てんで青年たる立派な資格に対する甚しい反逆です。え、あなたがた、断食が出来ますか？　胃袋がまだ頗る若いのですよ、強ひて禁欲すれば病気になります。

――第四幕第三場――

また、《ロミオとジュリエット》では、恋の有り様を甘い蜂蜜の旨さに喩えた台詞が、ロミオとロレンス修道士との会話にみられる。

ロレンス修道士　上なう甘《あま》い蜂蜜は旨過《うます》ぎて厭らしく、食うて見ようといふ気が鈍る。ぢゃによって、恋も程よう。程よい恋は長う続く、速きに過ぐるは猶遅きに過ぐるが如しぢゃ。

――第二幕第六場――

心理的要因が消化機能に影響を及ぼす現象を示唆する端緒となった研究の一つが、ロシアの偉大な生理学者イワン・ペトロヴィッチ・パヴロフのイヌを用いた〈条件反射〉の研究に求められる。彼は、胃液分泌が食物に代わるベルで再現される〈条件反射〉を見出した。さらに、研究を推し進めて、「大脳半球の働きについて一条件反射」あるいは「高次神経活動の客観的研究」などを発表する。しかし、彼が一九〇四年にノーベル生理学・医学賞受賞の対象になったのは、それら研究以前に行った〈消化腺の研究〉に対してである。やがて、彼の〈条件反射〉の研究理論を基に、この考えを拡大して人間の行動心理学へと発展していくことになる。

30 稀ではないのに登場せず、稀なのに作品に登場する病

あんたの其目の鏡の中に、心の痛みがまざまざと見えてゐる。

《リチャード二世》第一幕第三場

古今東西を問わず、しばしば、病が文学・絵画などの芸術に格好の題材として取り入れられ、描写されてきた。しかし、病なら何でもいいものではなく、設定された情景に相応しく、読んだり観たりして、心の琴線に触れるものでなければならない。

シェイクスピア〔30-1〕の時代、決して稀ではなかった病気に〈チフス〉と〈赤痢〉が挙げられるが、彼の作品には登場してこない。一方、成人では稀とされる〈夢遊病（sleep-walking）〉が、物語の展開に重要な役割を担っているばかりか、興趣をも添えている。また、節くれだった捻じれた手指が芸術家に深い感動を与えた〈リウマチ〉も、シェイクスピアの作品の台詞の中で効果的に用いられている。

I　貴重な宝石やアヘンが処方されていた病

〈チフス〉すなわち流行性発疹チフスは、発疹チフスリケッチアで引き起こされるシラミ媒介性疾患

で長期持続の高熱、激しい頭痛、斑丘疹《はんきゅうしん》を特徴としたリケッチア性疾患である。シェイクスピアの活躍した時代、このチフス熱（typhus fever）は、別名 new fever, camp fever, gaol fever（刑務所熱）、putrid（不快な）あるいは malign（有害な）spotted fever（斑丘疹熱）と呼ばれていた。発疹チフスリケッチアは、ヒトジラミの糞でヒトに感染し、シラミの刺傷を掻くことによる傷の汚染で罹患する。

一方、〈赤痢〉すなわち細菌性赤痢は赤痢菌族の細菌による腸の急性感染症で、成人では発熱がなく、捩《よじ》るような激しい腹痛に続いて下痢が顕著となり、糞便は粘液、膿そしてしばしば血液を混じえた液状だが、自然に治癒することが多い。しかし、稀に米のとぎ汁あるいは漿《しょう》液《えき》性の糞便を伴い、突然発病することもある。幼児では突然発症で、嘔吐を伴って脱水状態が激しく、適切な対応を欠くと死に至ることが少なくない。

ジョン・ホールの『観察報告集』には、百八十二症例中に〈チフス〉と〈赤痢〉が各々三例記録されている。当時、この両疾病が決して稀なものではなかったことが窺える。〈チフス〉の症状として、症例七七に発熱、激しい頭痛、胆汁の嘔吐、斑状発疹が書き留められている。また、対応として興味深い処方が症例三三に記されている。解毒効果を期待して、宝石の原石（エメラルド、ルビー）や金、真珠の小片が食物にくまなくふりかけられていた。高価なものであったと思われるが、エリザベス朝の薬屋 Exeter のトマス・バスカーヴィルの医薬品目録に一五九六年付けで、「高価な宝石の破片そして真珠の小片四シリング」と収載されていて、処方の少なくなかったことが考えられる。この高価な薬が、《アントニーとクレオパトラ》で、クレオパトラによって従者と最愛のアントニーとの比較表現に用いられている。

クレオパトラ　何といふ違ひかたぢゃ、汝《おのし》とアントニーとでは！　けれども彼仁《あのひと》から来たゞけに、幾らか其余光《よくわう》で光って見える（coming from him, that great medicine hath With tinct gilded thee）。

——第一章第五場——

クレオパトラは、高価な薬（great medicine）として、金箔のチンキ剤（tinct gilded）を例に挙げ、アントニーに喩えている。

一方、〈赤痢〉の病状の詳細は症例一一六にみられ、便に血が混じり、泡立ち、しぶり便と肛門括約筋痛が記されている。治療として、ホール医師は一般的に下痢止めの薬を処方し、苦痛を和らげるのにアヘン剤を処方している。症例八六では、laudanum（アヘンチンキ）と mithridate（アヘンと酸化鉄などを含む）が処方されている。最終的には、患者の著しい体重減少に対して食事療法の重要性を考え、症例一七では流動食が試みられている。フランス大麦でつくられたパンが鉄分を含んだ水と砂糖でゆでられ、出来上がったパン粥がすすめられている。

アヘンについては、《オセロー》［30-2］で、オセローの軍隊の旗手で悪漢イアーゴーの台詞に出てくる。

イアーゴー　罌粟《けし》でも、悪魔林檎《マンドラゴラ》でも（Not poppy, nor mandragora）、世界中の如何《どん》な睡剤《ねむりぐすり》でも、もう昨日までのやうに心持よく眠ることは出来まい。

——第三幕第三場——

とアヘンげし（*Papaver somniferum*）に触れている。アヘンは鎮痛、催眠作用を期待して用いられたが、シェイクスピアの時代にはアヘンげしは、まだイギリスに渡来しておらず、poppy（けし）をアヘンの意味に用いたのは、一六〇四年のこの作品が初めてである。シェイクスピアの博学が窺い知れる。

II　芸術家の心を捉えた捻じれたリウマチの手指

関節炎の病気として痛風、骨の関節炎そしてリウマチ性関節炎が知られている。リウマチ性関節炎はA群レンサ球菌の感染に基づくリウマチ熱によるもので、レンサ球菌への易感染性の背景には家族性、栄養不良、生活環境の劣悪などが考えられている。リウマチ熱の主な症状として、移動性多発性関節炎、脳の障害による舞踏病、心炎、皮下小結節、輪状紅斑などが挙げられる。

リウマチは寒い気候や湿った空気という環境の影響が、昔から問題視されてきたが、その光景がシェイクスピアの次の二作品にみられる。《夏の夜の夢》、アテネに近い森の中で妖精の女王ティターニアと妖精の王オーベロンとの会話。

ティターニア　夜になっても、讃美歌も祝ひの歌も聞えない。だから、海の支配者のお月どのが、腹を立てゝ蒼白《まッさを》になって、四方八方を水気《すゐき》だらけにして、湿気の病ひを流行《はや》らせる（rheumatic diseases do abound）。

——第二幕第一場——

また、《ウィンザーの陽気な女房たち》で、ウェールズの牧師エヴァンズの扮装をつくづく見て、ウィンザー市に住む紳士ジョージ・ペイジは、

ジョージ・ペイジ　まだ中々の御元気ですねえ！　此寒い、リョーマチを起し易い時候に（this raw rheumatic day）、胴着《どうぎ》と股引《もゝひき》ばかりで。

——第三幕第一場——

と牧師の健康を気遣っている。

リウマチに罹患していたことを匂わせる台詞が、《ヘンリー五世》にみられる。下級兵士ピストルが居酒屋ボアズ・ヘッド（猪頭）亭の女将ネル・クウィックリーに、自堕落で酒と女が好きだった落ちぶれた貴族フォールスタッフが亡くなったことを伝える。

少年　一遍斯ういふことを言ひなすったよ、悪魔めがおれを女の事で（地獄へ）連れてゆくだらうッてさ。

ネル・クウィックリー　さうねえ、何か言ひなすったことがあったっけ、女の事も。けどもあの時ゃもうリューマチック（瘋癲的《ルーマチツク》と僂麻質《リユーマチツク》の混同）になッちまってゐなすったのよ（then he was rheumatic）、だからバビロンの淫売め（the whore of Babylon）なんてってね。

——第二幕第三場——

フォールスタッフ死亡の報せに接して、rheumatic = lunatic（精神異常）にかけた台詞で、心が裂かれる思いを吐露して、彼を追想する女将。また、バビロンの娼婦（the whore of Babylon）は、Babylon がローマカトリック教会から分離したプロテスタントに一般的にみられる名前で、聖書ヨハネの「黙示録」に出てくる緋色の衣をまとった女性とも考えられている。

イギリスの科学者ドロシー・クロフォート・ホジキン（一九一〇〜一九九四）は、第二次世界大戦下で四年の歳月をかけてX線回析によりペニシリンの構造を明らかにし、次いで六年を要してビタミンB_{12}の構造解明に成功し、これら一連の業績により一九六四年にノーベル化学賞を受賞した。また、三十年余りをかけてインスリンの構造をも明らかにしている。一九六五年、エリザベス女王からの功労賞授与式で世界的に名の知られたイギリスの彫刻家ヘンリー・ムーア（一八九八〜一九八六）は、臨席したホジキンのリウマチで節くれだち捻じれた手指にいたく感動し、五枚のスケッチを描いたことが知られている。このように、リウマチでは手指をはじめ、全身の関節に変形がみられる。関節炎による疼き、発熱が、《ヘンリー四世　第二部》に出てくる。

ノーサンバランド伯　熱病で弱り果てて、其四肢《てあし》を、脱《はづ》れかゝった蝶番《てふつがひ》なぞのやうに、だらりとさせてゐるやうな奴が、発作《ほっさ》の余り、堪へかねて、看護人の手を振払って、躍り上るやうに、持病の疼痛《とうつう》で弱ってゐるおれの節々が、心の苦痛に奮激して、平素に幾倍した強味を覚える。

——第一幕第一場——

また、《ハムレット》（第一幕第五場）［30-3］で、ハムレットは「我五体の筋肉、ゆめ俄《にはか》に老い朽つるなよ、しかと此身をさゝへをれやい（bear me stiffly up）」と硬直した関節に触れている。

III　〈夢遊病〉に借りた心の内の巧みな表現

シェイクスピアの活躍した時代の後半、一六〇三年三月二十四日にエリザベス女王が崩御され、王位に就いたジェームズ一世によりスチュアート王家が始まった。新国王の誕生と新しい執政者への国民の期待と不安とが、登場人物と状況設定に巧みに投影された作品が《マクベス》[30-4]といえる。魔女の予言とマクベス夫人の野心に唆《そそのか》されて、王冠を手にすべく殺人鬼と化したマクベスの悲劇に、観客は興味をそそられ、感動したことであろう。マクベス夫人を〈夢遊病〉に仕立て上げ、マクベス夫人の侍女と医師の会話そしてマクベス夫人の独白は、観る者に関心を抱かせずにはいなかったであろう。

ところで、〈夢遊病〉は、医学専門用語で noctambulation, noctambulism あるいは somnambulism といい、小児後期と青年期にみられることが多い。睡眠障害の一種で、レム睡眠（rapid eye movement sleep：急速眼球運動睡眠、REM sleep）時に起こる。病状は、睡眠中に座ったり歩いたり、種々の複雑な行動をとり、目を見開いていても認識している証左はないのが特徴である。《マクベス》で、医師とマクベス夫人の世話をする侍女とが夫人の行状を語っている。

医師　二晩徹夜して御一しょにお見張りをしましたが、おっしゃったやうなことは無いぢゃありませんか？　最近にお歩きなすったのは何日《いつ》でした？

侍女　御前様が御出陣遊ばした以後です。お床をお離れになって、夜のお召をお着しになって、お戸棚の錠を開けて紙を出して、それを折って何やらお書きになって、それを読んで、封じて、又、お床へお帰りになりましたの。けれども、其間始終よッくお眠り遊ばしていらっしゃるのでございましたの。

――第五幕第一場――

見た仔細を、医師に語って聞かせる侍女である。そこに、〈夢遊病〉の体《てい》でマクベス夫人が登場する。

医師　ごらんなさい、目は開いておいでゝすよ。
侍女　さやうです、けれどもお見えにはなりません。
医師　ありゃ何をなさるんでせう？　あ、お手を頻りと擦《こす》っておいでなさる。
侍女　あれはお定《きま》りでございますの、〔略〕
夫人　（独白）まだこゝに汚点《しみ》が附いてゐる。〔略〕（独白）こゝにまだ血の臭ひがする。

——同右——

自己の手が血で染まっていると思い込み、それを洗い流そうと無意識で手洗い動作を繰り返すマクベス夫人を見た医師は、恐ろしい秘密事を知って困惑し、周りにも知れ渡っているおそれに愕然とする。

医師　此御病気は、迚《とて》もわたしの力には及ばない。〔略〕常規を逸した悩乱《わづらひ》を醸し易い。毒に伝染《かぶ》れた心は、其秘密の苦しみを耳のない枕に打明ける、お妃には医師よりも聖僧《おしやうにん》さんの方が必要です。

——同右——

目撃してはならないものを見、知ってはならないことを知った医師は、災難が自分にふりかかるおそれに困惑するが、冷静さを取り戻して、判断賢くその場を切り抜けている。

シェイクスピアは自己の犯した罪の深さに恐れおののく心の内を、〈夢遊病〉という病気を借り、マクベス夫人の仕草を介して巧妙に描写している。

31 脾臓と関連の深いメランコリー

人間の肉体《からだ》は花畑で、精神《こころ》は其（手入れをする）庭師なんだ。

《オセロー》第一幕第三場

シェイクスピア［31-1］の作品が、時代を超えて今に読まれそして演じ継がれるのは、現代にも通じる心の葛藤が人間社会に繰り広げられる悲喜劇模様として紡がれているからにほかならない。

メランコリー（melancholy）は一病状として、シェイクスピアの作品にたびたび取り上げられているが、広義から〈神経症（neurosis）〉の範疇にも、また現代の精神疾患を代表する一つである〈うつ病（depression）〉にもあてはまる。しかし、シェイクスピアの作品に登場する主人公の気質を現代の精神疾患の分類から論ずることが、今回の本題ではない。極めて曖昧な捉え方で、シェイクスピアの作品にみる〈メランコリー〉にアプローチしてみたい。

I　人間に潜む醜悪な性が曝け出された《リア王》

シェイクスピアが活躍した時代のメランコリーに対する洞察を、ロバート・バートンは一六二一年に『メランコリーの分析（The Anatomy of Melancholy）』として著した。メランコリーを多少なりとも科学的態度で捉えた彼は、症状・徴候に基づいた分類を試みているばかりか、その鑑別診断に基づいて予後および治療にも触れている。またメランコリーを〈男が女になる病気〉とも捉えている。彼の記述の一端を紹介すると、「通常、彼らは痩せて、髪とひげはぼうぼう、表情は明るくなく、容色は衰え、そして注視して余り楽しそうではない。それは、絶えざる恐れ、深い悲しみによるもので、やる気がなく、どんな仕事に就いても不器用である。けれども、彼らの物覚えは多分良い……」と認められている。この著書は、現在知られている当時の著書として最も優れたものの一つとして数えられていて、メランコリーの描写は約四百年経た現在とほとんど変わらない〈うつ状態〉のものである。彼は、精神疾患の病状の広範囲を一纏めにし、心の病んだ軽いものから、完成されたノイローゼそして最も狂気じみた精神的攪乱に至るまで書き留めている。

しかし、シェイクスピアが作品で精神的異常あるいは心理的変化の描写に参考にしたと示唆されている著書は、『メランコリーについての専門書（Treatise on Melancholy）』である。本書は、一五八六年にロンドンの聖バーソロミュー病院の内科医ティモシー・ブライトによって書かれたもので、《リア王》や《タイタス・アンドロニカス》などに、色濃く投影されているという。

《リア王》［31-2］において、第一幕でリア王の〈洞察の無気力〉、〈気まぐれ〉、〈狭量な心〉などが描かれ、その第五場では、「今にも起こりそうな狂気を予見し、怯え」、そして第二幕では「ヒステリー状態の激情が始まる」。《リア王》、グロスター伯居城の前で阿呆と一紳士を従えたリア王。

リア王（煩悶して）おゝ、癪《しやく》（mother）が、此胸先《このむなさ》きへ！　ヒステリカ・パッショー（癪、hysterica passio）

め、下《さが》れ、汝《おぬし》、沸き上《のぼ》る心《むね》の悩み、汝《おのれ》の居処《ゐどころ》は下ぢゃわい！

——第二幕第四場——

坪内逍遙は“mother”を〈癪〉と訳しているが、〈女性のヒステリー〉を意味し、古の生理学ではヒステリーが子宮から発生あるいは膨れ上がる、あるいは子宮からの蒸気によると考えられていたことに基づいている。すなわち、ヒステリー（hysteria）は十九世紀中葉英語で、語源はギリシャ語 husterikós からラテン語 hystericus に由来し、uterus（子宮）を意味し、一般的には womb（子宮）を意味する。

この戯曲では、嫉妬、裏切り、忘恩、虚偽、憎悪、情欲、追従、卑しさ、エゴなどの人間に潜む醜悪な性《さが》のすべてが、登場人物によって曝け出されている。また、正気と狂気、秩序と混沌、愛情と憎しみの境界の危うさを抱える人間の悲劇が、見事に凝縮した形で描写されている。《リア王》を、シェイクスピアの最高傑作と言わしめている一因は、リア王と三人の娘との間に繰り広げられる人間の醜さが現実の人間模様の縮図にほかならないからであろう。

II　作品に観察されるメランコリーのさまざま

シェイクスピアの作品に登場する〈憂うつ気質〉（melancholy、メランコリー）〉は、登場人物の背景から三つのタイプに大別される。すなわち、〈恋人が抱く憂うつ〉、〈不満を抱く人（あるいは政治家）の憂うつ〉、そして〈知識人の憂うつ〉とである。

〈恋人が抱く憂うつ〉は、《お気に召すまま》において、ロザリンドと彼女と恋に落ちるオーランドーとの会話にみられる。

ロザリンド　君の顔には、ちッとも叔父のいったやうな症候が見えてゐないよ、〔略〕

オーランドー　で、その症候といふのは？

ロザリンド　まづ、頬が削《こ》ける。ところが、君はさうでない。次ぎに目が凹《くぼ》んで縁《ふち》が青くなる。君はさうでない。髭は長《の》び放題《はうだい》。君はさうでない。〔略〕それから、筒袴《ずぼん》の紐は解け放題、帽子の額巻《はち》は剝《と》れ放題、袖口の鈕釦《ぼたん》は脱《はづ》れ放題、又、靴の紐も結ばず、其他、何もかも、うッちゃりぱなしの、だらしのない様子がなくちゃァならんのだが、君はさうでない。

——第三幕第二場——

焦がれる恋が思い通りとはならず、憂うつ気分に陥った人間の身なりが言及されている。
次に、〈不満を抱く人（あるいは政治家）の憂うつ〉は、《トロイラスとクレシダ》にみられる。偉大なギリシャの騎士アキリーズと彼の友パトロクラスを前に、召使いのサーサイティーズが言う。

サーサイティーズ　智慧なしだの、物知らずだのといふ月並の悪体《あくてい》をふんだんに、卸し並に戴きゃァがれ！

——第二幕第三場——

と兵士の愚鈍さを嘆いている。シェイクスピアは、サーサイティーズをまともな人間として取り扱い、軍人や恋人たちの高尚な弁に対して、誠実さに疑いを抱く台詞を設けている。
〈知識人の憂うつ〉、これこそがいわゆる真の憂うつのタイプといえ、メランコリーの決定版を《ハムレット》〔31-3〕のハムレットにみることが出来る。兄（ハムレットの父）を殺してデンマーク王となったクローディアスとその相談役ポローニアスが、ハムレットにポローニアスの娘オフィーリアを会わせる。

ハムレット　世に在る、世に在らぬ、それが疑問ぢゃ（To be, or not to be: that is the question）。〔略〕もし死後の危惧《あやぶみ》がなくば……誰が此厭な世に、汗を流して呻吟《うめ》きながら、斯様な重荷を忍んでをらうぞ？　會て一人の旅人《りよじん》すらも帰って来ぬ国が心元ないによって、知らぬ火宅に往くよりはと現在の苦を忍ぶのであらう。

——第三幕第一場——

とハムレットは時代が悪いと信じているばかりか、現世あるいは次の世が存在するならば次の世で、事態の改善に望みを抱いている。〈知識人の憂うつ〉が、ここに概説されているといえる。シェイクスピアの時代、先に紹介した書物をはじめとして、〈憂うつ（melancholy）〉に関して多くの論文が認められ、成因から病状・徴候そして治療までが議論され、この病気の存在が広く支持されていた。

その他の〈憂うつ〉の原因として、環境の悪臭がある。この点については、すでに第二十六章で紹介した。《リア王》（第二幕第二場）において〈屋外便所の悪臭〉が挙げられている。

III　メランコリー、黒胆汁そして脾臓

〈メランコリー〉は、『ヒポクラテス全集』に"melancholiā（うつ病、抑うつ症）"としてみられる。melancholy は、古フランス語 mélancolie に基づく中世英語で、その語源は、ギリシャ語 melangkholiā

に由来するラテン語によっていて、mela, melan らが“black”、kholē は“bile”で、〈黒胆汁〉を意味している。血液、粘液、黄胆汁、黒胆汁からなる〈体液成因〉のうち、黒胆汁で惹起される体液（humor）の不均衡で、心と身体が一緒に冒されて〈抑うつ状態〉が発症すると考えられていた。ヒポクラテスの考えを受け継ぎ発展させたガレノスは、この状態を“chronic non-febrile disorders（慢性非熱病）”と記述している。さらに、メランコリーと深い関連を持つ臓器が脾臓（spleen）と考え、黒胆汁とメランコリーを取り除く働きをしているとしていた。そして、人の情緒の多くが、この脾臓から発散されると捉えられていた。

《お気に召すまま》において、ロザリンドが、

ロザリンド　悒鬱《いふうつ》が胎《たね》を下し、むら気（spleen）が孕《はら》ませ、狂気が生ませた

——第四幕第一場——

とむら気を表現するのに“spleen”を用いている。《ヘンリー四世　第一部》では、勇敢な戦士ホットスパーの叔父ウースター伯が、

ウースター伯　癇癖の強い、短慮な（spleen）、名にし負う熱拍車《ホットスパー》だと言ってものけられる。彼れの罪科は、わたしや彼れの父の責任になる。

——第五幕第二場——

と短気に触れている。また、幸せと笑いに関しての“spleen”は、《じゃじゃ馬ならし》で、領主が、

領主　俺が其席に出てゐることが、余り浮かれ過ぎ（the over-merry spleen）させないために必要だらう。

——序劇第一場——

と語る。

ところで、ジョン・ホールの『観察報告集』には、百八十二症例中四例に〈メランコリー〉が記録されている。症例四二では、訴えとして胃痛、メランコリー、ヒステリー（mother）と女性の病気に悩んでいた。当時、ヒステリーと壊血病の病状とに類似性が指摘されていて、シェイクスピアの長女でホール医師の妻スザンナは両疾病に悩まされていた（症例一九）。治療を症例一八一にみると、メランコリーと黒胆汁とに関連が深い脾臓を賦活する目的で、ホール医師は「彼の治療へのこの上ない希望」があり、「金の価値がある」と信じていた“electuary（蜂蜜あるいは甘い物を混じた薬）”を処方した。そしてこの“electuary”の処方の前に、二種の下剤を投与している。*Tartarus vitriolatus*（硫化カリウム塩）と *Mercurius dulcis*（塩化水銀、甘汞《かんこう》）で、これら下剤は調理したリンゴの流動食で与えられた。

ところで、精神疾患の研究領域で忘れてならない偉大な業績を残した人に、「精神分析学」を立ちあげたジークムント・フロイト（一八五六～一九三九）と「分析心理学」をうち立てたカール・グスタフ・ユング（一八七五～一九六一）がいる。一九〇七年に、文通を介した知的交流で意気投合した二人だったが、六年後に訣別を余儀なくされている。〈芸術〉に関しての二人の考えはフロイトが「神経症の症状に由来するもの」とするのに対して、ユングにとっては「混沌とした本能を意識という秩序に結合する一方便」であった。また、《ハムレット》[31-4]の主人公ハムレットについて、「子供と青年期の具現化された人物」と捉え、患者と見做しているフロイトに対して、ユングは「魂の構造の根底は母で、結合力を持った神秘的な生命のシンボル」と捉えていて、二人の考えには、大きな隔りがみられる。

精神的に〈うつ状態（メランコリー）〉に悩んでいる人は、病気についてそれなりの洞察力を持ち、問題にある程度気づいているのが一般的である。その状況を言葉に換えて紡いだ場面を、《ヴェニスの商人》［31-5］にみることが出来る。うつ状態に悩み、そこから脱れることの出来ない、ヴェニスの商人アントーニオ。

アントーニオ　実際、何故斯う気が鬱《ふさ》ぐか、解らない。君たちはそれが為に鬱々《くさくさ》しッちまふといふが、自分でも鬱々《くさくさ》する。一体、どうして斯うなったのやら、何処で拾って来たのやら、どうして取附《とッつ》かれたのやら、何が種で、何から生れたのやら、予《わたし》にも解らない。で、つい腑《ふ》抜《ぬけ》のやうになって、こりゃ自分ぢゃァないのかと思ふ位です。

——第一幕第一場——

32

舞台効果をあげるのに巧みに活用された〈神聖な病〉

心が安楽《らく》な時には身体《からだ》が孱弱《かよわ》いが、胸に大あらしが荒れてをる時分には、
感じるは心の苦悶《くるしみ》ばかり。

《リア王》第三幕第四場

シェイクスピア〔32-1〕が活躍した時代に〈神聖な病（sacred disease）〉と呼ばれた〈癲癇《てんかん》（epilepsy）〉を、シェイクスピアは作品の随所に巧みに活用して、劇的効果の盛りあげに生かしている。

シェイクスピアの作品に登場する主人公が、この〈神聖な病〉に苦しめられている戯曲として、《オセロー》、《マクベス》そして《ジュリアス・シーザー》がある。これら三つの作品の中で、主人公が舞台上で癲癇発作に見舞われるのは、オセローとマクベスである。しかし、シーザーは他の登場人物の語り口から、〈神聖な病〉に苦しめられていることを窺い知れる。

I 〈神聖な病〉は神あるいは悪魔による罰か

古から〈神聖な病〉と呼ばれた癲癇は、古代エジプト人やヘブライ人によって病状が詳しく書き留められている。恐らく、人に知られてきた最も古い病気の一つではあるが、医聖ヒポクラテスは〈神聖な病〉が特に神的でも聖的でもなく自然が原因で起こると考えると述べている。癲癇発作を何かに取り付かれたものと捉えた古の人は、神あるいは悪魔が下した罰と信じ、〈神聖な病〉と名付けて受け継がれたのであろう。しかし、当時の風潮として癲癇発作は、悪魔の仕業とするのが一般的であったようである。

脳神経細胞の過剰放電で生じる癲癇は、急激かつ短時間の意識障害、運動活性、感覚現象や不適切行動などを特徴とした痙攣性疾患である。病因的には、症候性と特発性があり、前者は可能性が考えられる原因が存在するのに対して、後者は原因がはっきりせず多くは遺伝的要因が考えられている。症状の痙攣発作は局所性と全身性とに大別され、発作出現の引き金となる背景は多彩である。

《オセロー》〔32-2〕において、

オセロー 一しょに臥る！ ……えィ、穢らはしい！ ハンケチ……自白……ハンケチ！〔略〕ハンケチ！ ……おゝ、畜生ッ！（悪魔！）

——第四幕第一場——

オセローは苦悶の余り、ついに悶絶する。

イアーゴー 利《き》くわ……利くわ、薬が！〔略〕もしく、どうなすったんです？ 閣下々々！ オセローさま！

キャシオ 如何《どう》したんです？

イアーゴー 将軍が癲癇《てんかん》（epilepsy）を起されたんです。これで二度目ですよ、昨日も一度あったんだ。

——同右——

オセローにみられる癲癇発作は、妻デズデモーナの仕組まれた不貞がハンカチで確信されたことで現れる。オセローの軍隊の旗手で悪漢イアーゴーの企んだ薬がハンカチである。この瞬間、観客の同情がオセローに集まる。

また、《マクベス》〔32-3〕では、客をもてなす夕食の宴席でマクベスは、自分の子孫も王になると予言されたバンクォーとその息子フリーアンスの殺害に雇った刺客者からフリーアンスが逃れたことを知り、仕返しの恐怖で気も狂わんばかりである。マクベスは「ぢゃ、また不安（fit）が起る」と王座を狙われる心配と癲癇発作の予感を暗に仄めかす。マクベス夫人は、客への夕食の饗応を丁重にするようにマクベスに言う。しかし、王の席にバンクォーの亡霊が坐っているのを見て狼狽するマクベス。そこにバンクォーがいるかのように話すマクベスに、客たちは戸惑う。

マクベス夫人　斯ういふことは折々あるのです、幼い時分からです。何卒《どうぞ》席に着いて下さい。発作《ほっさ》は一時の事です。すぐ回復《よくな》りませう。

——第三幕第四場——

と奇妙な仕草が子供の時からの持病だから御安心をと客に説明する一方で、パニックに陥らないように夫マクベスに言い聞かせる。

一方、《ジュリアス・シーザー》では、シーザーの権力と成功への妬みからブルータスを巧みに操ってシーザー暗殺に加担させるキャシアス、理想主義者で共和制支持者の高潔なブルータス、そしてシーザー暗殺の陰謀者の一人キャスカが語っている。キャスカが、シーザーはアントニーが献じた王冠を三度も拒み、その後泡を吹いて倒れたと報告する。

キャシアス　ま、ちょいと。え？　シーザーが卒倒しましたか？

キャスカ　公会場の真中で卒倒しました、口から泡を吹いて、全く無言で。

ブルータス　ありさうなこと。癲癇（falling sickness）は彼男《あのをとこ》の持病に有《あ》る。

——第一幕第二場——

この戯曲では、舞台でシーザーが発作で倒れる場面はない。しかし、暗殺陰謀者たちの会話に窺え、彼の持病であることがブルータスによって語られている。この場合の発作は、君主に推されたにもかかわらず三度も拒否し、支持する群衆の歓呼に応えられない精神的動揺が引き金となっている。

II　癲癇発作と関連する〈片頭痛〉と〈前兆〉

古くから、〈片頭痛（migraine）〉は癲癇との類似性あるいは併発が指摘されている。イギリスの神経内科医ジョン・ヒューリングス・ジャクソン（一八三五〜一九一一）は、片頭痛と癲癇はいずれも脳の局所性過剰放電が原因としている。

さまざまな精神的・身体的諸症状を伴うことの多い片頭痛は、『ヒポクラテス全集』にもそれを疑わせる記載がみられる。しかし、はっきりとした片頭痛と考えられる最初の記述は、小アジアはローマ統治下のカッパドキア（現トルコ領）に生まれた医師アレタウス（一三〇〜二〇〇）によるものとされている。優れた臨床医だった彼は、糖尿病という病気を言い表わすのに、ギリシャ語の〈サイフォン〉を意味する言葉“diabetes”をあてがい、病状を詳しく記載していることでも知られている。ヒポクラテスの考えを踏襲した彼は、医学書全八巻を著し、「頭痛は発作的で右あるいは左の片方に生じて吐き気を伴うが、普段はまったく異常を認めない頭痛」と書き留めている。

《ロミオとジュリエット》[32-4]に、片頭痛と関連した台詞がみられる。ロミオはジュリエットの乳母に、今日の午後結婚式を挙げるのでジュリエットに一人で修道士の庵室にきてほしいと言付ける。一方、ジュリエットは、乳母の帰りが遅いので心配している。そこへ乳母が戻って来る。

ジュリエット　婚礼の事をば何と言うてぢゃ？　さ、それを。
乳母　はれ、頭痛がする！　あゝ何といふ頭痛であらう！　頭が粉韲《こなぐ》に砕けてしまひさうに疼《うづ》く（beats）わいの。

——第二幕第五場——

成り行きを危惧する余りに、激しい頭痛を訴える乳母である。ここで、頭の〈疼き〉を"beat"すなわち〈脈うつ〉と表現し、片頭痛が脈拍と一致して、ずきんずきんと頭が痛むと訴え、病状の特徴を巧みに捉えて言い表わしている。

また、激しい頭痛を訴える場面は《オセロー》にみられる。悪漢のイアーゴーがオセローに彼の妻デズデモーナの不貞を告げ口し、その証左が白いハンカチと設定された悪企みのストーリーで、

デズデモーナ　ねえ、あなた、どうなすったの？〔略〕なぜ其様《そん》な切なさゝうな息づかひをなさいますの？　お気分でもわるいんですか？
オセロー　（額をおさへて）痛いんだ、額が、此辺が。
デズデモーナ　きッと、夜ッぴてお寝《よ》らなかったからでございませうよ。もう、ぢッきに治《なほ》りませう。わたしが緊《きつ》ゥく縛《ゆは》へたなら、すぐよくおなりでせう。

——第三幕第三場——

とハンカチでオセローの額を結わえようとする。そして、先に紹介した第四幕第一場にみられたオセローの癲癇発作へと発展していく。

ところで、癲癇発作あるいは片頭痛に見舞われる前に出現する自覚症状を〈前兆（aura）〉という。

発現症状は脳の障害部位によってさまざまで、精神的症状あるいは視覚、聴覚などの感覚性症状などがみられる。この“aura”は、ガレノスの師ペロプスが命名したとされ、彼は発作の前に手足の末端から異常な感覚が上昇してくるという患者の訴えを、気が血管を介して頭部へ運ばれると考え、精神的蒸気（spiritual vapour）と名付け、〈蒸気〉を意味するギリシャ語の“aura”をあてがったという。『オックスフォード英語語源辞典』によれば、aura は中世英語でギリシャ語を語源としたラテン語の意味する“breeze”、“breath”に由来し、“gentle breeze”とある。

III　卒中（apoplexy）は癲癇と同一症候群だった

シェイクスピアの活躍した時代、epilepsy（癲癇）、fit（発作）、falling sickness（転倒病）、そしてapoplexy（卒中）との間に明確な区別はなく、症候が漠然と規定された一つの群と見做されていた。

シェイクスピアの《ヘンリー四世　第二部》において、卒中が原因で死の床を迎えるのがヘンリー四世で、その病状並びに死を迎える経過が詳細に登場人物の口を借りて描写されている。《ヘンリー四世　第二部》で、卒中の病状が自墜落で落ちぶれた貴族フォールスタッフと彼の天敵である高等法院長との会話にみられる。

フォールスタッフ　陛下には、あの例の碌でもない卒中《そっちゅう》（apoplexy）におなりになったとか承はりました。〔略〕その卒中てものは、失礼でごすが、手前の所見《かんがへ》では、先づ一種の昏睡のたぐひでごして、血の循環《まはり》がわるくなって、厭ァにづきん〳〵と痛むんでごす。

——第一幕第二場——

次いで、第四幕第四場において、王ヘンリー四世は皇太子ヘンリーが自墜落な仲間フォールスタッフと浮かれ騒いでいると耳にして嘆く一方で、自己の健康状態を懸念し、三人の皇太子を前に死期が近づいたことを自覚する。

王　何だか目が見えなくなって、頭がぐら〳〵して……おゝ、だれか来てくれ、大変心持がわるい。〔略〕

ウォリック伯　まァ〳〵、王子がた。この発作《ほっさ》は、御存じの通り、陛下にはよくお有りのことです。お離れ遊ばせ、お楽におさせ申した方がよろしい。ぢきに、お回復でございませう。〔略〕

グロスター公　此卒中でお亡なりなさりさうだ。

卒中による病状の進行が経時的に描写されている。

ところで、ジョン・ホールの『観察報告集』には、百八十二症例中三例に癲癇が報告されている。症例二九の男性は、二十一歳の時にホール医師の診察を受けていて、友人への立腹感情で胃腸症状と右手の指二本に一過性の麻痺を伴った癲癇発作を発症と記されている。当時の癲癇の治療を症例三五の子供にみてみると、ホール医師は paeony root（シャクヤクの根）を粉にして子供の髪の毛にふりかけ、発作時には rue（ヘンルーダ、ミカン科の常緑植物で麻酔効果がある）の液をスポンジで点鼻として用い、抗痙攣効果を期待した。また片頭痛も一例報告されている。ギリシャの医師ガレノスは、癲癇治療に paeony root を使用した権威で、癲癇をはじめとした痙攣性の病気にお守り的に、この根を薄くスライスしたものを首の周りに用いていた。また症例九五には、乾燥した孔雀の糞を白ワインに浸したものが処方されている。当時、乾燥した糞が癲癇治療薬の一つに推奨された医薬品の中にあったが、一六一八年のロンドン薬局方には含まれていない。

癲癇に限られたものではなく、当時の他の病気と同じように癲癇の治療は馬鹿げたものが多かった。中世の医師は、上述の薬などに加えて、焼灼、冠状のこぎりによる手術という古い伝統を継承していた。

古くから癲癇が天才に多いことは知られていて、その関連に触れた最初はギリシャの哲学者アリステレスとされ、ヘラクレイトス、ソクラテス、プラトンらを挙げている。時代が新しくなって、ロシアの文豪フョードル・ドストエフスキー（一八二一～一八八一）にもみられる。また、片頭痛を訴える文化人ともなれば枚挙にいとまがなく、『不思議の国のアリス』の著者ルイス・キャロル（一八三二～一八九八）は、その病気に悩まされながら素晴らしい作品を世に送り出した。

33 原因となった背景がさまざまな狂気

悒鬱《いうつ》は狂病の保姆《ほぼ》であると申されまする。

《じゃじゃ馬ならし》序劇第二場

シェイクスピア〔33-1〕の活躍した時代、劇場へ足を運んだ観客の多くが舞台で狂気に陥った人間の演じられるのを楽しんだという。この風潮は、当時の取り巻く環境に負うところが少なくない。背景の一つに、ロンドンでは一ないし二ペニーを払えば、誰でも精神科病院で療養生活を送る人々に接することが可能で、観光名所の一つだったことがある。

シェイクスピアに限らず、エリザベス朝時代の作家は作品に精神障害者を登場させている。とりわけ、シェイクスピアは狂気、精神錯乱状態の人物を主人公に演じさせ、観客の期待に応えていた。ハムレット〔33-2〕、マクベス〔33-2〕、リア王そしてタイモンは、その代表とも言えた。

I　ロンドンの観光名所、精神科病院〈ベドラム〉

ヨーロッパでは、十三世紀頃から精神障害者収容の保護施設が存在していた。ロンドンでは、一三七七年以来ベツレヘム・聖メリー病院の通称〈ベツレヘム（Bethlehem）〉あるいは〈ベドラム（Bedlam）〉が精神障害者を受け入れてきて、一五七四年にイギリス最初の精神科病院となった。二十年後に作成された収蔵目録には、患者拘束用道具が鉄製を含む手かせ、足かせ、鎖、錠前そしてさらし台などと多岐にわたっている。数世紀後には、拘束服、壁にクッションを張った安全保護室などと充実されていく。しかし、病院の起源は、一二四七年に建てられたロンドン修道院に由来している。

当時のロンドン観光名所の一つ〈ベドラム〉は、シェイクスピアの作品にたびたび登場してくる。《ヘンリー六世　第二部》から、王ヘンリー六世に忠臣クリフォード卿が跪くのを見て、玉座へもうすぐ手に届きかねないヨーク公。

ヨーク公　予は、クリッフォード、そちの君主だ。あらためて跪け、間ちがへたのは赦す。

クリフォード卿　ヨーク、おれの王はこゝにおいでだ。間ちがへたのぢゃない。間ちがへたと思うのは大間ちがひだ。……気が狂《ちが》ったのだらう。癲狂院《ベドラム》（Bedlam）へ連れてゆくがいゝ。

王　全く。彼れは、野心と狂気とで以て、其君主たる者に敵たはうとしてゐる。

クリフォード卿　逆賊です。塔（the Tower）へお送りになって、其謀叛首をお斬らせになるがよろしい。

——第五幕第一場——

自分こそが君主とクリフォード卿に跪きを求めるヨーク公は、精神科病院（Bedlam）へ連行されそうになり、息子たちに申し開きをさせようとする。しかし、クリフォード卿は〈ベドラム〉どころかヨーク公のロンドン塔（the Tower）への幽閉を王ヘンリー六世に進言する。

また、《リア王》［33-3］は、三人娘に父リア王の全領土三分割で平和裡に事がすすむはずが、国内外の状況変化により居心地のよかった家族や王国に亀裂が生じてくる。リア王に忠誠なのが三女コーディリア、彼女を守るケント伯、グロスター伯の嫡子エドガー、対する反体制派を演ずるのは長女ゴネリル、二女リーガンとその夫コーンウォール公、グロスター伯の庶子エドマンド、そして庶子に裏切られるグロスター伯が織りなす物語で、戯曲のハイライトが第三幕である。リア王の安全を取り計らったグロスター伯を裏切り者として縛り、彼の片目をえぐり取ったところで従者に刺されるコーンウォール公だが、もう一つの目をもえぐり取る。

コーンウォール公　盲目《めなし》めを叩《たゝ》き出してしまへ。……其奴《そいつ》は塵埃溜《はきだめ》へ放《はふ》り込め。……リーガンどの、おそ

従者乙　ろしく血が出る。悪い時に創を受けた。腕《かひな》を借して下さい。〔略〕
グロースターさまのお後《あと》を尾《した》ッてって、何処へ往かっしゃらうと、手引《てびき》にベドラム（Bedlam）でも頼んであげよう。ベドラムめは、ぶらつくが持前の狂人《きちがひ》（madness）だから、どんな案内でもするだらう。

——第三幕第七場——

また、同じ戯曲の第二幕第三場では、エドガーの台詞に「ベドラムの乞食《こじき》共（Bedlam beggars）」が登場する。〈ベドラム〉に入院する病人は、生活の糧をうるのに時々退院して物乞いが許されていて、戯曲中でエドガーは物乞いの狂人に変装して登場する。台詞に〈ベドラム〉が出てくる他の戯曲に、《ジョン王》（第二幕第一場）、《ヘンリー五世》（第五幕第一場）、《ヘンリー六世　第二部》（第三幕第一場）、《リア王》（第一幕第二場）がある。

II　鎖から解放された新時代

精神障害は医療の対象外とみなされた時代が長く続いた。精神障害者は神の使者か悪魔に取り付かれた人だとされて、やがて悪魔や魔女の排除という熱狂的なものとなり、拷問、火あぶりという過激な行動へと発展していく。これらの多くは、迷信に基づく行動だが、勇気を持って対抗する医師は限られていた。

中世において精神障害者の多くは、これといった治療を受けるでもなく、ただ隔離され、閉じ込められているにすぎなかった。ヨーロッパの都市によっては、狂人牢が設けられていた。シェイクスピアの時代、精神科病院に閉じ込められていたのは非常に危険な者のみで、なかには牢獄に拘置されている者もいた。彼の作品にも、狂気状態にある人への対応としての〈閉じ込め〉が、台詞にみられる。《十二夜》〔33-4〕に、悪魔に取り付かれて〈気が狂い〉、〈暗室（dark room）〉に閉じ込めるという台詞がある。

マライア　マルボーリオーは何処にゐます？　あれはいつもむづかしい顔をして、〔略〕只今参ります。が、変な風をしてをりますよ。きっと魔が憑《つ》いたのでございませうよ。

オリヴィア姫　え、どうしたの？　大きな声でも出すかい？（does he rave?）

マライア　いゝえ、只にや〳〵笑ふんでございますの。お姫《ひい》さま、御用心遊ばすがよろしうございます、参りましたら。きっと気が狂ったのでございますから。〔略〕

フェイビアン　ほんとに気が狂《ちが》ふかも知れませんぜ（Why, we shall make him mad indeed）。

マライア　さうすりゃお邸内《やしきうち》が静かになりませうよ。

サー・トービー・ベルチ　さ、奴を暗室へ容れて、ふん縛ッとかう（Come, we'll have him in a dark room and bound）。

——第三幕第四場——

また、《ロミオとジュリエット》〔33-2〕では、恋慕が原因で気がふさぐロミオを心配した友人ベンヴォーリオ。

ベンヴォーリオ　ローミオー、貴下《こなた》は気が狂《ちが》うたのか？

ロミオ　気は狂はぬが、狂人《きちがひ》よりも辛《つら》い境界……牢獄に鎖込《とぢこ》められ、食を断たれ、笞《むちう》たれ、苛《か》責《しやく》せられ……

——第一幕第二場——

精神障害者に対する、当時の取り扱いが示唆される台詞である。精神障害者への対応として〈閉じ込め〉の台詞は、《間違いの喜劇》（第四幕第四場）、《お気に召すまま》（第三幕第二場）、《ハムレット》（第三幕第一場）にもみられる。

古代ギリシャ時代、狂気に襲われる英雄たちが吟遊詩人ホメロス（BC八世紀頃）の叙事詩に謳われ、医聖ヒポクラテスは精神の中枢が脳にあると指摘した。以降長年にわたり、解剖学的知識を除けば本領域の病因・治療に大きな進歩はみられなかった。十七～十八世紀のヨーロッパは、シェイクスピアが活躍した時代にも増して、精神障害者への迫害が過酷な時代だった。しかし、十八世紀にフランスの医師フィリップ・ピネル（一七四五～一八二六）が登場して、精神障害者への非人間的扱いを批判し、一七九三年、公立精神科病院ビセートルの、罪人と同じように鎖につながれた病人を解放し、ここに新しい時代が始まった。一七九五年に、サルペトリエール病院医長となったピネルは、パリ医学校の衛生学、病理学教授に就任し、臨床観察を重視した体系化を試み、近代精神医学を確立した。

Ⅲ　リア王、ハムレットそしてタイモンにみる狂気

シェイクスピアの作品にみられる狂気は、誘因が多彩である。

《リア王》において、シェイクスピアは精神障害の進行を辿れるモデルをリア王に演じさせ、感情コントロールに欠けた暴力的老人として描写している。精神障害の最初の徴候は、終始分別のない、理

性を失った人間として描かれたリア王自身が気づく（第一幕第四場）。しかし、自己を制御しようと努めるリア王の姿が、《リア王》にみられる。

リア王　おゝ、天よ、気ちがひ（mad）にならせて下さるな、気ちがひに！　正気にしておいて下され。気ちがひにはなりたくない、気ちがひには！

——第一幕第五場——

リア王の病歴は、加齢に加え、老人性認知症、精神的・肉体的衰えに、不幸な出来事が重なってもたらされた狂気である。

一方、《ハムレット》で、シェイクスピアは主人公ハムレットに顕著な憂うつ症と優柔不断な性格を持たせ、偽わりの狂人を演じさせている。また、自殺願望の思考が重篤な憂うつ症に基づくのをハムレットが自覚していたのは、《ハムレット》の彼の台詞に窺える。

ハムレット　おゝ、此硬き剛《こは》き肉が、何とて溶け融《と》解《ろ》けて露ともならぬぞ！　せめて自殺を大罪とする神の掟がなくばなァ！

——第一幕第二場——

さらに、ハムレットの狂気の行動は母親の王妃ガートルードによって語られる。

王　や、何と？　ハムレットが何としました？

王妃　浪と暴風《あらし》とが闘ふやうに、狂ひ騒ぐ狂気の余り、物蔭に何物か揺《うご》くを見つけ、剣を抜いて走り寄り、鼠々！　といふやいな、見さかひもない乱心から、帳《とばり》の蔭の老人を突殺してのけました。

——第四幕第一場——

シェイクスピアは、ハムレットに憂うつ症の多くの症候を付与していて、当時至極ありふれた病気だったことが知れる。

そして、《アテネのタイモン》では、主人公タイモンに梅毒の第三期あるいは後期の病状で脳が冒された、梅毒が原因の狂人を演じさせている。二十世紀にペニシリンが開発される約三百年前は、脳梅毒による精神異常はありふれたものだった。裏切者への復讐の念に駆られる狂気のアテネ貴族タイモンの口から、娼婦を媒体とした流行のさまざまについての言及が発せられる。それは、あたかも病気に精通した専門家のように。《アテネのタイモン》で、娼婦二人を前に、タイモンは、

タイモン　やっぱり淫売でゐろ（be whores still）。説教して汝らを改心させようとするやつがあったら、手強く淫売主義で誘惑して、病毒を伝染《うつ》してやれ。汝らの内密《ないしょ》の火で煙のやうな説法を圧倒《あったう》してしまへ。決して退却するな。

——第四幕第三場——

と叱咤する。因みに、〈娼婦〉の表現を一つの台詞の中で異なった三つの言葉を用いて、収まらない怒りを巧みに描写しているのが《オセロー》［33-5］である。妻の不貞を疑うオセローと否定する妻のデズデモーナの会話で、

オセロー　（デズデモーナの顔を見詰めて）えィ、此真白な紙は、此見事な書物は、其上へ「淫売婦（'whore'）」と書くために製《つく》られたんか！〔略〕どんなわるいことを？　おゝ、ぅぬ、淫売め（public commoner）が！〔略〕どんな事をしたと？　づぅづぅしい淫売め（strumpet）が！

——第四幕第二場——

画家エドヴァルト・ムンク（一八六三〜一九四四）の作品「叫び」は精神不安状態を表現したものとしてよく知られていて、狂気あるいは極度の精神不安状態に陥れば、〈叫び声〉をあげることが少なくない。《マクベス》で、妻にそそのかされて、スコットランド王ダンカンを殺したマクベスだが復讐を恐れて後悔し始める。

マクベス　家中に向っていつまでも呼号《どな》ってゐた（cried）、「もう安眠は出来んぞ！〔略〕

マクベス夫人　誰れです、さう呼号《どな》ってゐたのは？　……ねえ、貴下《あなた》、そんな風に馬鹿らしい事ばッかりお考へなさるのは、立派な御器量を自分でだらしなくしておしまひなさるんです。

——第二幕第二場——

また《ジュリアス・シーザー》で、昨夜、不吉な前兆がいくつもあってシーザーが外出して元老院へ出掛けるのを止めようとする妻キャルパーニアに、「死は来る時には必ず来る」と語る運命論者シーザー。

シーザー 三度までもカルパーニヤが夢を見て大きな声で「助けて下さい、シーザーどのを殺さうとしてゐます！」と叫んだ（cried out）。

——第二幕第二場——

とシーザーの妻キャルパーニアが心配の余りにうなされて、大きな叫び声をあげていたと従者に語っている。

34 抵抗出来ない赤ん坊と子供の表情、仕草

おれの子供の時そっくりの元気な赤ん坊だ。世界ぢゅうの何よりも可愛い。

《タイタス・アンドロニカス》第四幕第二場

赤ん坊や幼い子供の寝顔に癒されない人はいない。シェイクスピア［34-1］は、作品の要所要所に赤ん坊あるいは幼児を登場させて、ストーリーを和ませている。そして、美と醜との対比に幼児と老人を用いて、汚れない無垢の象徴に幼児あるいは赤ん坊を担ぎ出しているが、その作品は限られている。しかし、その描写は卓越していて、老人の小児がえりにも触れていて別の機会に取り上げてみたい。

シェイクスピアは、とりわけ聴衆の中でも女性たちが大いに共感し、多くの人々から賛同が得られる表現と場面を作品の中にちりばめることに成功している。

I 自分の児となれば〈花の蕾〉

ウィリアム・シェイクスピアは、一五六四年に父ジョン・シェイクスピアと母メアリーとの間に生まれた長男だが、姉二人は生後間もなく亡くなっている。また、弟三人と妹二人のうち、妹のアンは八歳で亡くなった。

シェイクスピアが生まれた一五六四年の七月頃から、彼の生誕地ストラットフォードはペストの流行に見舞われ、その年生まれた新生児の三分の二が一年以内に亡くなり、全人口の六分の一にあたる約二百人以上の人々が亡くなったという。ストラットフォードでは、一五五八年、一五六四年そして一五八一年に、それぞれ八月から十月にかけてペストが猛威をふるったし、一六二四〜一六二五年にかけてはイギリス全土でチフスが流行している。ところで、一五六〇年代のストラットフォードでは、毎年平均六十三人の新生児が洗礼を受け、約七十パーセントの四十三人が亡くなっている。しかも、亡くなる幼児は田舎よりも町で頻度が高く、度重なる疾病の流行が大きいとされている。しかし、その田舎でさえも十歳未満で亡くなる率は二十一パーセントで、生まれた年に亡くなるのが三分の一とされている。この生後間もなく、不幸にも亡くなるのは上述の疾病がすべてではない。ほかにも原因はあろうが、母子を生命危機に陥らせた細菌感染による産褥熱は無視出来ない。

ところで、ジョン・ホール医師の症例集ノート『観察報告集』によれば、記録された百八十二の症例に六例の少年（六カ月から十九歳）と六例の少女（九歳から十九歳）が含まれているが、彼の患者は裕福な家庭の子供たちである。当時は一般的に、子供たちの治療は自然にまかせるしかなかったし、大人たちも限られた人たちしか医師に診てもらうことは叶わなかった。因みに、子供の診療領域である小児科学が教科書に登場するのはルネサンス以降で、一四七二年に出版されたイタリアのパドヴァのパオロ・バゲラルト（一四一〇〜二〇頃〜一四九二）による『子供の病気と治療法』である。それまでは、婦人科診療の中に、今日で言う小児科学に相当する記述がみられる。

シェイクスピアの活躍した時代、人口に占める子供の割合は低かった。幼児死亡率の高いことに加えて、結婚年齢が二十歳代後半から三十歳代と遅かったことも一因と考えられている。諸事情を考えれば、当時の人々の子供への愛情の深さが推しはかれる。シェイクスピアの作品で赤ん坊の可愛らしさを表現する台詞で、これをおいて他にないのが《タイタス・アンドロニカス》にみられる。ローマの皇帝サターナイナスのお妃で美しいゴート族の女王タモーラの愛人であるムーア人エアロンが乳母らと秘事を語っている。

乳母　おゝ、こりゃ神さまのお目にゃ掛けられない物です。お后《きさき》さまの恥でもあり、此ローマ国の恥でもあるから。〔略〕物すごい、真ッ黒けな、情けないお子さんです（掩ひを少し除いて）これが赤児《あかさん》です、いやァなく、まるで蟇《ひきがへる》のやうよ、〔略〕あんたの認印が捺《お》してあるんだから、短剣《ダッガー》の尖で洗礼をおさせなさいッて。

エアロン　何いやがる、淫売めが！　色の黒いのがなぜわるいんだ？（赤児の顔を覗いて）おゝ、可愛い子だ、まるで美しい花の蕾だ（Sweet blowse, you are a beauteous blosoom, sure）。　――第四幕第二場――

坪内逍遥の訳が素晴らしい。赤の他人からすれば黒くて醜い蟇のようでも、愛人のお后から生まれた赤児が自分の児となれば目に入れても痛くない〈美しい花の蕾〉に喩えるほど、いとおしくて仕方がない。親の子に対する深い愛情が、自ずと聴衆の心の琴線に触れることになる。

II　瓜二つの親子と無心な寝顔

シェイクスピアの活躍した同じ時代に、当代随一の画家として名を馳せたのがフランドルの画家ペーター・パウル・ルーベンス（一五七七〜一六四〇）で、外交官としてもイギリスのチャールズ一世（一六〇〇〜一六四九）やスペインのフェリペ四世（一六〇五〜一六六五）と親交があった。豊満な肉体や華麗な色彩の画風の作品とは趣を異にし、彼の子供三人の肖像を描いた作品がある。ルーベンスは、描かれるのが迷惑そうな子供の表情を率直に描いている。子供は周囲を和ませ、喜ばせるばかりでなく、時には腹立たしいこともある。シェイクスピアは作品の中に、その情景を巧みに織り込み、聴衆から多くの賛同を得たことであろう。

生まれた赤ん坊が可愛いばかりか、親にそっくりなことを詳細に描写した台詞が、《冬の夜ばなし》にみられる。場面はシシリア王レオンティーズの王宮で、お妃ハーマイオニが女児を出産したので忠実な貴族アンティゴナスの妻ポーライナは王の心を和らげようと赤児への祝福をレオンティーズに求める。しかし、レオンティーズはお妃が彼の親友であるボヘミア王ポリクシニーズと姦通したという強い猜疑心を抱いている。

レオンティーズ　此小びッちょは俺のではない。ポリクサニーズが生ませたのだ。そッちへ持ってって、

ポーライナ　母親《おふくろ》と一しょに火にくべてしまへ。

いゝえ、あなたのお子です。子は親に似るといふのが事実《ほんたう》なら、瓜二つといふほどあなたにお似なすっていらっしゃるだけ、御運がわるいのです。御覧なさい、諸卿《みなさん》、型こそ小さけれ、何もかもお父さま写し、目も、鼻も、唇《くちもと》も、八の字を寄せるお癖も、額附も、いいえ、此凹んだ頤や此可愛らしい頬の靨《ゑくぼ》までが、そっくり御前のお笑ひ顔、……手の格構《かツかう》から、爪から、指先から。

――第二幕第三場――

しかし、激怒したレオンティーズは、ポーライナの夫であるアンティゴナスに自分の領土から離れた荒野に赤ん坊を捨てることを命ずることになる。

一方、幼児の仕草に喩えた表現は、シェイクスピアの作品に数多くみられる。いずれも、聴衆を頷かせる情景を醸し出している。《ウィンザーの陽気な女房たち》で、ウェールズの牧師サー・ヒュー・エヴァンズの台詞から。

サー・ヒュー・エヴァンズ　さ、いって娘を探して、若し其娘が寝る前に三度お祈りをしたなら、高尚な愉快な夢を見させ、無心な幼な児のやうに安眠をさせなさい（Sleep she as sound as careless infancy）。

――第五幕第五場――

また、《トロイラスとクレシダ》では、トロイの王プライアムの息子トロイラスと彼に愛されるクレシダとの会話で、トロイラスが言う。

トロイラス　さ、さ、お帰り、寝床へ。その可愛い目をば又眠りに殺させて、罪のない赤んぼのやうな心持ちにおなり！（give as soft attachment to thy senses/As infants' empty of all thought !）。

——第四幕第二場——

さらに、《ヘンリー六世　第二部》では、ヘンリー六世の叔父グロスター公殺害を企てるサフォーク公と彼の愛人で殺害を支援するフランス生まれの王妃マーガレットとの会話で、グロスター公殺害の罪で国外に追放されることになったサフォーク公。

サフォーク公　あなたにお別れすれば、生きちゃをられません。お傍で死ねれば、お膝にもたれて眠入《ねい》るやうなものでせう。こゝで死ねば、母の乳房を含んで死ぬ揺籃《ねかご》の嬰児《あかんぼ》のやうに安らかに（As mild and gentle as the cradle-babe/Dying with mother's dug between its lips）息が引取れませう。

〔略〕

妃　別れるのは辛い療治ですけれど、急処の痛手《いたで》には適法なのです。サッフォークさん、さ、フランスへ。便りをして下さいね。

——第三幕第二場——

愛人とのいとまごいに際して、その膝で「揺籃の赤ん坊のように安らかに息を引き取る」ことを願うサフォーク公である。

子供は、親にとって心を癒す存在でもあれば、時には苦痛の種であることが《冬の夜ばなし》において、シシリア王レオンティーズ、その息子で若きシシリア王子マミリアスそしてボヘミア王ポリクシニーズとの会話に窺える。

マミリアス　決闘します。

レオンティーズ　決闘する！　……どうか幸福者《しあはせもの》になりますやうに！　……（ポリクサニーズに）仁兄、君もお国の幼《ちひ》さいのをお可愛がりなさるかい、わたしらが此児《これ》を斯《か》うして愛してゐるやうに？

ポリクシニーズ　国に居れば、幼児《ちび》めはわたしの労働でもあれば娯楽でもあり、又、大事件でもあるのです。〔略〕彼児《あれ》がゐると、六月の日も十二月のそれのやうに短かくもなります。血を濁らせるやうな厭な思ひも、彼児《あれ》の取りとめのないあどけなさには慰められます。

――第一幕第二場――

III　時には、成長した子が親にとっての苦しみ

人の一生を舞台に喩えて男女皆が俳優と捉えて語られる有名な台詞が、《お気に召すまま》〔34-2〕にみられる。ここでは、赤ん坊から恋に陥る前までを紹介してみたい。宮廷を追放されてアーデンの森で暮らす前公爵に仕える貴族ジェイクイズ。

ジェイクイズ　人間世界は悉く舞台です、さうしてすべての男女が俳優です。めい〳〵が出たり入ったりして、一人で幾役をも勤める、一生は先づ七幕《なゝまく》が定《きま》りです。初めは誰れしも赤ん坊で、

34　抵抗出来ない赤ん坊と子供の表情、仕草

乳母《ばアや》の手に抱かれて、おぎゃァ〳〵といって、涎《よだれ》を垂らす。その次ぎは鼻を鳴らして泣く小学生徒。鞄《かばん》をぶらさげて、起きて洗ったばかりのてらてら顔をして、いや〳〵学校へと蝸牛《でんぐむし》のやうに歩く。

——第二幕第七場——

子供は成長するにつれて、必ずしも親の思い通りとはならず苦痛に苛まれかねない。子供は何歳になっても、親にとっては子供でしかない。成人した子供に心労多い親の心境を吐露する場面の多くみられるのが、《リア王》［34-3］におけるリア王の台詞である。リア王、長女ゴネリル、彼女の夫オールバニー公が居合わせ、リア王の横柄な家来にうんざりしたゴネリルは家来の削減を父リア王に求める。

リア王　母親の心づかひをも、深切をも、悉く嘲弄に帰せしめたまへ、恩を知らぬ子を有つ親の苦しみは、蝮蛇《まむし》の牙《きば》に咬まるゝにもますことを、此奴《こやつ》めに思ひ知らす為に！

——第一幕第四場——

第二幕第四場では、二女リーガンとその夫コーンウォール公を前にして、

リア王　そなたは子たる者の本分をよう知ってゐやる、自然と守らねばならぬ義務を、親に対する礼儀を、恩に報ゆるの道を知ってゐやる。

と長女ゴネリル同様に親の意向に逆らう二女リーガンを諭《さと》す父親リア王。リア王が長女と二女によ

り追い出される第三幕第六場では、グロスター伯の嫡子エドガーはグロスター伯の庶子エドマンドから逃れる。正気を失ったリア王を抱えあげてグロスター伯とケント伯が去って、ただ一人残ったエドガー。

エドガー　俺の苦痛は今日は軽くなって堪へいゝ、俺の苦しみを王もまた苦しんでゐなさると思やァ。
王は子の為、俺は親の為に！

シェイクスピアの子供の描写は、赤ん坊から幼児あるいは親からみた子供である成人に限られていて、学童期の描写は先に紹介した《お気に召すまま》（第二幕第七場）の貴族ジェイクイズの台詞に限られている。子供となれば遊戯はつきものだが、シェイクスピアの作品に子供の遊びの情景描写は見当たらない。しかし、台詞の中にスポーツに触れたものがあり、別の機会に大人のゲーム（遊戯）と一緒に述べてみたい。シェイクスピアよりも、ほんの少し前に活躍したフランドルの画家にピーテル・ブリューゲル（一五二〇頃～一五六九）がいる。農民風俗を好んで描いた彼の作品に、一五六〇年に描かれた「子供の遊戯」がある。そこには、当時子供たちによって遊ばれた九十一種の遊戯が描かれていて、似たような遊びがシェイクスピアの時代の前後にもイギリスで流行していたとしても不思議ではない。というのも、ブリューゲルの絵画には何故か描かれていないが、当時フランドル地方でも遊ばれていた〈九柱戯（九本のピンを用いるボウリング）〉が同じころにイギリスでもみられた遊びだったのは以下の事実からも窺える。ボウリングの起源ともされる〈九柱戯〉が、一五四二年にイギリスでは他の種々の遊びと一緒に、一般庶民を対象としてヘンリー八世によって禁止令が立法化されている。

35 日常生活における人々の楽しみ

向うの慰みをコッちの慰みにするほど面白い遊びはない。

《恋の骨折り損》第五幕第二場

時代を問わず、身分の貴賤を問うことなく、日常生活の置かれた環境に即して、人々には各々楽しみ方があった。エリザベス朝の厳しい階級制度にもめげず、それなりの楽しみ方があったからこそ、人々は日頃の苦労も忘れえたことであろう。

人々の楽しみ方には、自己が参加して喜怒哀楽を表現したり、観客として参加することで悲喜劇を共有し、時には日常生活の鬱憤を晴らしたことであろう。楽しみ方の内容に変化はあれ、エリザベス朝前後と現代とに大きく変わるところはない。シェイクスピア［35-1］は、当時の庶民が楽しんだ娯楽を作品に巧みに織り込んでいる。

I 階級制度が娯楽にまで影響

屋内外を問わず、エリザベス朝前後の楽しみ方、すなわち遊びは多彩である。しかし、階級制度が幅を利かした時代、遊びによっては身分の低い人々には禁止令が下されていたものが少なくない。先にも述べたように、ヘンリー八世は、一五四二年に種々の遊びに禁止令を発令している。この禁止令の対象になった人々には、職人、労働者、農民、漁師、船乗り、召使い、奉公人などが挙げられている。これら対象者の中で、唯一の例外は年収百ポンド以上の徒弟人で紳士の一人と見做されていた。禁止の対象となった遊びの主なものには、賽子遊び《さいころ》（dice）、バックギャモン、カード、シャブグロート（shovegroat）、輪投げ、ボウリング、九柱戯をはじめ、屋外のゲームであるテニス、フットボールにまで至っている。禁止の理由の一つは、洋弓術の稽古に専念させるためである。しかし、クリスマス時には禁止対象者も家庭内に限れば許されたが、すべて法律に違反すれば罰金一ポンドが科せられた。紳士に賭け事として好まれていたのは、チェスとバックギャモンである。また、当時エールハウス（ale-house、酒場）から宮廷に至るまで広く流行していたのがカードゲームである。カードゲームには種々あるが、賭け事として大いに好まれた。エリザベス女王も大層お気に入りで、賭けられた額もかなり高額であったと記録に残されている。

シェイクスピアの作品にも賭け事に触れた台詞が少なくない。《じゃじゃ馬ならし》〔35-2〕では、パデュアの領主バプティスタは自分の娘ビアンカを金持ちに嫁がす旨を、年老いた金持ちのグレーミオと主《あるじ》の〈ルーセンシオ〉になりすました機智に富む召使いトラーニオに語っている。バプティスタは金持ちらしい〈ルーセンシオ〉になりすましたトラーニオに、約束を守らなければビアンカはグレーミオにと言って去る。

グレーミオ　賭事師《かけごとし》どん、お前の親父さんは馬鹿だねえ、お前に何もかもくれッちまって、〔略〕

トラーニオ 今に見ろ、其狡猾《かうくわつ》な皺だらけの皮をひんめくってくれる！ ……だが、十点の札（a card of ten）で虚喝《ふきまく》ってくれたが、みんな御主人のお為になるやうにと思ふばかしだ。

——第二幕第一場——

この会話に、〈賭事師（gamester）〉とカードゲームの一種である"a card of ten"が登場している。また、《アントニーとクレオパトラ》［35-3］で、アントニーの台詞に"card"を用いた面白い表現がみられる。クレオパトラに裏切られて激怒するアントニーに身の危険を覚えたクレオパトラは、アントニーには彼女が自害したと伝えさせる。

アントニー 俺の心が俺の有《もの》であった間は、（今は失くしてしまったけれど）天下数百万の人望を一身に集めてゐたのであったに……イーロス、あの女がシーザーと同類《ぐる》になって、骨牌《ふだ》をごまかして（she, Eros, has/ Pack'd cards with Caesar）、俺の栄誉を敵の戦利品に搔《か》き奪《さら》はせてしまった。

——第四幕第十四場——

と悔恨の情に駆られるアントニーである。"pack card with a person"は、「人と奸計をはかる」という英語の常套句である。

賽子を用いたゲームの表現を、《恋の骨折り損》にみてみたい。フランス王女に随行する貴婦人ロザラインに恋する、王に随行する貴族ビルーンは王女をロザラインと思って言う。

ビルーン　どうか、一つ、甘美なるお談話（one sweet word with thee）が承はりたいものですなァ。
王女　え、甘味《かんみ》ですッて？　さァ、蜂蜜と牛乳とお砂糖。それでもう三個ですわ。
ビルーン　いや、では、さうひねっておっしゃるなら、いっそ三点づつを二組にしませう。蜜酒《メセグリン》と甘麦酒《ウォート》と甘葡萄酒《マームジー》。どうです、うまく出ましたらう賽の目が！（well run, dice!）これで甘味が半ダース出来ました。
王女　それにもう一つ加へれば貴下よ。第七の甘味さま、さやうなら。あなたは賽をごまかすから、もう一しょには振りませんよ（Since you can cog, I'll play no more with you）。

——第五幕第二場——

ビルーンと王女の軽妙なとぼけた会話に、〈賽子（dice）〉が登場し、〈いんちきをする（cog）〉様子が語られていて、当時賽子を用いたゲームがいかに盛んであったかが窺える。

当時のゲームで流行し、現在は廃れてしまったものに〈シャブグロート（shovegroat）〉がある。《ヘンリー四世　第二部》において、サー・ジョン・フォールスタッフが手下のバードルフ、ピストルと女将クウィックリーが経営する居酒屋ボアズ・ヘッド（猪頭）亭にやって来て騒ぎ出す。

フォールスタッフ　おい、ピストル、もう静かにしようぜ。〔略〕
娼婦ドル　後生、そいつを階子《はしご》の下へ突き落しておやりよ。もう〱忍耐《がまん》が出来ないのよわたし、
〔略〕
ピストル　階子の下へ突き落す！〔略〕
フォールスタッフ　抛り出しッちまへ、バードルフ、そいつを、玉ころがしの志《シリング》のやうに（like a shove-

groat shilling〉。

“shove-groat”は、shovelboardと同義語で、シャッフルボード（shuffleboard）という、〈コイン当てのゲーム用〉の意味である。その原形は“shovel half penny”で、テーブル上でコインあるいは円盤を一方の端から向こう側の端へ親指か手掌で押し出して点を取るゲームである。ここでは、フォールスタッフはピストルをshove-groatで用いるコイン（shilling、シリング）のように階下へ押し出すことを手下のバードルフに命じている。

II　熊いじめ、牛いじめ

シェイクスピアの活躍した時代には、多くの娯楽が人々に親しまれていたが〈熊いじめ（bear-baiting）〉あるいは〈牛いじめ（bull-baiting）〉は、その一つである。熊あるいは雄牛を劇場などの真ん中に鎖あるいは革紐で杭につないでおいて、イギリスの大型のマスチフ犬数匹に攻撃させて闘わせるもので、十二世紀にイギリスに誕生した娯楽だが、エリザベス朝に合法化されている。一五二六年には、ロンドンのテムズ川南岸のサウスウォークに闘技場としてパリス・ガーデン（Paris Garden）が建設されている。ロンドンのパリス・ガーデンでは、日曜日を含めてほとんど毎日興行されていて、その人気のほどが窺える。一五七〇年には、二つ目の闘技場がつくられ、東側が熊用で西側は牛用で見物料金は最前列で一ペンス、天井桟敷は二ペンスだった。さらに、一六一三年このパリス・ガーデンの跡地に建設されたグローブ座は、闘技場と演劇の両方に活用された。また、一六一三年に建設されたホープ座［35-4］は取りはずせる舞台を持っていて、演劇の上演がない時には熊いじめが興行されていた。エリザベス女王は、この熊いじめが大層お気に入りだったようで、当時のフランス大使をはじめ女王に謁見を求めた多くの高官が接待されている。しかし、人々皆が娯楽として熊いじめを是認していた訳ではなく、清教徒たちは家族の娯楽には不適切と唱えていた。

シェイクスピアの作品にも、熊いじめに関わる台詞がたびたび登場してくる。《十二夜》［35-5］では、サー・アンドルー・エイギュチークが、

サー・アンドルー・エイギュチーク　あゝ、撃剣や舞踏や熊いぢめ（bear-baiting）に費《つか》った時間を、語学《タング》に使へばよかった。あゝ、文学を習ッとけばよかった！　――第一幕第三場――

と熊いじめの見物などに夢中になった時間を語学や文学の習得にあてておくべきであったと後悔している。それほど、当時は老若男女、階級を問わず、人気のあった熊いじめである。とりわけ、熊いじめの熊の中でも名の知られているのが、〈サッカーソン（Sackerson）〉で、《ウィンザーの陽気な女房たち》に登場してくる。若い紳士フェントンと結婚するつもりのアン・ペイジと彼女に求婚したがっているエイブラハム・スレンダーが語っている。

スレンダー　なんで、あゝ犬が吠えるです？　此町に熊がゐるですか？

アン　ゐるやうです。折々噂を聞きました。

スレンダー　僕はあの遊戯《なぐさみ》が大好きです。あれに掛けちゃイギリス中の誰れにだって負けんです。え、あんたは熊が檻の外へ出てるのを見ると、怖いですか？

アン　然《え》、怖《こは》ござんす。

スレンダー　僕にはあれが大好物です。僕は二十たびも見たですよ、サッカースン（熊の名）が外へ出されてるのを。さうして僕は奴の鎖を手で摑んだですよ。

——第一幕第一場——

ここには、熊が鎖でつながれている情景が描写され、二十回も見物に出掛けていてその人気が窺えるばかりか、熊の名〈サッカースン〉にまで触れていてその知名度が容易に想像される。熊一頭に数匹の犬を闘わせたが、犬が熊に殺されることがあっても熊が殺されることは許されず、大型犬を殺すことで熊は名声を得ることになる。闘技場には、熊が十三頭ほど、マスチフ犬は百二十匹ほどが飼育されていたという。熊はたびたび檻から逃げ出したそうだが、〈サッカースン〉も例外ではなかったことだろう。時には熊が、人に危害を加えたこともあったようである。また、時々盲目の熊も登場して、観客を楽しませるために、熊飼い（bear-ward）は鞭《むち》で打って熊を狂暴にさせた。熊飼いが登場する台詞はランカスター家の王位に対するヨーク家の挑戦が描かれた《ヘンリー六世　第二部》にみられる。国王ヘンリー六世に代わって、自分は王冠がすぐ手の届くところにいると確信するヨーク公だが、国王の忠臣クリフォード卿に謀叛人呼ばわりされ、その申し開きにヨーク公は二人の息子リチャードとエドワードを呼び寄せる。

クリフォード卿　どうだ、こりゃみんな謀叛人の雛鳥《ひよツこ》なのか？

ヨーク公　鏡で自分の影を見て、さう呼べ。おれは汝《きさま》の王だ。だから汝こそ二心を抱く謀叛人だ。おれの荒熊《あらくま》を二疋こゝへ呼んで来い、あいつらが鎖を振ったゞけでも、そこいらにゐる窃盗《こそどろ》悪党共はおびえあがるだらう。ソルズバリーとウォリックを呼んで来い。

クリフォード卿 あいつらが熊か？　見事、虐《いぢ》め場（baiting place）へ連れ出して見ろ、あいつらを虐め殺した上に、熊飼ひ（bear-ward）めを鎖でふんじばってくれる。

――第五幕第一場――

熊いじめの二頭の熊が、ヨーク公の支持者ソールズベリー伯とその息子ウォリック伯で、熊飼いがヨーク公に喩えられている。戯曲のその後の展開の中で、ウォリック伯の紋章は代々、〈杭に鎖でつながれた後肢で立つ熊〉であることが明らかにされる。しかし史実では、ウォリック伯が生まれたネルヴィル家の紋章は熊ではなく雄牛で、ここの場面は〈熊いじめ（bear-baiting）〉ではなく〈牛いじめ（bull-baiting）〉と言える。この〈牛いじめ〉は〈熊いじめ〉と異なり、雄牛が数匹のマスチフ犬に攻撃され、傷ついて殺されるまで続けられ、どの町にも〈雄牛闘技場（bull-ring）〉があったという。いずれのいじめも、当時のイギリスでは大変人気だった。

この"baiting-game（いじめの娯楽）"は、熊と牛に限られたものではなく、当時は〈闘鶏（cockfight）〉も盛んで、日曜日に定期的に開催されていた。ヘンリー八世はいくつかの闘鶏場をつくり、エリザベス女王も負けず劣らず闘鶏場を設けて人気を支えたが、〈熊いじめ〉の人気には及ばなかった。

III　人々の夢を叶えられなかった富くじ

エリザベス朝時代の人々に、楽しみと夢を与えたものに〈富くじ（lottery）〉がある。これは一種の賭け事だが、国が承認した公認の賭け事といえる。当初こそ人気があったが、次第に陰りがみえるようになった。当初賞品は高額な現金だったが、甲冑などの部品へと様変わりしていく。一五六七年には、富くじ券一枚が十シリングで、四千枚の発売が公布されている。一等賞は五千ポンドで、三千ポンドが現金で残りの二千ポンドは銀や銀メッキの皿やタペストリー、リネンなどで充てられた。二等賞が三千五百ポンドで、現金が二千ポンドで残りの千五百ポンドは銀や銀メッキの皿、タペストリー、リネンで支給されている。一五六八年には、富くじ券の抽選会が数日間にわたってセント・ポール大聖堂の西の扉で行われている。富くじ券の高額なことが、庶民には余り人気がなかった一因とされている。

この〈富くじ〉に関して、その実際の購入とか当選といった表現は、シェイクスピアの作品には登場しないが、〈大幸運の獲得〉とか〈くじ引き〉という形で台詞にみられる。《アントニーとクレオパトラ》で、アントニーの第一の副官イノバーバス、シーザーの海軍司令官アグリッパそしてシーザーの従者ミシーナスは、アントニーに会うために豪華な船で姿をみせたクレオパトラを初めて見た。

アグリッパ　すばらしい女王《によわう》だ！〔略〕豪勢な女だなァ！　大シーザーでさへも臥床《ねどこ》へ帯剣を抛《はふ》り出してしまって、あの女の耕作《かうさく》に取りかゝったものだ。〔略〕

ミシーナス　併《しか》し今日となっては、アントニーも最早《もう》あの女を棄てなければならん。

イノバーバス　どうして棄てるものか！〔略〕

ミシーナス　美貌と智慧と貞節とでアントニーの浮気を止めさせせることが出来るやうだと、オクテービヤは、あの仁《じん》の為には、大幸福《おほじあはせ》の獲物（a blessed lottery）だがなァ！

——第二幕第二場——

アントニーはシーザーの姉オクティヴィアと結婚することになるが、すぐクレオパトラのもとへ戻ってしまう。また《トロイラスとクレシダ》で、ギリシャ人の召使いサーサイティーズはギリシャの騎士エイジャックスが愚鈍なばかりか、最も偉大なギリシャの騎士アキリーズに嫉妬していると嘆く。アキリーズはエイジャックスに、トロイの王プライアムの長男ヘクターが明日ギリシャの騎士に一騎打ちを申し入れていると語る。

エイジャックス だれが敵手《あひて》になるかな?
アキリーズ 知らんなァ。鬮引《くじびき》(lottery)だといふこッた。でなきゃ、其敵手は分ってゐるのだが。
エイジャックス おゝ! そりゃあんたゞらう。とにかく往って、くはしい事を聞いて来よう。

——第二幕第一場——

当時の娯楽の一つに、ビリヤード(billiard)がある。起源は古く、発生の地も諸説あって確かではなく、紀元前四〇〇年頃にギリシャで盛んであった、石を棒で突き当てる屋外のスポーツが原形ともされている。世界で最初につくられたビリヤードテーブルは、フランスのルイ十一世のためにつくられたものとされていて、一四六九年のことである。そのテーブルは、石板にクロスを張った原始的なもので、真ん中に穴が開けられていて球をそこに入れるものだった。シェイクスピアの作品でも、《アントニーとクレオパトラ》で、アレクサンドリアのクレオパトラの宮殿において、クレオパトラとチャーミアンらの従者、宦官マーディアンらとの語らいの中で触れられている。

クレオパトラ　何か音楽を奏させてくれい。音楽は恋に焦《こが》れてゐる者の淋しい糧《かて》ぢゃ。
侍者　おい、音楽を！
クレオパトラ　もうよろしい。球戯《たまつき》（billiards）をして見よう。さ、チャーミヤン。
チャーミアン　わたくしは腕《て》を痛めてをりますから、どうぞマーディヤンと遊ばしませ。

――第二幕第五場――

36

近代的スポーツの黎明

余りに早く走らせる騎手《のりて》は、また早く馬を疲らせる。

《リチャード二世》第二幕第一場

「健康な身体に健全な精神《こころ》が宿る」と言われるが、それには日頃からの身体の鍛錬が求められる。古代ギリシャ・ローマ時代から人々は、戦《いくさ》のためもあって種々の運動で身体を鍛えてきた。フランスの貴族ピエール・ド・クーベルタン（一八六三～一九三七）は、英・米に留学して青少年の育成に関わる教育の一環として、運動すなわちスポーツの重要性を認識した。そんな折、古代オリンピックの遺跡発掘の知らせに接する。彼は青少年教育の振興を意図してオリンピック競技の復活をはかり、一八九六年に第一回オリンピック大会をアテネで開催し、ここに近代オリンピックが始まった。

翻って、シェイクスピア〔36-1〕の活躍していた時代に盛んだったスポーツには今日のスタイルに発展し、オリンピック競技としてのみならず、世界的な大会の隆盛を迎えたものが少なくない。その代表ともいえるのが、サッカーでありテニスである。

Ⅰ 狩猟は男女が一緒に肉体的活動をする唯一の楽しみ

先述したように当時は、洋弓術の訓練促進が図られていた。事実、貴族、聖職者、裁判官など身分の高い人および身体的障害などにより運動の能わない人を除いて、十六歳以上七十歳以下の男性は、常時洋弓と四本の矢を保持しなければならなかった。また、六歳から十六歳以下の男児を持つ父親の義務として子供に洋弓と矢二本を保持させ、洋弓訓練が強いられた。さらに、祝祭日には二十四歳以上の男性に射撃場での訓練が求められ、射撃距離も二百二十ヤード以上とされていた。イギリスでは、どの教区においても射撃場の良好な管理が求められ、それを怠った際には罰金が科せられた。

しかし、田舎においては戦に備えた洋弓の訓練よりも、鳥や兎の狩りに用いられる石弓が好まれた。戦に駆り出された際には洋弓に代わって鉄砲が次第に重視されるようになり、そうした時代の変わり目の様子がエリザベス朝前後の世相に窺える。そして貴族や紳士の世界では、狩猟（hunting）が屋外スポーツとして好まれていった。獲物は、鳥、兎、鹿で、獲物を追跡、追い出しには犬が用いられた。シェイクスピアの作品にもたびたび、狩猟に関わる表現や場面が登場してくる。《お気に召すまま》では、前公爵に仕える貴族ジェイクイズが狩猟で得た鹿を携えて他の貴族や猟師らと現れる。

ジェイクイズ　此鹿を殺したのはどなたです？

貴族の甲　わたしです。

ジェイクイズ　ぢゃ、あの先生を、ローマ凱旋者《がいせんしゃ》よろしくといふ風にして、公爵の許《とこ》へ連れてゆきませう。勝軍《かちいくさ》の標《しるし》に、鹿の角を頭に載《のッ》けたらよからう。猟師、何か相当した歌はないかい？

——第四幕第二場——

一方、猟犬に関する場面の一つとして《夏の夜の夢》〔36-2〕がある。妖精たちに手厚く世話してもらっているロバの頭を持つ姿に変身したボトムに、妖精の女王ティターニアが蔦のように絡みついている。そして、妖精の王オーベロンが彼に仕えるパック、アテネの大公シーシュース、彼の求婚を受け入れたアマゾンの女王ヒポリタらと語っている。

ヒポリタ　スパルタの猟犬を使って野猪《ゐのしゝ》を死地へ追詰めたのを見ましたッけが、〔略〕

シーシュース　わしの猟犬は、彼《あ》の砂色をした、腭《あぎと》の大きいスパルタ種を育てたのだ。奴等の頭には朝露を掃ふ程に長い耳が垂れてゐて、膝曲りで、さうしてセッサリーの野牛のやうに喉肉が弛《たる》んでゐる。追脚は緩《のろ》いが、叫声は全然《まるで》各種の鈴《りん》のやうに、次第に節調を成してゐる。さういふ音楽を奏する猟犬の群を、背子《せこ》や猟笛で使役した例は、クリートにもスパルタにもセッサリーにもなかったことだ。

——第四幕第一場——

ここでは、猟犬を用いた狩りの実情および猟犬に触れられている。台詞で、長い耳の垂れた犬について述べられているが、当時の猟犬には垂れ下がった耳の持ち主のスパニエルとブラッドハウンド（嗅覚の鋭い猟犬）が用いられた。しかし、野兎の捕獲は余りにも容易なことから、貴族らからは軽蔑されていて、最も価値がある獲物は六歳以上の雄鹿であった。また、鹿肉は贈物として大変喜ばれ、社会的地位が高い印でもあった（この場面は《ウィンザーの陽気な女房たち》第一幕第一場にみられ、本書の第十五章に既出である）。また、エリザベス朝の貴族社会において狩猟は男女が一緒になって肉体的活動として楽しめる唯一のもので、かつ多くの貴婦人にとっては狩猟で獲物の追跡に馬を駆ることで、馬術の技量を人々に見せるまたとない機会でもあった。エリザベス女王も、ことのほかに狩猟を愛好した人だった。

さらに、当時一般的で男女に好まれた屋外活動に鷹狩りがあった。獲物は、小動物の兎や鳥で、狩りには鷹や隼《はやぶさ》が用いられたがどの狩猟にも許可書が必要だった。《ロミオとジュリエット》〔36-3〕で、キャピュレット家の庭園で二階にジュリエットが現れる。

ジュリエット　hist《ヒスト》！　ローミオー！　hist《ヒスト》！　……おゝ、こちの雄鷹をば呼返す（To lure this tassel-gentle back again!）鷹匠《たかじやう》の声（falconer's voice）が欲しいなァ、囚人《とらはれ》の身ゆゑ声が嗄《しやが》れて、高々とは能《よ》う呼ばぬ。〔略〕

ロミオ　や、俺の名を呼ぶは恋人ぢや。

——第二幕第二場——

ここで〈雄鷹〉はロミオを指しているが、"hist"はイギリスの十六世紀末の英語の擬音語で「し～っ」、「静かに」である。また"tassel-gentle"は"tercel-gentle"で〈王女に保有されている雄鷹〉を指していて、ロミオのことである。また、《オセロー》〔36-4〕で、ムーア人の将軍オセローの軍隊の旗手で悪漢イアーゴーは、オセローに彼の妻であるデズデモーナの不義の証拠を縷々《るる》と語る。

オセロー　万一にも彼女《あれ》が手におへん荒鷹であったなら（If I do prove her haggard）、たとひ其脚紐《すねひも》（her jesses）が俺の命の緒であらうと、断ち切って風下に追ひ放って、後は運次第にしてくれう。

——第三幕第三場——

イアーゴーによる妻の不義に関する証言を信じられないオセローだが、妻のデズデモーナを鷹に喩えて"haggard"と、鷹狩り（falconry）の言葉で"wild（荒々しい、激しい）"な鷹を意味する表現を用いている。

II　フランス渡来のハイカラスポーツ、庭球

中世のヨーロッパで確立されたジュ・ド・ポーム（jeu de paume、フランス語）は、ラケット状の道具を使ってボールを打ち合う球技で、十六～十七世紀のフランスおよびイギリスの絶対君主の時代に全盛期を迎え、王侯貴族を中心に親しまれた。これが、十九世紀のローン・テニス（lawn tennis）の先駆けで、〈ジュ・ド・ポーム〉はフランス語で〈手のひら（paume）の遊戯〉を意味し、イギリスに伝わるとテニス（tennis）となった。英語 tennis は、中世後期の英語 tenetz、tenes で"real tennis"に由来しているが、語源はラテン語 tenēre、"to hold"に基づいたフランス古語 tenez、"to take"、"to receive"（サーバーの掛け声から）に由来している。このテニス（tennis）の言葉が最初に登場するのは、イギリス

の詩人ジョン・ガウアー（一三二五頃〜一四〇八）の手になる『平和礼賛』の中の一節とされている。

テニスは、シェイクスピアの作品にも登場する。《ヘンリー五世》において、曾々祖母エドワード三世の王妃イザベラの血筋から、フランス王座の継承を企む国王ヘンリー五世である。フランス皇太子から遣わされた大使がヘンリー五世のもとに訪れる。

大使　陛下には最近フランスへ御使節を遣はされ、御曾祖父エドワード三世王の御権利とあって、若干の公爵領を御要求に相成りました。〔略〕目下フランスには敏活舞踏《ガリヤード》の十二番でお手に入るやうな地面はございません。公爵領をお飲潰しになることは叶《かな》ひますまい。でございますから、此宝一樽《そん》（This tun of treasure）を、これこそ陛下の御精神にお似合はしからうとて、献上に及ばれます。〔略〕

王　叔父上、宝とは何です？

エクセター公　庭球のボール（Tennis-balls）でございます。

王　御進物も有りがたく頂戴する。お使者も御苦労、互ひに網棒《ラケツト》（rackets）を携へて、フランスで相対する時となれば、予は神助によって父王殿の冠《かんむり》を危地《ハザード》へ叩き落すべき勝負をするであらう。太子に伝へなさい、とんだ敵手《あひて》と立会を約束なすった、今にフランスの宮庭《コート》（球庭）ぢゅう（all the courts of France）を追撃《チエース》で擾乱させることゝなりませうと。〔略〕彼れの此の嘲謔《てうぎやく》は庭球《まり》を砲弾《たま》に（his balls to gun-stones）化せしめたと。

——第一幕第二場——

ヘンリー五世の要求に対するフランスの返事は、彼に差し出す土地はなく、贈物がテニス・ボールの一樽であることに気分を損ねたヘンリー五世である。そこで、テニス・ボールを砲弾に代え、庭球のコートではなく宮廷をはじめとしたフランスの土地でイギリスとフランスが戦を構えることになるであろうと威嚇の警告を発している。
また、テニスがフランスからイギリスに伝えられたことを示唆する台詞が、シェイクスピアの作品にみられる。《ヘンリー八世》より。

騎士ラヴェル　庭球《テニス》だの、高靴下だの、脹《ふく》れ筒袴《ずぼん》だのといふ大陸行きの記念章を身に着けたりすることを悉く止《とゞ》めて、真正《まツたう》な人間に戻るか、でなくば、とッとゝ其旧友（フランス人）のところへ往けといふ布告なのです。

――第一幕第三場――

当時のイギリスは、ファッションは男女を問わずフランス、スペインなどからの流行を取り入れていて、ここでは男性の服装と共にフランスからの渡来であるテニスを挙げ、フランスかぶれに触れている。イギリスの廷臣にその風潮が蔓延しているのを警告する布告の貼紙について語られている。
《から騒ぎ》では、アラゴンの領主ドン・ペドロ、フローレンスの若き貴族クローディオ、メシーナの知事リオナートが、恋に悩むパデュアの若き貴族ベネディックを話のネタに語っている。

ペドロ　彼れが理髪師のところへ往ったのを誰れかゞ見たかい？
クローディオ　いゝえ、それは見ませんが、下剃奴《したぞりやつこ》が来てゐたのを見ました。で、彼れの頰辺《ほつぺた》の飾りは、もうとうにテニスの球《まり》の心になッちまひました（the old ornament of his cheek hath already stuffed tennis-balls）。

――第三幕第二場――

恋に悩むベネディックは服装ばかりか、彼の顔の装いがいかにもフランスかぶれで、その表現として彼の心象を〈テニス・ボール〉に喩えている。

また、《ペリクリーズ》では、妻を亡くしたアンティオックの王アンタイオカスは娘と近親相姦の関係となる。美しい娘は多くの求婚者を引き付けるが、王は彼らに謎解きを求めて、失敗すれば死が待っている。タイアの領主ペリクリーズは、謎を解くうちに王と娘の近親相姦の秘密を知って身の危険を覚えて逃げ去る。しかし、出航した船は嵐で難破し、海浜に打ち寄せられる。海浜で過ぎ去った嵐について漁師たちが語っていて、ペリクリーズが助けを求める。

ペリクリーズ　ねえ、わしは此通り、浪の為に、此浜へ打揚《カスト》された者なのだが……
漁師の二　浪め怖ろしく爛酔《くれえよ》ってたと見えるねえ、こんなとこへおまひなんかを吐瀉《カスト》するとは！
ペリクリーズ　あの（と海へ思入れをして）大きな庭球場《テニス・コート》（vast tennis-court）で浪と風とに球《ボール》（the ball）扱ひにされた者が、斯《か》うして君たちにお頼みするのだ、曾《かつ》て物乞ひをしたことのないわたしだが。

――第二幕第一場――

ペリクリーズは、自己をテニス・ボールに、海をテニス・コートに喩えて、嵐で船が難航して波間に翻弄されたことを語り、漁師に助けを求めている。

エリザベス朝時代の一五五九〜一五六〇年に、テニス・ボールがフランスから輸入されていた。ボールの表面は白い革でつくられ、中には毛が詰め込まれていたが犬の毛が一般的であったという。ラケットは、現代のものと形状が少し異なるが、ガット（gut、腸）は十六世紀中頃から羊の腸の繊維状にしたものが張られていた。テニス・コートは許可制で、違反すれば罰金が科せられた。

III 健康と体力の向上を目指して発展したフットボール

エリザベス朝に盛んだったスポーツの一つにフットボールがある。しかし、それは紳士たちのスポーツではなく、一般庶民に人気があり、現代のサッカーというよりも、近代ラグビーに近いものだった。その起源となれば、歴史的にさまざまなフットボールが世界に散在していて不確かだだが、現代のフットボールすなわちサッカーには、十八〜十九世紀のイギリスにおけるパブリックスクールの競技に求められる。エリザベス朝の教育者リチャード・マルカスター（一五三〇頃〜一六一一）は、彼の著書『Positions』（一五八一）の中で、「フットボールが健康および体力の両方にとって手助けとならなかったならば、それほど大きなスポーツには発展しなかったであろう」と述べている。さらに、「競技はグラウンドの両端にゴールが設けられ、両チームの競技者は同数で、審判員は訓練指導者が務め、ボールは空気で膨らまされて皮革で包まれるものである」としている。この記述から、当時のフットボールが、近代のスポーツとしてのサッカーと大きくはかけ離れてはいないことがわかる。因みに、サッカー（soccer）は、football が association football で（as）soc（iation football）＋ cer と略されたもので十九世紀後半に誕生した言葉である。

シェイクスピアの作品にも、フットボールに関連した表現が台詞から窺える。《リア王》で、リア王の末娘コーディリアを守り、最後まで狂気のリア王への忠誠を貫くケント伯が、貧しい男ケイアスに姿を変えて王に仕える。リア王の長女ゴネリルの執事オズワルドが、リア王を侮辱する。

オズワルド　御奥様《おんおくさま》のお父様で。

リア王　御奥様のお父様？　御《おん》殿様の奴隷《やっこ》めが！　おのれ、取るにも足らん犬め！　奴隷ッ！　畜生ッ。

オズワルド　さやうな者ぢゃございません、憚《はゞか》りながら。

リア王　おのれ、予を睨み返しをったな？

　　王怒ってオズワルドを一つ打つ。オズワルド、きッと其手をさゝへて

オズワルド　ぶたれちゃ居りませんぞ。

　　と手向かはうとする。途端に、ケントが横合から躍り入りて

ケント伯　顚覆《ひツくりかへ》されもせんだらうな、此蹴鞠《このけンまり》野郎《やらう》め！（you base football player）

　　とオズワルドを蹶飛す。

リア王　かたじけない。忠義を尽しをる。かはゆがってやるぞ。

——第一幕第四場——

《間違いの喜劇》において、エイドリアーナが夫のアンティフォラス（兄）の帰宅を妹のルシアーナと待っていると、アンティフォラス（兄）の召使いドローミオ（兄）が現れる。主人のアンティフォラス（兄）が金のことでわめき、家も妻もないと言っていると二人に伝える。

エイドリアーナ　えィ！　もう一度往って、ひッぱっといで。

ドローミオ（兄）　え、もう一度往って、ひッぱたかれるんですか？　後生《ごしやう》ですから、だれか他《ほか》の者をおやんなすって下さい。

エイドリアーナ　往きなといふに。いかないと、はりたふすよ。

ドローミオ（兄）　さうして又旦那にはりたふされりゃ、どこで立ちましょわしが身はだ。

エイドリアーナ　何をしゃべってゐるんだねぇ、農奴《ひやくしやう》！　早く往って旦那をひッぱっといで。

ドローミオ（兄）　さう蹴飛《けと》ばすやうにおっしゃるのは、手前が蹴《け》ン鞠《まり》とも見えますのかね（Am I so round with you as you with me,/ That like a football you do spurn me thus?）、〔略〕あなたにゃあッちへって蹴飛ばされる。旦那にゃそッちへって蹴返《けかへ》される（You spurn me hence, and he will spurn me hither）、こんな風《ふう》ぢゃア、とゞのつまり、革袋へ押込められッちまふンだらう（you must case me in leather）。

――第二幕第一場――

〝spurn〟は、文字通り〝蹴飛ばす〟ことを意味していて、旦那であるアンティフォラス（兄）とその妻エイドリアーナとの間で、蹴られるフットボールのボールが自分と嘆く召使いのドローミオ（兄）である。

初期のフットボールのボールは、ヨーロッパでは豚の膀胱を膨らませて作られていたが、後に革製のカバーがかけられて形状が保たれるようになった。このことは、ドローミオ（兄）が、自分は革袋の中へ押し込まれるのを懸念していることに通じているのかもしれない。

興味深いのは、イングランド王ジェームズ一世は一六一八年に『Book of Sports』を著していて、

お　詫　び

本書巻末カラー口絵10ページ上段右の切手、
下記キャプションが脱落しています。

14-2：《ウィンザーの陽気な女房たち》の舞台

以上、補足させていただくと共に、関係各位に深くお詫び申し上げます。

ホーム社　編集部

堀田饒著『病気を描くシェイクスピア――エリザベス朝における医療と生活』
ISBN　978-4-8342-5314-6

毎週日曜日の礼拝後の午前にフットボールを行うことをキリスト教徒に説いている。その意図は、国民の健康と体力の向上に加えて、安息日を守る清教徒の厳格さをいささかでも弱めることにあったとされている。

その他のスポーツとして、クリケット（cricket）が一部のグラマー・スクールで行われていた。また、ゴルフはスコットランドでプレーされていたが、スコットランド王により、一四五七、一四七一、一四九一年に、違法のゲームとして禁止令が出されている。イングランドでゴルフが解禁になるのは次の治世まで待たなければならなかった。

37

装いの流行は宮廷に始まる

下着《したぎ》や帽子や外套の流行《はやり》なんてものは、人間に取っちゃァ詰らねえもんだぜ。

《から騒ぎ》第三幕第三場

いつの世も、洋の東西、老若男女を問わず、各々の時代の最先端のファッションを人々は追い求めてきた。シェイクスピア［37-1］の時代もしかりで、とりわけ宮廷人や貴族は先を競って、フランス、スペイン、ドイツ、イタリアなどの海外の装いをいち早く取り入れることに熱をあげていた。なかでも、エリザベス女王の装いは、多くの人々の目に焼きついた。

シェイクスピアが活躍した時代の前後は、身分制度が厳しく、衣服に用いる布地の材質まで規定されていた。装身具については別の機会に触れるとして、頭のてっぺんから足元まで当時の装いをシェイクスピアの作品にみてみたい。

I　女性の装いと礼儀作法

一五五九年にエリザベス女王は、一五三三年および一五五四年に公布され贅沢を禁止する法の順守を宣告している。貴族、伯爵の子供、侯爵あるいはガーター勲爵位に属さない人々に着用が禁止されている主なものとして絹、金あるいは銀糸の織り込まれた毛織りの布地、金あるいは銀糸を混ぜて織られたサテン（繻子織り）、クロテンの毛皮。さらに、海外製の毛織りの衣服、赤あるいは青のベルベット、ジュネット（ジャコウネコ科の哺乳動物）およびオオヤマネコの黒毛皮などがある。上述の身分の人々に加えて、年収二百ポンド以上の人々には、ベルベットのガウンとコート、豹の毛皮、刺繍された衣服、そして金、銀あるいは絹で点線を表わした布地を身にまとうことが許された。また、既述の人々に加え、年収百ポンド以上の人々は以下の着用が許されている。タフタ（琥珀織り）、サテン、ダマスク織り、絹を含めて上に着る服、ベルベットの衣服そしてイギリスの野生動物を除いた毛皮。しかし、この贅沢禁止令が厳密に守られた訳ではなく、違反が判明すれば罰金が科せられたが、地方では額が少なかった。

人々から「くすんだ服装」と述べられているエリザベス女王は、非常に地味な服装という評判を背負って成長した。一五五九年当時の記述によれば、「エリザベス女王は、エドワード王時代に着用された娘らしい衣服で、孔雀のように着飾られた装いを恥じた高貴な生まれの人の娘」とされている。しかし、一五七〇年代に入ると、一転して女王の服装は豪華となり、影響は廷臣にも及んで派手になっていく。礼儀作法に関しては、御婦人方は公衆の面前では露わにした腕あるいは脚を見せないが、例外は洗濯女で洗濯用の灰汁《あく》の入った桶の中で衣服を踏みつけている際には手足はむき出しであったことであろう。また、女性のドレスの襟元から見えるあらわな胸の谷間は、未婚女性には容認されていた。このことは年齢には関係なく、六十四歳のエリザベス女王でもそうであった。一五九八年に拝謁したドイツの法律家は、「イギリスの御婦人方が皆そうであるように、女王の覆いのない乳房の谷間」と認めている。

当時の女性の服装を描写したシェイクスピアの作品の一つに、《ウィンザーの陽気な女房たち》「37-2」がある。嫉妬深い夫でウィンザーの市民フランク・フォードを痛い目にあわそうと企むフォード夫人（アリス）が、ウィンザーの市民ジョージ・ペイジの妻ペイジ夫人（マーガレット）を誘って話をしているところに〈脂ぎった〉騎士サー・ジョン・フォールスタッフが現れ、フォード夫人に言い寄る。

フォールスタッフ　フランスの宮中にだって、あんたのやうな貴婦人はゐない、〔略〕あんたの其うつくしい弓形の額には、どんな髪飾《かみかざり》でも似合ふよ、艦形《ふなかた》でも華大形《くわだいがた》でも、ベニスの本場形でも。

フォード夫人　あら、無地の手巾《カーチーフ》（A plain kerchief）の外に、わたしの額に相応するものはありゃしません。それすらよくは似合ひませんの。

フォールスタッフ　とんでもない！　そんなことをおっしゃると謀反人ですぞ。あんたは完全な女官になれるよ。あんたが其しゃんとした腰附で、半円形の箍骨《たかぼね》の大袴《おおばかま》（semi-circled farthingale）を穿《は》いて、お歩きなすったら、どんなに立派だらう！

——第三幕第三場——

当時の貴婦人は、頭を覆うベルベットのフランス風のフードやリネンの耳まで覆う刺繍された帽子（biggin）を身につけていた。さもなくば、余り裕福とは言えない女性は、美しく上品に細工された縁飾りのない頭巾（coif）あるいはその中へカチーフ（kerchief、ネッカチーフ）を入れていた。一五六六年に入ると、イギリスではベルベットあるいは絹で覆われたてっぺんの高い帽子が流行し始める。また、お洒落に髪の毛を染めたり、かつらを用いた。フォールスタッフの台詞に登場するファージンゲール（farthingale）は、十六～十七世紀にイギリスで流行した鯨の骨による輪で広げられたスカートである。このファージンゲールには、主な形としてスペイン風とフランス風とがある。前者は、底辺ほど広い張り輪なのに対して、後者は垂直な側面を持って太鼓のような形で余りエレガントではない。

II　男性の装いと流行かぶれ

エリザベス朝時代、男児は幼少時にスカートを着せられていて、五～六歳頃からズボンを穿かせられる。ズボンと言っても半ズボンである。しかし、成人になると装いに対するお洒落は女性に限られたものではなく、男性も競って流行を追っていた。エリザベス朝のイギリスにおいて、上流階級の人々は宮廷で好印象を与えようと、シャツ一つにも気を配って十ポンドを払ったという。そればかりか、上流階級では外国からの流行を身にまとうことが好まれ、仕立屋にあれこれ注文して流行の衣服で着飾っていた。そんな情景が、シェイクスピアの作品の数々に描写されている。《ヘンリー四世 第一部》において、酒と女に明け暮れする退廃的な貴族フォールスタッフによって放蕩生活に導かれたヘンリー四世の長男ハル王子（ヘンリー皇太子）が、居酒屋ボアズ・ヘッド（猪頭）亭で居酒屋の主人が給士フランシスを呼ぶのを無視してフランシスをからかっている。

ハル王子　なう、フランシス。
フランシス　へい？
ハル王子　ぢゃ、汝《きさま》はいよく引剝《ひツぱ》いでしまはうてのか？　あの柔革胴衣《なめしちよつき》（leathern jerkin）の、水晶鈕《ぼたん》の、五分刈頭の、瑪瑙指輪の、鼠股引《もゝひき》の毛糸紐の、弁口《くちまへ》の好い、スペイン嚢の……
――第二幕第四場――

ジャーキン（jerkin）は、エリザベス治世ではあらゆる階層の人々によって着られた衣服で、袖や襟のない革製の短い男性用上着、すなわち革のチョッキである。最もファッショナブルな上流階級の人々は、両肩の袖を詰めもので膨らませ、銀ボタンが飾られている。《じゃじゃ馬ならし》〔37-3〕では、パデュアの領主バプティスタ・ミノーラの家で、召使いのトラーニオとビオンデロが金持ちの妻を娶《めと》るためにパデュアに来ている主人のペトルーキオを待ちうけている。

ビオンデロ　ペトルーチオーさんが来なさるんですよ、新しい帽子をかぶって、古いチョッキ（an old jerkin）を着て、三度裏返しをした古い細袴《ずぼん》（a pair of old breeches）を穿いて、〔略〕

バプティスタ　だれか一しょに来ますか？

ビオンデロ　はい、馬丁《べつたう》が一しょです。それがまた、実に、その、只今申した馬よろしくの扮装《みなり》なんです。一方の脚《かたくすね》にはリネンの股引《もゝひき》（a linen stock）を穿いて、一方には毛織の長靴下（a kersey boot-hose）を穿いてゐます。その飾紐《ひぼ》が赤と青との織端。それから古帽子、それへ四十種ほどの変的《へんてこ》れんの思附《ユーモア》が羽根の代りにぶらさがってゐるんです。

——第三幕第二場——

当時、ズボン（breeches）には種々の型があり、下層階級では膝の下までの長さで飾りのない革あるいはサージ織りである。上流階級ともなれば、フランス風あるいは丸い hosen、gally hosen そしてヴェネチア風を穿き、いずれも高価で長持ちするベルベット、サテン、ダマスク織りのような布地でつくられていた。フランス風の hosen は短く、丸みを帯びている。また、ドイツ風となれば、breeches の両側にスリットが入り、他の素材の柄を取り入れ、異なった色と布の美しさを並べている。召使いビオンデロが a kersey boot-hose と述べていて、通常 hose、hosen は長靴下あるいはタイツのような長ズボンなどを意味している。しかし、hose はしばしばズボン下を意味していて、十六世紀においては裕福な男性は絹で刺繍をされたリネンの下着を着用していた。彼はまた、帽子にも触れているが、前述したように一五六〇年代頃からトップの高い帽子が流行し始め、色の主流は黒だった。裕福な人々は、リボンの周りに宝石や金色の記章を付け、黒地に白い帯を施したベルベットの帽子が好まれ、見せびらかしていた。帽子の記章に関しては、《ハムレット》［37-4］でオフィーリアの歌に登場する。

オフィーリア　〔歌ふ〕／そして殿御の其扮装《いでたち》は？／杖に草鞋《わらぢ》に一しほ目だつ／笠につけたる帆立貝（by his cockle hat）。

――第四幕第五場――

cockle hat は、スペインのサンティアゴ・デ・コンポステーラの大聖堂への巡礼者が帽子に付けた貝殻の記章を意味している。帽子に装身具を付けるのは、先に紹介した《じゃじゃ馬ならし》（第三幕第二場）においてビオンデロによって「古帽子、それへ四十種ほどの」と述べられている。さらに、一五七一年には法律として日曜日には羊毛の帽子の着用が定められていて、当時帽子を被ることがいかに一般的であったかが窺える。

《ヘンリー八世》では、服装のフランスかぶれで宮廷の規律の乱れを危惧する情景が描かれている。宮廷の溜りの間で、サンズ卿と宮廷大臣そして騎士サー・トマス・ラヴェルが語っている。

宮廷大臣　フランスの魔法に惑溺《わくでき》してこんな不思議な風俗を人間がするとは、実にどうも、奇怪千万な、有るまじき事です！

サンズ卿　いや、新しい風習であると、それがどんな馬鹿馬鹿しいものでも、いかに人間らしく思はれんものでも、模倣されますよ。〔略〕

サー・トマス・ラヴェル　宮城門に、急に新しく布告が貼り出されました。

宮廷大臣　何の為にです？

サー・トマス・ラヴェル　大陸帰りの風流士連《ハイカラれん》の取締りの為にです、口論やら裁縫師《したてや》騒ぎやらで、宮中が乱れますので。〔略〕其布告の主意は、フランスで覚《おぼ》えて来た馬鹿馬鹿しい羽根飾《はねかざ》りの余習と共に、それに附帯した愚昧《ぐまい》なお条目一切を拋擲《はうてき》しろといふのです。〔略〕庭球《テニス》だの、高靴下だの、脹《ふく》れ筒袴《ずぼん》（Short blister'd breeches）だのといふ大陸行きの記念章を身に着けたりすることを悉く止《と》めて、〔略〕

サンズ卿　今が療治時ですよ、伝染病的になってますからね。

――第一幕第三場――

III　股袋と服装倒錯

服装の流行が短期間で変わるのは、今も昔も同じである。エリザベス朝の服装でヘンリー八世の治世と大きく変わったものに股袋《またぶくろ》（codpiece）がある。これは、男性のズボンの前あきを隠すための装飾袋である。一五〇〇年代の末まで、ズボンにはポケットがなかったことから、男たちはお金とか鍵とか小物の身の回り品を小さな布切れに包んで、衣服のどこかにしまっていた。やがて、この股袋が腰袋となり、ポケット誕生までのつかの間、その役目を果たすことになる。ヘンリー八世の時代には、この股袋が詰め物で大きく誇張されて、男性のシンボルの様相を呈していた。しかし、エリザベス女王の治世になると男らしさを強調した股袋は時代遅れとなり、小さくなった。また、詰め物で大きく膨らんだ仰々しい両肩の服装も消えていった。この股袋は、シェイクスピアの作品にたびたび登場してくる。

《から騒ぎ》で、メシーナの知事リオナートの娘ヒーローがフローレンスの若き貴族クローディオと結婚するのを妬むドン・ジョン、その手下のボラチオがコンラッドに結婚計画を壊す策略を語る際の会話に、服装の流行が話題にされている。

ボラチオ　おまひ気が附かねえのかい、あの流行て盗賊《どろばう》ほど不恰好なやつはねえぜ。〔略〕ねえ、その不恰好の流行て盗子《どろつく》をおまひは知らねえかい？〔略〕汚れた、虫ばんだ壁代《かべしろ》の、あの髭のないヘラクレスのやうな装をさせられたりすらァな、……そのヘラクレスの股巾着《またきんちやく》（codpiece）と来たら、奴の梶棒《ききぶとり》の頭ほどあらァ。

――第三幕第三場――

股袋の意味する男らしさの強調に、ギリシャ神話に登場するゼウスの子で、武勇に優れた英雄ヘラクレスをもち出している。また、《尺には尺を》では、ウィーンの公爵ヴィンセンシオと恋人を妊娠させたことで死刑を宣告された若い紳士クローディオの友人ルーシオとの会話に、股袋が生殖能力を持った男の象徴として表現されている。

ルーシオ　あの人の小便は、すぐに凝《こゞ》って氷になるといふことだけは確かです。それは全く事実です。それから、つまり、生殖力を具へてゐる偶人《にんぎやう》だ（he is a motion generative）ってことも間違のないことです。

ヴィンセンシオ　いゝ加減な戯談《じようだん》をいひなさる。（と笑ふ。）

ルーシオ　まァさ、何て無慈悲な仕方《しかた》でせう、股巾着《またぎんちやく》が無叛（the rebellion of a codpiece）をしたぐらゐのことで、人一人殺すなんて！

――第三幕第二場――

一方、シェイクスピアの時代において股袋が、女性の服装倒錯（transvestism、cross-dressing）の手段の一つだった。娼婦は、顧客となる男性により魅力あるエロチシズムを演出するのに男装し、股袋を用いたという。《ヴェローナの二紳士》では、恋人プローテュースの心変わりが心配なジューリアは彼女の侍女ルーセッタにズボンと股袋を作らせて、少年のように変装してミラノへ出掛けることにする。

ルーセッタ お嬢さま、お男袴《ずぼん》はどんな仕立にしませう？

ジューリア （笑って）そりゃまるで「お殿さま、あなた様の女袴は、周囲《まはり》の張をいかほどに致しませうか？（Tell me, good my lord,/What compass will you wear your farthingale?）」といふやうなものねえ。……どんなでも、おまひの好なやうな仕立でいゝのよ。

ルーセッタ では、巾着《きんちやく》もお附けにならんけりゃなりますまい（You must needs have them with a codpiece, madam）。

——第二幕第七場——

女性が男装しても男らしく見せるのが難しかったゆえに、股袋をつけざるをえなかったのであろう。女性の装いで、履物は無視出来ない。エリザベス朝の女性は種々のものを多く持っていた。特記すべきは、ハイヒールの登場である。十六世紀中頃まで、靴といえば平底であったが、一五四〇年頃から靴の踵部分をコルクで素敵な高さに保ち、革で覆っていた。エリザベス治世の最も高品質な靴は、踵がV字形となり、一五八〇年代にはアーチ形が登場する。エリザベス女王は六十二歳の折に、彼女がその靴を〈ハイヒール（high heels）〉と呼んだものを一足注文している。このことが、国中の淑女に〈ハイヒール〉を流行させていった。エリザベスの治世において、装いの流行は女王から発信された。また、宮廷の廷臣たちは流行の装いを身にまとい、宮廷外で流行し出す頃には次のファッションを追い求めていった。因みに、ハイヒールの流行の始まりは、背の低いのをカバーするのに踵の高い靴を履いたフランスの太陽王ルイ十四世（一六三八〜一七一五）に求められ、一六〇〇年代のことである。

38 昔も今も変わらない結婚事情

お刑罰《しおき》と縁組とは運次第。

《ヴェニスの商人》第二幕第九場

シェイクスピア〔38-1〕の時代も今も、結婚の切っ掛けは恋愛、政略、生活のためなど理由はさまざまである。加えて、掠奪による結婚がある。紀元前二〇〇〇年の北欧が起源とされる掠奪結婚だが、この時の習慣が今に名残りをとどめているものの一つに、結婚式で花嫁が花婿の左側に立つことがある。掠奪した花嫁を取り返しにきた際、花婿は左手で花嫁を抱え、武器を右手に持って敵対する相手と闘うためとされている。

上述の真偽は別として、シェイクスピアの作品には結婚にまつわる話題が結婚適齢期から結婚、離婚、再婚そして結婚前夜の間男に至るまで事欠かない。ここでは、加えて結婚指輪から当時のアクセサリーにも触れてみたい。

I　結婚許可証と女性の結婚適齢期

エリザベス朝の結婚式は、通常、結婚公告あるいは予告（結婚する意思の公式表明）が教区の教会で三週続けて日曜日に公に布告されてからでなければ、とり行えなかった。しかし、何らかの事態で結婚の緊急性が生じた際には、しかるべき手数料を支払って教区の主教から結婚許可証が発行されれば、この過程は不要だった。緊急事態の一つに、花嫁の妊娠があり、その典型をシェイクスピア自身にみることが出来る。ウスター司教の帳簿によれば、一五八二年十一月二十八日付けでシェイクスピアの関係者が四十ポンド支払った証文が残されている。この額は、当時のストラットフォードの学校教師の年収の約二倍、ロンドンの裁縫師の年収の約八倍に匹敵する。これは、ウィリアム・シャグスペール（William Shagspere）と乙女アン・ハスウェイ（Anne Hathaway）との結婚が円滑にとり行われるための手数料にほかならない。そして六カ月後の一五八三年五月二十六日に、長女スザンナの洗礼が行われている。シェイクスピアは十八歳で、妻ハサウェイ二十六歳の時に結婚したことになる。大金を支払ってでも緊急性を要した訳である。

当時の結婚年齢の平均は、男性二十八歳、女性二十六歳で、家庭が裕福あるいは高貴な身分ともなれば年齢はさらに若くなる。前者で男性二十六歳、女性二十三歳で、後者では男性二十四歳、女性十九歳となる。背景として、経済的、政治的な視点から後継者育成などを願っての意図が大きい。それにしても、シェイクスピアは若くして結婚したことになる。シェイクスピアの作品で女性の結婚適齢期について語られているのが、《ロミオとジュリエット》［38-2］（第一幕第二場および第一幕第三場）である。第一幕第二場において、ジュリエットの父キャピュレットとジュリエットとの結婚を望む若い貴族パリスとの会話。

パリス　時に、吾等が申入れた事の御返答は？

キャピュレット　先度《せんど》申した通りを繰返すまでゞござる。何分にも世間知らず、まだ十四度とは年の変移《かはり》目《め》をば見ぬ女《むすめ》、せめてもう二夏《ふたなつ》の栄枯《わかばおちば》を見せいでは、適齢《としごろ》とも思ひかねます（My child is yet a stranger in the world;/ She hath not seen the change of fourteen years;/ Let two more summers wither in their pride./ Ere we may think her ripe to be a bride)。

パリス　姫よりも若うて、見事、母親になってゐるのがござるに。

娘ジュリエットとの結婚を彼女の父親に執拗に迫るパリスである。続く第一幕第三場では、ジュリエット、彼女の母親キャピュレット夫人そして乳母が結婚について語っている。

キャピュレット夫人　さ、其婚礼の事を話さうとしたのぢゃ。むすめよ、そもじは婚礼がしたいか、どうぢゃ。

ジュリエット　其様な名誉事は、わしゃまだ夢にも思うてゐぬ。〔略〕

キャピュレット夫人　わしも、今思へば、そもじと同じ程の年齢《としごろ》に嫁入って、そもじを生《まう》けました。

自分が結婚したのが娘と同じ年齢で、しかも娘ジュリエットを産んだことを話して聞かせるジュリエットの母親は、若い貴族パリスとの結婚をすすめるが、同意しないロミオと恋仲のジュリエット。エリザベス朝では、女性は十六歳になるまで結婚適齢ではなく、そのことが先程の《ロミオとジュリエット》（第一幕第二場）において、十四歳の娘ジュリエットの父親の口から、「せめてもう二夏《ふたなつ》の栄枯《わかばおちば》を見せいでは」と十六歳になればと語らせている。驚くべきことに、当時の結婚年齢は花嫁、花婿いずれも高齢なことが少なくなく、三十～四十歳あるいはそれより遥かに年長だった。すなわち、再婚が多く、全婚礼の二十五～三十パーセントを占めていたという。男やもめあるいは寡婦となった場合に、育児や生活そして資産維持などの理由から必要に迫られての再婚が少なくなかったようである。記録によれば、イングランド東部のノリッチでは六十～七十歳の男性が三十歳あるいは四十歳以上も若い女性と結婚している。逆もありで、一五七〇年の記録によれば寡婦が十～三十歳若い男性、なかには四十歳以上も年下の男性と結ばれている。再婚の台詞が、《ハムレット》［38-3］に登場する。ハムレットの父親を殺した弟のクローディアスは、ハムレットの母親ガートルードと結婚することでデンマーク王となる。父親の死に不審を抱き、母親の再婚を不快に思うハムレットは、その真相を暴くために二人を前にしてこの状況を芝居で再現することを企てる。

劇の王妃　又の夫こそは禍なれや！　始の夫を殺す程の女子《をなご》ならでは後の夫には見《まみ》えまじきを。

ハムレット　（傍を向きて）苦いぞ〳〵！

劇の王妃　又の婚姻を思ふ心は、恋情《なさけ》にはあらず利欲とこそ（The instances that second marriage move/Are base respects of thrift, but none of love）。後の夫に掻抱《かいいだ》かれ候はん日は、先の夫を改めて殺し候ふ日よ。

——第三幕第二場——

芝居を観ていたデンマーク王クローディアスの反応から、ハムレットと友人ホレイシオはハムレットの父親を殺したのが、弟のクローディアスと確信する。

II 必要に迫られた結婚公告と婚礼衣装

結婚となれば、結婚の日取りから婚礼衣装そして結婚指輪と準備することが多い。先にも紹介したが、エリザベス朝において結婚が決まれば、結婚公告が義務づけられていた。この結婚公告の発端は、中世封建時代の初めの八世紀、広大な土地を治めることになったフランク族の王カール大帝（シャルルマーニュ大帝）（七四二～八一四）の勅令が公布されたことに求められる。紀元八〇〇年に西ローマ皇帝となり神聖ローマ帝国の礎を築いたカール大帝が、帝国内での近親結婚に伴う奇形児発生が高頻度なことを危惧したからにほかならない。彼が義務づけた結婚公告は結婚する男女は少なくとも一週間前には公告し、自分たちが血縁関係にはないことを確かめられなければならなかった。この公告は多大な功を奏し、その形を今日教会に残している。

婚礼の日取りが決まれば、花嫁は婚礼衣装（wedding dress）の準備にとりかかることになるが、その楽しげな情景が《から騒ぎ》に描かれている。フィレンツェの若き貴族クローディオと結婚するメシーナの知事リオナートの娘ヒーローの部屋で、侍女マーガレットおよびアーシュラはヒーローの婚礼衣装を用意している。

マーガレット （婚礼の衣裳を手に持つてゐて）あッちのお立襟《たてえり》（*rabato*《ラベートー》）のはうがよいやうでございますよ。

ヒーロー （他の立襟を手に取って）いゝえ、メッグや、わたしこれが着《つ》けたいわよ。〔略〕神さま、どうぞこれを着ることが出来ますやうに！

――第三幕第四場――

古代ローマ時代から黄色が花嫁衣装の色で頭のヴェールもしかりだった。イギリスやフランスで白色について触れられるのは十六世紀に入ってからである。しかし、白が花嫁衣装として一般的となるのは、十八世紀の終わり頃のことである。

婚礼衣装に気を懸けるのは花嫁に限られたものではなく、花婿にもそれなりの身なりが求められる場面が《じゃじゃ馬ならし》に登場する。パデュアの領主でカタリーナ（ケイト）の父親バプティスタ・ミノーラの家で、結婚式に花婿ペトルーキオが現れないので泣き出すケイト。そこに、突飛な服装で老いぼれた馬にまたがってペトルーキオが現れる。

トラーニオ　もう少し体裁のいゝ身装《みなり》をしてやって来て貰ひたかったねえ。

ペトルーキオ　体裁がもっとよかったからって、僕はやッぱり此通り躍込《をどりこ》むんだ。〔略〕

バプティスタ　だって、けふはあんたの結婚式の当日でせう。〔略〕早くそんな見ッともない服装をお脱ぎなさい、あんたの身分にさはる、厳粛な儀式の目障りになります。〔略〕

ペトルーキオ　いや、このまゝでします。かれこれ言ふのは無用だ。彼女《あれ》は僕と結婚するんだ、着物と結婚するんぢゃない（To me she's married, not unto my clothes）。

——第三幕第二場——

また、エリザベス朝の戯曲には〈妻を寝取られた男（cuckold）〉と〈妻を寝取られた夫の生やす角（嫉妬の角、horn）〉の言及に富み、シェイクスピアの作品も例外ではなく、《恋の骨折り損》（第五幕第二場）、《間違いの喜劇》（第二幕第一場）、《から騒ぎ》（第二幕第一場）などの作品に登場してくる。ここでは、結婚式の前夜に花嫁の部屋に忍び込む不埒《ふらち》な間男を、《から騒ぎ》にみてみたい。メシーナの知事リオナートの家では、娘ヒーローがフローレンスの若き貴族クローディオと結婚することになった。アラゴンの領主ドン・ペドロの異母兄弟でこの結婚に嫉妬するドン・ジョンが現れて、ヒーローのふしだらを告げる。

ジョン　（クローディオーに）あなたは明日いよ〳〵御結婚なさらうといふんですか？〔略〕
クローディオ　何か不都合なことがありますのなら、お打明けを願ひます。〔略〕
ジョン　とうから評判になってゐることですが、あれは不品行な女です。
クローディオ　だれがです？　ヒーローが？〔略〕
ジョン　明日婚礼といふ其前の晩にだって忍び込む男があります。それを御覧になった上で、式をお挙げなさい（you shall see her chamber-window entered, even the night before her wedding-day: if you love her then, to-morrow wed her）。

——第三幕第二場——

この事情から、リオナートの家には警備がなされることになる。

結婚式にウェディングケーキは付きものだが、今日のような数段重ねの豪華なケーキが登場するのは、一六六〇年代にあるフランスの料理人がロンドンを訪れたときに誕生したのが初めてで、十七世紀末にはイギリスに定着したという。それまでは、紀元前一〇〇年頃から小さなケーキを焼いて、砕いて花嫁に投げる慣習があった。この砕けたケーキを参列者が食べる際に、特別なビールが飲まれだし、ブライドエール（brȳd ealu、花嫁のビール）といい、後にブライダル（bridal、結婚式）という言葉に発展して今日に至っている。すなわち、brȳd 'bride' + ealu 'ale-drinking' から古英語の brȳd-ealu 'wedding feast' となり 'bridal' となった。

III　結婚指輪と宝飾品

結婚で忘れてならないものに、結婚指輪がある。単純な質素な指輪から金あるいはプラチナ、さらにはダイヤモンドの付いたものまで多彩である。シェイクスピアの作品にも結婚指輪の話題が登場してくる。ここでは併せて、当時の装飾品にも触れてみたい。

未婚のエリザベス女王には結婚指輪は縁遠いが、宝飾品には目がなかったようである。その多くは贈物で、すべて国家の財産である。一五八七年の財産目録には、宝飾品が六百二十八点と記録されている。それら宝飾品の中でも、女王が身につけたものに〈蛇とペリカンの胸飾り〉があり、蛇は知恵の象徴である。一方、ペリカンは民間伝承によれば胸をついばむことで女王自身の血で若さを再生させ、自己犠牲の象徴とされている。とりわけ、後者については「エリザベスの女王としての責任から結婚の機会を放棄してきた」と、ジェフリー・ホイットニーは彼の著書『A Choice of Emblems and Other Devices』（一五八六）に書き留めている。

シェイクスピアの作品に結婚指輪に言及した場面をみてみたい。《じゃじゃ馬ならし》で、花婿ペトルーキオが花嫁カタリーナ（ケイト）の父親バプティスタらに、他の者たちが結婚式の準備をしている間に、自分は婚礼衣装を買いにヴェニスに出掛けてくると語っている。

ペトルーキオ　僕はこれからベニスへ往って、婚礼の式服を買って来よう。……お父さん、披露の祝宴の準備をして、客を呼んで下さい。カタリーナはきッとうつくしくなりますよ。

バプティスタ　（呆れて）何といっていゝか分らん。だが、ともかくも手を。（とペトルーチオーと握手して）ぢゃ、ペトルーチオー、御機嫌よう！　これが結婚のお約束。〔略〕

ペトルーキオ　どりゃベニスへ往きませう。日曜はすぐに来るから。（と浮かれて、だん〱に言葉に調子を附けて）指輪が要《い》ります、晴着が要ります、いろ〱要ります（We will have rings and things and fine array）。〔略〕日曜にゃ二人が、婚礼だ〱。

——第二幕第一場——

さらに、第四幕第三場では、ペトルーキオが、

ペトルーキオ　最新流行の帽子だの、金の指輪（golden rings）だの、〔略〕瑪瑙《めなう》の腕飾りだの、

と結婚指輪が金であること、そして最新のファッションで身を飾って花嫁の父親の許へ行こうと花嫁のカタリーナに語りかけている。金の結婚指輪を身につけるのは、ある程度裕福な人々に限られていた。

また、結婚指輪ではなく装飾品としての指輪に触れた台詞の数々がシェイクスピアの作品にみられる。《ロミオとジュリエット》で、夢についてロミオと彼の友人マーキューシオが語っている。

マーキューシオ　昨夜はマブ媛《ひめ》（夢妖精）とお臥《ね》やったな！　彼奴《あいつ》は妄想《まうさう》を産ますする産婆ぢゃ、町年寄《まちどしより》の指輪に光る瑪瑙玉《めなうだま》よりも小さい姿で、

——第一幕第四場——

一方、《ヘンリー四世　第一部》では、居酒屋ボアズ・ヘッド（猪頭）亭で給仕フランシスをからかうヘンリー四世の長男ハル王子が、

ハル王子　あの柔革胴衣《なめしちょっき》の、水晶鈕《ぼたん》の、五分刈頭の、瑪瑙指輪（agate-ring）の、

——第二幕第四場——

と言っている。

宝石の中でも高価で観賞価値の一段と高いのがダイヤモンドで、この宝飾品に言及した台詞が《恋の骨折り損》にみられる。フランス王女の天幕で、彼女と随行する貴婦人キャサリン、ロザラインらが、ナヴァールの貴族たちから各々に送られた贈物（見事な宝石類から首飾りや腕飾りなど）を前にして語っている。

王女　みなさん、若し進物がこんなに沢山に集るやうだと、出立までには物持ちになりませうよ。ダイヤで包んだお姫さん！（A lady wall'd about with diamonds!）

——第五幕第二場——

宝飾品としてではないが、美しい目をダイヤモンドに喩えた場面が、《ウィンザーの陽気な女房たち》で、裕福なウィンザーの女房たちに言い寄るフォールスタッフによって表現されている。

フォールスタッフ　ダイヤモンドを欺《あざむ》くてィのはあんたの目だ（I see how thine eye would emulate the diamond）。

エリザベス朝のその他の宝飾品として、金あるいは高価な宝石のイヤリングがある。このイヤリングは、多くの人々に受け入れられた訳ではなく、耳に穴を開けることに強く反対する人々もいた。《夏の夜の夢》で、月の冴えわたる森にパックと妖精が現れる。

——第三幕第三場——

パック 精霊さん、めづらしいね！ どこへ行くんだ？

妖精 どこへでも、どこへでも、〔略〕彼方《あッち》へも、此方《こッち》へも、わたしは露を探しに行って、どの九輪ざくらの耳朶《みゝたぶ》へも真珠玉を掛けてやらにゃァならない（I must go seek some dewdrops here/And hang a pearl in every cowslip's ear）。

——第二幕第一場——

このイヤリングについて興味深いのは、シェイクスピアの肖像画〔38-4〕である。彼の左耳にイヤリングがあるのとないのとがあって、当時シェイクスピアがファッションにいかに敏感であったかを物語っている。

39 時には心を癒し、時には鼓舞した音楽と舞踊

音楽が恋の営養になるものなら、奏しつゞけてくれ。

《十二夜》第一幕第一場

音楽は、人の置かれた境遇あるいは状況次第で心が癒されるものにもなれば、心を掻き乱すものにもなりかねない。それは正しく、用い方次第で毒薬にもなれば良薬ともなる薬と同じである。シェイクスピア〔39-1〕が活躍した時代、人々の音楽に対する情熱は目を見張るものがあり、楽器を演奏することは上流社会の教養の一つだった。

そんな環境にあってか、シェイクスピアの作品には音楽に関する言及が百七十以上にものぼるとされている。音楽には踊りが付きもののことが少なくなく、彼の作品には宮廷舞踊から民族舞踊までが数々の台詞に現れ、時には劇中で演じられている。これらの事実は、シェイクスピアあるいは当時の人々にとって音楽あるいは舞踊が、生活の滋養として欠かせないものであったことを物語っている。

I 音楽にも情熱を傾けたシェイクスピア

エリザベス朝前後、イギリスの音楽は国外では余りよく知られていなかった。否、十六世紀終わりの四半世紀、イギリスの音楽はヨーロッパで批判の的になるほどだった。一五五九年の宗教的和解（Religious Settlement）により、教会などにおいて賛美歌や聖歌が歌われだした。また、大聖堂では、宗教音楽およびポリフォニー（polyphony、多声音楽）の伝統維持が図られていくことになる。特記すべき

は、エリザベス女王の治世になって、非宗教的な音楽が作曲され、出版され、奏され出したことである。エリザベス朝が、〈とても素晴らしい時代（an golden age）〉と呼ばれる所以の一つであろう。

エリザベス女王の治世の始まり頃、宮廷のために作曲された非宗教的音楽の多くが、ゆっくりとした荘重なパバーヌ（pavane、十六世紀に流行した偶数拍子の優美な宮廷舞踊）あるいは威勢のよいそして活発なガリアード（galliard、十六〜十七世紀に行われた二人で踊る三拍子の快活な舞踊）のような舞踊のためのものだった。一方、一般大衆のための音楽あるいはバラッド（ballad、素朴な民間伝承の物語詩あるいはその形式で作られた詩に付けられた曲）が作られた。しかし、一五八八年にイギリスの叙事詩に曲が付けられたイタリアのマドリガル（madrigal、無伴奏の合唱曲の一種で十六〜十七世紀にイギリスで流行）の本『Musica Transalpina』が出版されて、状況が一変する。イギリスの多くの作曲家はもちろんのこと、宮廷の作曲家までもがマドリガルを書くようになった。通常、マドリガルの曲が終わると、その後に時間の味わいを噛み締めるかのようにエア（air、十六世紀末イギリスで流行した美しい調べの短い歌）が続いた。シェイクスピアの《ウィンザーの陽気な女房たち》には、マドリガルに触れた部分がある。自分の恋路に介入するウェールズの牧師サー・ヒュー・エヴァンズに決闘を申し入れたキーズ医師だが、彼が現れないので苛立つエヴァンズ。決闘するつもりで手に武器を持つエヴァンズは自己を鼓舞しようと歌う。

サー・ヒュー・エヴァンズ　あゝ〱！　かんしょく（癇癪）が起ってならん。神経のぜん動（顫動）を禁ずることが出来ん。〔略〕（心の焦燥を紛らすために歌ふ。）

浅い河瀬へ、その瀬の音に
つれて小鳥が野辺の歌うたふ

（To shallow rivers, to whose falls/Melodious birds sings madrigals）。

そこに花壇を造りて住まむ、
薔薇や千草の花かぐはしき。
浅い河瀬へ……
あゝ、なさけない！　わめきたうなって来た。哭《な》きたい。（又歌ふ。）
つれて小鳥が野辺の歌うたふ……（Melodious birds sing madrigals－）
バビロ（バビロン）の町に住みしころ……
薔薇や千草の花いろ〳〵に。
浅い河瀬へ……

——第三幕第一場——

また、音楽が心を癒したり、煩わしかったりする状況が《リチャード二世》で、リチャード二世の台詞に語られている。

リチャード二世　音楽のやうぢゃ！……や、や！……間をはづさんで。……間がはづれたり、律が破れたりしては、快い音楽も不快なものになる。人の一生の音楽もその通りぢゃ（how sour sweet music is,/When time is broke and no proportion kept!/ So is it in the music of men's lives）。

——第五幕第五場——

また、本章の冒頭に紹介した《十二夜》〔39-2〕の台詞は、裕福な女伯爵オリヴィアに恋するイリリアの公爵オーシーノーが従者キューリオとヴァレンタインと会話する場面に登場してくる。

オーシーノー公爵　音楽が恋の営養になるものなら、奏しつづけてくれ（If music be the food of love, play on）。多過ぎる程わしに食はせてくれ、恋が食傷して、病気になって死んでしまふほどに（Give me excess of it, that, surfeiting,/The appetite may sicken, and so die）。今の曲をもう一度！滅入《めい》って行くやうな調べだった。おゝ、まるで菫の咲いてゐる堤《どて》を、其花の香を奪《と》ったり与《や》ったりして、吹通《ふきかよ》ってゐる懐しい南風《みなみかぜ》のやうに、わしの耳には聞えた。……もう沢山。よしてくれ。もう先刻《さっき》ほどに懐かしくない。
——第一幕第一場——

シェイクスピアの作品に触発されて作曲された名曲が、現代の作曲家の作品に少なくない。彼と同時代に活躍したイギリスの作曲家トマス・モーリー（一五五七〜一六〇二）は、シェイクスピアの作品に曲想を得て二つの楽曲を編み出している。《十二夜》（第二幕第三場）から「わが君は（O mistress mine）」、そして《お気に召すまま》（第五幕第三場）から、「それは恋人たちだった（It was a lover and his lass）」で、シェイクスピアがいかに音楽にも情熱を傾けていたかの証左の一つといえる。

II　バージナルの演奏を愛したエリザベス女王

エリザベス朝時代、楽器を奏することは裕福な家庭や貴族に限られたものではなく、市井の一般人も演奏した。当時、音楽は人々の生活の一部だった。居酒屋では音楽が奏せられ、理髪屋には楽器が置かれていて、それを待ち時間に客が演奏することはごくありふれたことだった。理髪屋に置かれた楽器には、シターン（cittern、十六～十七世紀に用いられたギターに似た弦楽器）あるいはリュート（lute、丸い胴を持った琵琶に似た楽器で十四～十七世紀に演奏された）がある。また、エリザベス朝時代に居酒屋で演奏される楽器は、昔からバグパイプと決まっていた。貴族階級の淑女は教養の一つとして、複数の楽器のレッスンを受けていた。しかも、一日に複数の楽器をである。貴族と市井の人々との違いは、前者は公衆の面前では決して演奏しないことである。エリザベス女王はバージナル（virginal、十六～十七世紀に用いられたハープシコードに属する楽器）を演奏することが大層お気に入りで、気分が落ち着くと語っている。

貴族階級あるいは王室では、専属の演奏家集団を抱えていて食事時に音楽が奏せられた。ヘンリー八世は五十八名からなる集団、エリザベス女王は約三十人からなる演奏家を雇っていたという。しかし、楽譜は存在したものの、演奏者自身のパートのみが書かれていて、ほかのパートは同一楽譜に記されていなかった。したがって、多くの楽器で一緒に演奏するのは必ずしも容易なことではなかったようである。楽器の種類も多彩だった。弦楽器としては、先に紹介したシターン、リュートに加えて大きな型の弦楽器バンドゥーラ（bandora、リュートあるいはギターに似た弦楽器でルネサンス期に用いられた）、そして中間型のオルファリオン（orpharion、十六～十七世紀の大型のリュート）、またバイオリンの前身であるビオール（viol、十六～十七世紀の弦楽器）、そのほかにハープシコードがある。管楽器には、バルブ（ピストン）のないトランペット、そしてフルートは木製である。鍵盤楽器には、先に紹介したバージナルに加えて、オルガン、ハーディガーディ（hurdy-gurdy、中世から十八世紀まで使用されていたリュートに似た、弦楽器）、スピネット（spinet、チェンバロの一種で十六～十八世紀のヨーロッパの家庭で愛用された）などがある。

シェイクスピアの作品には、これらの楽器のいくつかが登場してくるが、《恋の骨折り損》で、ナヴァール王ファーディナンドに随行する貴族ビルーンの台詞に楽器リュートがみられる。

ビルーン　声の美妙なことは輝く金髪を線《いと》にした太陽神《アポロー》の琵琶の音です（as sweet and musical/As bright Apollo's lute, strung with his hair)。恋愛が物をいふと、あらゆる神々が声を合せ、其諧音《ハーモニー》で天上ぢゅうが夢心地になるのです。

——第四幕第三場——

リュートをはじめとした弦楽器の弦が、羊の腸からつくられていることを語る台詞が《から騒ぎ》で、パデュアの若き貴族ベネディックとアラゴンの領主ドン・ペドロとの会話にみられる。ドン・ペドロの召使いバルサザーが楽器を弾き始める。

ベネディック　そら、「妙音楽《めうおんがく》」てやつだ！　恍然《くわうぜん》として正に陶酔《たうすゐ》てとこだ！　妙だなァ、羊の腸《わた》なんかゞ人間のたましひを有頂天《うちやうてん》にさせるなんて！（Now, divine air! now is his soul ravished!/ Is it not strange that sheeps' guts should hale souls out of men's bodies?)

——第二幕第三場——

一方、エリザベス朝の居酒屋でよく演奏されたバクパイプだが、音楽には踊りが付きものとはいえ、バクパイプでは踊れないとぼやく状況が《冬の夜ばなし》にみられる。

下男　（牧羊者親子に）ねぇ、旦那さん、今ね、戸外《そと》へ行商《こまものや》が来たゞがね、ま、ちょっくらあの唄ッぷりィ聴いて見さっしゃい、もう二度と太鼓《ていこ》や竪笛《たてぶえ》ぎゃァ踊らっしゃるめえによ。嚢笛《ふくろぶえ》なんかぢゃァ迚《とて》も踊られッこァなかんべい。其行商《こまもの》ァあんたゝちが銭算へるよりも早く唄うたふだ（no, the bagpipe could not move you: he sings several tunes faster than you'll tell money）。

——第四幕第三場——

行商人のテンポの速い歌に合わせたステップに踊り慣れると、テンポの遅いバグパイプのリズムでは踊れないとうそぶいている。バクパイプの起源は定かではないが、古くはローマ時代にまで遡るとされている。この楽器は、スコットランドに限られたものではなく、アイルランド、スペイン、ポーランド、トルコと、古くから広範囲に存在していた。

III　祭りにモリス・ダンス、健康維持にガリアード

エリザベス治世のイギリスにおいて、音楽と舞踊は同じ歩調で流行っていった。舞踊にもテンポの緩やかなものと、速いものとがある。宮廷舞踊は前者に属し、多くが男女一組となって踊る。多くの宮廷音楽は、舞踊のために作曲されていて二種類に分類される。バス・ダンス（basse dance、十四～十五世紀の荘重な踊りで滑るような小刻みなステップが特徴）とオート・ダンス（haute dance）で、後者は前者と違い、足が地面と接触し続けてはいない。バス・ダンスのより新しいものがパバーヌで、ゆっくりした踊りだがバス・ダンスよりもテンポが少し速い荘重な本格的な舞踊である。一方、オート・ダンスタイプのゆっくりしたものに比べて人々を興奮させるのが、ガリアードそしてクーラント（corant＝courante、十七世紀に流行した三拍子の速い踊り）である。男女一組がテンポの速い音楽に合わせてホールを二～三度踊り回って分かれる。男性は、跳躍、速いステップ、ひねり、半歩、速いステップ、ひね

り、横歩そして跳躍と踊りの技術を披瀝する。一方、女性は男性の速い動きに遅れないように付いていくことが求められる。当時、ロンドンにはこの速い動きのステップをイタリア人に学ぶ学校があったが、一五五三年、メアリー女王によって閉校された。しかし、一五七四年に再び開校されている。メアリー女王は、ガリアード愛好家で体調を整えるのにこの激しい踊りを午前中に六〜七回踊ったという。また、活発な踊りガリアードについては、《十二夜》で酒と馬鹿騒ぎが好きなサー・トービー・ベルチと金持ちだが馬鹿な客サー・アンドルー・エイギュチークとの会話に登場する。

サー・トービー・ベルチ　活発踊《ガリヤード》ぢや、どういふのが得意《おはこ》だい？（What is thy excellence in a galliard, knight?）

サー・アンドルー・エイギュチーク　跳躍踊《ケーパー》が一等好きぢや（Faith, I can cut a caper）。

——第一幕第三場——

男女一組で踊る際、当然紳士が淑女を踊りに誘うのが一般的だが、時には淑女が紳士を誘うこともあった。その際に、紳士が断るのは無作法とされていた。紳士が淑女を踊りに誘う場面が、《ロミオとジュリエット》〔39-3〕に描かれている。ジュリエットの父親キャピュレットが催す宴会に、ロミオとその一族モンタギュー家の人々が仮面をつけて参加する。

キャピュレット　（ロミオの一群に）ようこそ、方々《かたがた》！　肉刺《まめ》で患《なや》んで居らん婦人は、何れも喜んで舞踏《おあ》敵手《ひて》になられませうわい（Welcome gentlemen! ladies that have their toes/Unplagued with corns will have a bout with you）。〔略〕吾等とても仮面《めん》を被《つ》けて、美人の耳へ気に入りさうな話を囁いたこともござったが、あゝ、それは既《も》う過去《むかし》ぢゃ、遠い〱過去《むかし》ぢゃ。〔略〕さゝ、舞踏《をど》ったり、娘達。

——第一幕第五場——

この場面は、一種の仮面舞踏会であるが、別にマスク（masque）という仮面舞踏劇が十六～十七世紀のイギリス宮廷や貴族の間に流行した。劇の主題は、ムーア人（北西アフリカのイスラム教徒）あるいは黒人が一般的で、参加者は皆仮面を着用して奇想天外な衣装が望まれた。話し言葉の部分が終わると宮廷舞踏が始まり、踊りの後に宴会がある。最後に皆が仮面をはずして、踊り相手が誰だったかを確認することになる。

エリザベス朝の踊りで忘れてはならないものに、モリス・ダンス（morris dance、イギリスの民俗舞踊で五月祭で伝説の人物に扮して男が踊る）がある。その起源は十五世紀のムーア人の踊りに求められるが、帽子に羽毛、ブーツに鈴そして手にスカーフを持って、熟練した踊り手の一座によって演じられる。この踊りの状況を模して描写された台詞が、《ヘンリー六世　第二部》において、ヨーク公によって語られている。

ヨーク公　やつめ、乱暴なモリスコー（モリス踊り手）のやうに、真直に飛び跳ねをった、血だらけの投箭を鈴のやうに振鳴らして（I have seen/Him caper upright like a wild Morisco,/Shaking the bloody darts as he his bells）。

——第三幕第一場——

アイルランドで起きた反乱鎮圧を命じられたヨーク公だが、不在中にジャック・ケイドに暴動を起こさせた。そのケイドの奮闘ぶりをモリス・ダンスの踊り手（Morisco）に喩えている。《終わりよければすべてよし》（第二幕第二場）では、ロシリオン伯爵夫人と道化ラヴァッチとの会話において、ラヴァッチの台詞より、「五月祭《さつきまつり》にモーリス踊り（a morris for May-day）」。また、《ヘンリー五世》で、攻め寄せてくるイギリス軍をいかに防ぐかをフランス国王シャルル六世がルイ皇太子、軍司令官、貴族を相手に議論している。皇太子が父のフランス国王に進言する。

ルイ皇太子　わが国の病的な若しくは柔《じう》弱な地方の視察かたぐ〵出張するのは、当を得たことでありま す。且つそれを、憂慮の体《てい》を見せず、平然としてやりませう。いや、英軍の襲来を、聖霊降臨祭《フィット・サン・タイド》時に於る道外踊《モーリス・ダンス》の催しを伝聞した程に軽視して見廻りませう（No, with no more than if we heard that England/Were busied with a Whitsun morris-dance）。父王陛下、今のイギリス王は愚劣な、思慮のない、浅薄な、気ちがひめいた青年なのです。恐るゝに足りません。

——第二幕第四場——

かつて、酒と女が大好きな落ちぶれた貴族フォールスタッフと放蕩三昧の若き日のイギリス王ヘンリー五世の姿を思い浮かべて、薄っぺらで、気分屋の若造が率いるイギリス軍を愚弄するフランスの皇太子ルイである。イギリスでは、五月祭（原則五月一日）あるいは聖霊降臨祭（復活祭《イースター》後の第七日曜日）には、朝早くから森や山に出掛けて老若男女を問わずさまざまな余興に興じる習慣があった。その一大イベントの一つが、モリス・ダンスだった。

40 憂さ晴らしにアルコール飲料とエール・ハウスそして居酒屋

美い《い》酒なら賞味もしようさ。彼女《やつ》がしなけりゃ俺がする。
いゝ物を賞めるのは当り前だ。

《ヴェローナの二紳士》第三幕第一場

古から、貴賤を問わず悩みは絶えない。人々は何らかの術で憂さを晴らしてきた。現代社会に生活する人々もしかりである。

シェイクスピア［40-1］の活躍した時代、女性にとって悩みを解消する方法は限られたものだったかもしれない。しかし、殿方は心の悩みを晴らすのに、歓楽を求めてアルコールの類に訴え、エール・ハウス（ale-house）あるいは居酒屋（tavern）に出入りした。また、時には娼婦相手にうたかたの歓楽に耽ったことであろう。

I　エール・ハウスと居酒屋

シェイクスピアが活躍した時代、ロンドンの上下水道設備は不衛生極まりなく、水を飲用することは稀だった。代用されたのがアルコール濃度の低いエール（ale）だった。ホップがオランダからイギリスへ紹介される十五世紀以前は、ホップの加えられていない醸造酒にのみエールの呼称が与えられていた。シェイクスピアの時代は、ワインが高価なことから一般労働者には高嶺の花で、仕事帰りにエール・ハウスに立ち寄ってアルコールを一杯口にして帰宅というのが日常茶飯事だった。エール・ハウスのほかに、多くの人々が集まる場所として、居酒屋そしてより強い酒を供する"tippling house"があった。

一五九九年までに、居酒屋やエール・ハウスではプライバシーが保たれるようにテーブル間に間仕切りを設けることが始まっていて、演奏される音楽あるいは飲酒を他人の目を気にすることなく楽しめるようになった。しかし、一方でこれらの店の中には売春宿付きの居酒屋（tavern-cum-brothel）やエール・ハウスではエール・ワイフ（ale-wife）あるいはその女将の娘たちが春をひさぐ店が出現して賑わいをみせることになる。

シェイクスピアの作品には、エール・ハウスがたびたび登場してくる。《ヴェローナの二紳士》では、二紳士のヴァレンタインとプロテュースの各々の召使いスピードとラーンスがエール・ハウスで主人たちの情事について下品な冗談をとばして大酒を飲むことになる。

スピード　おれの旦那が大熱々《おほあつく》の色師になったといふ事よ。
ラーンス　おい、君、おらァ一切かまはないよ、君ンとこの旦那が、色事で黒ッ焦げになったって も。ねえ、来る気なら、酒店《エール・ハウス》まで一しょに来な（If thou wilt, go with me to the alehouse）。

——第二幕第五場——

シェイクスピアの時代にロンドンで名の知られた居酒屋に〈マーメイド（Mermaid）〉亭と〈マイ

ター（Mytre）〉亭とがあり、シェイクスピアとその友人たちが常連客となったのは前者だったようである。しかし、シェイクスピアの作品に登場する居酒屋は〈ボアズ・ヘッド（猪頭）〉亭である。その店を経営している女将がクウィックリーで、《ヘンリー四世　第一部》（第二幕第四場および第三幕第三場）、《ヘンリー四世　第二部》（第二幕第一場と第四場）そして《ヘンリー五世》（第二幕第一場と第三場）に登場して、存在感を放っている。ここでは、《ヘンリー四世　第一部》を紹介したい。酒と女をこよなく愛する退廃的な貴族フォールスタッフが、ボアズ・ヘッド（猪頭）亭の女将クウィックリーから借金を取り立てられようとしているところに、彼によって放蕩生活に導かれたヘンリー皇太子（ハル王子）が出陣姿で現れる。

ヘンリー皇太子　何だい、クヰックリーの内儀《かみ》さん？　亭主はどうしてるね？　わたしはあの仁は大好きだ、正直者《しやうぢきもん》だから。
女将　御前さま、どうぞお聴きなすって下さいまし。
フォールスタッフ　そいつなんか放擲《うつちや》ッといて、おれの言ふことを聴いて下さい。
ヘンリー皇太子　何だ、お前《まひ》の言ふことてのは？
フォールスタッフ　此間《こなひだ》の晩、此壁代《かべしろ》の蔭で寝てたうちにね、俺ゃ、懐中を掠《す》られッちまった。此家《このうち》は掏摸《すり》兼業の淫売屋になッちまったんだ（this house is turned bawdy-house; they pick pockets）。

――第三幕第三場――

フォールスタッフは借金逃れのために、ボアズ・ヘッド（猪頭）亭でお金を掏《す》られたと述べ、この居酒屋が売春宿（bawdy-house=brothel）兼業なのを台詞の中で明らかにしている。

居酒屋はまた、タバコを吸いに多くの人々が出掛けた場所でもあった。一五六五年に、ジョン・ホーキンズ（一五三二～一五九五）がフロリダで喫煙されているタバコに関心を抱いて、翌年ロンドンに持ち込むと瞬く間に広がったとされている。人々がタバコに魅了されたのには、①異国趣味の物珍しさ、②感覚を刺激する匂い、③肺へ煙を吸い込む感覚刺激、そして④居酒屋のロウソク明かりに揺らぐ紫煙、などが挙げられる。しかし、一方で殿方の喫煙に対して、御婦人方は「タバコは呼気を狐の小便のような臭いにする」と苦言を呈している。当時は、"smoking（喫煙）"という言葉はまだ生まれておらず、タバコを一服吸うことは"drink（飲む）"と表現されていた。喫煙は、何も殿方に限られたものではなく、御婦人方も"drink"を甘口のスペイン産ワインと一緒に楽しんだという。残念ながら、シェイクスピアの作品にはタバコを"drink"する情景は登場しない。因みに、タバコが英語の"tobacco"として登場してくるのは、十六世紀半ば頃とされている。その由来は、スペイン語の tabaco で、tabacco pipe を意味するカリブ語、あるいは原始的な cigar を意味するタイノー族（Taino、アメリカ先住民で西インド諸島に住んでいて、現在は絶滅）の言葉によるとされている。

II　エールとビールの違い

シェイクスピアの作品に登場するアルコールには醸造酒としてエール、ビールそしてワイン、蒸留酒として aqua vitae（命の水）あるいは火酒がある。

かつては、エールとビールの違いは中身にホップが入っているか否かで、前者にはホップが入っていなかった。しかし、十五世紀になってオランダからイギリスへホップが伝わると、エールにもホップが加えられ、苦味と甘味の微妙なバランスに欠かせないばかりか、防腐剤的な意味からも無視出来なくなった。原材料として、ビールが大麦なのに対して、エール的風味の白ビールには小麦が用いられている。シェイクスピアが活躍した時代の中世には、エールは主食のパンと一緒に飲む重要な飲物でもあった。当時のロンドンには五十六のエール醸造所が存在したのに対して、ビールの醸造所は三十三と少ない。エールが、いかに大量消費されていたかを物語っている。このエール醸造所が登場するシェイクスピアの作品に《ウィンザーの陽気な女房たち》がある。嫉妬深い夫と脂ぎった騎士のフォールスタッフを痛い目にあわせようとするフォード夫人（アリス）とそれを手助けするペイジ夫人（マーガレット）がフォード家の召使いジョンとロバートを相手に悪企みをする。

フォード夫人　おい、ジョンや！　おい、ロバート！
ペイジ夫人　早く、早く！　……（フォードの妻に）洗濯籠があって？〔略〕
フォード夫人　ねぇ、さっき言った通り、ジョンもロバートもあの醸造《さかづくり》小屋（the grew-house）のすぐ傍《そば》に控へてゐてね、〔略〕委細かまはず其籠を担《かつ》いで、大急ぎでダチェット牧場《ミード》の洗濯屋へ持ってって、さうしてテムズ河のすぐ傍の泥溝《どぶ》へはふり込んでおくれ。

――第三幕第三場――

ロンドンで飲まれているエールについて、当時人々は一般的にエールが美味でないのは醸造にテムズ川の汚い水を用いているためだと信じていた。
一方、ロンドンのビールも美味でなかったのは、ヴェニスの若い商人がその味に愛想をつかして

「馬の小便のようで濁っている」と酷評していることからも想像に難くない。シェイクスピアの作品に登場するビールには、"small beer"と"double beer"という表現がある。ビールは、大麦の麦芽（malt）、水そしてホップから造られ、上手に保存すれば時が経つほど味がよくなった。これに対して、エールはホップが含まれず、保存はせいぜい三日間で早く飲まれた。最上のビールは、"March beer（三月のビール）"でちょうど醸造の時期だった。"double beer"と呼ばれるビールは、麦芽の量が通常の倍で、ワイン同様に強いアルコール度で酔いが回わることになる。これに対して、アルコール度の弱いのが"small beer"で、水の量に対して麦芽の量が少なく、アルコール度が低く、一般的に召使いのためのビールとされていた。これら"double beer"、"small beer"のいずれもが、シェイクスピアの作品にみられる。《ヘンリー六世　第二部》で、王位争奪で王妃になることに執着するヨーク公の大叔父グロスター公の妻エリーナは、王位継承権があると主張するヨーク公ら一派に呪術を用いて打ち敗かそうとした廉《かど》で、その罪を問われることになる。彼女は死刑を免れて、ロンドン市内引き廻しとなるが、ヨーク公の王位継承支持を表明した武具士トマス・ホーナーとその近隣の者たちがこの裁量を一緒になって祝うことになる。

近隣者の一　ねぇ、ホーナーさん、わしはあんたの勝利を祝してサック（イスパニヤの酒）を一盃飲みますよ（I drink to you in a cup of sack）。心配さっしゃるなよ、大丈夫、勝てるからね。

近隣者の二　ねえ、もし、此一盃のチャーネコー（一種の酒）（here's a cup of charneco）はあんたの為ですぞ。

近隣者の三　それから、此一盃の二重麦酒（強い麦酒）（here's a pot of good double beer）もあんたの為だに。

——第二幕第三場——

ここに出てくる“charneco（シャルネコ）”は、ワインの銘柄である。また、“small beer”については、《ヘンリー四世　第二部》で、自堕落な酒と女の生活を送る落ちぶれた貴族フォールスタッフに感化されたヘンリー皇太子（ハル王子）とフォールスタッフの手下ポインズとの会話にみられる。

ヘンリー皇太子　全く疲《くたび》れたよ。斯ういふと、少々おれのお偉い御身分柄に障《さは》るけれどもね。おい、「家醪《スモールビヤ》が飲みたいなァ（desire small beer）」と言ったら、下品に聞えるかい？

ポインズ　だッて、そんな一夜醸《づく》りなんかを王世子さまが記《おぼ》えてゐなさるやうぢゃァ、平素《ふだん》のお行儀《たしなみ》が思ひやられまさァ。

ヘンリー皇太子　ぢゃ、俺の食意地《くひいぢ》は生れ附き王子らしくないんだらう。実際、奴を、あの家醪《スモールビヤ》て奴を記《おぼ》えてるんだからね。

――第二幕第二場――

ここの台詞に、“small beer”は上流階級が口にする飲物ではなく、醸造期間の短いことが示唆されている。一方“small beer”は〈アルコール〉という意味ではなく、〈つまらない人（物）〉の意味でも用いられている。《オセロー》［40-2］で、オセローの妻デズデモーナとオセローの軍隊の旗手で悪漢イアーゴーとの会話にみられる。

デズデモーナ　其女はどうなの？

イアーゴー　「阿呆ッ子供に乳を飲せたり、小使帳を記《つ》けたりするにゃァ相応」でさ（To suckle fools and chronicle small beer〉。

エリザベス朝のイギリスのエールはビール同様に、地中海沿岸からの来訪者には酷評だった。コーンウォール地方のエールに対して、「それは貴方に吐き気を催させるであろう……それは豚が取っ組みあってきた台所の洗い流しの残飯のようである」。

III 宴席には甘いワインの〈ヒポクラス〉

ワインは、エリザベス朝では高価であり、紳士とそうでない階級とをはっきり区別した生活スタイルの代表ともいえた。エリザベス朝から遡ること二百年、イギリスの土壌でブドウは育たなかったことから、ワインは勢い海外からの輸入に頼らざるをえず、また港から内陸への長距離輸送にも経費がかかり、自ずから高価な飲物となっていった。したがって、「田舎者や一般大衆はビールあるいはエールのみを飲むが、紳士はワインで大酒盛りをする」といわれていた。

ワインについては、すでに第十四章「アルコールの功罪」で触れていて、ここではそこに記述されなかったことを中心に述べてみたい。シェイクスピアの作品で、一番多く登場するワインが十六世紀に〈サック（sack）〉と呼ばれていた〈シェリー（sherry）〉である。一四八五年にイギリスは「航海条例」を制定し、イギリスに輸入されるワインはイギリス船籍に限られ、それに伴ってワインの名称も英語化が進んでいく。スペイン産の琥珀色のワインであるサックは〈シェリー〉、フランスのボルドー産の赤色のワインは〈クラレット（claret）〉などである。その他、ドイツのライン地方、ギリシャのクレタ島、ポルトガルのマデイラ諸島などから輸入されていた。

シェイクスピアの作品には、ワインの銘柄が数々登場してきて彼の博識ぶりが窺える。例えば、前述の《ヘンリー六世　第二部》（第二幕第三場）では台詞に〈シャルネコ（charneco）〉がみられる。ポルトガル領のマデイラ諸島産の白ワインの〈マデイラ（Madeira）〉が《ヘンリー四世　第一部》（第一幕第二場）に、甘口の白ワインの〈マームジー（malmsey）〉は《リチャード三世》（第一幕第四場）に、フランスの辛口白ワインの〈ミュスカデ（muscadet）〉が《じゃじゃ馬ならし》（第三幕第二場）に、そしてフランスの〈ボルドー（Bordeaux）〉は《ヘンリー四世　第二部》（第二幕第四場）にみられる。さらに、〈シャルネコ〉、〈マデイラ〉、〈マームジー〉などのワインと同じく南国諸島からのワインに〈バスタード（bastard、庶子）〉があり、白と褐色の二種でフランスの辛口白ワイン〈ミュスカデ〉の代用として重宝されたが、味は劣るとされている。

この〈バスタード〉が登場する戯曲の一つが、《ヘンリー四世　第一部》で、ボアズ・ヘッド（猪頭）亭でヘンリー皇太子とフォールスタッフの手下ポインズとの会話にみられる。

ヘンリー皇太子　彼奴の喋説《しゃべ》る英語は数が定《きま》ってるから可笑しいなァ。「八シリングと六ペンス」、「ようういらっしゃい」、それから黄色な声で「只今、只今！　半月室《かたわれのま》で父《てゝ》なし児（酒の名）を三合だけですぜ（Score a pint of bastard in the Half-moon）。ようごすか？」とか何とか。

——第二幕第四場——

また、《尺には尺を》では、無知な警吏エルボーがぽん引きの罪で道化ポンピーを投獄する。

エルボー （ポンピーに）い丶やさ、男共《をとこども》や女共を獣類《けだもの》同様に売ったり買ったりするより外にゃア、到底仕様《しやう》がないとなった日にゃア、此世界中の人間が、つまり、紅と白の「父《て丶》なし児」に乱酔《くらひよ》ッちまふことになるんぢゃ（we shall have all the world drink brown and white bastard）。

――第三幕第二場――

この〈バスタード〉には、強壮剤の効果もあるとされていたようで、春をひさぐことが売り物の店では飲用されていたというが、この台詞にもその様子が窺える。

当時のイギリス特有のアルコール飲料として、〈ヒポクラス（hippocras）〉がある。通常、結婚式や洗礼などの宴会あるいはお祝いの席で飲まれたが、シナモンと生姜で風味が付けられ、砂糖で甘口にされたワインである。当時、イギリスではサックに砂糖を入れて飲むことが好まれていたが、この〈ヒポクラス〉がイギリス社会で人気があったのも頷ける。健康を祝って、ワインで慶賀の乾杯が行われる場面が、《マクベス》〔40-3〕に描かれている。スコットランド王ダンカンを殺害して王となったマクベスが催した夕食の宴席での台詞。

マクベス さ、諸君の健康を祝さう。ぢゃ、席に着から。……さ、酒を持て。満々《なみなみ》と注《つ》げ。満堂の諸君の為（Come, love and health to all;/ Then I'll sit down. Give me some wine; fill full./ I drink to the general joy o' the whole table）、〔略〕

貴族ら ありがたく御祝盃を頂戴いたします（Our duties, and the pledge）。

――第三幕第四場――

"pledge"は古英語で、〈乾杯〉を意味している。

強い酒として、フランドル人の移民によって蒸留された“*brandewijn*”あるいは〈ブランデー〉があった。また、医学的にワインとハーブから蒸留された“aqua vitae（命の水）”があったが、当時強い酒は薬効的な期待が持たれていた。これら強い酒が、人々の楽しみのために嗜《たしな》まれるようになるには次世代まで待たなければならない。

41 食生活に大革命がもたらされた時代

お膳に対《むか》ふと勇敢な方ですから。胃の強健な方よ。

《から騒ぎ》第一幕第一場

シェイクスピア［41-1］が活躍したエリザベス朝は、イギリスの人々の生活に大革命がもたらされた時代ともいえた。寄与した一つが大航海時代の始まりで、新大陸から珍しい食材、果物、香辛料などがイギリス人の食生活に潤いをもたらした。また、政策的にも食習慣に影響が及んだ時代だった。

しかし、食生活の内容をみれば身分や階級での大きな格差は歴然としていて、衣類にも匹敵するほどだった。ここでは、新大陸からの影響ではなく、ごくありふれた日常の食生活の視点から話を紡いでみたい。

I　食物の種類と質からみた身分階級の差

食卓の賑わいこそは、裕福な人々が競って自己の贅《ぜい》を見せびらかすいい機会で、リネンのテーブルクロス、手の込んだ形状に折りたたまれたリネンのナプキンを眺める一方で、数々の容器とナイフ、スプーンなどが卓上を彩っていた。当時、フォークは一般的には使われなかった。ナイフとフォークで食事をするのはイタリア人の習慣で、イギリスではヨーロッパ巡遊旅行の経験者がフォークを求めたにすぎなかった。フォークは、果物と砂糖菓子にのみ用いられた。

裕福な人とそうでない人との食卓で差が著しいものの一つは、肉の種類と量の違いである。裕福な家庭では、日頃食卓に供されるのは牛、子牛、羊、子羊、豚、鶏、鵞鳥、兎そして鳩の肉である。お客に自らの裕福ぶりを見せつけようとの魂胆があれば鳥肉としてコガモ、ダイシャクシギ、シギ、ウズラで、時にはコウノトリ、白鳥、青鷺などが供されるし、狩猟で得た肉として最上級の鹿肉が供されることもある。魚の日となれば、チョウザメ、ネズミイルカ、アザラシの肉が用意されるかもしれない。しかし、禁肉日（no-meat day）の金曜日、土曜日に知人宅に招待されて供される魚は、ヤツメウナギ、タラ、バラ、ボラ、アナゴ、ターボット（カレイの一種）、ホウボウ、パーチ（ペルカ科の淡水魚）、ローチ（ユーラシア産のコイ科の淡水魚）、カワカマス、リング（タラに似た北欧魚）、ホワイティング（タラ科の一種）、テンチ（ヨーロッパ産のコイ科の淡水魚）、シャド（北米大西洋岸のニシン科の一種）、ザリガニなど種類が豊富となる。料理人の多くは、フランス人だった。

一方、上述の肉などを口にすることが能わない貧しい人たちの主な蛋白質源は、いわゆる〈白い肉〉とされるミルク、バター、チーズなどに加えて、干し魚、塩漬魚、酢漬魚、燻製の魚で、時には卵に頼っていた。これら干し魚、塩漬魚などは保存食としても重宝されていたが、広くイギリスの人々の口を満たしていたのは、シェイクスピアの作品の数々に登場することからも窺える。《ヘンリー四世　第一部》では、居酒屋ボアズ・ヘッド（猪頭）亭で追い剝ぎ退治について虚言を吐くフォールスタッフと変装して現場に居合わせたヘンリー皇太子との嘘を暴く会話に、干し魚などの干物が登場する。

ヘンリー皇太子　此赤ッ面の、臆病者め、寝たがり野郎の、馬の脊へし折り野郎の、おッそろしい肉の山の……（と止め度なく並べかける。）

フォールスタッフ　（負けん気になって）おのれ、食ふや食はずの、蛇の脱衣《ぬけがら》よろしくの、羊の舌の干物よろしくの、野牛の陽物《えてもの》の干物よろしくの、鱈の干物よろしくの（you dried neat's tongue, you bull's pizzle, you stock-fish!）……〔略〕

——第二幕第四場——

ここで、neat'sはox'sで（去勢）雄牛を意味し、恐らく誤植あるいは誤訳によるもので坪内逍遥訳の〈羊の舌の干物〉ではなく、〈（去勢）雄牛の舌の干物〉となる。また、stock-fishはdried codで〈鱈の干物〉である。《ロミオとジュリエット》〔41-2〕では、一晩中行方不明だったロミオが現れ、その顔付きをからかった友人マーキューシオの表現に鯡の干物が登場する。

マーキューシオ　鯑《はららご》を抜かれた鯡《にしん》の干物《ひもの》といふ面附《つらつき》ぢゃ（Without his roe, like dried herring）。

——第二幕第四場——

塩漬けの魚や肉に関する台詞がみられるシェイクスピアの作品は《十二夜》で、裕福な女伯爵オリヴィアに求愛するオーシーノー公爵の使いの小姓が面会を求めてくる。オリヴィア、彼女の叔父サー・トービー・ベルチそして彼女の執事マルヴォーリオがこの件で話し合っている。

オリヴィア　まァ、また生酔《なまゑ》ひなの！　……門口へ来てるのはだれです？
サー・トービー・ベルチ　紳士です。
オリヴィア　紳士！　どんな紳士です？
サー・トービー・ベルチ　そりゃ、その、何だ。……ヒッカッフ！　畜生！　塩鯡《しほにしん》めが祟りゃァがるな！（a plague o' these pickle-herring!）

——第一幕第五場——

少し酔った酒好きのトービーは、下品なげっぷをしたことを、食べた"pickle-herring"のせいにして弁明している。また、塩漬けの肉については、《尺には尺を》で、警吏エルボーによって監獄に連行されたぽん引きの道化ポンピーと、恋人を妊娠させたことで死刑を宣告されたクローディオの友人ルーシオとの会話にみられる。

ルーシオ　お前《まひ》ンとこの女主《おかみ》さんは？　相変らず周旋役《とりもちやく》をしてるのかい？
ポンピー　へい、もうすっかり有りッたけの塩肉《しほもの》を食ッちまひましてね、今ぢゃァ自身が桶ッ入《ぱひ》りをしてまさァ（she had eaten up all her beef, and she is herself in the tub）。

——第三幕第二場——

ここで、eaten up all her beef = worn out all her prostitutes、そして tub は pickling-tub を意味し、売春宿が大盛況で抱えている娼婦〈牛肉の塩漬け〉では足らず、売春宿の女将オーヴァダン自身が〈牛肉の塩漬け〉になっているとぼやくポンピー。

バターはあらゆる身分階級があらゆる機会に口にしたが、エリザベス治世の頃から貧しい人々の食物を支えてきたチーズを裕福な人々が食べ始めていた。一五九〇年に、イギリスのチェシャー（Cheshire、イングランド西部の州）チーズが南部で開催された国王諮問機関の正餐に供された。チーズは種類も多く、輸入品は裕福な階級の正餐のテーブルを彩った。一五五九～一六六〇年に高価なドイツチーズが輸入され、イタリアからはパルメザンチーズが輸入されていた。これらのチーズは、一般的にセージ（シソ科の薬草で、頭脳を明晰《めいせき》にするのに有効とされていた）と砂糖と一緒におろし金でおろされていた。

II　守られない禁肉日と魚の日

シェイクスピアの活躍したエリザベス朝で食生活に大革命をもたらしたことの一つが、朝食の習慣が芽生えたことである。中世のイギリスでは、ほとんど誰も朝食を食べなかった。エリザベス朝でも、働く人と旅行者に限っては必要とされていたが、朝食は健康に良くないという医学記事が多かった。しかし、時代と共に貧富を問わず、朝食が食生活の習慣となっていった。朝食に続く次の食事は、貴族、紳士、学者は中世の伝統を受け継いで午前十一時に正餐で、これが主食だった。次いで、午後五時頃に、ずっと小規模の夕食となった。また、商人やロンドンっ子は、いずれも一時間ずつ遅かった。次第に、一日三食が健康維持に欠かせないという風潮が根づいていく。《マクベス》〔41-3〕で、十分なる飲食が健康維持に欠かせないことが、マクベスによって述べられている。

マクベス　さァく、存分に飲食して、十分に消化して下さい、さうしてますます健康《すこやか》になって下さい！（Now, good digestion wait on appetite,/And health on both!）

――第三幕第四場――

ところで、中世の教会はキリスト降臨節（Advent、クリスマス前の約四週間、祈りと断食）、キリスト教四旬節（Lent、聖灰水曜日から復活祭の前日まで日曜日を除く四十日間、懺悔と断食）、そして特定の聖人の祝日の寝ずの番と同じく、水曜、金曜そして土曜日を〈肉断ち断食〉に利用した。その後、種々の経緯があって、一五四九年にエドワード六世はキリスト教四旬節を他の宗教的祭日と同じく、金曜日と土曜日に無肉日を復活させている。さらに、エリザベスの御世では、動物のと畜の禁止を含めて、また水曜日の断食を課している。これはエリザベス朝の食生活で特筆すべきことの一つで、宗教改革時代の宗教的理念である〈断食励行〉から逸脱した〈禁肉日〉、言い換えれば〈魚の日〉が法の名の下に設けられ、漁業の発展を意図したが、期待したほど成果は得られなかった。しかし、人々の反応はさまざまで、すべてを順守した訳ではなかった。ある家庭ではキリスト降臨節およびキリスト教四旬節に古い宗教的断食を守った。別の家庭では、キリスト降臨節を無視し、キリスト教四旬節の断食を励行した。また、別の家庭では水曜日を無視して、金曜日と土曜日には断食を励行と対応はさまざまだった。しかし、禁肉日に肉を口にすれば多額の罰金が科せられた。

この禁肉日の掟を破る光景は、シェイクスピアの作品にも登場してくる。《ヘンリー四世　第二部》では、居酒屋ボアズ・ヘッド（猪頭）亭で女将クウィックリー、娼婦ドルを相手にフォールスタッフが彼の手下共とヘンリー皇太子（ハル王子）の悪口を言っているところに、変装した皇太子が入ってくる。

ヘンリー皇太子　女連《をんなれん》は？

フォールスタッフ　一人の方は、とうに地獄へ堕《お》ちッちまって、今焼かれてる最中だ。もう一人の方は、おれに金を貸してる。其故《そのせゐ》で、奴も或ひは地獄へ堕ちるのかも知れん。

女将　（憤《おこ》って）なに、そんなことがあるもんかね！

フォールスタッフ　成程、さうかも知れん。もう皆な済んだらうなァ。だが、まだ外にあるぞ、宗規に背《そむ》いて、禁肉祭《レント》中に肉を食はせたッて罪があるぞ（for suffering flesh to be eaten in thy house, contrary to the law）。〔略〕

女将　食物屋は皆《みん》な然《さ》うするぢゃないかね？　長い禁肉祭《レント》の間に、羊肉の一斤や二斤ぐらゐが何だい？（what's a joint of mutton or two in a whole Lent?）

——第二幕第四場——

この台詞から、伝統的な宗教の教えに背いて、食物屋ではキリスト教四旬節の禁肉日に肉料理の提供が日常茶飯事だったことが窺える。世の中、さまざまな抜け道があるもので、許可証さえあれば肉を食べることが許されていた。値段は身分によってさまざまで、貴族あるいは貴婦人は一ポンド六シリング八ペンスだった。とはいえ、許可証の保有者でもミカエル祭（九月二十九日）と五月一日の間は、牛肉あるいは食用子牛の肉を食べることは許されなかった。一五九三年、政府は違反の罰金額を減らしているが、エリザベス治世の末期になると、多くの家庭でもキリスト教四旬節そして金曜日、土曜日に肉を口にし始めている。《尺には尺を》では、腐敗した領内視察のためにロドヴィク修道士に変装したウィーンの公爵ヴィンセンシオと、恋人を妊娠させた罪で死刑を宣告されたクローディオの友人ルーシオとの会話に、貴族が常習的に違反を犯していたことが仄めかされている。

ルーシオ どういふ罪で？

ヴィンセンシオ公爵 貴僧《あんた》は知りませんかい、クローディオーは、明日いよ〳〵殺《や》られるんですかい？

ルーシオ どういふッて？　漏斗《じやうご》を使って徳利《とツくり》を充実《いつぱい》にしたからでさァね。今噂した公爵さんが戻ってござればと思ふんですがね、あの石仏のお名代《みやうだい》に任しておくと、禁慾励行《から》をやって、今に全国の人種《ひとだね》を絶してしまひまさァ。〔略〕公爵は、もう一度言っとくが、金曜日にだって羊を食ひますぜ（The duke, I say to thee again, would eat mutton on Fridays）。まだ〳〵その癖が止みませんや。

——第三幕第二場——

このルーシオの台詞に、当時貴族が常習的に掟を破って、禁肉日の魚の日に肉を食べていたことが窺える。

III　パンが食物の中で最も重要だった十六世紀

貧富の差を表わす食生活の一つに、パンがある。貧しい家や田舎では多くの家庭でパンが焼かれたが、町ともなればパン屋に出掛けて買い求めたのがエリザベス朝の生活である。十六世紀末、フランスの医師二人がパンの素晴らしさを披瀝している。「十六世紀の食物の中で、人間にとってパンが一番重要な地位にあるのは疑う余地がない」。「健康な時には、すべての食事がそれに始まりそれに終わる。素晴らしい楽しみな食べ物である」。そして、「人が食物と健康に気をつけようとするなら、自分の資力、状況、性質に応じてパンを選ばなければならない」（『中世のパン』フランソワーズ・デポルト著、見崎恵子訳、白水社）。とはいえ、エリザベス朝の貧しい家にパンを選ぶゆとりはなく、ライ麦、大麦あるいはマーズリン（maslin、小麦とライ麦とを混ぜた雑穀）でつくられたパンを食べることを余儀なくされた。飢饉ともなれば、貧しい人々はエンドウ、豆類、カラス麦そしてドングリでつくられたパンを食べることが強いられた。

貧しい人々が口にするパンの素材になる雑穀の名が登場する台詞が、《あらし》の仮面劇にみられる。女神ジュノー（ジュピターの妻で女性の結婚生活を守護する女神）に仕える女神アイリス（虹の女神）に扮した妖精が現れる。

アイリス　シーリーズよ、豊かにも物恵ませます姫神よ、小麦、裸麦《ライむぎ》、大麦、燕麦、蠶豆《そらまめ》、豌豆《のらまめ》の、其富饒《ぶねう》なる圃《はたけ》（thy rich leas/Of wheat, rye, barley, vetches, oats, and pease）をば立離れて、〔略〕

――第四幕第一場――

シーリーズ（Ceres、ケレス）は豊穣の女神で、vetch（カラスノエンドウ、ヤハズエンドウ）は fodder plant（家畜の飼料）を意味していて、ここで語られている穀物などの多くが家畜の飼料で、貧しい人の食物の象徴が羅列されていると言えよう。主食のパンを得るために働くという台詞が、《夏の夜の夢》［41-4］にみられる。アテネの大公シーシュースの結婚式の祝宴に披露されるお芝居の稽古が、職人たちによって行われている森に、妖精の王オーベロンと彼に仕えるパックが現れる。

パック アヤンズの店で麵麭《パン》を宛《あて》に仕事をする（That work for bread upon Athenian stalls）……乱暴《がさつ》な職人共が集って、シーシヤスさんの結婚式の余興に劇《しばゐ》をやるんだって、下稽古を始めたんです。

――第三幕第二場――

パン屋という言葉は、《ハムレット》［41-5］の中で、精神を病んだオフィーリアが悲しげに歌をうたった後に口をついて出る。

王 オフィリヤよ、どうぢゃ、無事かの？

オフィーリア あい、おかたじけにござります！ 梟といふ鳥は麵麭屋《パンや》の娘であったといな（They say the owl was a baker's daughter）。今日の事は分れど、明日は如何《どう》なることやら。

――第四幕第五場――

この "They say the owl was a baker's daughter" の台詞には、キリスト民話が仄めかされているという。キリストを哀れんだパン屋が施しのパンを焼こうとすると、パン生地が大きいのを見たパン屋の娘がちぎって小さくしたが、焼き上がったパンはとても大きなものだった。それを見た娘は、梟《ふくろう》になったという。謎めいたオフィーリアの台詞だが、やがて彼女は川に身を投げることになる。また、恋愛には忍耐が求められることをパンをつくる工程に喩えた台詞が、《トロイラスとクレシダ》で、美女クレシダに深く恋したトロイのプライアム王の息子トロイラスとクレシダの叔父パンダラスとのやりとりにみられる。

トロイラス 何で城の外へ出て軍《いくさ》なんかしよう、わしは今此胸ン中でおッそろしい戦争をしてゐる最中だ。〔略〕

パンダラス 此上は、手前としては、手を退《ひ》くより外に仕方がありません。小麦から麺麭《パン》を製《こさ》へさせるにゃァ、挽いて粉にする間は待たんけりゃなりませんからね。

トロイラス だから、待ってたぢゃないか？

パンダラス さァ、粉にするまではね。だが、篩《ふる》ひに掛ける間がありますよ。

トロイラス それをわしが待ってゐなかったかい？

パンダラス さァ、篩《ふる》ふ間はね。けれどもまだ醗酵させる間てィものがありまさ。

トロイラス それをだって、待ってゐたよ、やッぱり。

パンダラス さやう、醗酵するまではね。けれども尚《まだ》「其以後《それから》」といふ其「其以後」の中には、捏《こ》ねることだの、麺麭《パン》にすることだの、竈を熱させることだの、焼くことだのがありまさァ（in the word 'hereafter' the kneading, the making of the cake, the heating of the oven and the baking）。いや、まだある、冷めるのをお待ちなさらんと、唇を火傷《やけど》します。

——第一幕第一場——

紳士の朝食に添えられるパンは、紡錘形のマンチェット（manchet、最上級の小麦でつくられた白パン）だが、召使いが口にするのは質の悪い白パン（cheat bread）である。さらに質が劣るのは小麦の糠《ぬか》から出来ている茶色のパンで、学校へ行く子供はバター付きのこの茶色のパンと果物が朝食だった。一方、多くの紳士が口にした朝食はバター付きの白パンとセージ（sage、シソ科の薬草）で、一緒にアルコール度の低いビール（small beer）、あるいは水で薄められたワインを飲んだ。人によっては、パン、エールと甘口のオムレツ（卵、バター、砂糖そして小粒の種なし干ブドウ）を摂っていた。パンには、塩を加えて捏ね上げるのと塩を用いないものとがある。フランスでは一般的ではなかったが、イギリスではジョン王（在位一一九九～一二一六）が一二〇二年にパン条令を公布し、塩を加えたパンが一般的で、エリザベス朝でもしかりだった。

野菜について少し触れてみたい。エリザベス朝の非常に裕福な人たちが野菜や果物を食べ始めると、中程度の裕福な人々はより多くの野菜を食べるようになったという。当時、ロンドン周辺で栽培されていた野菜には、キャベツ、ニンジン、カブ（turnip）、キュウリ、レタスなどがあった。エリザベス朝前後に、イギリスに諸外国から輸入されてきた野菜は少なくなく、アーティチョーク（artichoke、チョウセンアザミは頭花が食用）はヘンリー八世の御世に初めて紹介された。また、オランダ移民によって栽培されたり、フランドル地方から大量輸入されたりして、セント・ポール大聖堂の門の近くで売られていたのが食用に適したニンジン、チャービル（chervil、セリ科の香草）、ラムズレタス（lamb's lettuce、サラダ用）だった。イタリアからはカリフラワーが輸入されて、一五九〇年十一月に国王諮問機関の正餐に供されている。その頃、フランスからカボチャがイギリスに紹介されている。しかし、当時の食卓にキノコを見ることは難しかった。先に紹介したジョン・ジェラードの『本草書または植物の歴史』の中で、〈食べられる〉キノコが田舎の森や牧草地で育つ、と述べられている。しかし、シェイクスピア時代の人々は有毒なキノコに余りにも用心深く、口にすることは非常に珍しかった。

42 食卓を豊かにした異国の食材

大蒜《にんにく》が要《い》ってよ、あの人の口の臭いのを消すにゃァ！　《冬の夜ばなし》第四幕第三場

人も動物も食物となる植物がなかったならば、今日のような繁栄はなかったかもしれない。十五世紀末から始まる新大陸を目指した大航海時代の到来は、ヨーロッパの人々の食卓を豊かにしたばかりか、異国文化との交流にも大きく寄与することになる。しかし一方では、異国の食材、とりわけ香辛料は国に富と繁栄をもたらしたことから、その獲得をめぐって各国間に熾烈な争いが起こった。

イギリスとて例外ではなく、第一期黄金時代を築いたエリザベス女王の在位期間に花開いたイギリスのルネサンス文化に、異国の食材が花を添えたのは疑う余地はない。それら異国の食材のいくつかが、シェイクスピア［42-1］の作品に登場する。

I　アイルランドで栽培された初の種イモ

シェイクスピアの活躍した時代、素材になる穀物の種類は別として、貧富を問わずパンが主食であった。折からの大航海時代の到来は、イギリスをはじめとしてヨーロッパの国々に多彩な食材がも

たらされた。コロンブスが一四九三年に第一回の航海を終えて戻ってきたときに、ヨーロッパに紹介した食材の一つにトウモロコシ（corn）がある。ジェラードの『本草書または植物の歴史』にも、見る人を楽しませる版画に手書きで彩色を施したトウモロコシがある。アメリカ大陸では人気があったトウモロコシは、メキシコでは粉と水を捏ねて作ったパンのトルティーヤ（tortilla）として主食になっていた。しかし、ヨーロッパ大陸では長い間、熱心な植物研究者を除けば新大陸からもたらされたこの新しい穀物は、珍しい植物としてみられていたにすぎず、食卓を賑わすことはなかった。

一方、大航海時代に新しく紹介された植物でヨーロッパで広く受け入れられたのがジャガイモ（potato）である。とりわけ、アイルランドでは一七八〇年代までジャガイモが唯一の主食となる食物だった。最初に持ち込んだのが誰かは別として、ジャガイモが珍しい植物というのでヨーロッパ中に広がったのは一五九〇年代のことである。イギリスにおいて、初の種となったジャガイモはアイルランドで栽培された。大航海で、ウォルター・ローリーが持ち帰り、自分の領地で育てたものという。ジェラードの著書にも、ジャガイモの長所が紹介されているが、人々の常食となるまでには長い年月を要した。シェイクスピアの作品にもジャガイモが登場するが、催淫作用があると信じられていて、台詞にはその観点からジャガイモが取り上げられている。《ウィンザーの陽気な女房たち》で、フォールスタッフはウィンザーの裕福な女房二人、フォード夫人とペイジ夫人に強引に言い寄ろうとして、密会の場所がウィンザー公園と設定される。フォールスタッフは、猟師ハーンの霊に扮して、頭に牡鹿の頭だけを載せて現れる。

フォード夫人　ジョンさま！（すかし見て）あなたそこにゐて？　え、牡鹿《をじか》さんですか？（my male

deer?)

フォールスタッフ　黒尻尾《くろじっぽ》の牝鹿かい？（My doe with the black scut!）（天を仰いで）馬鈴薯《じゃがいも》の雨が降ってくれ（Let the sky rain potatoes）、〔略〕刺戟剤的《しげきざいてき》の大あらしがやって来てくれ！（let there come a tempest of provocation）

——第五章第五幕場——

ここで、“my male deer”を坪内逍遥訳では〈牝鹿《をじか》〉とあるが〈牡鹿《をじか》〉の誤植である。また scut は、鹿の尻尾だが、俗語として女性の外陰部を意味している。“a tempest of provocation”とあるが、ジャガイモ以外にも台詞の中に催淫作用があると考えられていた菓子などが登場していて、それらも合わせて肉欲をあらわにしたフォールスタッフの表現となっている。また、《トロイラスとクレシダ》で、トロイの王プライアムの息子トロイラスはトロイの美女クレシダを深く愛するが、ギリシャの将軍アガメムノンからギリシャの地にクレシダを連れ戻す命を受けたダイオミーディーズも彼女に心を奪われる。二人の愛に心が揺れるクレシダだが、トロイラスを裏切ることになる。ギリシャの野営地で、トロイラス、ユリシーズそしてギリシャ人の召使いサーサイティーズは、ダイオミーディーズがクレシダの愛を受け入れる情景を目撃する。

トロイラス　あゝ、男の頬を撫でたり何《なん》かしてゐる！

ユリシーズ　さ、さ。〔略〕

サーサイティーズ　（傍白）どうだ、淫乱《すけべゑ》根性めが、肥った臀部と甘藷《ポテト》指とで以て奴らを煽り立てゝ、くッついたり！　ヘッついたり！（How the devil Luxury, with his fat rump and potato-finger, tickles these together!）さうだ、焦げッちまふまでやらかせ！

――第五幕第二場――

ここでの"potato"は、sweet potatoあるいはSpanish potatoを意味していて、形状と合わせて媚薬的な視点から肉欲を駆り立てる表現として"potato-finger"と、シェイクスピアはサーサイティーズに言わしめている。"Luxury"はラテン語luxuriaに由来する中世英語でlechery（好色、淫乱）を意味し、七つの大罪の一つである英語のlust（肉欲）を指している。中世におけるキリスト教の世界観が最もよく言い表わされているのが、イタリアの詩人ダンテ・アリギエーリ（一二六五～一三二一）の叙事詩『神曲』で、その煉獄篇にこの七つの大罪が登場する。また、七つの大罪の各々と特定の悪魔（devil）とを結びつけて著したのは、ドイツの聖職者で神学者のペーター・ビンスフェルト（一五四〇～一五九八／一六〇三）である。因みに、七つの大罪の一つlustと関連する悪魔はアスモデウス（Asmodeus）である。

II　医薬品的な効果も期待された香辛料

香辛料（spice、スパイス）は、料理をより一層魅力あるものにし、人々の食生活を永遠に変えたとしても過言ではない。古くから種々の香辛料が知られていたが、大航海時代の到来と共に香辛料に絡んだ貿易戦争がヨーロッパ諸国間で激化していった。例外はあるものの、香辛料は一般的に熱帯植物の根、樹皮、花、種子など芳香を持ったものとされている。その多くは原産地がアジア地域だが、そうでないものにバニラ（vanilla、中米、メキシコ、西インド諸島）、トウガラシ（cayenne、red pepper、中南米、カリブ海諸島）、オールスパイス（allspice、中南米、西インド諸島）などがある。香辛料の中には古来、医薬品として貴ばれてきたものが少なくない。胡椒（pepper、black pepper）は、ギリシャでは紀元前五世紀頃から毒薬の解毒剤として用いられていた。ナツメグ（nutmeg、ニクズクの種子の胚乳を乾燥させたもの）は、中国の唐の時代に胃痛やリウマチ、東南アジアでは赤痢や腹痛に、ヨーロッパで催眠剤や催淫剤として用いられたほかに、ペスト（黒死病）の予防として小さな袋に入れて首に巻いた。クローブ（clove、丁子《ちょうじ》のつぼみを乾燥させたもの）は、強力な殺菌剤あるいは歯痛の薬として珍重されたが、現在でも局所麻酔薬として歯科医によって用いられている。また、紀元前二〇〇年の中国漢王朝の宮廷人は息を甘くするのに用いたという。トウガラシは、古くから寄生虫の駆除、腸内感染や下痢にも効く万能薬とされていた。生姜（ginger）は、発汗、鎮吐、解毒、健胃薬あるいは感冒薬として用いられていた。

シェイクスピアの作品に、香辛料のいくつかが登場する。その中でクローブについては、すでに第二十七章「口腔衛生からみた身だしなみと対応」で触れたので、ここでは割愛する。《冬の夜ばなし》では、生後すぐに捨てられて老いた羊飼いに育てられたシシリアの王女パーディタに頼まれ、村の羊毛刈り祭の買物に出てきた羊飼いの息子と行商人の悪漢オートリカスとの会話に、多くの香辛料が登場してくる。

羊飼いの息子　数取珠《そろばん》が無くッちゃア俺にゃ分んねい。かうッと。何《あに》ょ買ふだっけかな、此羊毛刈祭《けかりまつり》の準備《したく》に？〔略〕梨饅頭《なしまんぢゅう》を染める絵具《サフラン》（saffron）を買はにゃなんねえ。それから花肉荳蔲《はなにくづく》（mace）に……棗椰子《なつめやし》だっけかな？……うんにゃ。そりゃ此書附にゃア無《ね》いや。……（書附を見て）「肉荳蔲（nutmegs）が七つ、生姜《しゃうが》（ginger）が一本か二本。」〔略〕

——第四幕第二場——

この台詞に四種の香辛料が登場したが、メース（mace）はナツメグの種を包んでいる赤い仮種皮を乾燥させたものである。サフランは、アヤメ科の植物でめしべの濃紅柱頭を乾燥させて、香辛料あるいは食品着色剤として用いられるが、ここの台詞は後者である。サフランは、古代ギリシャ時代から婦人病の薬として用いられ、鎮静、鎮痛、通経薬として効果が期待されていた。

原産地が中国とされる香辛料に、ニンニク（garlic）や芥子《からし》（mustard）がある。後者については、西アジアともインドともいわれている。いずれも、シェイクスピアの作品にたびたび登場するが、その一部を紹介したい。《じゃじゃ馬ならし》では、ヴェローナの紳士ペトルーキオは金持ちの妻を求めてパデュアにやって来たが、その召使いグルーミオは主人が婚約にまでこぎつけたじゃじゃ馬娘カタリーナ（ケイト）と語っている。空腹のカタリーナだが、グルーミオはマスタード付きの肉の話で彼女を苦しめている。

グルーミオ　牛の足なんかはいかゞでございませう。

カタリーナ　非常にけっこうよ、どうぞ、それをおくれな。

グルーミオ　ですが、ありゃあんまり刺戟が強くて、よろしくございますまい。胃腑《ツライプ》（tripe）を好い梅塩《あんばい》に煮附にしましたのは、いかゞでござんせう。

カタリーナ　大好き。グルーミオーさん、それを持って来とくれ。

グルーミオ　さァ、いかゞでせうか？　やっぱり逆上《のぼ》せるから、お毒ぢゃないでせうか？　牛肉一片と芥子《からし》ぐらゐぢゃどうでせう？（What say you to a piece of beef and mustard?）。

カタリーナ　一等好きなものなの。

グルーミオ　ですが、芥子《からし》は刺戟物ですねえ（Ay, but the mustard is too hot a little）。

――第四幕第三場――

芥子は刺激が強く、身体への影響を危惧して、カタリーナを焦《じ》らすグルーミオである。カラシナ（Japanese mustard, brown mustard）の種子が芥子で、医薬品的に去痰薬、刺激薬として粉末を水で練って糊状のものを塗布し、肺炎、神経痛、関節炎などに効果が期待されている。ニンニクは香辛料として用いられた料理を口にした臭いなどが、シェイクスピアの作品に登場してくる。本章の冒頭に掲げた《冬の夜ばなし》（第四幕第三場）のほかに、《夏の夜の夢》［42-2］では、美しい声がニンニクの臭いで台無しになるのをボトムが危惧する。

ボトム　吾等《うら》が大切《でえじ》の俳優《やくしゃ》さんたち、葱や大蒜《にんにく》を食っちゃァいけねえよ、美《い》い声しねえけりゃなんねえだからね（most dear actors, eat no onions nor garlic, for we are to utter sweet breath）。

――第四幕第二場――

ニンニクの医薬品としての用途は広く、ヨーロッパでは胃腸炎、赤痢、チフスなどに用いられていた。胡椒に関連した表現は、pepper、peppercorn（干した胡椒の実）そしてpepper-gingerbread（胡椒入りの生姜風味の菓子）としてシェイクスピアの作品にみられる。《十二夜》では、裕福な女伯爵オリヴィアの家に滞在するサー・アンドルー・エイギュチーク、オリヴィアの叔父サー・トービー・ベルチとオリヴィア家の使用人フェイビアンとが「シーザリオ」への挑戦状について語らっている。

サー・アンドルー・エイギュチーク　〔書面をトービーらに示して〕これが挑戦状ぢゃ。読んで見てくれたまへ。胡椒《こせう》や酸を十分にきかせといた（I warrant there's vinegar and pepper in't）。

——第三幕第四場——

フェイビアン　そんなに辛酸《からす》ッぱいのですかい？

また、《ヘンリー四世　第一部》では、居酒屋ボアズ・ヘッド（猪頭）亭で自己の命が長くないと思い込むフォールスタッフと仲間のバードルフが語らっている。

フォールスタッフ　若し俺が教会の内部《うちがは》は如何な風だてことを記《おぼ》えてるやうになったら、もうおぢゃんだ、胡椒だ、酒屋の馬だ（An I have not forgotten what the inside of a church is made of, I am a peppercorn, a brewer's horse）。

——第三幕第三場——

ここで、peppercorn は〈つまらないもの（trifle）〉、そして"brewer's horse"は〈老いぼれの（decrepit）〉の意で、フォールスタッフが自虐的になっているのがわかる。この少し前の場面では、ホットスパー（ヘンリー・パーシー）と妻のパーシー夫人との会話に、pepper-gingerbread がみられる。

ホットスパー　しッ！　歌ひ出した。……
モーチマー夫人ウェールズ語の小唄を歌ふ。
さ、ケート、おれにも一つ聞かせてくれ。

パーシー夫人　わたし、真《ほん》、いやでござんすよ。

ホットスパー

真《ほん》、いやだと！〔略〕そんな猫撫声の誓言をするのか？　おい、ケート、もっと貴婦人《レーディー》らしく、口端《くちはゞ》ッたいやうな誓言をいひな、「真《ほん》」なんて、そんな胡椒入り生姜糖的《しやうがたうてき》の文句は（such protest of pepper-gingerbread）、あの祭日の天鵞絨《びろうど》飾りの町人共の専売にしときな。

——第三幕第一場——

pepper-gingerbread は言い換えれば、“namby-pamby protestation”で〈優柔不断な拒絶〉となる。peppercorn も pepper-gingerbread も、本来の香辛料である胡椒としての意味では用いられておらず、派生的なニュアンスの言葉となっている。

一口に香辛料といっても、辛味と香りとに大別される。辛味を演出する化学物質は、香辛料によって異なるが、胡椒はピペリン（piperine）で、痛覚神経を介して情報が脳に伝えられる。トウガラシは色、形、大きさは種類によってさまざまだが、刺激的な辛さと熱さを人に感じさせる化学物質はカプサイシン（capsaicin）である。生姜の辛いという刺激は、化学物質ジンゲロン（zingerone）である。一方、芳香からみれば、クローブの香りの主成分は油の化学物質オイゲノール（eugenol）で、ナツメグの香りの主成分はイソオイゲノール（isoeugenol）である。シェイクスピアの活躍した時代に、ナツメグが対ペストに用いられたが、含有するイソオイゲノールがペスト菌を媒介したノミの忌避剤として働いた可能性は否定出来ないし、ほかの含有物質も殺虫剤として働いたかもしれない。とすれば、人々がナツメグを入れた小さな袋を首に巻いて、ペストの予防を試みたのは頷けないでもないが、効果のほどは不確かである。

III　砂糖菓子の代表マジパンと果物

エリザベス朝の人々の食卓を飾った食物として、果物は無視出来ない。一般家庭でよく食べられた果物に、サクランボ、グズベリー（gooseberry）、インシチアスモモ（damson）、セイヨウスモモ（plum）、リンゴそしてマルメロ（quince）などがある。しかし、それらを年間を通して保持しようとするならば、ジャムか砂糖漬けで大量の砂糖を要した。イギリスでは、当時砂糖は高価だった。砂糖は種々の植物から採れるが、熱帯地方ではサトウキビ、温帯地域ではテンサイ（ビート、砂糖大根）、そしてアメリカ大陸ではトウモロコシだった。サトウキビの原産地には諸説があり、南太平洋あるいは西インド諸島とも言われている。十五世紀末から始まる大航海時代以前、サトウキビから採れた精製糖がヨーロッパにもたらされたのは、十一世紀末に始まる十字軍遠征によるものだった。十五世紀になると、ヨーロッパで砂糖が入手しやすくなったが依然として高価なものだった。十六世紀になると蜂蜜にとってかわって、砂糖が甘味料として需要を急速に増していく。イギリスでも、果物の保存用をはじめとして、ジャム、ゼリー、マーマレードの材料に砂糖が用いられ、十七〜十八世紀には大衆にも普及した。

砂糖を用いた菓子の類の数々がシェイクスピアの作品に登場してくるが、その代表とも言えるのがマジパン（marzipan=marchpane）である。中東では古くから知られていたが、マジパンやそれに似た砂糖菓子の類がヨーロッパに伝えられ、フランス王室では十三世紀に祝宴用としてごく普通に供されていた。やがて、フランスからイギリスに渡った菓子職人によって、その技法がイギリスに伝えられることになる。このマジパンは、祝宴用として料理のコースとコースとの間に細工ものとして供された。砂糖、油、砕いたナッツ、植物性ガムなどからなる粘土状のもので細工がしやすく、城をはじめとした種々の形状のものがつくられたが、次第に色彩豊かな奇抜なマジパンが登場してくる。ヘンリー六世の戴冠式にもマジパンと砂糖菓子が飾られ、エリザベス朝時代からジェームズ一世、チャールズ二世の御世まで、祝宴に欠かせなかったマジパンだった。かつては権力の象徴ともいえたマジパンがやがて、大商人をはじめとしたブルジョア階級の祝宴に欠かせないものになっていく。シェイクスピアの作品では、《ロミオとジュリエット》〔42-3〕で、ジュリエットのキャピュレット家が催す宴会にロミオのモンタギュー家が招かれ、宴会後の片付けをする給仕人たちの会話にマジパンが登場する。

甲給仕　畳椅子を彼方《あッさ》へ、膳棚《ぜんだな》もかたづけて。よしか、其皿も頼んだ。おいおい、杏《あんず》菓子を一片《ひときれ》だけ取除いてくりゃ（save me a piece of marchpane）。

——第一幕第五場——

この台詞から、祝宴で供されるマジパンが一般庶民には高嶺の花の砂糖菓子だったことが窺える。また、marchpaneを〈杏菓子〉と坪内逍遥は訳しているが、時と共にマジパンの材料には外国産や国産の果物などをはじめ、種々のものが用いられていく。アンズ（apricot）の原産地は中国で、シェイクスピアの作品には、このほかヨーロッパ産ではない種々の果物が登場してくる。

そのほか、シェイクスピアの作品にみられる砂糖菓子の類のいくつかを挙げると以下となる。《ウィンザーの陽気な女房たち》（第五幕第五場）でフォールスタッフの台詞に、「嘗《な》め菓子（香ひ入りの糖李実）（kissing-comfits）」、「エリンゴ（砂糖漬けの海草、海辺の砂浜に育成するセリ科の多年草 eringoes）」がみられる。いずれも、肉欲に刺激的に働くと信じられていた。もともと香料の一種とされていた砂糖の消費が、イギリスで増えてくるにつれて、自国で精糖を始めたのは一五四四年以後のことである。一五八五年以降には、ロンドンがヨーロッパの精糖業の重要拠点となる。しかし、イギリスで砂糖の一原料となるサトウキビ栽培が軌道に乗るのは、バルバドス産の砂糖生産が本格化する一六五五年以降のことである。

外来種の果物の中から、原産地がイラン、インドとされるザクロ（pomegranate）、中国とインドが原産とされるナツメヤシ（date）が現れる台詞を、シェイクスピアの作品にみてみたい。まずは《ロミオとジュリエット》から。

ジュリエット　夜毎に彼処《あそこ》の柘榴《じやくろ》へ来て、あのやうに囀《さへづ》りをる。なァ、今のは一定《きつと》ナイチンゲールであらうぞ（Nightly she sings on yond pomegranate-tree/:Believe me, love, it was the nightingale）。

――第三幕第五場――

《トロイラスとクレシダ》で、戦闘から戻ってくるトロイの戦士を迎えるトロイの美女クレシダとその叔父パンダラスが戦士たちを評している。トロイの王プライアムの息子トロイラスを高く評価するパンダラスに対して、偉大なギリシャの戦士アキリーズをより高く評価するクレシダである。

パンダラス　アキリーズ！　ありゃ荷馬車の馬丁《べつたう》だ。人足だ、駱駝だ。

クレシダ　（少しむくれて）勝手な評をなさい。

パンダラス　「勝手な評をなさい！」え、見事、おまひさんに判断力があるかい？　目があるかい？

〔略〕

クレシダ　こせ〳〵したハヤシ肉のやうな男はねえ。それをお饅頭に焼くには、棗椰子《なつめやし》（デート）は抜きでせう、男の資格がなつめやしなんだから（Ay, a minced man: and then to be baked with no date in the pie, for then the man's date's out）。

——第一幕第二場——

ここでは、"date"を果物のナツメヤシと男性としての賞味期限とを重ねて表現している。クレシダのトロイラスに対する手厳しい評価が、"to be baked with no date in the pie"と下されている。

43

廃れたり、残ったりした療治と香料

陽気に笑ひ楽しみますれば、千百の邪害も打攘《うちはら》はれて長寿延命の福を得る。

《じゃじゃ馬ならし》序劇第二場

シェイクスピア［43-1］の活躍した時代は、近代医学の夜明けにはまだ遠く、信じる者は救われる的な治療が少なくなかったのは致し方のないことだった。とはいえ、この時代に汎用されていたもので、現代に至るも広く処方されたり、親しまれたりしている療治も少なくなく、その代表的なものの一つに温泉がある。広義から、心を癒すものとしての香料もこの類の一つといっても差し支えないであろう。

ここでは、これまで触れてこなかった当時の療治の実際の一端を紹介し、心を癒すという香料を別の視点から捉えてみたい。

I　古来難病奇病を治すと信じられた温泉

古来温泉は、洋の東西を問わず、療治の一手段として人々に広く受け入れられて今日に至っている。温泉地により、泉水に含まれるミネラルなどの成分はさまざまだが、入浴あるいは飲泉により種々の病気への効能が喧伝されていて、今日でも世界中の温泉地は保養あるいは療治の場として賑わいを見せている。ヨーロッパでは、温泉好きだった古代ローマ人が領土拡大の過程で開発した温泉が少なくない。その代表とも言えるものに、イギリスではバース（Bath、イングランド南西部）、オーストリアのバーデン（Baden、ウィーンの南約二五キロメートル）、フランスのビシー（Vichy、フランス中部）などが知られている。

ところで、シェイクスピアの作品で温泉が登場して来るのは、『ソネット集』である。

一五三番

〔前略〕
泉は愛の神の聖なる炎から、未来永劫《えいごう》
衰えることなき活力に満ちた熱を借りうけ、
煮えたぎる温泉と化していまでは人も知る
難病奇病の最高の治療場となった。

だが愛の神のたいまつは私の恋人の目で再び燃え、
この少年神はためしに私の胸を焼かずにはいられなかった、
そのため私は病に倒れ、温泉の助けを得ようとし、
いそぎ訪れて憂い顔の湯治客となった（I sick withal the help of bath desired,/And thither hied, a sad distemper'd guest）。
だが治療の効果はなかった、私を助けてくれる泉は
愛の神が新たな炎を得たところ、私の恋人の目なのだ。

一五四番

〔前略〕
彼女はそのたいまつを冷たい泉につけて消し、
泉は愛の神の炎から永遠の熱を受けた、
その結果そこはたちまち温泉に変わり、
病める人たちを健康にもどす治療場となった（Growing a bath and healthful remedy）。
恋の病にとりつかれた私はそこに治療にきて知った、
愛の炎は水を熱くするが水は愛をさましはしないと。

（小田島雄志訳、同前）

古から、恋患いは医者でも治せない病だが、難病奇病を治すという温泉でも効果がなかったと嘆く

「私」である。

温泉を活用した療治として入浴が一般的だが、ほかに飲泉、ふかし湯、打たせ湯、オンドル浴などがある。飲泉の歴史は古く、ヨーロッパでは温泉医の処方に基づき、飲水するのが一般的である。しかし、源泉から湧き出た湯の水質は減圧、酸化、温度低下など時間経過と共に変化するので、湧出直後の湯の飲水が良いとされている。ジョン・ホールの『観察報告集』では、二例に温泉療治が行われている。症例一一五では、上流階級夫人が食欲不振、吐気そして壊血病の症候を訴えていた。ホール医師は、ストラットフォードから二〇マイルのところにある温泉地バースでの湯治をすすめ、入浴後に癒瘡木《ゆそうぼく》脂（guaiacum、熱帯アメリカ産ハマビシ科ユソウボク属の樹木の総称、その樹脂に抗酸化作用がある）とササフラス（sassafras、北アメリカ東部産クスノキ科の高木で根皮が薬用か菓子類の香料として用いられた）を含んだ発汗煎じ薬を処方した。効果のほどの記述はない。また、症例一七六は牧師の妻で、症状ははっきりしないが、ホール医師により温泉地バースの湯治がすすめられている。湯治の効果には触れられていないが、バースからの帰途に水を飲みすぎて、ヒステリー発作と麻痺がみられたと述べられている。これらのホール医師の記録から、シェイクスピアの時代に対象となった病状や効果は別にして、湯治の盛んだったことが窺える。

古代ローマ時代から温泉地として名の知られていたバースだが、古代ローマ帝国崩壊後は荒廃していた。しかし、エリザベス治世下の保護策によって、教会が施療を始めた。さらに、十七世紀にはバース温泉が痛風、胃腸病、不妊症などに有効とされて、活気を取り戻してくる。加えて、一六一六年にデンマークのアン女王が温泉地バースを訪れ、この地を一層有名にしたとされている。

II 種々の効能が期待された〈ミイラ薬〉

十五世紀頃から、中世の封建制度社会を打破しようとする波がヨーロッパ各地で起こってきた。すなわち、ルネサンスと宗教改革である。医学の領域では、古代医学の症状への対症療法中心の考えから、病気の発症原因に働く特効薬の発見を目指すことへ移行しつつあった。つまり、原因療法である。その表舞台に登場してきたのが、パラケルススである。彼は、創薬を目指してヒポクラテス以降の古典医学、民間療法、錬金術などあらゆる知識を駆使して、新しい治療を確立していくことになる。十七世紀は、大航海時代の幕開けで新大陸からは新しい食材などに加えて、薬用植物も輸入されてきた。アメリカからはササフラスや癒瘡木脂、メキシコからはヤラッパ（Jalap、ヒルガオ科の*Ipomoea purga HAYNE*の塊根でヤラッパ脂を含み、緩下作用がある）、そして南アメリカからはキナ皮などの薬用植物が入ってきた。シェイクスピアが活躍した時代は、呪術やいかがわしい薬から医化学を活用した医薬品の誕生へと変遷する過程にあった。したがって、彼の作品にはその移行期にあった状況を物語っている台詞が少なくない。錬金術などを駆使してパラケルススが生みだした梅毒の水銀療法については、すでに第二十二章「数々の作品に梅毒の病期が」の中で、シェイクスピアの作品にみられる情景を紹介した。ここでは効能のいかがわしいものの代表として、ミイラ薬（mummy）を取り上げてみたい。

シェイクスピアの作品には“mummy”という言葉が三回登場して、その内の一度は薬とその類ではなく死骸（dead flesh）としての表現に用いられている（《ウィンザーの陽気な女房たち》[43-2] 第三幕第五場）。一方、古代のミイラの粉末からつくられた生薬とその類のものとして〈ミイラ薬〉が台詞にみられるのは、以下の二つの戯曲である。まず《オセロー》[43-3]で、ムーア人のオセローが妻デズデモーナの不貞の証と信じるハンカチを見たいと求めると、彼女は彼から貰ったハンカチは手元にないと答える。

オセロー　そりゃア不埒ぢゃ。……あのハンケチは……エヂプトの女が予《わし》のお母《ふくろ》に与《く》れた大切な物なんぢゃ。其女は魔法使ひで、大抵の人の心を見透《すか》すことが出来た。其女がお母に言うたには、あのハンケチを持ッとる間は、持主の愛嬌が増すばかりぢゃから、夫の愛をほしいまゝにすることが出来るが、〔略〕

デズデモーナ　まア、そりゃ真実《ほんと》ですか？

オセロー　真実ぢゃ。あの織物にゃ魔力がある。太陽が二百回も地球を周《めぐ》る間生きて来たちふ魔女がぢゃ、神通力を得た間際に、あの刺繍《ぬひとり》をばしたんぢゃ。あの絹を育てた蚕も神聖なりゃ、あれを染めた液汁も、ある秘法家が或少女の心臓の木乃伊《みいら》から取ったもんぢゃ（it was dyed in mummy which the skilful/Conserved of maidens' hearts）。

――第三幕第四場――

ここで述べられている〝mummy〟は、防腐（薬品、香油など）の処置を施された死体の心臓から作られた液体が、染料として用いられている。また、《マクベス》〔43-4〕では、煮え立つ大釜を前にして呪《まじな》いを唱える魔女三人の中の一人の呪文にミイラ薬が現れる。

魔女の三　悪龍の鱗に狼の牙、魔女の木乃伊《みいら》（Witches' mummy）に、大海原の大欲鱶《ぶか》めの腭《あぎと》と咽喉《のんど》、暗《やみ》の夜に掘って来た毒草の根、〔略〕

――第四幕第一場――

魔女たちが作る魔法の薬の一材料として、〈ミイラ薬〉が用いられている。ところで、mummy の語源はアラビア語で、死体の防腐保存に用いられた蠟《ろう》を意味する mūm で、これを使用して出来上がった防腐死体（embalmed body）、すなわちミイラがアラビア語の mūmiyā）である。これが、中世ラテン語 mumia、フランス語 momie を経て、一三九二年に英語の mum(m)ie となり、現在は廃語になった〈ミイラ薬〉である。ところで、日本語のミイラは〈没薬《もつやく》〉を意味していて、十六〜十七世紀のポルトガル語 mirra に由来する。〈ミイラ薬〉が〈没薬〉と同義語になった経緯は定かではないが、〈没薬〉がミイラの防腐に用いられたこと、そして〈ミイラ薬〉が洋の東西を問わず不老長寿薬として珍重された真実が混同を招いたと考えられる。また、ミイラの日本語〈木乃伊〉は北京語でムーナイイー（munaiyi）と読まれる。さらに、中国は明朝の李時珍（一五一八〜一五九三）が著した『本草綱目』の人部に〈木乃伊芳〉が薬として記述されていて、中国でもミイラが漢方薬として用いられていた。これらのことから、日本語の表記が中国語に基づいて〈木乃伊〉があてがわれたとされている。

ジョン・ホールの『観察報告集』で、一例にミイラ薬が処方されている。症例二九は〈癲癇発作〉が主訴で、発作が始まると芳香性松脂、安息香酸、黒松脂、ヘンルーダ（rue、ミカン科の常緑植物で麻酔薬として用いられた）に加えて、粉末のミイラ薬からなる混合物を燃やして作られた蒸気を吸入させられていた。このミイラ薬は、一六一八年のロンドン薬局方に収載されていて、消耗と潰瘍を治し、血液凝固を阻止し、下痢と粘膜分泌物（涙、鼻汁など）を止めるとされていた。興味深いことに、真の古いミイラが入手不可能時には新しい死体からミイラ薬を作成するレシピまで用意されていたという。

III　十字軍遠征でヨーロッパに香料熱が再燃

香料の歴史は古く、古代の聖なる神殿での薫香に端を発し、神聖なる防腐目的から強い香りの薫香自体が神への捧げものへと変遷していく。やがて、悪臭を断つ実用的な強い香りから爽やかな香りを漂わす花やフルーツの香りが好まれていくことになる。古代ローマ帝国崩壊以降、一時下火となっていたヨーロッパに香料熱が再燃した切っ掛けは、十一世紀末からの十字軍の東方遠征によってエキゾチックな香りがヨーロッパにもたらされたことによる。折しも、アラビアの世界での蒸留技術の発達がヨーロッパで一層進歩して、薬効を持つとされるハーブ（ラベンダーやローズマリーなど）とアルコールが一緒に蒸留されて薬用酒が生まれる。これが、さらに進化して香水となり、ルネサンス期のイタリアで隆盛を迎え、ヨーロッパ各地に広がっていくことになる。

香料は天然香料と合成香料とに大別され、前者には動物性香料と植物性香料とがある。動物性香料には、麝香《じゃこう》（musk ムスク、ジャコウジカの雄の生殖腺嚢の分泌物）、霊猫香《れいびょうこう》（civet シベット、ジャコウネコの雌雄の分泌腺嚢の分泌物）、竜涎香《りゅうぜんこう》（ambergris アンバーグリス、マッコウクジラの腸内結石）、そして海狸香《かいりこう》（castoreum カストリウム、ビーバーの雌雄の分泌腺嚢の分泌物）がある。エリザベス朝では、前二者がロンドンで多色に彩られた小さなガラス瓶で手に入れられた。また、金で縁どられた瓶は、ルビーやエメラルドで装飾されていて、いかに高価なものだったかが窺い知れる。

シェイクスピアの作品の数々に、香料あるいは香気が登場する。しかし、動物性香料は麝香と霊猫香に限られている。《ウィンザーの陽気な女房たち》では、フォールスタッフと居酒屋ボアズ・ヘッド（猪頭）亭の女将クウィックリーとの会話に麝香が〈いい香り〉と表現されている。

女将　士爵方も、貴族がたも、紳士がたも、めい〳〵お馬車に召していらっしゃいましてね、お艶書《ふみ》だの、御進物だの、どなたもどなたも、いゝ香ひがしましてね（smelling so sweetly, all musk）、シューシューといふ絹やら、金《きん》やら、それは〳〵空雅な、お品のいゝ。

——第二幕第二場——

シェイクスピアの作品に登場する musk が付いた言葉の一つに musk-cat があり、civet cat のことである。《終わりよければすべてよし》〔43-5〕で、フローレンス公爵が老いた貴族ラフューに向かって語る台詞に、musk-cat が登場する。

フローレンス公爵　こゝに「運命」のごろにゃアがをります、すなはち「運命」の猫てィのが。但し麝《じゃ》香《かう》猫ぢゃありません（but not a musk-cat）。

——第五幕第二場——

また、動物ではなく植物として musk-rose（ヤマイバラ、地中海地方の芳香の強いバラ科の植物）が以下の作品にみられる。《夏の夜の夢》では、妖精の王オーベロンと彼に仕えるパックとの会話から。

オーベロン　此杜の中に野生の麝香草《じゃかうさう》の咲き乱れてゐる堤《どて》がある（I know a bank where the wild thyme blows）が、〔略〕美《い》い香りの麝香薔薇《ばら》（sweet musk-roses）や、野茨が其上を掩って、自然の天蓋が出来てゐる、チテーニヤは、夜は時々、あの花の中で面白い踊に慰められて眠入ッちまふ。

——第二幕第一場——

さらに、第二幕第二場では、妖精の女王ティターニアが従者の妖精群と一緒に冴えた月の下で享楽している場面で、彼女の台詞に musk-rose がみられる。

ティターニア　さァ〳〵、輪踊をお始め、妖精節《すだまぶし》をお歌ひ。それが済んだら、二十秒《セコンド》ばかしの間仕事に行ッといで。誰れかは麝香薔薇《じやかうばら》の螟蛉《むし》を取っておやり（Some to kill cankers in the musk-rose buds)。

一方、civet が出てくるシェイクスピアの作品には以下のものがある。《から騒ぎ》では、パデュアの若き貴族ベネディックが恋に陥ったのを知って大喜びするアラゴンの領主ドン・ペドロ、フローレンスの若き貴族クローディオとメシーナの知事リオナートの会話である。

リオナート　いかさま、髭が取れたので、大ぶ若くなられました。
ペドロ　そればかりぢゃない、麝香《じやかう》を摺《す》り込んでゐるやうだ。それで以てほゞ嗅《か》ぎ出されさうだ（Nay, a' rubs himself with civet: can you smell him out by that?)。
クローディオ　とおっしゃるのは、取りも直さず、彼れは恋をしてゐるといふことになりませう。

——第三幕第二場——

《お気に召すまま》では、フレデリック公爵の宮廷道化タッチストンと羊飼いのコリンが、宮廷の生活ぶりと田舎生活の比較談議に花を咲かせている。

タッチストン　御殿の人の手だって汗を搔かうだらうぢゃないか？　羊の脂肪《あぶら》と人間の汗と、どう異《ちが》ふい？〔略〕

コリン　御殿の人たちの手は麝香《じゃかう》なんかで佳い香ひがしてるさうだに（The courtier's hands are perfumed with civet）。

タッチストン　麝香は樹脂よりも下等なものだぜ。ありゃ猫の糞《うんこ》だよ（civet is of a baser birth than tar, the very uncleanly flux of a cat）。

——第三幕第二場——

また、《リア王》では、種々の雑草の花で奇怪に身を飾った正気ではないリア王が放つ言葉に、civet がみられる。

リア王　悪臭や腐爛《ふらん》や……おゝ、穢《きた》な、おゝ、穢な！　ベッ、ベッ！　……麝香《じやこう》を一オンスばかり持って来てくれい。おい、薬剤商《きぐすりや》、心持を治してくれ（Give me an ounce of civet, good apothecary, to sweeten my imagination）。

——第四幕第六場——

シェイクスピアの作品に登場する植物性香料の一つに、ローズマリー（rosemary）がある。《ロミオとジュリエット》で、ロレンス修道士の助言によって、仮死状態を想定して薬を飲み、倒れたジュリエット。

ロレンス修道士　さ、涙を乾かして、万迭香《まんねんかう》を死骸《なきがら》に挿《はさ》ましゃれ（Dry up your tears, and stick your rosemary/On this fair corse）。

——第四幕第五場——

44 病気に関わる話題——薬・天体・魔女

死神の外に良《い》い医者のない時分にゃ、死ぬより外に処方書はない。

《オセロー》第一幕第三場

人類の歴史は、病気との闘いに明け暮れてきたと言える。シェイクスピア［**44-1**］の活躍した時代は、ルネサンス文化が興隆して医学領域にも新しい考えが台頭しつつあった。しかし、十九世紀初頭頃から微生物の狩人たちが現れるまで、多くの病気の原因はおろか、これといった治療の術もまだなかった。そんな時代を反映した情景をシェイクスピアの作品にみてみたい。

I　〈薬〉という表現の多彩さ

シェイクスピアの作品には、訴えや症状の軽減、解消を目論んで種々の薬が登場してくるが、どれほどの効果があったかは疑わしい。効果がはっきりとみられた薬は、極端なことをいえば毒薬か麻酔薬で、この点に関してはすでに第十二章「良薬なのか毒薬なのかそれが問題」で触れてきた。したがって、ここでは表現としての薬に焦点を合わせ、シェイクスピアの作品をみてみたい。

《ロミオとジュリエット》〔44-2〕で、ジュリエットの死を召使いのバルサザーから知らされたロミオは、自殺を目論み薬種屋を説得して毒薬を入手しようとする。

薬種屋 （薬瓶を渡しながら）これをばお好みの飲料に入れて飲ませられい。たとひ二十人力おじゃらしませうとも、立地《たちどころ》に片附かっしゃりませう。

ロミオ 此黄金《こがね》を遣《つかは》すぞ、これこそは人の心の大毒薬ぢゃ、〔略〕（行きかけて薬瓶を見て）毒ではない興奮剤《きつけぐすり》よ（cordial and not poison）、

——第五幕第一場——

死を前に毒薬（poison）を強壮剤（cordial）とうそぶくロミオである。《シンベリーン》では、ブリテン王シンベリーンの美しい娘イモジェンは気分がすぐれない。

イモジェン まだくるしい、胸が痛い。……ピザーニーオーや、お前《まひ》のくれた薬を飲みますよ（I am sick still; heart-sick. Pisanio, I'll now taste of thy drug）。

——第四幕第二場——

狭心症発作が疑われて、シンベリーンの養子ポスチュマスの召使いピザーニオから貰った薬（drug）を飲むイモジェンである。《夏の夜の夢》では、妖精の王オベロンに仕えるパックに誤って魔法をかけられたライサンダーが、恋人ハーミアを無視してヘレナに恋心を抱き、暴言を吐かれて驚くハー

ミア。

ライサンダー　（ハーミヤに）〔略〕可厭《いや》な奴め、えィ、離せ。離さないと、たゝき落すぞ、蛇のやうに。

ハーミア　どうしてそんなに乱暴におなりなすったの？　ま、どうしたといふの？　よう貴郎？

ライサンダー　よう貴郎だ？　うぬ、赤鳶色の韃靼人《ダッタンじん》め、畜生！　うぬ、たまらない臭薬《くさぐすり》め！　不厭《いや》な〳〵苦薬め、去ッちまへ！（Out, loathed medicine! hated potion, hence!）

——第三幕第二場——

魔法をかけられて心変わりした男が、恋人を罵《ののし》り、嫌う表現を薬（medicine, potion）の臭いと味に喩えて、描写していて面白い。同じ場面で、パックは薬の表現に remedy を用いている。

パック　こゝの地上《ぢべた》で／よく眠《ね》ろよ。／塗ってやるぞよ／目の薬、／好男子《いろをとこ》（On the ground/Sleep sound:/I'll apply/To your eye,/Gentle lover, remedy）。

さらに、薬の表現として physic が用いられているのは、《マクベス》〔44-3〕である。スコットランドの反乱軍がイングランドの兵士と合流しようとしているという報告とマクベス夫人の不治の病の知らせを受けたマクベスが、医者と従者と語っている。

医師　御病気よりも、神経作用で御覧遊ばされまする幻影《まぼろし》の為に、お悩みで、お休み遊ばしません。

マクベス　それを治《なほ》してやってくれ。〔略〕何か快い忘れ薬で以て（with some sweet oblivious antidote）、〔略〕

医師　さういふことは、御病人御自身の御工夫に待つより外はございません。

マクベス　薬なんか犬にくれッちまへ（Throw physic to the dogs）。

——第五幕第三場——

坪内逍遥は、antidote を〈忘れ薬〉と訳しているが、本来の意味は〈解毒剤（毒消し）〉で、《アテネのタイモン》のタイモンの台詞をみてみたい。

タイモン　医者なんか信じるな。やつの解毒剤は毒だぞ（His antidotes are poison）、やつは汝《きさま》ら以上の人殺しだ。

——第四幕第三場——

antidote は中世末の英語で、フランス語 antidote に由来し、語源は古ラテン語 antidote、ギリシャ語 antidoton で、anti ‘against’ + didónai ‘given’ から antidotos ‘given against’ の中性形に基づいている。

シェイクスピアの作品に登場する薬の表現は、《夏の夜の夢》にみられるように多彩である。表現の使い分けのおよそをここで登場してきた順に整理してみると、一般的に以下のようである。“drug”は、生薬、薬、医薬品を意味していて、一般的にも専門的にも用いられる医薬の包括的な言葉である。“medicine”は、薬剤を意味していて身体の障害を治療する場合に用いられ、内服される物質（substance）あるいは製剤（preparations、丸薬、散剤、カプセル剤、液剤など）が対象となる。“potion”は、水薬と毒薬などの一服を意味していて、語源はラテン語の potio（drinking 飲用、draft 水薬の一服：poison 毒薬との二重語）によっている。“remedy”は、医薬品の最も一般的な言葉で、治療・療治（treatment）あるいは健康回復に有効とする物質（substance）を指している。“physic”は、薬、医薬を意味していて、

medicine と同義の古語である。"medicament"は、シェイクスピアの作品に登場しないが、薬物、薬品、薬剤を意味し、内服あるいは外用される製剤や物質を包括していて、一般的には医師や薬剤師が用いる言葉である。

「良薬は口に苦し（Good medicine tastes bitter）」と言うが、《オセロー》[44-4]で、悪漢イアーゴーの台詞に苦い薬が登場する。

イアーゴー　今は甘果《ローカスト》とも甘がって賞翫してる者が忽ち苦果《コロキンチダ》ほどに苦《にが》い物になるだらう（the food that to him now is as luscious as locusts, shall be to him shortly as bitter as coloquintida）。

——第1幕第三場——

coloquintida は colocynth で、①アジア・地中海地方に産するウリ科植物コロシントウリ（*Citrullus colocynthis*）の果実、②コロシントウリの果肉から作られた下剤コロシント、を意味する。コロシントウリの果実は苦味が強く、bitter apple とも言う。下剤コロシントは、古代からよく知られていて、中世のアラビア医師により処方されていたが、その苦味は半端ではない。

II　ストア派の教義の一つ占星術が病気を診断

古から人々は、自然現象のみならず病気についても、摩訶不思議なことに対する説明を天体に求めていた。医学の世界で現代医学のルーツとされる、ヒポクラテスの教えを発展させたのがギリシャ人の医師ガレノスである。彼は古代医学を集大成したばかりか、自《みずか》ら種々の価値ある実験を行い、医学を系統立てて後世への橋渡しの役目を務めた。彼の考えは、ヨーロッパ、とりわけフランスにおいて千五百五十年以上の長きにわたって影響を及ぼし、その業績は金科玉条とされてきた。このことからも彼の偉大さが窺えるが、シェイクスピアの作品に及ぼした影響も計り知れない。ガレノスの考えで重きをなしていたのがストア派の哲学で、あらゆる現象が人以外の力で決定されているというものであった。彼らは、その決定根拠となる理論と起源を宇宙に求めていた。例えば、人の一生あるいは病気は、荘厳な夜空を演出している星の運行をはじめとした天体によって統御されていた。人は天球という有限の宇宙で生活し、すべてのことが法則によって定められているというもので、この占星術（astrology）がストア派の教義の一つだった。多くの病気で効果的な治療法がまだ確立されていなかったシェイクスピアの時代に、占星術が病気をはじめとした多くの自然現象を説明する上で、有効な理論の一つとなったのは致し方のないことだった。

シェイクスピアの作品で、人体に出現する種々の異変を天体の変化による影響としているものに以下がある。《ペリクリーズ》では、夥しい髑髏が玉座の前面に並べられている王宮の一室で、近親相姦を犯すアンティオックの王アンタイオカス、タイアの領主ペリクリーズや侍者が語らっている。

アンタイオカス タイヤの若殿さん、此お企ての危険なことは、十分御承知でありませうな。

ペリクリーズ はい、承知してをります、けれども名誉嚇々《かくく》たる姫の為には、死をだに冒険とは思ひませぬ程の大胆な心を以て参ったのです。

アンタイオカス （侍者に）吾女《むすめ》をつれて来い、ヂョーブ自身が其新婦として抱擁されても恥かしくないやうに装はせて。（侍者入る。）吾女《むすめ》が懐胎《くわいたい》され、助産神《ルーシナ》がいよ〳〵手を下《くだ》し、「自然」が美容を附与するに至ったまでには、諸惑星が予め総会議を開いたのです、吾女を最完全な美人に仕立て上げようといふので（The senate-house of planets all did sit,/To knit in her their best perfections）。

——第一幕第一場——

また、《リア王》（第一幕第二場）や《オセロー》（第五幕第二場）では、日蝕、月蝕による災いが語られているが、後者をみてみたい。オセローの軍隊の旗手で悪漢イアーゴーの奸智に謀られたオセローが、不貞を疑って妻のデズデモーナを短剣で刺す。そこに、イアーゴーの妻エミリアが現れる。

エミリア （奥で）もし〳〵！　もし〳〵！　殿さま殿さま！

オセロー （ぎょッとして）ありゃ、イミーリヤぢゃ。……（奥にむかって）今すぐ。……（床を見て）死んじまうた。〔略〕おゝ、つらや！　つらや！　今こそどえらい月蝕や日蝕が始り、さうして其天変で、此地球が驚いて、大きな口を開《あ》きをるでもあらう（Methinks it should be now a huge eclipse/Of sun and moon, and that the affrighted globe/Should yawn at alteration）。（大地震が起るかも知れん。）

また、《恋の骨折り損》では、掟を破ると天体が疫病をもたらすという台詞が、王女に随行する貴婦人ロザラインと彼女に恋する王に随行する貴族ビルーンとの会話にみられる。

ロザライン あれ！　だれかお頭《つむり》を縛ってあげて下さい！　あの方卒倒なさるかも知れないわ。〔略〕船にお酔ひなの？

ビルーン （傍白）誓ひを破った罰に、星が疫病を降らすんだ（Thus pour the stars down plagues for perjury）。

一方、病気とは関係ないが、《じゃじゃ馬ならし》では、花婿ペトルーキオの奇抜な服装に戸惑う花嫁カタリーナ・ケイトの父であるパデュアの領主バプティスタ・ミノーラだが、それを見た花婿の台詞に何か異常を目にした表現として彗星（comet）が登場する。

——第五幕第二場——

ペトルーキオ　なぜそんな顔して見てるんだ我々を、此立派な同勢を？　何か奇怪な現象でも見附けたやうに、彗星《ほゝきぼし》でも発見したやうに？（As if they saw some wondrous monument,/ Some comet or unusual prodigy?）

バプティスタ　だって、けふはあんたの結婚式の当日でせう。〔略〕そんな体裁で来なすったのを見ては、更に新たに不安を感じるわけです。

——第三幕第二場——

シェイクスピアの活躍した時代はまだ、地球は宇宙の中心にあって、すべての天体が地球の周りを公転しているという天動説が公の場では一般的であった。その説にのっとったと思われる台詞が、《トロイラスとクレシダ》にみられる。トロイの王プライアムの息子トロイラスに愛されるトロイの美女クレシダが叔父のパンダラスと言い争っている。ギリシャ軍の捕虜と交換にクレシダが要求されるが、トロイラスと同衾《どうきん》中のクレシダは父よりも恋人を愛していると別れを悲しむ。

クレシダ　おゝ、不死不滅《インモータル》の神々《ゴッヅ》！（おゝ決して！）わたしゃ帰っちゃいきません！

パンダラス　いや、帰らないわけにゃいかん。

クレシダ　いゝえ、帰りません。わたしお父さんなんか忘れッちまったの。〔略〕時よ、力よ、死よ、どんな極端な事をでもおし、万物を引くといふ地球の中心同様に（as the very centre of the earth,/Drawing all things to it）、此わたしの恋の土台や建物は、びくりとでもするこッちゃァない！

――第四幕第二場――

地動説を唱えたコペルニクスは近代天文学の創始者として敬われるが、シェイクスピアが活躍し始めた少し前に活躍していた。彼は、天体運行の研究に没頭し、地動説を唱えたものの、当時の哲学者、天文学者、聖職者からの批判を避けて、その手稿が発表されるのは彼の死直前の一五四三年だった。コペルニクスが従来の天動説に反旗を翻して唱えた地動説は、やがて公の場でないところで支持が得られるようになっていった。

確かに、シェイクスピアの作品には占星術に関連した台詞や当時の宇宙観を反映した表現の数々がみられる。しかし、彼がそれを必ずしも盲信していた訳ではなかったことは、《リア王》から窺い知れる。グロスター伯の嫡子エドガーと弟の庶子エドマンドとの会話から。

エドガー　何をさう一心に考へ込んでゐるのだ？

エドマンド　兄さん、わたしは此間読んだ予言の書《ほん》のことを考へてゐるのです、日蝕や月蝕の後には如何いふことが起るかといふ（what should follow these eclipses）。〔略〕

エドガー　いつからお前《まひ》は天文学者になったんだい？

――第一幕第二場――

コペルニクスの地動説を大胆にも支持したのが、屈折望遠鏡を改良して、それを初めて天文学に利用したことで知られるイタリアの天文学者・数学者のガリレオ・ガリレイである。しかし、シェイクスピアと同じ時代に活躍したガリレオは宗教裁判にかけられ、自説の撤回を余儀なくされた。このことからも、シェイクスピアは当時の天文学に疑問を投げかける表現にとどめていて、彼の慎重ぶりが知れる。

III 疫病をもたらす魔女の存在

魔女(witch)という言葉を耳にすると、反射的に〈魔女狩り〉が多くの人々の脳裏を掠めることになる。ヨーロッパでは十五~十七世紀にかけて、多くの女性が魔女の嫌疑から世俗的な裁判あるいは宗教的裁判によって処刑されていた。魔女の定義は難しいが、一般的には妖術を行使したり、想像を超えた力で人や家畜に害を及ぼす者を指している。シェイクスピアの活躍した時代の医薬との関連から魔女を捉えれば、処方する薬は毒薬の類となる。また、想像を超えた不可思議な現象の原因を人に求めれば、魔女が疑われることになる。すなわち、人々にとって好ましくない想像を超えた現象の解釈の一つとして、魔女の存在が欠かせなかったのが、十五~十七世紀のヨーロッパだった。イギリスとて例外でなかったのは、シェイクスピアの作品からも明らかである。

シェイクスピアの作品で魔女といえば、よく知られているのに《マクベス》(第四幕第一場)の魔女三人が大釜で〈魔法の薬〉をつくる場面がある。また、《オセロー》(第三幕第四場)では、捏造された不貞の証とされるハンカチの刺繍が魔女の神通力によるものである。これらの魔女については、前章で紹介した。魔女が造った酒が問題となる台詞が、《間違いの喜劇》にみられる。女子修道院の前で繰り広げられる登場人物の訴えを聞いたエフェサスの公爵ソライナスは皆が魔法にかけられているに違いないと思う。

ソライナス　さて、どうもやゝこしい訴訟だ！　おまひたちはみんな魔女《サーシー》の毒酒に中《あ》てられてゐるのではないか！（I think you all have drunk of Circe's cup）。
——第五幕第一場——

ここに登場する魔女サーシー（Circe）は、ギリシャ神話に登場する魔女キルケー（Kirkē、ラテン語のCirce）である。古代ギリシャの吟遊詩人ホメロス（紀元前九世紀頃）の手になる『オデュッセイア』で、主人公オデュッセウスは薬草モーリュのお陰で魔女キルケーの魔法にかからず、豚にならなかった。さらに、キルケーの忠告に従うことで、セイレーンの海域を無事に通過することになる。この魔女キルケー、すなわちサーシーが登場する別の作品が、《ヘンリー六世　第一部》である。フランスのアンジェの町近くで、イングランド軍に追われて逃げるフランス勢。

ジャンヌ・ダルク　摂政方が勝ってフランス勢が逃げる。さァ、呪文よ、護符《ごふ》よ、助けてくれ。いろんな忠告をして、未来の事を符号《ふがう》で知らせてくれる精霊よ、助けとくれ。〔略〕……
ヨーク公と一騎打ちをしながら。ラ・プーセル（ジャンヌ・ダルク）力尽きて捕へられる。フランス方は悉く敗れて逃げ散る。

ヨーク公　やい、フランスの小娘め、よもやもう逃げられまいぞ。さ、呪文を唱へて、精霊共を使って、身の自由が復し得られるなら、やって見ろ。〔略〕見い、魔女がしかめッ面をするのを、サーシ（古代ギリシャの魔女）のやうにおれの容姿《かつかう》を変へようとしをるのでもあらう！（See, how the ugly witch doth bend her brows,/As if with Circe she would change my shape!）〔略〕

ジャンヌ・ダルク　えイ、二人とも疫病に罹りをれ、チャールズも、おまひも！（A plaguing mischief light on Charles and thee!）

——第五幕第三場——

史実によれば、フランス王位継承権を主張し、幼いヘンリー六世（在位一四二二～一四六一、一四七〇～一四七一）を擁するイングランド軍が、一四二九年にフランスの農民の娘で男装したジャンヌ・ダルク（一四一二頃～一四三一）の活躍でフランスのオルレアンで敗れる。しかし、一四三〇年にイングランド軍に捕えられたジャンヌ・ダルクは宗教裁判にかけられて異端者として火刑に処せられる。この戯曲は、史実に基づきつつ、当時の世相を反映したシェイクスピア風にアレンジしたものに仕立てあげられている。戯曲では、魔女が悪霊を呼び出し、妖術を使うことがほのめかされている。当時のイギリスでは、各地で魔女裁判がみられ、エリザベス朝の一五六三年に妖術取締り令が出され、魔女追及が激しかった。イギリスに繁栄をもたらしたエリザベス女王が崩御し、スコットランド王ジェームズ六世がイングランド王ジェームズ一世として即位した。彼は、悪魔や魔女の存在を深く信じ、一五九七年に『悪魔論』を著したが、その姿勢は魔女を断固として取り締まるべきというものだった。魔女あるいは悪魔の存在による弊害が、当時いかに大きかったかを物語っている。

45 老いを迎えるということは

「時」の手伝ひをして手前を老衰させることは出来ても、
「時」の齎す皺をおとどめなさることは出来ん。

《リチャード二世》第一幕第二場

この世に生を受けた誰もが、老いを迎えるのは避けられない。老いのバロメーターの一つが年齢ならば、六十五歳頃から人によって老いの加速度に著しい差がみられる。九十歳をすぎても矍鑠《かくしやく》としてみえれば、七十歳なのに八十歳すぎかと疑われる人もあり、置かれた環境次第で老いを迎える姿はさまざまである。

シェイクスピア[45-1]は、年老いた人の容貌、気質、病状から生き様までを数々の作品で、登場人物に演じさせたり、語らせたりしている。その筆致は赤裸々だが、総じて思いやりに溢れている。

I 容貌に対する苛酷な描写

三つの民族シュメール、バビロニア、アッシリアが三千年以上にわたって担ったメソポタミアの文化はヨーロッパ文明の揺籃とされ、医術は重要な位置を占めていた。その時代に編まれた『ハンムラビ法典』には、医術についても定められ、医術に伴う諸問題も法によって解決されていた。今から約五千年前、そんな文明が繁栄した時代に歌われた『ギルガメシュ叙事詩』は人類最初の叙事詩とされる、王ギルガメシュの冒険物語である。根底に流れる哲学的思想は〈老化と死〉に関わるもので、死が避けられないものならば老いと死を享受して心豊かに生活することの大切さを歌いあげている。

翻って、シェイクスピアの作品にみられる年老いた人の容貌描写は微に入り細部に触れられているが、まず外観に触れた描写をみてみたい。《ヘンリー五世》［45-2］では、フランスとの和平が成立して、ヘンリー五世が若いフランスの王女キャサリンに求婚する。

ヘンリー五世　いゝ脚《すね》も萎《しな》びる、真直な背も曲る、黒い髭も白くなる、縮れッ毛の頭も禿げる、美しい顔も皺だらけになる、ぱッちりした目も凹む。だが、ケートさん、誠実な心は太陽や月です。いや、むしろ太陽ですよ、月ぢゃない。なぜなら、常に赫《かゞや》いてゐて決して変らないで、同じ軌道を守ってゆくからです。さういふ男を有つ気なら、わたしをお取りなさい。

——第五幕第二場——

容貌は、年と共に老いて変化するが、誠実な心は太陽の軌道の如く一生不変と愛を告白している。また、《ハムレット》［45-3］では、デンマーク王クローディアスの相談役ポローニアスはハムレットの変貌は自己の娘オフィーリアへの恋によるものと王と王妃に語る。王と王妃が去って、本を読みながらハムレットが登場する。

ポローニアス　其読ませられまする事は何事でござりまする？

ハムレット　誹謗《わるくち》ぢゃよ。悪舌漢《くちわる》めが茲に斯う言うてをるわい、老人には白き髭あり、其面は皺くちゃにて、目よりは濃き琥珀色の桃の脂《やに》を流す、而して智は夥しく不足し且又膝節は弱しとある（old men have grey beards, that their faces are wrinkled, their eyes purging thick amber and plum-tree gum and that they have a plentiful lack of wit, together with most weak hams）。こりゃも悉く其通りぢゃが、さりとて斯う歴々《まざまざ》と書いておくのは、些《ち》と無作法であらうわい。何故と言やれ、御身ぢゃとて、若し蟹のやうに逆様に這はうならば、予《わし》と同年でもあらうによって。

ポローニアス　（傍を向いて）狂人《きちがひ》の言ふことながら理《すぢ》が立ってゐる。

――第二幕第二場――

質問に対して要領をえない答えだが、話の筋道は通っていて感心するポローニアスである。さらに、《ヘンリー四世　第二部》では、ヘンリー王子（後にヘンリー五世）の酒飲み仲間フォールスタッフが王子に悪影響を及ぼしていると、老いた徴候を挙げて小言を言う高等法院長。

高等法院長　足下《きみ》は若い者の名簿に名を列《つら》ねてゐる積りかい？　顔を見ると、徹頭徹尾、大きな字で老人と書いてあるんだが（Do you set down your name in the scroll of youth, that are written down old with all the characters of age?）。目は始終湿ってるぢゃないか？　手は脂肪《あぶら》が脱け、頬は黄ばみ、髭は白くなり、脚は短くなり、肚《はら》ばッかりが大きくッて、声は途切れ〳〵、息はつゞかず、頤《あご》は二重《ふたへ》だが、智慧は薄ッぺら、身に附いたものが何もかも老込《おいこ》んで来てるぢゃないか？　それでも尚ほ若いといふのか？

――第一幕第二場――

高等法院長の糾弾は手厳しいが、これら三つの戯曲の台詞には年老いた人の身体的特徴がほぼ網羅されている。

しかし、シェイクスピアは上述の肉体的・精神的衰えとは逆に、老いても若さを強調する台詞を忘れてはいない。《お気に召すまま》〔45-4〕では、サー・ローランドの長男オリヴァーの召使いである老いたアダムが、サー・ローランドの末息子であるオーランドーの召使いとして仕えたいと訴える場面で言う。

アダム　齢は取ってもまだ達者でございます（Though I look old, yet I am strong and lusty）。〔略〕わしの晩年は健全な冬だ、霜が降っても順当だ。お伴をさして下さい。どんな御用だって、仕事だって若い者並《なみ》に勤めますから。

――第二幕第三場――

また、《ヘンリー四世　第二部》からは次の場面。酒と女の自堕落な生活を楽しむ落ちぶれた老いた貴族フォールスタッフの背後に現れた、手下のポインズと給仕人に変装したヘンリー皇太子（ハル王子）は、娼婦ドールと戯れるフォールスタッフを見て言う。

ヘンリー皇太子　あれ見な、あの皺くちゃ爺め、まるで鸚鵡が頭を引掻《ひッか》くやうに、あの女に禿頭を引掻廻されてゐやがる。

ポインズ　お役にゃ立たなくなってる癖に、情欲《そのき》だけが残ってるのァ不思議ですなァ（Is it not strange that desire should so many years outlive performance?）。

――第二幕第四場――

II　五十歳から老人とされ、気質に変化が

エリザベス朝時代では、五十歳まで生き長らえたならば大層幸せ者とされていたが、この年齢になると老人と呼ばれ始めている。しかし、男に対してはまだ重労働が期待されたばかりか、六十歳までは一戦士として戦場での活躍が期待されていた。一方、女性は五十歳頃から産婆（wise-woman）として活躍が期待され、名声を得ることが出来たかもしれなかった。

ジョン・ホールの『観察報告集』によれば、六十歳以上の長寿を全うした人数は百六十六名（同一人物症例を入れれば百八十二症例）中三十八名（男性十九名、女性十九名）だった。七十歳以上に絞ると十六名で、最長寿は九十三歳である。ホール医師の患者百六十六名は、男性が六十三名、女性が百三名であることを考えれば、前者に長寿が多いことになるが理由は定かではない。いずれにしろ、ホール医師の患者は恵まれた裕福な人たちだったことは確かである。当時の平均寿命は、男性三十八・七歳で女性はもう少し低かった。公衆衛生および医療の発達していなかった当時、疾病による死亡あるいは死産・小児時の死の多かった事情が、この数値に及ぼした影響は無視出来ない。しかし、性別は別にして貧富の差が長寿の要因の一つと考えられたとしても不思議ではない。

シェイクスピアの作品には、老いることで生じる気質や精神的変化にまつわる描写が少なくない。年老いた人の気質の特徴として、〈怒りっぽい〉、〈忘れっぽい〉がある。《リア王》では、リア王の三女コーディリアは長女ゴネリルと二女リーガンに父リア王の世話を頼んでフランスに旅立つ。二人だけになった長女と二女との会話から。

リーガン　老耄《らうまう》のせゐです。それでも御自身には殆ど気が附いてゐませんの（'Tis the infirmity of his age: yet he hath ever but slenderly known himself）。

ゴネリル　若い健全な頃でさへも一徹短慮《てつたんりよ》な人であったのが、齢《とし》を取りなすったんだから、永い間性癖《せいへき》となった弱点にかてゝ加へた老耄《らうまう》で、怒りぽくもなって、始末におへない我儘をなさると思はねばなりません。

——第一幕第一場——

《ヘンリー五世》では、フランス軍との戦いを前にしたイングランド軍の陣営での台詞。

ヘンリー五世　今日死なゝいで老いに及ぶ者は、年々此祭の前夜《よみや》に隣人を饗応して、明日《あす》は聖《セント》クリスピヤンだといって、袖を捲《まく》って古傷を見せて、こりゃクリスピヤン祭に受けたのだといふだらう。老人は忘れッぽい、何もかも忘れるだらうが、此日にした事だけは、利子を附けて憶ひ出すだらう。

——第四幕第三場——

また、老人の良くない気質として〈温かみのない〉、〈心の持ちようが悪い〉などが触れられている。《アテネのタイモン》では、無一文となったアテネの貴族タイモンがかつて饗応した友人に援助を期待して、忠実な召使いフレイヴィアスを使いとして出すが、皆に断わられてしまう。

タイモン　あゝいふ老人どもは年の故《せゐ》で恩を忘れるんだ（These old fellows/Have their ingratitude in them heredirary）。〔略〕あいつらに好意がないのは、固有《もちまへ》の温みがなくなったからだ。土へ帰る日が近づくと、心も体もそろ〳〵鈍重になりかけるのだ。

——第二幕第二場——

《間違いの喜劇》では、エイドリアーナが夫アンティフォラス（兄）の弟が妹ルシアーナと浮ついていると知って落ち着かない。

エイドリアーナ　どこもかも不恰好な、不道徳な、粗暴な、愚鈍な、不深切な、体附《からだつき》も極印《ごくいん》附きなら、心立ては尚ほ悪い（worse in mind）萎《しな》び爺《ぢゝい》め！

ルシアーナ　そんな人なら妬《や》くにも及ばないぢゃないの？

——第四幕第二場——

さらに、死を前にして、老いて、能わない願望について偽わらざる心情の吐露されているのが《マクベス》〔45-5〕で、マクベスの台詞にみられる。スコットランド王ダンカンを殺害して王となったマクベスだが、イングランドとスコットランドの両軍が合流し、マクベスの居城に迫っている。医者と従者を伴った城内の一室で言う。

マクベス　……気持がわるくなる……見ると。〔略〕俺も最早《もう》相当に長生《ながいき》した。生きてゐても、行く手は最早《もう》黄葉だ、凋落の秋の暮だ。しかも老年に伴ふ筈の名誉や愛敬や柔順や信友の群は、到底得られさうな望みはない（And that which should accompany old/Age, as honour, love, obedience, troops of friends, I must not look to have）、いや、其代りに、声は低いが根の深い呪咀《のろひ》や口先だけの尊敬や空世辞ばかりが附いて廻りをる。

——第五幕第三場——

死を前にしたマクベスが自己の犯した罪業がゆえに、老いた人間の望むべくもない願望を代弁している。この台詞に接した人々の中には、来し方を振り返って思い当たる節が少なくないことであろう。

III　子供がえりと干からびたビスケット状の脳

超高齢化社会となり増加の一途を辿る認知症には、アルツハイマー型、脳血管性そしてレビー小体型とがあり、前二者が全認知症の約八十五パーセントを占めている。糖尿病を併発すれば、その発症頻度は二〜三倍に増えることが知られている。認知症の代表ともいえるアルツハイマー病は、一九〇六年にドイツのミュヘン大学の神経病理学者アロイス・アルツハイマー（一八六四〜一九一五）が、五十一歳の女性の一例を報告したことに、その歴史が始まった。記憶障害、失見当識、被害妄想で発症し、老人性認知症の約三分の一を占めている。

年老いてくれれば精神的崩壊が観察されるが、シェイクスピアの作品には戯曲の主人公が自ら変化を語る場面がみられる。《リア王》では次の通り。

リア王　（自ら其顔を撲《う》ちのめして）此門を撲《ぶ》て、馬鹿な根性を誘《おび》き入れて、大切な分別を逸《にが》しをった此門を！

——第一幕第四場——

そして、《あらし》では、ミラノ大公プロスペローが娘ミランダと婚約者でナポリの王子ファーディナンドとの会話で言う。

プロスペロー　婿どの、わしは少し頭の具合がわるい、堪へて下さい、老人の持病ぢゃ（Sir, I am vex'd; / Bear with my weakness; my old brain is troubled）。決して予《わし》の持病を気にして下さるな。

——第四幕第一場——

高齢ともなれば、人によって小児のような状況に陥る。すなわち、第二の小児期、〈子供がえり〉がみられるが、シェイクスピアの作品のいくつかに巧みに取り入れられている。その一つが《お気に召すまま》で、前公爵に仕える貴族のジェイクイズによる「一生は先づ七幕《なゝまく》が定《きま》りです」で知られる台詞にみられる。

ジェイクイズ　第六となると、痩せこけた、上草履《うはざうり》でとぼ〳〵あるきの道外《だうけ》爺さんに変る。鼻には眼鏡、腰には巾着《きんちやく》、丹念に保存したものゝ、若い時分の筒袴《だんぶくろ》は、其衰へた脛《すね》には、滅法界《めつぽふかい》もなく太過ぎる。さうして太かった男らしい声も今は子供声へ逆戻りして、細々と口笛のやう。とゞのつまりの、此変《このおつ》な、複雑な劇《しばゐ》の大詰は、第二の小児（second childishness）と変って、一切空に帰するのです。すなはち、無しづくし、歯なし、目なし、味覚なし、何《なンに》もなし。

——第二幕第七場——

《ハムレット》では、ハムレットの変貌の調査依頼をデンマーク王から受けたハムレットの幼馴染みのローゼンクランツとギルデンスターンらとの会話にみられる。

ハムレット　（ポローニヤスを遠目に見て二人に）こりや、ギルデンスターン。……御身も〳〵……耳を〳〵。あれ、あの大きな赤児《あかんぼ》はまだ襁褓《むつき》を離れてをらぬ。

ローゼンクランツ　多分、二度目の襁褓でござりませう、老いては幼児《こども》に返ると申しまする（they say an old man is twice a child）。

――第二幕第二場――

また、《冬の夜ばなし》では、生後間もなくボヘミアで捨てられたシシリア王女パーディタは羊飼いに育てられる。ボヘミア王ポリクシニーズの息子であるボヘミアの王子フロリゼルは羊飼いのドリクリーズと名乗り、パーディタに恋する。平民との結婚を嫌うポリクシニーズだが、この羊飼いの田舎娘パーディタに気品があると感じる。正客として婚礼に花嫁の父を招くのに、羊飼いに変装した息子フロリゼルに父親について尋ねるポリクシニーズ。

ポリクシニーズ　もう一度聴きますが、お父さんは、もう道理が解らんやうにでもなってゐますか？齢を取って、リョウマチかなんぞで、だん〳〵変って、愚鈍にでもなってゐますか？口は働《き》けますか？　耳は？　人の見分けは？　自分の権利なぞをやかましくいひますか？　床に就《う》きづめでゝもありますか？　耄《ぼ》けて子供に返って、たわいがないのですか？（and again does nothing/But what he did being childish?）

フロリゼル　いゝえ。同年配の大概の者よりは健康《ぢやうぶ》でもあり、達者でもあります。

――第四幕第三場――

年老いた人にみられる記憶力の低下、思考力の不足、気質の変化などはいずれも脳の変性に基づくものだが、シェイクスピアはそんな脳を大航海時の残余した干からびたビスケットに喩えている。《お気に召すまま》で、前公爵と彼に仕える貴族ジェイクイズとが阿呆談議を交わしている。

ジェイクイズ　奴は、其脳髄の中に、といっても、航海中に食ったビスケットのお剰《あま》りほどに干乾《ひから》びきった脳味噌《なうみそ》の隅《すみ》ッこに（in his brain,/Which is as dry as the remainder biscuit/After a voyage）、不思議な観察を詰め込んでゐて、そいつを時々支離滅裂《しりめつれつ》のまゝで吐き出します。

――第二幕第七場――

エリザベス朝時代には、未知なる海へ乗り出した大航海で新鮮な食物不足から乗組員が苦しんだのは否めない。正常には働かない脳を、残りものの乾燥しきって壊れやすいビスケットに喩えた、シェイクスピアの想像力は素晴らしい。

46 苦痛を療治する死という名医

人間は一度しか死ぬもんぢゃァねえ。命は神さまからの借物《かりもん》だ。

《ヘンリー四世　第二部》第三幕第二場

シェイクスピア〔46-1〕の活躍した時代には疾病がたびたび流行し、死は至極ありふれたことだった。彼が生きたルネサンス期の〈死〉に対する考えは、〈死〉でもって人は皆平等になるというのが一般的だった。

しかし、十九世紀以降は医学の進歩が著しく、解剖学や病理学が台頭してきて、〈死〉によって〈病〉と〈生〉との橋渡しをするという臨床医学的思想が誕生する。すなわち、死因を探査・追究することで病因・病態が明らかにされ、成果が病気の予防と治療に反映されて今日に至った。

I　二千を下らない死にまつわる表現

先述したように、シェイクスピアの作品は、戯曲三十九編、物語詩四編とソネット集、そして数編の短い詩が現存するというのが一般的である。これらの作品を通して、〈死〉に関連した言葉・表現は二千を下らないとされている。詩集の一つで百五十四編の詩からなる『ソネット集』に死にまつわる表現をみてみたい。die: 十一回（以下略）、death: 二十一、dead: 十三、arrest: 一、burry: 一、decease: 一、dying: 一、entombed : 一、I am gone: 一、mortal: 一、mortality: 一という表現が用いられ、合わせて五十三回である。さらに、墓にまつわるものには grave: 二、tomb: 五である。〈死〉と関わりの深い表現をこれらに限定すれば、総計で六十回も登場する『ソネット集』で、美しい青年への愛を歌う詩群の一つ八十一番には、これの中で dead, death, die, entombed, grave が歌い込まれている。さらに、〈死〉を意味して "epitaph"、"I in earth am rotten" が登場する。

私が長生きしてあなたの墓碑銘を書くことになろうと、(your epitaph to make)
あなたが生き残って私が地中に腐ることになろうと (I in earth am rotten)、
死がこの世からあなたの思い出を奪い去ることなど (From hence your memory death cannot take)
できはしません、私のことはすべて忘れ去られても。
私は (死ねば) この世から消えてなくなりますが (Though I (once gone) to all the world must die)、
あなたのいのちはいまから不滅のいのちを得ます、
私は大地に目立たぬ墓一つもらうだけですが (The earth can yield me but a common grave)、
あなたは無数の人々の目の中に埋葬されるのです (When you entombed in men's eyes shall lie)。
〔中略〕
いずれ生まれくる多くの舌もあなたをくり返し
語るでしょう、いま生きている人がすべて死んでも (When all the breathers of this world are dead)。
〔以下略〕 (小田島雄志訳、同前)

ところで、シェイクスピアの作品は〈歴史劇〉、〈喜劇〉、〈悲劇〉、〈ロマンス劇〉そして〈詩〉とに大別される。〈死〉に関わる表現・言葉は〈喜劇〉あるいは〈ロマンス劇〉にもみられるが、当然のことかもしれないが多いのは〈歴史劇〉、〈悲劇〉そして〈詩〉である。また、死に様は、病死、他殺（毒殺、戦死など）、自殺・自害そしてその他（自殺を含めた溺死など）と多様である。ここでは、溺死に関わる台詞をシェイクスピアの作品にみてみたい。《オセロー》〔46-2〕で、ムーア人のオセローを嫌う二人、悪漢でオセローの軍隊の旗手を務めるイアーゴーとイアーゴーに操られる紳士ロダリーゴーとの会話から、オセローの妻デズデモーナに恋するが叶わず嘆くロダリーゴーにけしかけるイアーゴー。

イアーゴー　女を手にも入れ得ないで土左衛門《どざゑもん》になる位ゐなら（to be drowned and go without her）、望みを遂《と》げた上で絞罪《しばりくび》になったはうがいいだらうぢゃないか？

ロダリーゴー　きッと力になってくれるんですか、君の言ふ通りにすりゃ？

——第一幕第三場——

弱気のロダリーゴーを叱責するイアーゴーである。また、《あらし》では、野蛮で醜悪な奴隷キャリバンに酒の楽しみを教えたナポリ王アロンゾーの給士頭ステファノーだが、キャリバンはすぐに酔ってしまう。

ステファノー　おや！　悪魔が二疋もゐるのか？〔略〕汝《うぬ》の四本脚なんかに恐怖《おび》えるために、溺死者《どざゑもん》になるのを助かりゃァしねえぞ（I have not 'scaped drowning）。

——第二幕第二場——

《ハムレット》〔46-3〕では、デンマーク王クローディアス、その妃でハムレットの母親ガートルードそして王の相談役ポローニアスの息子レアーティーズとの会話で、ハムレットの破滅的愛情の対象となるポローニアスの娘オフィーリアが川で溺死したことが王妃によって伝えられる。

王妃　レヤーチーズよ、其方《そなた》の妹は溺れて死にゃった（your sister's drown'd）。
レアーティーズ　なに、溺れて！（Drown'd!）おゝ、何処で？
王妃　斜に生ふる青柳が、白い葉裏をば河水の鏡に映す岸近う、雛菊、いらぐさ、毛茛《きんぽうげ》……芝蘭《しらん》褻《みだら》なる農夫《しづのを》は汚はしい名で呼べど、清浄な処女《むすめ》らは死人の指と呼んでをる……の花で製《こしら》へた花鬘《かづら》をば手に持って、狂ひあこがれつゝ来やったげなが、それを掛けうとて柳の枝に、攀づれば枝の無情《つれな》うも、折れて其身は花もろともに、ひろがる裳裾にさゝへられ、暫時《しばし》はたゞよふ水の面《おも》。最後《いまは》の苦痛をも知らぬげに、人魚とやらか、水鳥か、歌ふ小唄の幾くさり、そのうちに水が浸み、衣も重り、身も重って、歌声もろとも沈みゃったといの。
レアーティーズ　あら、悲しや、妹は溺れ死んだか？（she is drown'd?）

——第四幕第七場——

王妃の知らせに、嘆き悲しむ兄レアーティーズである。シェイクスピアの手によって紡がれた、王妃ガートルードが語るオフィーリアの水死の描写に、多くの芸術家が触発された。とりわけ、イギリスの画家ジョン・エヴァレット・ミレー（一八二九～一八九六）の小川で溺れる「オフィーリア」の絵（一八五一～一八五二）はよく知られている。この絵は、現在ロンドンのテート・ブリテンに所蔵されている。

II　鋭い観察眼による死の描写

シェイクスピアの作品には、死あるいは死に瀕している様子の真に迫った描写の台詞が少なくない。その代表が、《ヘンリー五世》にみられるサー・ジョン・フォールスタッフの死の床の描写である。フォールスタッフの死をみとった居酒屋ボアズ・ヘッド（猪頭）亭の女将ネル・クウィックリー。

ネル・クウィックリー　あの人は存外好《い》い死方をなすったわね、洗礼服の赤児《あかさん》の様にしてゝ亡くなったものね。ちょうど十二時と一時の間に息を引取んなすったよ。さ、これからが退潮《ひきしほ》といふ時でしたの。わたし、あの人が夜具をいぢったり、花を摘《つま》んだり、指の先を見てにや〱したりなさるのを見て、もうこりゃ駄目だなと悟りましたのよ。だって、もう鼻が鉄筆《ペン》のやうに尖《とんが》ってゝね（his nose was as sharp as a pen）、野原の事を、何だかぶつくさ〱言ってなすったもの。

――第二幕第三場――

この台詞に、『ヒポクラテスの箴言』（『ヒポクラテス全集』）に述べられている、死が間近な特徴の一つである〈ヒポクラテスの顔貌〉が見事に描写されている。長期にわたる重病の死期にみられるやせ衰えた顔貌は、〈ヒポクラテスの顔貌〉あるいは〈ヒポクラテスの死相〉といわれ、その特徴はくぼんだ目、尖った鼻、頰とこめかみのへこみ、冷たい耳、弛緩した唇、鉛様の顔貌などである。さらに、クウィックリーによるフォールスタッフの死の床の描写に「夜具をいぢったり（fumble with the sheets）」、「花を摘《つま》んだり（play with flowers）」という架空のものを摑むことを意味するcarphology（floccillation、撮空模床、捜衣模床）がみられる。

〈ヒポクラテスの顔貌〉の一特徴として〈くぼんだ目〉があるが、シェイクスピアの作品には死の迫った際の目の様子に触れたものが少なくない。その一つが、《ヘンリー八世》で、ヘンリー八世の妻であった王妃キャサリンが病で死を前にして、彼女の侍従グリフィス、侍女ペイシェンスとする会話にみられる。

キャサリン　音楽をやめさせとくれ。何だか、聞きぐるしくて、辛いから。

音楽止む。

ペイシェンス（グリフィスに傍白）御方さまの御様子が、大変にお変り遊ばしたぢゃありませんの、急に？　お顔がお長くおなり遊ばしましたわ！　真蒼におなり遊ばして、其上、土（死肉）のやうにお冷たく！　ま、御覧なさい、お目を！（how pale she looks,/And of an earthy cold? Mark her eyes!）

グリフィス（小声で）お亡くなりになるのだ。……お祈りをなさい、お祈りを。

——第四幕第二場——

また、《ヘンリー四世　第二部》において、国王の二男クラレンス公、末の息子グロスター公そして国王の忠臣ウォリック伯が、脳卒中を患って臥床する王ヘンリー四世を囲んでいる。

王　枕元へ王冠を置いてくれ。

クラレンス公（ウォリックに、小声で）目が凹《くぼ》んでゐます。大変に変って来ました（His eye is hollow, and he changes much）。

——第四幕第五場——

非常に簡潔だが要を得たシェイクスピアの真に迫る死に際の描写は、彼が間近に死の状況あるいは死者に接した機会の少なくなかったことを窺わせる。それは身内、友人あるいは当時流行した疾病による死者に接した多くの体験に基づくことが示唆され、その観察は鋭い。臨終の際に居合わせたか否かは別にして、存命中に両親をはじめとして身内の不幸に数多く遭遇したシェイクスピアである。シェイクスピアの両親ジョン・シェイクスピアとメアリー・アーデンは、ウィリアムを挟んで姉二人ジョーンとマーガレット、弟三人ギルバート、リチャード、エドマンドそして妹二人ジョーンとアンの子宝に恵まれた。しかし、姉二人は生後間もなく亡くなり、妹アンは八歳の一五七九年に、弟ギルバートは四十五歳の一六一二年に亡くなっている。とりわけ妹アンの死に、シェイクスピアは心に大きな痛手を受け悲しんだという。また、父ジョンが一六〇一年、母メアリーは一六〇八年に亡くなっている。一方、シェイクスピアは妻アン・ハサウェイとの間に三人の子宝に恵まれ、長女スザンナが一五八三年に生まれ、一五八五年に双子の長男ハムネットと二女ジュディスが誕生した。しかし、長男ハムネットは十一歳の一五九六年に亡くなる。死因は不明だが、当時ストラットフォードでは腸チフスや赤痢が流行していたことが記録に残されている。シェイクスピアにとって死は極めて身近なもので、その体験が彼の作品に巧みに紡がれているのは想像に難くない。

III　死後の世界、〈天国〉と〈地獄〉

ラテン語やギリシャ語に精通していたシェイクスピアが日々親しんでいたのが聖書で、彼の作品にそれらが色濃く投影されていると言っても過言ではない。また、イタリアの詩人ダンテ・アリギエーリやフランチェスコ・ペトラルカ（一三〇四～一三七四）の恋愛詩が、チョーサーをはじめとしてイギリスの文人に与えた影響は計り知れない。このイタリアの詩様式が、イギリスに根づくのはエリザベス朝の十六世紀末である。世界文学の最高傑作とされる、ダンテの精神的告白の三行韻詩『神曲』には、聖書以外にもさまざまな書物からの引用が多く、ギリシャ神話などに基づく怪物なども多数登場する。絵画「ヴィーナスの誕生」、「春」などで世界的に名の知れた、イタリアの画家サンドロ・ボッティチェリ（一四四五～一五一〇）は、ダンテ崇拝者で『神曲』に挿絵を描いたが、その一つが有名な「地獄の見取り図」（一四九〇）で、ヴァチカン図書館に収蔵されている。また、このボッティチェリの挿絵「地獄の見取り図」が物語の鍵になるのが、ダン・ブラウンのサスペンス小説『インフェルノ』である。

先にも述べたが、シェイクスピアの作品が聖書に影響を受けた場面も少なくなく、ダンテの三行韻詩『神曲』もエリザベス朝のシェイクスピアに多大な影響をもたらしたと考えられる。死後の世界としてダンテの『神曲』に登場する〈地獄〉と〈天国〉が、シェイクスピアの作品の台詞にも見受けられる。《ヘンリー五世》から、居酒屋ボアズ・ヘッド（猪頭）亭の前で、フォールスタッフの死を哀悼するクウィックリーとおかしな三人組ニム、ピストル、バードルフの会話。

ピストル　フォルスタッフどんが死んぢまったもんだから、どうしても感傷的になッちまはァ。

バードルフ　今、どこにゐるのか知らんが、おらァあの人と一しょにゐてえや、天（in heaven）でもいゝ、地獄（in hell）でもいゝ！

ネル・クウィックリー　とにかく地獄じゃァないね。

——第二幕第三場——

また《ハムレット》で、弟の現デンマーク王クローディアスに殺されたハムレットの父である先王が亡霊となって現れ、弟に毒殺された経緯を語り、ハムレットに復讐を命じて消える。

ハムレット　おゝ、ありとある天の神々（host of heaven）！　下界にありとあらゆる神！　地獄（hell）にありとあらゆる悪魔も！〔略〕此上は、大切な命令《いひつけ》を。むゝ……さらば、さらば、おゝさらば。わがいひつけを忘るゝなよ！　きッと天に誓うたぞよ。

——第一幕第五場——

亡き先王である父の死の真相を知ったハムレットは怒りに狂い、〈天国〉、〈地獄〉の見境なく神々、悪魔に復讐の誓いを投げかける。また、《リチャード三世》で、先王ヘンリーの皇太子エドワードの妻アンが先王の葬儀の喪主を務めるが、王座への野望を抱くグロスター公（後のリチャード三世）は彼女に求婚し始める。

グロスター公　下界の王たるよりも天上の王たるに適した人だった。だから、天へ上って、恰《ちょう》ど適所を得たわけです。

アン　おのしなんかは決して天へは上れない（He is in heaven, where thou shalt never come）。

グロスター公　其天へ上らせてあげたのはわたしですよ。

アン　おのしなんかは地獄へしか行かれやしない（And thou unfit for any place but hell）。

兄エドワード四世を騙し、次兄クラレンス公をロンドン塔へ幽閉したグロスター公をなじるアン夫人である。グロスター公と結婚することになるアンだが、後に殺害される。

――第一幕第二場――

この死について、苦しみから解放する死こそがその療治と示唆する台詞がシェイクスピアの作品にみられる。《オセロー》〔46-4〕において、デズデモーナを妻にと望むが、能わない紳士ロダリーゴー。

ロダリーゴー　生きてるのが苦痛だのに、生きてるのは馬鹿らしい。死神の外に良《い》い医者のない時分にゃ、死ぬより外に処方書はない（It is silliness to live when to live is torment; and then have we a prescription to die when death is our physician）。

――第一幕第三場――

さらに、《シンベリーン》で、祖国ブリテンのために戦って勝利を収めたポスチュマスは、ブリテンの王シンベリーンの美しい娘である妻イモジェンに裏切られたと思い絶望し、死を願ってローマ人になりすましてブリテンの獄舎に入れられ、手枷《てかせ》、足枷を掛けられる。

ポスチュマス　（手枷をながめて）手枷《てかせ》よ、ありがたい！〔略〕このはうが痛風患者よりは優《まし》だ。なぜなら、彼れはいつまでも呻《うめ》き苦しむのだが、おれは死といふ名医に療治して貰ふんだ。死は此錠を脱《はづ》す鍵だ（since he had rather/Groan so in perpetuity than be cured/By the sure physician, death, who is the key/To unbar these locks）。

――第五幕第四場――

また、《ジュリアス・シーザー》〔46-5〕では、キャシアスに唆《そそのか》されてシーザー暗殺の一味に加わったブルータスに剣を向けられたシーザーは絶命する。

ブルータス　早晩死ぬものとは誰しも知つてゐる。人の重きを置くは、何時死ぬか何時まで生きてゐるかといふことである。

キャシアス　して見れば、生命《いのち》を二十年縮めてやるのは、死を怖れる苦痛《くるしみ》を二十年だけ縮めてやるやうなものだ。

——第三幕第一場——

議論の余地があるものの、意識が戻らないまま生き永らえることになったときに、安楽死を望むというのは、今も昔も変わらない。そんな状況の描写が《リチャード二世》〔46-6〕で、リチャード二世と彼のお気に入りで国王悪政の原因の一人と非難されるブッシーとの会話にみられる。

ブッシー　ガントのヂョン老公が俄かに御重態におちいらせられました。只今急使を以て即刻の御臨御を懇願に及ばれまする。〔略〕

王　（半分独語のやうに）神よ、何とぞ医師をして彼れをば速かに墓穴へ送る手助けをなさしめたまへ！（Now put it, God, in the physician's mind/To help him to his grave immediately!）〔略〕さァ〈揃つて見舞にゆかう。どうか急いで行っても、それがもう時後《おく》れであるやうに！

——第一幕第四場——

国王の叔父で、その執政に批判的なランカスター公ジョン・オヴ・ゴーントが病に倒れた知らせに、その死を見届けたいと彼のもとへ駆けつけるリチャード二世である。しかし、その表現の意図は、半ば安楽死を祈り、半ば国王の行動に批判的な叔父の死が早まることを願っての台詞である。叔父の死後、彼の領土は国王に没収され、専制的となったリチャード二世は破滅の道を辿ることになる。

47 エピローグ1——作品にみる病と生活習慣のパッチワーク

罪が運星《うんせい》にあるんぢゃなくって、我々の心にあるんだ。

《ジュリアス・シーザー》第一幕第二場

シェイクスピア［47-1］の活躍した時代前後のイギリスの事情を〈病と生活習慣〉の視点から、彼の作品を通して四十六章にわたって俯瞰してきたが、紹介し切れなかったものが少なくない。それらのいくつかを二回に分けて紡いでみたい。

本章では「作品にみる病と生活習慣のパッチワーク」として、遺伝、ウイルス疾患、眼鏡そして産科領域に関わる題材に焦点を当ててシェイクスピアの作品をみてみたい。

I　遺伝そして疾病さまざま

人の性格・体形あるいは病気を含めた体質は、親の血を受け継ぎ、これを遺伝と言う。この存在を科学的・実験的にエンドウ豆を用いた交配実験で証明したのが、オーストリアのグレゴール・メンデル（一八二二〜一八八四）である。その業績は、遺伝に関するメンデルの法則と呼ばれ、〈優性〉、〈分離〉、〈独立〉の三原則からなり一八六六年と一八六九年に論文として発表されたが、長年にわたって無視された。メンデルの研究の正しいことが認められるのは、一九〇〇年のことである。そして、このメンデルの業績の正しいことを再確認し、完成させたのがアメリカの実験動物学者トーマス・モーガン（一八六六〜一九四五）である。彼はショウジョウバエを用いて、染色体上の遺伝子分布を示す染色体地図を作成することで遺伝子の存在を明らかにし、一九三三年にノーベル生理学・医学賞に輝いた。

翻って、シェイクスピアの作品にも遺伝を示唆する台詞がみられる。《マクベス》［47-2］で、イングランド王ダンカンの息子マルカムは、スコットランド王となったマクベスを殺害したマクダフのスコットランドへの忠誠を試す。

医師　彼等の病ひには、如何に名誉の医術も功を成しませんのですが、陛下がお手に触れさせられゝば……さういう霊力を天からお授りになりましたのですから……彼等は直ぐ回復いたします。

マクダフ　如何《どう》いふ病ひなのでございます？

マルカム　「王の病ひ」と呼びならはしてゐる。〔略〕噂によると、王は、此有りがたい治療力を其子孫にも遺伝されるといふことです（'tis spoken/To the succeeding royalty he leaves/The healing benediction）。

――第四幕第三場――

《シンベリーン》では、ブリテンの王シンベリーンによって不当に宮廷から追放されたベレイリアスが報復として幼児時に誘拐した第二王子アーヴィラガスらと語るベレイリアスの台詞に、「血は争はれないもの」と語られている。

ベレイリアス　（傍白）遺伝は争はれないものだ！　自然に徳が備はってゐる。あゝ、英邁《えいまい》な君主の血《ち》統《すぢ》！（O noble strain! O worthiness of nature! breed of greatness!）　臆病者の子は憶病だ、卑劣者の父は卑劣だ。

――第四幕第二場――

病気について、ヘルペスウイルス感染による疾病を示唆する台詞がシェイクスピアの作品にみられる。《尺には尺を》では、腐敗した領内を修道士に変装して視察するウィーンの公爵ヴィンセンシオと恋人を妊娠させたために死刑を宣告された若い紳士クローディオが監獄で語っている。

クローディオ　不幸《ふしあはせ》を治す薬は、只もう望より外にはございません。〔略〕

ヴィンセンシオ　人間には一人の真友もない。子と名宣《なの》る身肚《みはら》を痛めさせた血の余りまでが、何故もっと手取《てツと》り早く親父を方附けてしまってくれないかと言って、痛風《つうふう》や泡疹《はうしん》や僂麻質《リユウマチ》を怨み阻《のろ》ってゐる（Do curse the gout, serpigo, and the rheum,/For ending thee no sooner）。　——第三幕第一場——

ここに出てくるserpigoは、疱疹（herpes）で皮膚病のことである。単純ヘルペスウイルスによる感染症ヘルペスは、特徴としてわずかに隆起した炎症性の基底膜上に、透明な液体で満たされた一つあるいは多数からなる小水泡の集合体で出現する。単純性ヘルペスウイルス（herpes simplex virus: HSV）には、HSV–1とHSV–2の二種がある。HSV–1は口唇ヘルペス、ヘルペス口内炎、眼の角膜炎の原因となるのに対して、HSV–2は陰部ヘルペスを惹起して病変部との直接接触（通常は性的接触）で発症することになる。キスによる口唇ヘルペスが生じた情景の描かれているのが《ロミオとジュリエット》［47-3］で、ロミオと彼の友人マーキューシオとがロミオの見た夢について語っている。

ロミオ　昨夜予《ゆうべわし》は夢を見た。〔略〕

マーキューシオ　おゝ、それならば、あの、足下《きみ》は、昨夜はマブ媛《ひめ》（夢妖精）とお臥《ね》やったな！　彼奴《あいつ》は妄想《まうさう》を産ます産婆ぢゃ、〔略〕美人の蓋を走れば忽ち接吻《キッス》の夢となる。……其唇を、時とすると、マブめ、腹を立って水腫《みづぶくれ》に爛《たゞ》れさせをる、息が香菓子《にほひぐわし》で臭いからぢゃ（O'er ladies' lips, who straight on kisses dream,/Which oft the angry Mab with blisters plagues,/Because their breaths with sweetmeats tainted are）。　——第一幕第四場——

ここに登場するマブは妖精の女王で、眠っている人にさまざまな夢を見させるという。もとは、ケルト神話に登場するコナハトの女王メイブ（Maeve, Medb）で、三つの側面（権威、悪、狂気）を持つとされている。
シェイクスピアの作品に登場するその他の病気に、小人症（dwarf）と口唇裂（hare lip）がある。小人症の台詞がみられるのは《アントニーとクレオパトラ》〔47-4〕で、クレオパトラが従者らとシーザーの姉オクテイヴィアについて語っている。

クレオパトラ　丈《せ》はわし位ゐか？
使者　御前《ごぜん》ほどお高くはございません。
クレオパトラ　物をいふのを聞きましたか？　甲高《かんだか》か、低いか？
使者　へい、物をおっしゃるのを聞きましたが、低いお声でござります。〔略〕
クレオパトラ　声が引立たぬ上に、矮人《せびく》といふのでは！（dull of tongue, and dwarfish!）……歩き方に威厳《くらゐ》があるかい？

——第三幕第三場——

口唇裂がみられるものに、以下の戯曲がある。《リア王》で、リア王がグロスター伯の嫡子エドガーらと語らっている。

阿呆　御覧よ、あそこへ火が歩いて来た。
遠方にグロースターの携へて来る把火《たいまつ》が見える。
エドガー　ありゃアフリッバーチヂベット（Flibbertigibbet）だ。宵の鐘が鳴ると歩き出して、一番鶏が啼くと去《い》ってしまふ。底翳《そこひ》にするも、斜視《やぶにらみ》にするも、兎唇《いぐち》にするも彼奴《あいつ》だ（he gives the web and

the pin, squints the eye, and makes the hare-lip)。

——第三幕第四場——

《夏の夜の夢》では、妖精の王オーベロンと妖精の女王ティターニアが床に就いた新婚カップル三組の祝福に出掛ける。

オーベロン お前と俺は、第一等の花嫁の寝床へ往って祝福してやらうよ、其床で、懐胎して生んだ子供は、いつまでも運《しあはせ》が好いことにしてやらう。〔略〕痣《あざ》だとか、兎唇《みつくち》だとか、瘢《きずあと》だとか(Never mole, hare lip, nor scar)、其他生れるや否や人に蔑《さげす》み嫌れるやうな、自然の汚点《しみ》ともいふべき人並ならぬ厭な目章《めじるし》が、かりにも其子供らの身には生れ附かぬやうに、

——第五幕第一場——

ところで、口唇裂とは通常は鼻のすぐ下の上唇が完全に閉じない状態で、かつてはその形状が兎の口に似ていることから〈兎唇〉あるいは〈三つ口〉とも言われた。

II 眼鏡と色眼鏡でみられること

老若を問わず眼鏡のない生活などは、想像出来ない現代社会である。眼鏡は一二八〇年代のイタリアの町ピサに住んでいたガラス職人による発明とされている。初期の眼鏡は、凸レンズで遠視にしか用を足さなかったが、近視用の凹レンズがイタリアのヴェネチアのガラス職人によって作られるのにはそれから約百年を要した。眼鏡はヨーロッパ中に瞬く間に広まり、イギリスに眼鏡製作の技法が伝

わったのは一三二六年頃で、当初その着用は学者、貴族、聖職者などの上流階級に限られていた。シェイクスピアのいくつかの作品の台詞に、効果的に眼鏡が登場する。

眼鏡（spectacles）は拡大鏡（magnifying glass, magnifier）と異なり、左右一対からなることが、《トロイラスとクレシダ》にみられる。トロイの王プライアムの息子トロイラスに愛されるトロイの美女クレシダは、彼との別れを嘆き悲しむ。これを宥《なだ》める叔父パンダラスである。

パンダラス　これさ〳〵、い〻加減に〳〵。

クレシダ　（泣きながら）どうしてそんなことをおっしゃるの、い〻加減にしろなんて？　かうして歎くのが当然です。〔略〕

トロイラス出る。

パンダラス　そら〳〵、王子さんが見えた。……あ〻、可愛らしい鴨が二疋！

クレシダ　お〻、トロイラスさま！　トロイラスさま！

と駆けよって相抱く。

パンダラス　あ〻！　何て（可憐な）一対の観物《スペクタクル》（眼鏡）だ！（What a pair of spectacles is here!）

――第四幕第四場――

ここにみられる表現 a pair of spectacles は、two（sad）sights（with play on "eye-glasses"）で、トロイラスとクレシダの二人を眼鏡に喩えて情景が描写されている。一方、老人が愛用する老眼鏡が台詞に登場するものに、以下がある。《お気に召すまま》で、前公爵に仕える貴族ジェイクイズが人生を七幕からなる舞台に喩え、その六幕目の描写に眼鏡が登場する。

ジェイクイズ　第六となると、瘦せこけた、上草履《うはざうり》でとぼ〳〵あるきの道下《だうけ》爺さんに変る。鼻には眼鏡、腰には巾着《きんちやく》（With spectacles on nose and pouch on side）

——第二幕第七場——

また、《ヘンリー六世　第二部》で、王位継承権を主張するヨーク公が支持者ソールズベリー伯と息子のウォリック伯そしてヨーク公の息子たちエドワードとリチャードを伴って、反逆の申し開きを国王ヘンリー六世に行う。

王　はて、ウォリック、君は膝を曲げることを忘れたのか？　……ソルズバリー、どうしたのだ、〔略〕気ちがひ息子と一しょに如是《こんな》気ちがひ騒ぎをするとは！　えッ！　あんたは死際になって暴漢《あばれもの》の真似をして、老眼鏡を掛けて苦労の種を探すのか？（seek for sorrow with thy spectacles?）

——第五幕第一場——

美と醜の見分けを例に出して、眼鏡が物事をいかに鮮明に捉えるかを語る台詞が、《シンベリーン》にみられる。ブリテンの王シンベリーンの美しい娘イモジェンと彼女を誘惑しようとする悪賢いイタリア人のイアーキモが語らっている。

イアーキモ　自然は人間に（空を仰いで）此大きな円天井を、また、海や陸の豊富な産物を見る目を与へて、あの大空の星と浜の、夥《おびただ》しい、あの双子《ふたご》かと思ふやうな真砂《まさご》とを見分けさせてゐるのに、そんな立派な眼鏡を有ってゐながら、美と醜との見さかひが附かんのか？（can we not/ Partition make with spectacles so precious'/Twixt fair and foul?）

――第一幕第六場――

ところで、眼鏡となる〈ガラスの円盤〉をイタリア人は〈レンズ豆（lentil、イタリア語でlenticchie）〉と呼んだ。というのも〈ガラスの円盤〉が〈レンズ豆〉の形状で、丸くて両面が出っぱっていたからとされている。二百年以上にわたって、眼鏡はglass lentilsとして知られていて、〈レンズ豆〉が〈レンズ（lens）〉の語源なのである。

偏った見方をするのを「色眼鏡で物を見る」と言うが、その範疇に入れられる傾向がまだあるものに同性愛（homosexuality、男性がゲイで女性はレズビアン）がある。シェイクスピアの作品にみてみたい。《冬の夜ばなし》で、羊毛刈り祭にボヘミア王ポリクシニーズは、息子の王子フロリゼルが生後間もなく捨てられて羊飼いの娘となっているシシリア王女パーディタに恋するのを思いとどめたいと思っている。

ポリクシニーズ　女《むすめ》さんの踊ぶりは、大変にしとやかだ。〔略〕

下男　（牧羊者親子に）ねえ、旦那さん、今ね、戸外《そと》へ行商《こまものや》が来たゞがね、ま、ちょっくらあの唄ッぷりィ聴いて見さっしゃい、〔略〕

フロリゼル　ちょうど可《い》いとこへ来たゞね。こゝへ通してくんろ。おらァ小唄ァ大好きだからの、〔略〕

下男　男向きのも、女子《あまつこ》向きのも、いろんな唄ァ知ってますだ。〔略〕娘ッ子にゃァ可憐《めご》しい色恋の話聞かせるだが、奇態なことにゃァ、聞きづれえこと言はねえだよ。「ディルドー！」だの「フェーデン！」だの（with such delicate burthens of dildos and fadings）、

——第四幕第三場——

ここに出てくる“dildos”は、〈張り形〉でレズビアンが用いる小道具である。エリザベス朝に用いられた〈張り形〉には、素材として革、蠟《ろう》そしてガラスがあった。とりわけ、ガラス細工はイギリスに移り住んだヴェネチアのガラス職人の手になるもので、清潔感と相俟って人気が高かったという。また、“fadings”は“orgasms”を意味している。一方、男娼が台詞に登場するのは《トロイラスとクレシダ》で、ギリシャ人の召使いサーサイティーズとパトロクラスとの会話にみてみたい。

サーサイティーズ　おい、二才どん、黙ってゐてくれ。汝《おまひ》のいふことなんか聞いても、何にもならんから。汝《おまひ》はアキリーズの男小姓（Achilles' male varlet）だといふ評判だ。

パトロクラス　（気色ばんで）男小姓だ！　何のこッた？

サーサイティーズ　（鼻で笑って）男性の淫売婦よ（Why, his masculine whore）。

——第五幕第一場——

サーサイティーズは、最も偉大なギリシャの騎士アキリーズとパトロクラスの同性愛関係を詰《なじ》っている。シェイクスピアの活躍した時代、男性が同性愛の相手を得るには六ペンスの入場料を払って劇場の舞台上の席を獲得することがすすめられていた。とりわけ、「ブラックフライアーズ（Blackfriars）

ちろん、そこではシェイクスピアの作品も演じられていた。

III　出産にまつわる描写

衛生観念がまだ乏しかったエリザベス朝前後、さまざまな病気の原因が不明で、人々は犯した罪の赦しを神に祈るしかなかった。しかし、十九世紀末にそれら原因の多くが微生物によることを突き止める狩人たちが現れ、その代表ともいえるのがフランスの化学者、微生物学者ルイ・パスツールだった。産婦人科領域では産褥熱が問題で、その原因を劣悪な環境との関連に注目したのが、オーストリア・ウィーン大学の産婦人科医イグナーツ・フィリップ・ゼンメルワイス（一八一八〜一八六五）である。彼は、スタッフの手消毒による予防効果を提言したが認められなかった。しかし後年、ゼンメルワイスの業績を高く評価したのが、パスツールの教えを受けたイギリスの外科医ジョセフ・リスター（一八二七〜一九一二）である。一八六七年に、彼は医療スタッフの手、患者の皮膚、器材、包帯材料などの石炭酸消毒が院内感染予防に有効なことを見出した。このことが、今日の消毒、滅菌処理へと発展した。

この感染対策の進歩は、今日の産科的医療体制の充実と相俟って、適切な母子管理で母体の安全を確保し、健常な子の出産を可能とした。しかし、このような状況ではなかったシェイクスピアの時代は胎児死亡はおろか母体の安全確保も不確かで危険を伴うものだった。流産や帝王切開はその一つで、シェイクスピアの作品にみてみたい。《恋の骨折り損》において、随行する若い貴族ビルーン、ロンガヴィル、デュメインを相手にナヴァール王ファーディナンドが語らっている。「ナヴァールが世界の驚異となる国になるには」と、彼らがこれから三年間、断食をし、眠るのを惜しみ、女性とは会わず、勉学に勤しむ規律を守る契約書への署名を若い貴族に迫る王である。

王　ビロンはよッぽど読書したと見えるね。読書の毒口《どくぐち》をあんなにきくところを見ると。

デュメイン　へい、もう学位を得ました、薄志弱行博士《はくしじやくかうはかせ》といふ！

ロンガヴィル　あの男は雑草を抜きにかゝって、却ってそれを繁茂させてゐます。

ビルーン　（あざ笑って）あゝ、春が近い。草喰《くさく》ひ雁《がん》どもが、育つわ〳〵（The spring is near when green geese are a-breeding）。〔略〕

王　へん、時も処もしッくりだ。〔略〕

ビルーン　ビロンは意地のわるい厳霜《げんさう》に似てゐる、春先きの出たばッかりの若芽を摘み切るから。さうかも知れません。けれども鳥がまだ囀《さへづ》らうともしてもゐないのに、夏景色が威張ってのさばり出る必要はありますまいよ。何も半産《はんざん》を歓迎するには及びませんでせう（Why should I joy in any abortive birth?）。

——第一幕第一場——

まだ早い春先に夏景色が登場する状況を、流産（abortive birth）に喩えて反論するビルーンである。また、〈草喰ひ雁（green geese）〉は、聖霊降臨祭の供物となる若い鵞鳥を指していて、間抜け共（simpleton）あるいは若い馬鹿者共（young fools）とも洒落ている。この状況から、ビルーンは差し迫った大切な行事近くに〈草喰ひ雁ども〉がよく育って好都合と述べている。

出産に関わる話題として双生児（双子）は無視出来ないばかりか、二組の双生児が同じ時刻に同じ場所で生まれるが、一方は商人の子供たち、片や召使い女の子供たちで身分の異なった二組の双生児である。乗った船が難破することで悲喜こもごもの人生を送ることになる物語が、《間違いの喜劇》である。第一幕第一場において、禁止された二都市間の商取引きを行った罪を問われるシラキューズの商人イージオンが申し開きをしている。

イージオン　妻は……女の身のまぬかれぬ楽しい苦患《くげん》に、息もたえぐ〳〵〔略〕……めでたく善い男の子を二人生み落しましたが、不思議なほど善く似まして、ちがふのは名前ばかり、まるで見分けの附かぬほどでございました（she became/A joyful mother of two goodly sons;/And, which was strange, the one so like the other/As could not be distinguish'd but by names）。その同じ時間に、同じ旅舎《やど》で、身分の賤しい女が、やはりよく似た男の双子《ふたご》を生みました（That very hour and in the self-same inn/A meaner woman was delivered/Of such a burden, male twins, both alike）。

――第一幕第一場――

《アテネのタイモン》では、資産が尽きることで友人から見捨てられたアテネの貴族タイモンは、復讐の念に駆り立てられる。

タイモン　あゝ、物を生み育てる有りがたい太陽よ！　地から腐った湿気を吸ひ上げて、汝《おまひ》の妹（太陰）の力の及ばんとこまで毒を瀰漫《はびこ》らしてくれ！　一つ胎《はら》で育つも、住むも、生れるも、殆ど一しょであった双子《ふたご》でも、運不運があって、かた〳〵が財産家だと、貧乏なはうを軽蔑する（Twinn'd brothers of one womb,/Whose procreation, residence, and birth,/Scarce is dividant, touch them with several fortunes;/The greater scorns the lesser）。

――第四幕第三場――

人生の機微を双生児の運命に喩えて、自己の不運な生涯を嘆くタイモンである。

シェイクスピアの活躍した時代は、上下水道の設備が不十分で不衛生極まりなかったが、古代ローマ時代に衛生に関わる法律がすでに制定されていた。それによれば、市街地での埋葬禁止のみならず、亡くなった妊婦の埋葬前に胎児を生きて取り出す望みがあれば、母体の腹部を切開して胎児を取り出すことが法律で定められていた。この法律を遺児法（Lex Caesarea）と言い、〈切り取られた〉という意味で遺児をcaesoあるいはcaesarと呼んだことに由来して、十六世紀頃から帝王切開はCesarean sectionと言われてきた。ところで、わが国で〈帝王切開〉と言われ出した経緯は複雑だが、十六世紀頃のフランス語のopération cesarienne由来とされていて、ラテン語のsectio caesareaあるいはドイツ語のKaiserschnittを経て和訳されたものである。また、ローマの政治家ジュリアス・シーザー（Julius Caeser、BC一〇二〜BC四四）も、この術《すべ》で生を受けたとされているが、ローマの博物学者プリニウス（大）が纏め上げた三十七巻からなる百科事典『博物誌』に冗談半分に彼が書き留めたことに基づく伝説で、実際は異なるようだ。シェイクスピアの作品に帝王切開をみてみたい。《マクベス》で、自分は殺されないという魔女の言葉を信じて、マクダフと相対峙して戦いに挑むマクベスである。

マクダフ　問答しようとは思はん。俺の声は此剣に在る。うぬ、言語道断の情け知らずめ！

　二人戦ふ。

マクベス　無断な骨折だ、〔略〕俺の生命《いのち》には呪《まじな》ひがしてあるから、女に生み落された男なんかにゃ、やッつけられる虞《おそ》れはないのだ。

マクダフ その呪ひは駄目だと思へ。汝が常任《ふだん》信仰してゐる守神に聞き直して来い、マクダッフは、其母の腹を裂いて、生まれる前に取出された人間だぞ（Macduff was from his mother's womb/Untimely ripp'd）。

――第五幕第八場――

また、《シンベリーン》では、ブリテン王シンベリーンの美しい娘イモジェンと結婚したために追放されたシンベリーンの養子ポスチュマスが処刑される前に夢を見る。その夢とは、ポスチュマスの両親、兄二人の亡霊が彼を救ってくれることを神ジュピターに祈るものだった。

母霊 出誕神《ルーシナ》も其助けをわれには与へで、／産苦のうちにわが命を奪ひつ。／さればポスチューマスは母より裂かれて、／其産声と共に敵手に落ちたり。／あゝ、あはれなる者かな！（Lucina lent not me her aid,/But took me in my throes;/That from me was Posthumus ript,/Came crying 'mongst his foes,/A thing of pity!）

――第五幕第四場――

ポスチュマスの生い立ちについて語る母の亡霊から、死んだ母親から帝王切開で彼が産声をあげたことを知らされる。

ジョン・ホールの『観察報告集』には、産科、婦人科に関連した症例が少なくない。症例一四四の女性は、十一歳に生理を認めたが月経不順で、頭痛と目の周辺の痙攣を伴ったヒステリーに苦しんでいた。しかし、ホール医師による治療の甲斐あってかヒステリーの軽快と無事出産したことが報告されている。処方した丸薬の効果と彼は書き留めているが、成分は定かではない。症例一五六は、出産後の停留胎盤に苦しんでいた女性で治療内容が詳細に書き留められている。丸薬を服用させた上で、下腹部に膏薬を処方している。膏薬の成分は不明だが、丸薬にはカスタア（castor、ビーバーの分泌物）、ミルラ（myrrh、没薬で芳香性樹脂）と解毒剤が含まれていた。因みに、castorは中世英語でビーバーの分泌物で、医薬・香料に用いられた。カストリウムと同じ意味である。さらに、子宮（womb）には〈みつろう（beeswax）〉を主成分として、テレピン油、ピッチ（松やに）、乳香そしてミルラからなる軟膏が塗布された。この軟膏の名前には、"Royal"を意味するギリシャ語が付けられていた。よほど効果があったのだろう。しかし、産科学が外科学から独立するには、次の世紀まで待たなければならなかった。

48 エピローグ2――シェイクスピアの作品にまつわるメモランダム

陽気に笑ひ楽しみますれば、千百の邪害も打攘《うちはら》はれて長寿延命の福を得る。

《じゃじゃ馬ならし》序劇第二場

シェイクスピア［48-1］の作品を病と生活習慣との視点から捉えてきたが、彼の知識の広さばかりか、時にはその深さに驚きを禁じえない。他の領域に関しても同じことが言えるのではなかろうか。シェイクスピアの活躍した時代は、ルネサンス文化が開花し、大航海時代の到来と相俟って、進取の気性に富む彼の手になる作品に少なからず影響が及んだのは明らかと言っても過言ではない。

終わりに臨み、ここではシェイクスピアの義理の息子ジョン・ホール医師の存在がシェイクスピアの作品に及ぼした影響にも触れてみたい。それをもって、長きにわたって紡いできた本書の締めくくりとしたい。

I　薬型名と処方(箋)

シェイクスピアの作品には、種々の薬そしてそれらの名称が登場する。薬関連についての情報は、これまでに第十二章「良薬なのか毒薬なのかそれが問題」、そして第四十四章「病気に関わる話題——薬・天体・魔女」で触れてきた。しかし、そこでは紹介し切れなかったが、見過ごしてはならないものをここで取り上げてみたい。薬に関して薬型名で作品に登場するものに、調合剤(compound あるいは confection)、浸剤(infusion)、丸薬(pill)、膏薬(cataplasm, plaster, salve)、軟膏(unction)、湿布薬(poultice)、そして水薬関連として合剤/水薬(mixture)、薬液(medicine potable)、水薬(potion)、シロップ(syrup)などがある。ここでは、水薬関連の薬型名をシェイクスピアの作品にみてみたい。水薬(potion)は、薬と毒とに用いられているが、薬のほうについては《夏の夜の夢》に出てくる。妖精の王オーベロンに仕えるパックによって誤った魔法をかけられたライサンダーが、恋人のハーミアではなくヘレナに恋をしてしまう。

ハーミア　どうしてそんなに乱暴におなりなすったの？　ま、どうしたといふの？　よう貴郎？

ライサンダー　よう貴郎だ？　うぬ、赤鳶色の韃靼人《ダッタンじん》め、畜生！　うぬ、たまらない臭薬《くさぐすり》め！　不厭《いや》な〱苦薬め、去ッちまへ！（Out, loathed medicine! hated potion, hence!）

ハーミア　戯談《じょうだん》でせう？

——第三幕第二場——

《ロミオとジュリエット》では、親から強制された結婚からジュリエットを逃れさせ、恋人ロミオと結ばせるために彼女を四十八時間仮死状態にさせるのに用いた毒薬、そして計画の失敗でジュリエットを死に至らしめた経緯が、ロレンス修道士の口から語られている。

ロレンス修道士　手短《てみじか》に申しませう、〔略〕祝言を脱《のが》るゝ手段《すべ》を教へてくれい、然《さ》なくば此処で自害すると半狂乱の面持《おもゝち》、是非なく、自得《じとく》の法により、眠剤《ねむりぐすり》を授けましたところ（Then gave I her, so tutor'd by my art,/A sleeping potion）、案の如くに効力《きゝめ》ありて、死せるにひとしき其容態《ようだい》、〔略〕

——第五幕第三場——

ここでは、sleeping potion（睡眠薬）として用いられている。potion は薬液、毒のほかにも、その量を表現する一服として用いられていて、『ソネット集』〔**48-2**〕の一一九番にその活用がみられる。

地獄のように汚れはてたランビキで蒸溜された
誘惑の魔女の涙を私はいかに飲みほしたことか（What potions have I drunk of Siren tears）。
〔略〕

（小田島雄志訳、同前）

水薬関連のものにシロップ（syrup）があり、以下の戯曲に登場する。《間違いの喜劇》では、エフェサスのアンテイフォラス（兄）の妻エイドリアーナが修道院に逃げ込んだ夫を連れ戻そうとするが、修道院長イミリアに拒まれる。

エイドリアーナ　傍にゐて、介抱をして、病気の手当をしますのは、わたしの役です、代人《だいにん》にさせたくありません。ですから、連れ帰らせて下さいまし。

修道院長　お待ち、決して帰しませんから。多年わたしが験《ため》した結構な薬剤や薬液やお祈りの力で以て、あの男を真人間に戻らせることが出来るか出来んかを試みた上でなければ（Till I have used the approved means I have,/With wholesome syrups, drugs and holy prayers,/To make of him a formal man again）。

——第五幕第一場——

《オセロー》〔48-3〕で、オセローの軍隊の旗手で悪漢イアーゴーは、ムーア人で将軍のオセローに彼の妻デズデモーナの不義を吹き込む。オセローが煩悶の思い入れで出る。

イアーゴー　罌粟《けし》でも、悪魔林檎《マンドラゴラ》でも、世界中の如何《どん》な睡剤《ねむりぐすり》でも、もう昨日までのやうに心持よく眠ることは出来まい（Not poppy, nor mandragora,/Nor all the drowsy syrups of the world,/Shall ever medicine thee to that sweet sleep/Which thou owedst yesterday）。

オセロー　（黙想に沈みつゝ）え！　え！　不義不貞を働く？

——第三幕第三場——

昔も今も、苦い薬は口当たりの良いようにシロップ剤、糖剤（conserves）として飲みやすくしていたが、糖が一般的となる前には蜂蜜がベースに用いられたこともある。このような飲みやすい剤型を考案したのは、アラビア人である。英語のsyrupは、古フランス語siropあるいは中世ラテン語siropusに由来していて、その語源はアラビア語の飲み物（beverage）を意味するsǎrābに求められる。

ところで、薬の処方（箋）は英語でprescription、中世末期の英語でラテン語のpraescriptio（n-）に基づく古フランス語に由来していて法律用語として用いられていた。動詞はprescribeで、中世末期の英語で〈権力取得により請求する〉を意味する法律用語。ラテン語のpraescribereで〈書いて指図する〉に基づき、prae = "before" + scribere = "write"、〈前もって書く〉ことから〈処方する〉につながっていく。prescriptionが処方（箋）を意味して用いられ始めたのは、シェイクスピアが活躍し始めた頃からだとされている。彼の作品の台詞の多くに、処方（箋）が登場するのでいくつかを紹介してみたい。《終わりよければすべてよし》では、重病で死の床にあるフランス王の病気に名医と評判だった父から教わった治療が有効かもしれないというヘレナに、彼女を育てたロシリオン伯爵夫人がパリに赴くことをすすめる。

ロシリオン伯爵夫人　近いうちにパリスへ往かうと思ってゐたんぢゃないかい？　え、ほんとの事をおいひ。〔略〕

ヘレナ　ほんとの事を申します、神さまにお誓ひして。御存じでございます通り、父はわたくしに或奇異《ふしぎ》な効《きゝめ》のある稀代《きだい》な処方書《しよはうがき》を貽《のこ》しておいてくれました、それは父が読書と実験とで何にでも利くと信じたのを書き集めておいたのでございます（You know my father left me some prescriptions/Of rare and proved such effects, as his reading/And manifest experience had collected/For general sovereignty）。

——第一幕第三場——

シェイクスピアの作品で、とりわけ政治色の色濃い作品が《コリオレイナス》で、その第二幕第一場ではコリオリを略奪した功績でコリオレイナスの称号を得たローマの武将ケイアス・マーシャスだが、その傲慢さゆえに人気がない。しかし、彼を誇りに思う母親ヴォラムニア、マーシャスの妻ヴァージリア、そしてその友人ヴァリーリアが、ローマの貴族メニーニアス・アグリッパと語らっている。

ヴォラムニア　メニーニヤスさま、倅のマーシャスが帰って参るのです。〔略〕

メニーニアス　（一通の書状を出して見せて）もし、これが倅からの書面です。〔略〕わたしへも一通！　其でわたしの寿命が七年延びます。其間医者にゃァ御用なしだ。例のゲーラン（ギリシャの名医）の無類飛切《むるゐとびきり》の処方だって、只もうその欺瞞的《ぎまんてき》なものです、此大妙薬に比すれば、馬の薬ぐらゐなものです（the most sovereign prescription in Galen is but empiricutic, and, to this preservative, of no better report than a horse-drench）。

また、『ソネット集』の一四七番では、

私の愛は熱病のようなものだ、四六時ちゅう

病をますます悪化させるものをあこがれ求め、
患いをぐずぐず長びかせるものを食べて
気まぐれで病的な食欲を満たすのだから。
この愛をなおすべき医者は私の理性だが、
処方を守られないので腹を立て、私を見すてた（My reason, the physician to my love,/ Angry that his prescriptions are not kept,/ Hath left me）。

〔略〕

（小田島雄志訳、同前）

II　医学と関連したシェイクスピアによる造語

シェイクスピアの活躍した時代は、大航海時代の影響もあってか他国との交流が経済的にも文化的にも盛んだった。勢い他国の言語に接する機会も増え、それが日常会話に反映されるのは自然の成り行きともいえた。英語は、他の言語から派生したものが少なくない。折から、他国からの文化的、経済的交流が盛んになるにつれて、溢れる情報を正確に伝える上で、他国の言語を借用するか、新しい表現を生み出す必要があった。そんな時代に活躍したシェイクスピアは既存の表現に飽き足らず、自己の作品に用いられた約二万語からなる英語の語彙のうちの約千五百語が、彼自身によって編み出された表現とされている〔48-4〕。医学に関連したものもあり、その一部を紹介してみたい。

《リア王》において、グロスター伯の居城で薄暗い夜明け方、ケント伯をコーンウォール公の者と思ってオズワルドが呼び止めて喧嘩となるが、ケント伯の台詞にシェイクスピアの造語とされる“epileptic（癲癇の）”という言葉が登場する。

コーンウォール公　おのれ、無礼千万な奴、尊敬といふことを存じをらんか？

ケント伯　存じてゐます。でも腹の立つ時ァ別です。

コーンウォール公　なぜ腹を立ったのだ！

ケント伯　こんな、面目玉《めんぼくだま》の附けかたも知らないやうな奴が、剣を附けてゐやァがるのが癪にさはりました。〔略〕其癲癇面《てんかんづら》止してくれ！（A plague upon your epileptic visage!）おれの言ふ事を聴いて、うぬ、笑やァがるな？

——第二幕第二場——

また、《リチャード三世》〔48-5〕では、シェイクスピアの造語とされている"numb（麻痺した、しびれた）"が、エドワード四世の台詞に登場する。末弟であるグロスター公リチャード（後のリチャード三世）の野望を受け入れない王エドワード四世は、病で死に瀕しているが、宮廷での争いは解決済みと思い込んで王妃エリザベス、グロスター公らと語らっている。

王妃　けふの此日を将来までも神聖な記念日として、一切の行違《ゆきちがひ》を円満に収治《をさ》めてしまひたいと存じます。

グロスター公　兄の公爵が死刑になったことは、どなたにも、夙《とう》に御存じでせうに！　そんな虚々《そらぐ》しいことをおっしゃるのは死骸《なきがら》に対する侮辱です。〔略〕

王　クラレンスが死刑になった？　そりゃおれの命令とは反対だ。

グロスター公　いゝえ、陛下の最初の御命令によって刑せられたのです。〔略〕

王　一命を失はうとした時、彼《あ》れが救うてくれて、「兄さん、生存《いきなが》へて、王にお成りなさい。」と励ましてくれた〔略〕俺が戦場で殆ど凍《こゞ》え死をしさうになった時に、彼れが自分の上被《うはぎ》を脱《ぬ》いで、俺を包んでくれたことを、自分は裸同様の薄被《うすぎ》のまゝで、あの身の麻痺《しび》れる寒い晩に？（the numb cold night ?）

——第二幕第一場——

台詞に登場するクラレンス公は、グロスター公の命令で殺害されたエドワード四世の弟である。〝epileptic〟、〝numb〟いずれも形容詞で、〝epileptic〟はフランス語 epileptique に基づき、元はラテン語 epilepticus だがギリシャ語の epilēptikós に由来していて、〝epilepsy（癲癇）〟で苦しんでいることを意味している。一方〝numb〟は名詞となれば〝numbness（麻痺、しびれ感）〟である。また、《マクベス》〔48-6〕でマクベスとマクベス夫人との会話において夫人の台詞に〝drug〟が動詞の形で現れるが、これもシェイクスピアの造語の一つとされている。

マクベス夫人　彼奴《あいつ》らを酔はせた酒でわしは大胆になった。〔略〕侍士《さむらひ》共は、たらふく飲み食ひをして大鼾《おほいびき》で眠てゐる、おのが職務を馬鹿にしてるかのやうに。麻酔薬酒《しびれざけ》を飲ませたから（I have drugg'd their possets）、生と死が闘ってゐる、

——第二幕第二場——

〝posset〟は、熱い牛乳にワインなどを入れたミルク酒で、昔は風邪薬として用いられた。動詞として用いられた〝drug〟は、〈薬品を入れる（混ぜる）〉、〈飲食物に毒物（麻薬）を混入する〉、あるいは〈（薬物・酒料で）麻痺させる〉、を意味する。名詞の〝drug〟は、古語フランス drogue で中世ドイツ語の

droge vate に由来し、dry vats（乾物用大桶）で dry goods（穀物）と関連している。

造語ではないが、シェイクスピアの表現の形容が素晴らしいのはここに改めて述べるまでもないが、〈ゴム（gum）のしたたる液〉に喩えたものがある。《オセロー》で、自殺する寸前のオセローの台詞にみられる。

オセロー　曾て泣いたことのなかった眼から、意気地なく、アラビヤに生える護謨《ゴム》の木のやうにぽたぽた液《しる》を垂《た》らしましたとお伝へ下さい（of one whose subdued eyes,/Albeit unused to the melting mood,/Drop tears as fast as the Arabian trees/Their medicinal gum）。

——第五幕第二場——

ここで言う〈ゴム〉はアラビアゴムの生薬なことから〝medicinal gum〟と表現されていて、エジプトでは紀元前一七〇〇年頃から知られていた。また、《アテネのタイモン》では、

詩人　詩はゴムのやうなもので、おのづから出来て、おのづから滲《にじ》み出るのです（Our poesy is as a gum, which oozes/From whence 'tis nourish'd）。

——第一幕第一場——

いずれも卓越した形容である。

III　ホール医師の処方とシェイクスピアの作品への影響

これまで折に触れて、ジョン・ホールの『観察報告集』から、彼の処方内容を紹介してきた。それ

らの中で、効果は別として興味をそそったものに以下があった。本書の第三十章で取り上げたのが、「宝石の原石（エメラルド、ルビー）や金、真珠の小片」でチフス患者に解毒効果が期待されていた。この処方は、エリザベス朝の薬屋 Execter の Thomas Baskerville の医薬品目録の一五九六年に収載されていて、「高価な宝石の破片そして真珠の小片四シリング」とある。また、第三十二章では〈神聖な病〉である癲癇の治療に「乾燥した孔雀の糞を白ワインに浸したもの」が処方されていたことを取り上げた。当時、推奨されていた医薬品だが、ロンドン薬局方には収載されていない。そして、第四十三章では〈ミイラ薬〉が癲癇発作に対して、「粉末のミイラ薬を含んだ混合物が燃やされて生じた蒸気の吸入」という形態で処方されたものを紹介した。これは、一六一八年のロンドン薬局方に収載されていた。ここではさらに、ホール医師が処方した薬の中から〈タバコ〉に触れてみたい。

〈タバコ〉の薬としての効能については、前掲のジェラードの『本草書または植物の歴史』に、長い一覧表が設けられていた。そこには、頭痛軽減をはじめとして、多くの効能が羅列されていてシェイクスピアの活躍した時代には薬としても〈タバコ〉が珍重されていたことが窺える。ホール医師の『観察報告集』から、タバコを処方した症例を紹介してみたい。彼は、三症例に〈タバコ〉を処方していた。症例一三二は、咳が主訴の女性で舐剤および種々の成分からなる混合物を燃焼させて生じた蒸気吸入に加えて、アニスの実（あるいは油）、フキタンポポとタバコからなる混合物がパイプで吸煙されている。また、同じ症例三一には、メランコリーの男性の多様な処法が詳述されている。その一つにタバコが処方されていて、傾眠状態の阻止にくしゃみを誘発させる手段として処方されているが、その用い方および効能には触れられていない。さらに、第四十三章で紹介した症例二九の男性には持病の癲癇に〈ミイラ薬〉が処方されていた。この症例も、くしゃみの誘発の一便法としてかぎタバコ

(snuff)が用いられている。当時は、タバコがメランコリーの症例に普通に処方されていたようである。これらの効果は、いずれも定かでない。

ホール医師の『観察報告集』は、彼が亡くなった際に妻でシェイクスピアの長女スザンナ(一五三八〜一六四九)が、その価値が高いことに精通していたようで、ホール医師の遺書をもとにボウル(Bole)医師に譲られたが、かなり高い買物であったことが容易に想像されうる。というのも、一五九七年にケンブリッジ大学で人文科学修士を得て、当時のヨーロッパで医学の最先端を極めていたフランスのモンペリエ大学で学んだホール医師である。当時の医学知識として最先端の内容を基礎とした臨床の実践が認められたもので、医療に携わる者なら誰もが欲した垂涎の的であった症例集ノートであったろうことは想像に難くない。

ホール医師については、これまでもたびたび紹介してきたが、彼がフランスのモンペリエ大学で医学の研鑽を積んでストラットフォードに戻ってきて実地診療に携わったのが一六〇〇年頃とされている[48-7]。一九五九年に出版されたR・R・シンプソンの著になる『Shakespeare and Medicine』によれば、シェイクスピアによる医学的言及の頻度は、一六〇〇年までに二百十五と非常に多く、一六〇〇〜一六〇七年の間は百二十九そして長女スザンナがホール医師と結婚後の一六〇七年以降はわずかに九十六である。医学的言及を臨床的表現に限定すれば、一六〇〇年以前の四十九戯曲に対して、それ以降は三十作品である。また、医学的金言から捉えれば、一六〇〇年以前の三十一作品に対してそれ以降はわずかに十九にすぎない。さらに、薬および毒薬の使用に関する言及は、一六〇〇年以前の十戯曲に対して、一六〇七年以降では十四作品である。しかし、シェイクスピアがホール医師と知り合いになってから、より詳細な薬品名あるいは医療行為などが作品に現れてくる。例えば、senna

（センナ、下剤として用いる）、rhubarb（ダイオウ、その根が下剤として用いられる）、poppy（ケシ、このエキスが阿片）、fumitory（カラクサケマン、抗壊血病薬として用いられ、corydalis とも言う）、cataplasm（膏薬、湿布）、clyster（浣腸）、infusions（浸剤）などである。さらに、興味深いのは作品に医師が登場するのは一六〇〇年以降の作品で、ホール医師の医師として患者に接する態度から学び、作品に多分反映されたのであろう。これらのことから総体的に見て、シェイクスピアの作品［48-8］に綴られた医学関連の内容に質の変化がみられるとしてもよく、ホール医師の影響が少なからずみられるといえよう。

読者のみなさまへ

本書収録の坪内逍遥訳の台詞において、「狂人《きちがひ》」「盲目《めなし》」等、身体的なハンディキャップや疾病、人種、民族、身分、職業などに関して、今日の人権意識に照らせば不適切と思われる表現や差別的な用語が散見されます。これらについては、訳者が故人であるという制約もさることながら、作品の歴史性および文学的な価値を重視し、あえて原文のままといたしました。これらの表現に見られるような差別や偏見が過去にあったことを真摯に受け止め、今日および未来における人権問題を考える一助としたいと存じます。

（編集部）

本書『病気を描くシェイクスピア――エリザベス朝における医療と生活』の基になった原稿は、雑誌「大塚薬報」に二〇一二年一・二月合併号から二〇一六年十月号までの約四年半の間に四十八回にわたって連載されたものです。その際の原題は「切手にみるシェイクスピアの作品と時代の病と生活習慣」で、執筆を依頼されたのが二十年以上も前のことでした。しかし、当時は多忙を極めていたこと、執筆に際して望んでいた資料が十分ではなかったことに加えて、内容にアクセントをつけるシェイクスピア関連の切手も必ずしも十分ではなかったことなどから、執筆に手を染めるのにずいぶんと時間を要することになりました。時が経つに比例して、シェイクスピアに関連した資料並びにシェイクスピアに関連した切手とそのマテリアルも増えてきました。そこで機が熟したのではと考え、独立行政法人労働者健康福祉機構中部ろうさい病院名誉院長を拝命する寸前の二〇一一年から本格的な資料調べと執筆に時間を捻出してきました。

雑誌「大塚薬報」に連載された原稿に、少し加筆・訂正したのが本書ですが、原著と大きく異なっていることがあります。以下に羅列しますと、一、横書きの文章が縦書きとなり、二、『ソネット集』の訳を小田島雄志氏のものとし、三、本文に登場する著書などの紹介で複数回の登場に際しては二度目から簡略化した、四、内容の理解を補うのに多用した切手とその関連のマテリアルを本書ではシェイクスピア関連にのみ限定した、五、原著では切手などが挿絵的に本文中に配せられていたが本書では一括して本文の後に纏められた、六、本書では索引が新たに設けられた、ことなどです。言い換えれば、本文に重点がおかれたのが本書と言えます。振り返ってみて、医学部の教養部時代に読んだ、福田恆存訳の『シェイクスピア全集』（新潮社）での印象が、今このようなかたちで纏め上げられて一冊の本として出版されるとはまったく想像だにしなかったことです。改めて、一冊となった本に目を通すと、雑誌の連載ものの文章の故か重複する表現がここかしこに見られて、悪しき文に冷や汗を禁じえません。また、雑誌の連載ということで頁数の制約に配慮したせいか、最初の頃の文章にはシェイクスピアの作品からの台詞の引用が少なく、また筆足らずなことに悔やまれ反省するばかりです。しかし、この一冊が切っ掛けとなって、この領域に関する素晴らしい著書が、やがて誕生することになればと願うものです。

原著の執筆に先立って、本書の素晴らしい装画を心よく引き受けていただいた山本容子さんの案内で、山本容子さん御夫婦（容子さん、青木裕氏）と我々夫婦（饒、美代子）がロンドンを拠点にコッツウォルズからオックスフォード、ストラットフォードへの旅をバラの香りが満ちる二〇一一年六月に挙行することがなかったならば、本書においてエリザベス朝の生活から当時の医療までの内容を、ここまで詳しく認《したた》めることは能わなかったと言っても過言ではありません。執筆に際して、シェイクスピアが活躍した当時の情景を頭に思い浮かべる上でのみならず、貴重な資料となる本の数冊が入手出来たからです。とりわけ、オックスフォードでの本屋とストラットフォードでのジョン・ホール医師邸宅資料館で購入した数冊の本が、本書の内容を充実させる上で欠かせないものとなりました。私にとりましては、この上なく有意義で楽しい旅となりましたことに、この場を借りて青木裕、容子御夫妻そして私の伴侶である美代子にあらためて感謝致します。そしてまた、わが国におけるシェイクスピア研究の第一人者である小田島雄志氏には山本容子さんの御紹介で、お話を伺う機会に恵まれました。シェイクスピア談議などに盛り上がって、私にとっては極めて新鮮で楽しい集いでした。本書の『ソネット集』の引用に小田島雄志訳を使わせていただく切っ掛けともなり、本書の内容をいっそう引き立たせていただきましたことに感謝する次第です。

余談になりますが、ここに用いた切手はすべて私自身のコレクションによるものです。切手収集歴は長く、小学生になる前からで年代ごとに収集内容の対象が異なり、一時期の中断はありましたが医学とシェイクスピアは長年にわたって継続しているジャンルの一つです。なお、本書に収載されなかったシェイクスピアの切手として、二〇一六年にピトケアン諸島から〈シェイクスピア没後四百年〉を記念して、切手四種が発行されています。

この本を手にされた方が、切手収集に興味を持たれて、切手を介して知識の蓄積とその普及を図られる切っ掛けにでもなればと願っています。

＊

このたび本書がホーム社から上梓されることになりました。その切っ掛けは、「切手にみるシェイクスピアの作品と時代の病と生活習慣」と題した原稿を二〇一二〜二〇一六年の約四年半にわたって雑誌「大塚薬報」に連載していただいたからに他なりません。この場を借りて、稚拙な原稿の掲載に労をとっていただいた編集長松山真理さんをはじめとした編集委員の皆さん、そして資料収集などに労を厭わなかった私の秘書寺本麻由さんに感謝とお礼を申し上げます。最後になりましたが本書の刊行を快く引き受けていただきましたホーム社の社長大久保徹也氏と無理難題の注文にもめげず、情熱を持って出版に臨んでいただいた担当の増子信一氏に感謝とお礼を申し上げます。また、ここに紹介することのできなかった多くの方々の御協力に心からお礼を申し上げます。
本書を手にとられた方にとって、本書が何かのお役に立つことが少しでもあればと願っています。

二〇一六年九月吉日

堀田　饒

マイヤー、シュタイネック／ズートホフ『図説医学史』（小川鼎三監訳、酒井シズ／三浦尤三訳、朝倉書店、2001）
マグレイン、シャロン・バーチュ『お母さん、ノーベル賞をもらう――科学を愛した14人の素敵な生き方』（中村桂子監訳、工作舎、1996）
マン、ジョン『特効薬はこうして生まれた』（竹内敬人訳、青土社、2002）
ミンツ、シドニー・W『甘さと権力――砂糖が語る近代史』（川北稔／和田光弘訳、平凡社、1988）
モデル、ウォター／ランシング、アルフレッド『薬と人体』（宮木高明訳、ライフサイエンスライブラリー、1975）
森岡恭彦『近代外科の父・パレ――日本の外科のルーツを探る』（編著、日本放送出版協会、2003）
山崎幹夫『毒の話』（中公新書、1999）
――『歴史の中の化合物――くすりと医療の歩みをたどる』（東京化学同人、1996）
吉田 城『神経症者のいる文学――バルザックからプルーストまで』（名古屋大学出版会、1996）
ライザー、S・J『診断術の歴史――医療とテクノロジー支配』（春日倫子訳、平凡社、1995）
ルクーター、P／バーレサン、J『スパイス、爆薬、医薬品――世界史を変えた17の化学物質』（小林 力訳、中央公論新社、2011）

＊

Ellis,Harold *A History of Surgery.* Greenwich Medical Media Ltd, London, UK, 2001.
Kyle,R.A/Shampo,M.A *Medicine and Stamps.* The American Medicine Association, USA, 1970.
Onions,C.T/Friedrichsen,G.W.S and Burchfield,R.W ed. *The Oxford Dictionary of English Etymology.* The Clarendon Press, Oxford, 1966.
Ratcliffe,Susan ed. *The Little Oxford Dictionary of Quotations.* Oxford University Press, Oxford, UK, 1994.
Stevenson,Angus ed. *Oxford Dictionary of English, 3rd Edith.* Oxford University Press, Oxford, 2010.

2008）
スティーヴンズ、アンソニー『ユング』（鈴木 晶訳、講談社、1999）
ストー、アンソニー『フロイト』（鈴木 晶訳、講談社、2000）
ゼキ、セミール『脳は美をいかに感じるか』（河内十郎監訳、日本経済新聞出版社、2002）
竹内 均『難病に取り組み医学を発展させた人たち』（ニュートンプレス、2003）
――編『科学の世紀を開いた人々　下』（ニュートンプレス、1999）
ダレーヌ、グレード『外科学の歴史』（小林武夫／川村よし子訳、白水社、1995）
ツァラ、フレッド『スパイスの歴史』（竹田 円訳、原書房、2014）
テイラー、ノーマン『世界を変えた薬用植物』（難波恒雄／難波洋子訳注、創元社、2000）
デポルト、フランソワーズ『中世のパン』（見崎恵子訳、白水社、2004）
デュボ、ルネ／バインズ、マヤ『健康と病気』（杉靖三郎監修、ライフサイエンスライブラリー、1976）
ドッジ、B・S『世界を変えた植物――それはエデンの園から始まった』（白幡節子訳、八坂書店、1988）
長野 敬『生物学の旗手たち』（講談社学術文庫、2002）
中村禎里『生物学を創った人々』（みすず書房、2000）
日本温泉科学会編『温泉学入門――温泉への誘い』（コロナ社、2010）
ノーベル賞人名事典編集委員会編『ノーベル賞受賞者業績事典　新訂版』（日外アソシエーツ、2003）
長谷川香料株式会社『香料の科学』（講談社、2014）
バターフィールド、H『近代科学の誕生　上』（渡辺正雄訳、講談社学術文庫、1978）
パナティ、チャールズ『はじまりコレクション　Ⅰ・Ⅲ』（バベル・インターナショナル訳、フォー・ユー、1989）
ビアーズ、マーク・H／バーコウ、ロバート編『メルクマニュアル　第17版』（福島雅典日本語版総編集、日経BP社、1999）
ヒポクラテス『ヒポクラテスの西洋医学序説』（常石敬一訳・解説、小学館、1996）
福田眞人『結核という文化――病の比較文化史』（中公新書、2001）
フーコー、ミシェル『臨床医学の誕生』（神谷恵美子訳、みすず書房、1995）
船山信次『毒と薬の科学――毒からみた薬・薬から見た毒』（朝倉書店、2007）
――『毒と薬の世界史――ソクラテス、錬金術、ドーピング』（中公新書、2010）
古川 明『切手が語る医学のあゆみ』（医歯薬出版、1986）
――『切手でみる医学のトピックス』（メディカルトリビューン、1995）
古川哲雄『天才の病態生理――片頭痛・てんかん・天才』（医学評論社、2008）
堀田 饒『切手にみる糖尿病の歴史』（ライフサイエンス出版、2013）
――『切手にみる病と闘った偉人たち』（ライフサイエンス出版、2006）
ホープ、アネット『ロンドン 食の歴史物語――中世から現代までの英国料理』（野中邦子訳、白水社、2006）

Publishing Ltd, London, 2010.
Ashley,Mike *Shakespeare an Whodunnits.* Robinson Publishing Ltd, London, 1997.
Bate,Jonathan *Soul of the Age: The Life, Mind and World of William Shakespeare.* Penguin Books Ltd, London, 2008.
Evans,G.Blackmore ed. *The Riverside Shakespeare.* Houghton Mifflin Company, Boston, 1974.
Haynes,Alan *Sex in Elizabethan England.* The History Press, Gloucestershire, 2010.
Kail,Aubrey.C *The Medical Mind of Shakespeare.* Williams& Wilkins. A IDS Pry Ltd, Sydney, 1986.
Kiernan,Pauline *Filthy Shakespeare-Shakespeare's Most Outrageous Sexual Puns.* Gotham Books, New York, 2008.
Lane,Joan *John Hall and His Patients: The Medical Practice of Shakespeare's Son-in-Law.* Medical Commentary by Melvin Earles. The Shakespeare Birthplace Trust, Stratford-upon-Avon, 2008.
Mortimer,Ian *The Time Traveller's Guide to Elizabethan England.* The Bodley Head, London, 2012.
Onions,C.T *A Shakespeare Glossary* (enlarged and revised throughout by RD Eagleson), Oxford University Press, Oxford, 1986.
Simpson, R.R *Shakespeare and Medicine.* E&S Livingstone Ltd, Edinburgh & London, 1959.

他の参考資料

安室芳樹『切手で綴る医学の歴史』（医学郵趣研究会、2008）
アンダーウッド、シンガー『医学の歴史——古代から産業革命まで』（酒井シズ／深瀬泰旦訳、朝倉書店、1989）
——『医学の歴史——メディカルサイエンスの時代①②』（酒井シズ／深瀬泰旦訳、朝倉書店、1986）
石田寅夫『あなたも狙え！　ノーベル賞——科学者99人の受賞物語』（化学同人、2003）
ウォルフォード、ロイ・L『人間はどこまで長生きできるか——最新医学があかす寿命の科学』（久保山盛雄訳、越智宏倫監修、PHP研究所、1988）
小川鼎三『医学の歴史』（中公新書、1994）
カーペンター、ケニス・J『壊血病とビタミンCの歴史』（北村二朗／川上倫子訳、北海道大学図書刊行会、1998）
川北 稔『世界の食文化17　イギリス』（農山漁村文化協会、2006）
木村康一／木村孟淳『原色日本薬用植物図鑑』（保育社、1996）
クライフ、ポール・ド『微生物の狩人　上・下』（秋元寿恵夫訳、岩波文庫、1983）
蔵持不三也『ペストの文化誌——ヨーロッパの民衆文化と疫病』（朝日新聞社、1995）
小林章夫『イギリス王室物語』（講談社現代新書、1996）
下田 淳『居酒屋の世界史』（講談社現代新書、2011）
ジョンソン、ヒュー『ワイン物語　（上）芳醇な味と香りの世界史』（小林章夫訳、平凡社、

参考資料（シェイクスピア関連）

アクロイド、ピーター『シェイクスピア伝』（河合祥一郎／酒井もえ訳、白水社、2008）
イーグルトン、テリー『シェイクスピア——言語・欲望・貨幣』（大橋洋一訳、平凡社、1992）
石井美樹子『シェイクスピアのフォークロア——祭りと民間信仰』（中公新書、1993）
今川香代子『シェイクスピア食べものがたり』（近代文芸社、1999）
大塚高信『シェイクスピア手帖』（研究社出版、1997）
小田島雄志『小田島雄志のシェイクスピア遊学』（白水社、1994）
河合祥一郎『シェイクスピアの男と女』（中央公論新社、2006）
熊井明子『今に生きるシェイクスピア』（千早書房、2004）
——『シェイクスピアの香り』（東京書籍、1993）
グリーンブラット、スティーヴン『シェイクスピアの驚異の成功物語』（河合祥一郎訳、白水社、2006）
シェーンボーム、サミュエル『シェイクスピア——人生・言葉・劇場』（川地美子訳、みすず書房、1993）
シモン、アンドレ・L『シェイクスピアのワイン』（多田 稔訳、丸善プラネット、2002）
藤本豊吉『シェイクスピア薬品考』（八坂書房、1979）
ホッジス、C・ウォルター『絵で見るシェイクスピアの舞台』（河合祥一郎訳、研究社出版、2000）
——『シェイクスピアの劇場——グローブ座の歴史』（井村君江訳、ちくま文庫、1993）
ミルワード、ピーター『シェイクスピア劇の名台詞』（安西徹雄訳、講談社学術文庫、1996）
結城雅秀『シェイクスピアの生涯』（勉誠出版、2009）
ラロック、フランソワ『シェイクスピアの世界』（石井美樹子監修、創元社、1997）
ロジャース＝ガードナー、バーバラ『ユングとシェイクスピア』（石井美樹子訳、みすず書房、1996）

＊

『研究社シェイクスピア辞典』（高橋康也／大場建治／喜志哲雄／林上淑郎編、研究社、2000）
『ザ・シェイクスピア——全戯曲（全原文＋全訳）』（坪内逍遙訳、第三書館、1999）
『シェイクスピアヴィジュアル事典』（レスリー・ダントン＝ダウナー／アラン・ライティング著、水谷八也／水谷利美訳、新潮社、2006）
『シェイクスピアのソネット』（小田島雄志訳、文春文庫、2007）
『シェイクスピア・ハンドブック』（高橋康也編、新書館、2004）
『シェイクスピア・ハンドブック』（河合祥一郎／小林章夫編、三省堂、2010）
『シェイクスピア百科図鑑——生涯と作品』（A・D・カズンズ監修、荒木正純／田口孝夫監訳、悠書館、2010）

＊

Armstrong,Jane *The Arden Dictionary of Shakespeare Quotations.* Methuen Drama, A&C Black

マ

ヤ

ナ

ハ

タ

サ

索引

本索引は、人名・著作、シェイクスピアの戯曲、および病気関連の項目に限った。

なお、役柄に関する人名は省略した。個人に関連する著作は、その人物の項目の下に——を記して示した。

シェイクスピアの戯曲名は、ウィリアム・シェイクスピアの項にまとめた。

48-3：オペラ「オテロ」の舞台
1969年にラスアイレハイマから“有名なオペラシリーズ”として発行された切手6種のうちの1枚で、イタリアのオペラ作曲家ジュゼッペ・ヴェルディの作品「オテロ」の場面で、オセローがデズデモーナの不義を疑って殺害する情景が描かれている。
(Scottカタログには未収載、Stanley GibbonsカタログにはAppendixとして収載されているがカタログ番号はない)
原寸　4.2×5.8cm

48-4：シェイクスピアのイメージ
2014年にポーランドから“シェイクスピア生誕450年”を記念して発行された切手で、シェイクスピア戯曲のイメージ(仮面、甲冑など)が描かれている。
(Scottカタログ 4154, A1584)
原寸　5.1×3.2cm

48-5：《リチャード三世》の舞台
1990年にサンマリノから“俳優ローレンス・オリヴィエ”を称える切手が3種発行された中の1枚で、イギリスの俳優ローレンス・オリヴィエ(1907-1989)演ずるリチャード3世が描かれている。
(Scottカタログ 1203, A300)
原寸　4.1×3.1cm

48-6：オペラ「マクベス」の舞台
2013年にベルギーから“ヴェルディとワーグナー生誕200年”を記念してオペラ名舞台の切手帳(5連刷)が発行された。切手にはオペラ「マクベス」の舞台と右上に王立モネ劇場が描かれている。また、タブにはMacbeth、Giuseppe Verdiと書き添えられている。
(Scottカタログ 2641, A1246)
原寸　4.8×2.8cm

48-7：シェイクスピアと彼の生誕地の風景
2016年にパラオから“シェイクスピア没後400年”の記念に発行された小型シート1種と切手6連刷のシート1種のうちの切手6連刷のシートで、シェイクスピアの肖像のほかに彼の生誕地であるストラットフォードの現在の風景などが切手に描かれている。上左から右へ、シェイクスピアの肖像、胸像、埋葬場所のトゥリニティー教会、下左から右へ、シェイクスピア記念劇場、彼の生家、ロンドンのグローブ座。
(Scottカタログには、この時点では未収載)
原寸　3.0×4.0cm

48-8：詩「ヴィーナスとアドニス」から(切手と初日カバー)
2016年にイギリスから“シェイクスピア没後400年”を記念して発行された切手10種のうちの1枚、「ヴィーナスとアドニス」からの詩の一部、「愛は雨のあとの陽光のように我々を癒してくれる」がデザインされている。初日カバーには、発行された切手10種がすべて貼られていて、上左から右へ《ハムレット》《ジュリアス・シーザー》《ロミオとジュリエット》《お気に召すまま》《から騒ぎ》、下左から右へ『ソネット集』30番、《ヴィーナスとアドニス》《あらし》《マクベス》《リチャード二世》。
(Scottカタログには、この時点では未収載)
原寸　3.5×3.5cm

付：《夏の夜の夢》とシェイクスピアの肖像
2014年にジブラタルから“シェイクスピア生誕450年”を記念して発行された切手5種と小型シート1種のうちの1枚で、シェイクスピアの肖像とその前に《夏の夜の夢》の表紙が描かれ、その第1幕第1場でイリリアの公爵オーシーノの台詞、「音楽が恋の営養になるものなら、奏しつゞけてくれ」が書き添えられている。
(Scottカタログ 1460, A322)
原寸　3.2×3.2cm

年”に発行された切手3種のうちの1枚で、左にジュゼッペ・ヴェルディ（1813-1901）の肖像と右に彼のオペラ“OTELLO（オテロ）”と書き添えられ、その舞台が描かれている。

（Scottカタログ 1184, A343）

原寸　2.8×3.8cm

46-5：《ジュリアス・シーザー》からの台詞
2016年にイギリスから“シェイクスピア没後400年”の記念切手10種が発行されたうちの1枚で、《ジュリアス・シーザー》（第2幕第2場）からの台詞で、シーザー「臆病者は死ぬまでに幾たびも死ぬ。勇者は只（たッ）た一度の外死の味を知らん」がデザインされている。
（Scottカタログには、この時点では未収載）
原寸　3.5×3.5cm

46-6：《リチャード二世》からの台詞
2016年にイギリスから“シェイクスピア没後400年”の記念切手10種が発行されたうちの1枚で、《リチャード二世》（第5幕第5場）からの台詞で、リチャード2世「むだに時間（とき）を使うた報いで、今は時間めがおれを使ひをる」がデザインされている。
（Scottカタログには、この時点では未収載）
原寸　3.5×3.5cm

47-1：シェイクスピアの肖像
2016年にパラオから“シェイクスピア没後400年”の記念に小型シート1種と切手6連刷シート1種が発行されたうちの小型シートで、シェイクスピアの肖像が描かれている。
（Scottカタログには、この時点では未収載）
原寸　5.0×3.0cm

47-2：《マクベス》（切手と初日カバー）
2014年にジャージーから“シェイクスピア生誕450年”を記念して発行された切手6種と小型シート1種のうちの1枚で、手指の指紋が鮮かな血糊の上にチェスの駒クイーンが描かれ、マクベス夫人が人をあやめたことを示唆していて、上段のタブには「シェイクスピア生誕450年」と書かれている。小型シートを除き、この切手を含めた全6種を貼った初日カバーには、左上から右に《ロミオとジュリエット》《ハムレット》《マクベス》、そして左下から右に《オセロー》《十二夜》《夏の夜の夢》で各々、38-3、37-4、47-2、44-4、39-2、42-2。また、カッシェにはシェイクスピアの肖像が描かれている。
（Scottカタログ 1742, A353）
原寸　4.1×3.0cm

47-3：《ロミオとジュリエット》からの台詞
2016年にイギリスから“シェイクスピア没後400年”の記念切手10種が発行されたうちの1枚で、《ロミオとジュリエット》（第1幕第1場）からの台詞で、ロミオ「恋は溜息の蒸気（ゆげ）に立つ濃い煙」がデザインされている。
（Scottカタログには、この時点では未収載）
原寸　3.5×3.5cm

47-4：サミュエル・バーバーの肖像
1997年にアメリカから“アメリカのクラシック作曲家と指揮者”と題して発行された切手8種のうちの1枚で、彼の肖像が描かれている。アメリカの作曲家サミュエル・バーバー（1910-1981）は、優れたピアニストでもあり、数々のクラシック音楽を作曲し、その一つにオペラ「アントニーとクレオパトラ」がある。また、オペラ「ヴァネッサ」がニューヨークのメトロポリタン歌劇場で初演されて大成功を収めて、ピュリッツァー賞が授与された。
（Scottカタログ 3162, A2445）
原寸　3.2×4.0cm

48-1：シェイクスピアの肖像（記念式典招待状）
1964年にアメリカから“シェイクスピア生誕400年”を記念して発行された切手（14-1、24-2、29-3に既出）と、その切手を貼った当切手発行初日記念式典の招待状である。シェイクスピアが生まれたストラットフォードの地名は、イギリスのロンドン郊外のほかにも、本切手が発行されたアメリカのコネチカット州、そしてカナダのオンタリオ州のトロント郊外などにもある。
（Scottカタログ 1250, A682）
原寸　4.0×2.6cm

48-2：『ソネット集』の詩の一部
2016年にイギリスから“シェイクスピア没後400年”を記念して発行された切手10種のうちの1枚で、『ソネット集』の30番から、「だが（愛する人よ）そのときあなたを思うと／すべての損失はつぐなわれ悲しみは終わりとなる」がデザインされている。また、タブには発行日2016年4月5日と明記されている。
（Scottカタログには、この時点では未収載）
原寸　3.5×3.5cm

のうちの1枚で、血の海の中からオセローの妻デズデモーナの不貞の証拠とされるハンカチを握った握りこぶしが描かれている。上段のタブには「ウィリアム・シェイクスピア生誕450年」と書かれている。

(Scottカタログ 1743, A353)

原寸　4.1×3.0cm

45-1：シェイクスピアの肖像
2013年にマーシャル諸島から“オーストラリア建国225年”を記念して発行された切手10連刷シートのうちの1枚で、シェイクスピアの肖像が描かれ、彼の作品Tempest (《あらし》) が書き添えられている。
(Scottカタログ 1044h, A370)
原寸　3.1×4.0cm

45-2：《ヘンリー五世》の舞台 (切手とエラー切手)
1964年にイギリスから“シェイクスピア生誕400年”を記念して5種の切手が発行されたうちの1枚で、右にエリザベス2世、左にシェイクスピアの肖像、そして中央にフランス軍と戦ったアジンコートのイングランド陣営で神に祈るヘンリー5世が描かれている。もう1枚の切手は、ヘンリー5世の色ずれの非常に珍しいエラー切手である。
(Scottカタログ 405, A166)
原寸　2.4×4.1cm

45-3：《ハムレット》の舞台
2011年にイギリスから“ロイヤル・シェイクスピア劇団50年記念”の切手が6種と小型シート (切手4種連刷) が発行されたうちの1枚である。1965年のロイヤル・シェイクスピア劇場での舞台から女優Janet Suzmanが、ハムレットの破滅的な愛情の対象オフィーリアを演じている。
(Scottカタログ 2900a, A708)
原寸　3.1×4.1cm

45-4：《お気に召すまま》からの台詞 (切手とマキシマム・カード)
2016年にイギリスから“シェイクスピア没後400年”の記念切手10種が発行されたうちの1枚で、《お気に召すまま》(第5幕第1場) から、フレデリック公爵の宮廷道化タッチストーンの台詞、「愚者は己れを賢なりと思へども、賢者は己れを愚なりと知る」がデザインされている。マキシマム・カードの絵は切手と同じ図案である。
(Scottカタログには、この時点では未収載)
原寸　3.5×3.5cm

45-5：《マクベス》からの台詞
2016年にイギリスから“シェイクスピア没後400年”の記念切手10種が発行されたうちの1枚で、《マクベス》(第5幕第5場) から、マクベスの台詞、「人生は歩いてゐる影たるに過ぎん、只一時、舞台の上で、ぎっくりばったりをやって、やがて最早 (もう) 噂もされなくなる惨めな俳優だ」がデザインされている。
(Scottカタログには、この時点では未収載)
原寸　3.5×3.5cm

46-1：シェイクスピアの肖像 (切手と初日カバー)
1988年にイギリスから“オーストラリア建国200年”を記念して発行された切手4種のうちの1枚で、シェイクスピアとジョン・レノンの肖像そしてシドニーのオペラハウスが描かれている。切手を貼った初日カバーにはカッシェにシェイクスピアの肖像と左端に“Tempest (あらし)”と彼の作品名が書き添えられている。
(Scottカタログ 1225, A367)
原寸　3.5×3.5cm

46-2：ミラノのスカラ座と作曲家ヴェルディ
2012年にマケドニアから“オペラ「オテロ」初演125年”を記念して発行された切手で、オペラ「オテロ」が初演されたミラノ・スカラ座の内部と作曲家ヴェルディの肖像が描かれている。
(Scottカタログ 607, A391)
原寸　3.1×4.1cm

46-3：《ハムレット》の舞台
1997年にグレナダ・グレナディンからシェイクスピア生誕425年を記念して“シェイクスピア俳優と舞台の仮面”と題して発行された切手4種と小型シート1種のうちの1枚で、ハムレットを演じたジョン・バリモア (1882-1942) が描かれている。アメリカの舞台・映画の俳優であった彼は、シェイクスピア劇ではハムレットのほかにリチャード3世を演じている。映画俳優としては、『グランド・ホテル』『ジキル博士とハイド氏』『ドン・ファン』などに出演している。
(Scottカタログ 1112, G84)
原寸　2.9×4.3cm

46-4：ヴェルディの肖像とオペラ「オテロ」
2001年にバチカン市国から“ヴェルディ没後100

(Scottカタログ 1051b, A153)
原寸　4.0×5.2cm

43-1：シェイクスピアの肖像
2015年にペルーから“シェイクスピア生誕450年”を記念して発行された切手で、シェイクスピアの肖像が描かれている。
(Scottカタログ 1857, A1032)
原寸　4.0×3.0cm

43-2：アリゴ・ボーイトの肖像
1968年にイタリアから“ボーイト没後50年”を記念して発行された切手で、イタリアのパドヴァ生まれの作曲家アリゴ・ボーイト(1842-1918)は台本作者でもあり、ヴェルディ後期のオペラ「フォルスタッフ」、「オテロ」の台本を書いて大成功を収めた。オペラ「フォルスタッフ」は、フォルスタッフが主人公のシェイクスピアの《ウィンザーの陽気な女房たち》に楽想を得て、ヴェルディが作曲したオペラである。彼の作曲となるオペラ「メフィストフェレ」は、よく知られている。切手には、左にボーイトの肖像、右にオペラ「メフィストフェレ」の主人公悪魔メフィストフェレが描かれている。
(Scottカタログ 982, A526)
原寸　2.9×4.1cm

43-3：《オセロー》の舞台
1989年にグレナダ・グレナディンからシェイクスピア生誕425年を記念して“シェイクスピア俳優と舞台の仮面”と題して発行された切手4種と小型シート1種のうちの1枚で、オセローを演じたアメリカのオペラ歌手、俳優、作家であるポール・ロブスン(1898-1976)が描かれている。1930年に、イギリスで、オペラ「オセロー」の主役を演じ、1943年にニューヨークでオペラ「オセロー」を演じ、合衆国でツアーを行い、ブロードウェイでの上演は、シェイクスピア演劇のロングランを記録し、この公演で1945年にスピンガーン・メダルを受賞している。
(Scottカタログ 1113, G84)
原寸　2.9×4.3cm

43-4：《オペラ「マクベス」の舞台》
2013年にニジェールから“ヴェルディ生誕200年”を記念して発行された小型シート1種と切手4種連刷シートのうちの1枚で、ヴェルディ作曲のオペラ「マクベス」の一場面のマクベスとマクベス夫人が描かれている。
(Scottカタログには、この時点で未収載)
原寸　4.1×4.7cm

43-5：《終わりよければすべてよし》の舞台
1969年にフジエイラから“シェイクスピアの舞台”をテーマにして発行された切手9種のうちの1枚である。
(Michelカタログ 317, hs)
原寸　4.7×4.7cm

44-1：シェイクスピアの肖像
1966年にパナマから“著名人”として発行された切手3種のうちの1枚で、シェイクスピアの肖像が描かれている。下のタブには本が描かれている。
(Scottカタログ 465, A149b)
原寸　3.6×3.6cm

44-2：《ロミオとジュリエット》とシェイクスピアの肖像
2014年にジブラルタルから“シェイクスピア生誕450年”を記念して発行された切手5種と小型シート1種のうちの1枚で、シェイクスピアの肖像とその前に《ロミオとジュリエット》の表紙が描かれ、その第2幕第2場でキャピュレット家の庭園にいたロミオは、2階のバルコニーに現れたジュリエットに目を奪われる。その時ジュリエットの放った台詞、「おゝ、ロミオ、ロミオ！　何故卿(おまへ)はロミオぢゃ！」が書き添えられている。
(Scottカタログ 1461, A322)
原寸　3.2×3.2cm

44-3：《マクベス》の一場面(切手シート)
2011年にイギリスから“ロイヤル・シェイクスピア劇場50年記念”の切手が6種と小型シート(切手4種連刷)が発行されたうちの小型シートである。左上から右へ《ハムレット》の“オフィーリア”(45-3)、《アントニーとクレオパトラ》の“アントニー”(12-3)、左下から右へ《ヘンリー五世》の“ヘンリー5世”(13-2)、《マクベス》の“マクベス夫人”(6-2)である。なお、この小型シートを貼った初日カバーは35-3に登場している。
(Scottカタログ 2900d, A708)
原寸　3.0×4.1cm

44-4：《オセロー》
2014年にジャージーから“シェイクスピア生誕450年”を記念して発行された切手6種と小型シート1種

ナーの生誕200年”を記念して発行された彼らのオペラと上演劇場に関する切手帳（切手5種連刷）1種のうちの1枚で、ヴェルディ作曲のオペラ「オテロ」の場面と王立ワロン歌劇場が描かれている。また、タブにはOtello, Giusseppe Verdiと書き添えられている。

（Scottカタログ 2643, A1246）

原寸　4.9×2.8cm

40-3：《マクベス》の舞台
1989年にシエラレオネから“シェイクスピア生誕425年”を記念した発行された切手8種の連刷シート2種と小型シート2種のうちの1枚である。
（Scottカタログ 1051b, A153）
原寸　4.0×5.2cm

41-1：シェイクスピアの肖像
2014年にアルバニアから“シェイクスピア生誕450年”を記念して発行された切手で、シェイクスピアの肖像が描かれている。
（Scottカタログには、この時点では未収載）
原寸　4.3×3.1cm

41-2：プロコフィエフの肖像
2013年にギニアビサウから“プロコフィエフ没後60年”を記念してシート（切手4種連刷）と小型シート1種が発行されたうちの小型シート。小型シートの台紙にはピアノを前に作曲するプロコフィエフの肖像が、そして切手には左にプロコフィエフそして右には「ロミオとジュリエット」のバレエの場面が描かれ、添え書きにセイゲル・プロコフィエフ（1891-1953）と右端には1935年にバレエ音楽「ロミオとジュリエット」完成とある。なお、後にバレエ音楽52曲からプロコフィエフ自身により管弦楽組曲三つとピアノ独奏用組曲一つが作られている。
（Scottカタログ 1458, A322）
原寸　3.8×4.7cm

41-3：《マクベス》とシェイクスピアの肖像
2014年にジブラルタルから“シェイクスピア生誕450年”を記念して発行された切手4種と小型シート1種のうちの1枚で、シェイクスピアの肖像とその前に《マクベス》の表紙が描かれ、その第5幕第1場で医者を前にして自己の両手が血で染まっていると思い込んでいる夢遊病のマクベス夫人の台詞、「してしまった事は、してしまったことです」が書き添えられている。
（Scottカタログ 1458, A322）
原寸　3.2×3.2cm

41-4：《夏の夜の夢》の舞台（切手と初日カバー）
1969年にフジエイラから“シェイクスピアの舞台”をテーマにした切手9種が発行されたうちの1枚である。初日カバーの実逓には発行された9種のうちの5枚が貼られていて、左上から《ハムレット》《マクベス》《ロミオとジュリエット》、右上から《夏の夜の夢》《オセロー》である。《夏の夜の夢》以外はすべて、すでに紹介済みの切手で、各々順に21-3、32-3、23-3、30-2である。
（Michelカタログ 311, h?）
原寸　4.7×4.7cm

41-5：《ハムレット》の一場面
1989年にシエラレオネから“シェイクスピア生誕425年”を記念して、切手8種の連刷シートが2種と小型シート2種が発行されたうちの1枚である。
（Scottカタログ 1050e, A153）
原寸　4.0×5.2cm

42-1：シェイクスピアの肖像と《ロミオとジュリエット》
2014年にボスニア・ヘルツェゴビナ（クロアチア人地区）から“シェイクスピア生誕450年”を記念して発行された切手で、左にシェイクスピアの肖像、右に《ロミオとジュリエット》の一場面のイメージが描かれている。
（Scottカタログ 300, A271）
原寸　2.6×3.6cm

42-2：《夏の夜の夢》（切手シート）
2014年にジャージーから“シェイクスピア生誕450年”を記念して発行された切手6種と小型シート1種のうちの1枚で、蝶が描かれていて、上段のタブには「ウィリアム・シェイクスピア生誕450年」と書かれている。切手のシートの、台紙の左欄外にシェイクスピアの肖像が描かれている。なお、この切手はすでに36-2に登場している。
（Scottカタログ 1745, A353）
原寸　4.1×3.0cm

42-3：《ロミオとジュリエット》の一場面
1989年にシエラレオネから“シェイクスピア生誕425年”を記念して発行された切手8種の連刷シート2種と小型シート2種のうちの1枚である。

原寸　4.1×3.0cm

38-1：シェイクスピアの肖像
2014年にキュラソーから“シェイクスピア生誕450年”を記念して発行された小型シート（4連刷）で、シェイクスピアの肖像が3態描かれているが、そのうちの一態は2枚で一つの肖像となっている。また、台紙の左上には《ジュリアス・シーザー》（第1幕第2場）から「罪は運星（うんせい）にあるんぢゃなくって、我々の心にあるんだ」をもじって、「運命を握っているのは～」となっている台詞が書き添えられている。
（Scottカタログには現時点で未収載）
原寸　3.6×2.5cm

38-2：《ロミオとジュリエット》
2014年にジャージーから“シェイクスピア生誕450年”を記念して発行された切手6種と小型シート1種のうちの1枚で、ロミオとジュリエットの恋を意味するハートと死を示唆する短剣そしてしたたる血が描かれている。
（Scottカタログ 1461, A322）
原寸　4.1×3.0cm

38-3：《ハムレット》の舞台
2014年にハンガリーから“青少年のために／シェイクスピア生誕450年”として小型シート（切手2連刷）1種が発行された、右に頭蓋骨を手にするハムレットと左に女王が描かれている。作画はグラフィック・アーティストのカス・ヤノシュ（1927-2010）によるものである。
（Scottカタログには、この時点では未収載）
原寸　4.6×3.0cm

38-4：シェイクスピアの肖像
2014年にボスニア・ヘルツェゴビナから“シェイクスピア生誕450年”を記念して発行された切手で、右にシェイクスピアの肖像そして左にペンとインクが家を背景に描かれ、上にはウィリアム・シェイクスピア生誕450年と書き添えられている。注目していただきたいのは彼の左耳朶にイヤリングがみられることである。この左耳朶にイヤリングをした肖像は、1966年のパナマ、2014年にアルバニア、ジブラタル、セルビア、ボスニア・ヘルツェゴビナ（セルビア人地区）およびキュラソー（38-1の右端の切手の肖像）から発行された切手にもみられる。
（Scottカタログには、この時点では未収載）
原寸　3.6×4.2cm

39-1：シェイクスピアの肖像
2014年にバチカン市国から“シェイクスピア生誕450年”を記念し発行された切手で、シェイクスピアの肖像が描かれている。
（Scottカタログには、この時点では未収載）
原寸　3.2×4.2cm

39-2：《十二夜》
2014年にジャージーから“シェイクスピア生誕450年”を記念して発行された切手6種と小型シート1種のうちの1枚で、弦楽器シターン（cittern、16-17世紀に用いられたギターに似た弦楽器）が描かれている。《十二夜》（第1幕第1場）で、恋に悩むイリリアの公爵オーシーノは音楽の魅力に取りつかれて、「音楽が恋の営養になるものなら、奏しつづけてくれ（If music be the food of love, play on）」と語る。タブ付きで、「シェイクスピア生誕450年」と書かれている。
（Scottカタログ 1744, A353）
原寸　4.1×3.0cm

39-3：プロコフィエフの肖像
1991年にロシアから“プロコフィエフ生誕100年”を記念して発行された切手で、ロシアの作曲家セルゲイ・セルゲエヴィチ・プロコフィエフ（1891-1953）の横顔の肖像が右側に、そして左側に彼が作曲したバレエ音楽「ロミオとジュリエット」の序章の部分の楽譜と建物が重ねて描かれている。
（Scottカタログ 5993, A2880）
原寸　3.1×4.3cm

40-1：シェイクスピアの肖像（切手と初日カバー）
2014年にジャージーから“シェイクスピア生誕450年”を記念して発行された切手6種と小型シート1種のうちの小型シートで、シェイクスピアの肖像が描かれている。初日カバーには、シェイクスピアの肖像を描いた小型シートが貼られ、消印に彼の肖像が描かれている。また、カッシェには同時に発行された《ハムレット》の切手（37-4）のモチーフになった頭蓋骨が描かれている。
（Scottカタログ 1746, A353）
原寸　3.3×4.8cm

40-2：オペラ「オテロ」の舞台
2013年にベルギーから“作曲家ヴェルディとワーグ

の上半身が切手となっている。切手の中には《十二夜》（第1幕第1場）のイリリアの公爵オーシーノ―の台詞、「音楽が恋の営養になるものなら、奏しつづけてくれ（if music be the food of love, play on）」が書き添えられている。また、切手の下端にはGibunco Gibraltar International Literary Festival 14th-16th November 2014とある。台紙の左端には背景に《ハムレット》と《ロミオとジュリエット》のタイトルがみられる。

（Scottカタログ 1462, A322）

原寸　3.2×3.2cm

36-1：シェイクスピアの肖像
2014年にボスニア・ヘルツェゴビナ（セルビア地区）から“偉人を称える”切手が発行された2種のうちの1枚で、生誕450年を記念してシェイクスピアの肖像が描かれている。
（Scottカタログには、この時点では未収載）
原寸　2.6×3.5cm

36-2：《夏の夜の夢》
2014年にジャージーから“シェイクスピア生誕450年”を記念して発行された切手6種と小型シート1種のうちの1枚で、蝶が描かれていて、上段のタブには「ウィリアム・シェイクスピア生誕450年」と書かれている。この切手のシートの欄外には、シェイクスピアの肖像が描かれている。
（Scottカタログ 1745, A353）
原寸　4.1×3.0cm

36-3：《ロミオとジュリエット》の舞台（切手と初日カバーの実逓）
1964年にイギリスから“シェイクスピア生誕400年”を記念して発行された切手5種のうちの1枚で、右にエリザベス2世、左にシェイクスピアの肖像、そして中央にはバルコニーにいるジュリエットの姿に目を奪われるロミオの姿が描かれている（切手は7-2に既出）。初日カバーの実逓には、発行された切手5種がすべて貼られていて、左上から《夏の夜の夢》《十二夜》《ロミオとジュリエット》《ヘンリー五世》、右下に《ハムレット》である。カッシェには、真ん中にグローブ座が描かれ、両脇の左には《十二夜》から道化のフェステ、右に《夏の夜の夢》からボトムが描かれ、下に「シェイクスピア・フェスティバル」と書き添えられている。
（Scottカタログ 404, A165）
原寸　2.5×4.1cm

36-4：オペラ「オテロ」の舞台
2013年にギニアビサウから“ヴェルディ生誕200年”を記念して発行された切手4種連刷シートと小型シート1種のうちの1枚で、ヴェルディ作曲の歌劇「オテロ」の一場面が描かれている。
（Scottカタログには、この時点では未収載）
原寸　3.8×4.7cm

37-1：シェイクスピアの肖像
2014年にセルビアから“作家の生誕”を記念して発行された切手3種のうちの1枚で、シェイクスピアの肖像が描かれているが、そのタブにも生誕450年と書かれている。
（Scottカタログには現時点で未収載）
原寸　3.8×3.1cm

37-2：オペラ「フォールスタッフ」の舞台
2014年にギニアビサウから“作曲家ヴェルディ誕生200年”を記念してシート（切手4種連刷）1種と小型シート1種が発行されたうちの1枚で、オペラ「フォールスタッフ」の一場面が描かれている。このオペラは、シェイクスピアの《ウィンザーの陽気な女房たち》に基づいて主人公フォールスタッフに光をあてて作曲された。切手の題材となったのはこの戯曲の第3幕第5場によっていて、間男とされたフォールスタッフがあわてて身を隠したのが洗濯籠で、その場面が描かれている。
（Scottカタログには現時点で未収載）
原寸　3.8×4.7cm

37-3：《じゃじゃ馬ならし》の舞台
1969年にフジエイラから“シェイクスピアの舞台”をテーマにした切手9種が発行されたうちの1枚である。
（Michelカタログ 319, hu）
原寸　4.7×4.7cm

37-4：《ハムレット》
2014年にジャージーから“シェイクスピア生誕450年”を記念して発行された切手6種と小型シート1種のうちの1枚で、第5幕第1場の墓場で墓掘りにより頭蓋骨の一つが、かつてハムレットの父王に仕えた者のものだと知らされる。人間の命のはかなさを知り、感慨に耽るハムレット。その頭蓋骨が切手のモチーフになっている。
（Scottカタログ 1459, A322）

1999年にルワンダから"ミレニアム(11-19世紀)の出来事と著名人"として発行された切手9種連刷のシートのうちの一つに"シェイクスピアの肖像"が描かれている。

(Scottカタログには未収載)

原寸　4.4×3.5cm

34-2:《お気に召すまま》の舞台
1989年にシエラレオネから"シェイクスピア生誕425年記念"として切手8種の連刷シートが2種と小型シート2種が発行されたがそのうちの1枚である。
(Scottカタログ 1051d, A153)
原寸　4.0×5.2cm

34-3:《リア王》の舞台(切手と初日カバー)
2011年にイギリスから"ロイヤル・シェイクスピア劇団50年記念"の切手が6種と小型シート(切手4種連刷)が発行されたその1枚である。切手のモチーフは、1962年の舞台からで俳優Paul Soofieldは2人の娘に城を追われることになる老王リアを演じ(第1幕第4場)、王の横柄な家来にうんざりした長女ゴネリルに家来など不要と言われた時の反応の台詞「こゝにをる者の中で、だれが俺を知ってをるか?」が書かれている(5-1に既出)。初日カバーには、本シリーズの切手6種がすべて貼られていて左上から右へ《ハムレット》(第31章)、《あらし》(第8章)、《ヘンリー六世》(第27章)、左下から右へ《リア王》(第5、34章)、《夏の夜の夢》(第21章)、《ロミオとジュリエット》(第11章)。そして、カッシェとして左下にシェイクスピアの三大劇、悲劇(TRAGEDIES)、歴史劇(HISTORIES)そして喜劇(COMEDIES)が書かれ、各々の単語から一字ずつとってRSC(ROYAL SHAKESPEARE COMPANY、ローヤル・シェイクスピア劇団)と洒落れたレイアウトが施されている。
(Scottカタログ 2897, A707)
原寸　3.5×3.5cm

35-1:シェイクスピアの肖像
2014年にブルガリアから"文化人の誕生"を記念して小型シート(切手4種連刷)が発行されたうちの1枚で、生誕450年を記念してシェイクスピアの肖像が描かれている。
(Scottカタログには、この時点では未収載)
原寸　3.3×4.3cm

35-2:《じゃじゃ馬ならし》の舞台
1989年にシエラレオネから"シェイクスピア生誕425年"を記念して発行された切手8種の連刷シートが2種と小型シート2種のうちの1枚である。
(Scottカタログ 1050f, A153)
原寸　4.0×5.2cm

35-3:《アントニーとクレオパトラ》の場面(切手と初日カバー)
2011年にイギリスから"ロイヤル・シェイクスピア劇団50年記念"の切手が6種と小型シート(切手4種連刷)が発行されたその1枚である。切手のモチーフは、2006年の舞台(白鳥座)からで、俳優Patrick Stewartがカリスマ的存在のローマの戦士で巨大な権力と名声を犠牲にして、魅惑的な異国の女性クレオパトラに愛を捧げるアントニーを演じている。戦いに敗れたアントニーは、愛するクレオパトラの腕の中で亡くなる(本切手は12-3に既出)。初日カバーには、本シリーズの小型シート(切手4種)が貼られていて、左上から右へ《ハムレット》の"オフィーリア"(未出)、《アントニーとクレオパトラ》の"アントニー"(12-3)、左下から右へ《ヘンリー五世》の"ヘンリー5世"(13-2)、《マクベス》の"マクベス夫人"(6-2)。そして、カッシェとして左下にシェイクスピアの三大劇、悲劇(TRAGEDIES)、歴史劇(HISTORIES)そして喜劇(COMEDIES)が書かれ、各々の単語から一字ずつとってRSC(ROYAL SHAKESPEARE COMPANY、ローヤル・シェイクスピア劇団)と洒落れたレイアウトが施されている。
(Scottカタログ 2900b, A708)
原寸　3.0×4.1cm

35-4:劇場「ホープ座」(切手とマキシマム・カード)
1995年にイギリスから"劇場グローブ座再建"の記念切手5種が発行されたうちの1枚で、1613年に"劇場"と"熊いじめ"の見世物場所をかねて建てられた"劇場ホープ座"が描かれている。切手には、劇場に加えて屋外には熊飼いと鎖でつながれた熊がみられる。切手を貼ったマキシマム・カードは、切手と同じデザインである。
(Scottカタログ 1623, A458)
原寸　3.7×3.5cm

35-5:《十二夜》
2014年にジブラルタルから"シェイクスピア生誕450年"を記念して発行された切手4種と小型シート1種のうちの小型シートで、シェイクスピアの銅像連刷）が発行されたその1枚である。切手のモチーフは2008年の舞台からで俳優David Tennantが頭蓋骨を手にしたハムレットを演じ（第3幕第1場）、台詞「世に在る、世に在らぬ、それが疑問ぢゃ」が書かれている。

（Scottカタログ 2894, A707）

原寸　3.5×3.5cm

31-5：《ヴェニスの商人》の舞台
1989年にシエラレオネから“シェイクスピア生誕425年”を記念して発行された切手8種の連刷シート2種と小型シート2種のうちの1枚である。
（Scottカタログ 1051c, A153）
原寸　4.0×5.2cm

32-1：シェイクスピアの肖像
1964年にイギリスから“シェイクスピア生誕400年”を記念して、封書が2種発行されたがその一つで、切手部分にはシェイクスピアの肖像とグローブ座が描かれていて、その下にはシェイクスピア・フェスティバルと書き添えられている。また、封書の内側にはストラットフォード・アポン・エイボンのロイヤル・シェイクスピア劇場の風景写真が描かれている。

32-2：《オセロー》の一場面
1989年にシエラレオネから“シェイクスピア生誕425年”を記念して切手8種の連刷シートが2種と小型シート2種が発行されたその1枚である。
（Scottカタログ 1051g, A153）
原寸　4.0×5.2cm

32-3：《マクベス》の舞台
1964年にフジエイラから“シェイクスピアの舞台”をテーマにして発行された切手9種のうちの1枚である。
（Michelカタログ 314, ho）
原寸　4.7×4.7cm

32-4：《ロミオとジュリエット》の一場面
1987年にリベリアから8種の切手が発行された、その1枚である。
（Scottカタログ 1060b, A305）
原寸　3.9×5.1cm

33-1：シェイクスピアの肖像
2013年にモントセラトから“グローブ座火災400年”を記念して、小型シート1種と切手4種連刷の小型シート1種が発行されたうちの小型シート1種でシェイクスピアの肖像が描かれている。この肖像は最初の戯曲全集『ファースト・フォリオ』（1623）の版画家マーティン・ドルーシャウトによる銅版画によっている。
（Scottカタログには、この時点では未収載）
原寸　5.1×3.8cm

33-2：シェイクスピアの戯曲とそのイメージ
2013年にモントセラトから“グローブ座火災400年”を記念して、小型シート1種と切手4種連刷の小型シート1種が発行されたうちの切手4種連刷の小型シートである。左から悲劇の戯曲《ハムレット》《ジュリアス・シーザー》《マクベス》《ロミオとジュリエット》を題材としてイメージ化されている。
（Scottカタログには、この時点では未収載）
原寸　3.5×3.5cm

33-3：《リア王》の舞台
1989年にシエラレオネから“シェイクスピア生誕425年”を記念して切手8種の連刷シートが2種と小型シート2種が発行されたがその1枚である。
（Scottカタログ 1051f, A153）
原寸　4.0×5.2cm

33-4：《十二夜》の舞台
1964年にイギリスから“シェイクスピア生誕400年”の記念切手5種が発行されたうちの1枚で、右にエリザベス2世、左にシェイクスピアの肖像、そして中央にオリヴィア家の道化フェステが描かれている。
（Scottカタログ 403, A165）
原寸　2.5×4.1cm

33-5：《オセロー》の舞台
1989年にグレナダ・グレナディンから“シェイクスピア生誕425年”を記念して“シェイクスピア俳優と舞台の仮面”と題して発行された切手4種と小型シート1種のうちの1枚で、オセローの妻デズデモーナを演じたアメリカの女優エセル・バリモア（1879-1959）が描かれている。彼女は、《ロミオとジュリエット》ではジュリエットを演じている。
（Scottカタログ 1110, G84）
原寸　2.9×4.3cm

34-1：シェイクスピアの肖像

持った彼の立像が描かれている。
（Scottカタログ、この時点では未収載）
原寸　3.4×3.8cm

29-2：《ハムレット》の舞台
1997年にルーマニアから“シェイクスピア俳優”シリーズとして切手4連刷小型シートが発行された中の1枚で、1924年の舞台からハムレットを演ずる俳優Ion Manolescu（1881-1959）が描かれている。
（Scottカタログ 4156c, A1177）
原寸　4.2×2.7cm

29-3：《恋の骨折り損》（切手とマキシマム・カード）
1964年にアメリカから“シェイクスピア生誕400年”を記念して発行された切手（14-1、24-2に既出）と、それを貼ったマキシマム・カードで《恋の骨折り損》の一場面が描かれている。
（Scottカタログ 1250, A682）
原寸　4.0×2.6cm

30-1：シェイクスピアの肖像
1994年にルーマニアからシェイクスピア生誕430年の年に“CRAIOVAシェイクスピア・フェスティバル”を記念して封書が発行された。シェイクスピアの肖像が描かれていて、国立CRAIOVA劇場のシェイクスピア・フェスティバル、1994年11月15-20日と書き添えられている。

30-2：《オセロー》の舞台
1964年にフジエイラから“シェイクスピアの舞台”をテーマにして発行された切手9種のうちの1枚である。
（Michelカタログ 312, hm）
原寸　4.7×4.7cm

30-3：《ハムレット》の舞台
1997年にルーマニアから“シェイクスピア俳優”シリーズとして発行された切手4連刷小型シートの中の1枚で、1957年の舞台からハムレットを演じる俳優Gheorghe Cozorici（1933-1993）が描かれている。
（Scottカタログ 4156d, A1177）
原寸　4.2×2.7cm

30-4：《マクベス》の舞台
1989年にグレナダ・グレナディンからシェイクスピア生誕425年を記念して“シェイクスピア俳優と舞台の仮面”と題した切手4種と小型シート1種が発行されたうちの小型シート。マクベス夫人を演じる坂東玉三郎とリチャード3世を演じる17代目中村勘三郎が描かれている。1964年3月3日、“シェイクスピア生誕400年”を記念して東京の日生劇場にて上演された《リチャード三世》でリチャード3世に中村勘三郎が扮している。また、1976年2月4-28日、同じく日生劇場にて上演された《マクベス》でマクベス夫人に坂東玉三郎、マクベスに平幹二朗が扮して上演されている。
（Scottカタログ 1114, GB4）
原寸　2.9×4.3cm

31-1：シェイクスピアの肖像
1990年にグレナダから“記念と出来事”として発行された切手8種のうちの1枚で、ストラットフォード・アポン・エイボンの生家を背景にシェイクスピアの肖像が描かれている。
（Scottカタログ 1791, A244）
原寸　2.9×4.3cm

31-2：《リア王》の舞台
1989年にグレナダ・グレナディンからシェイクスピア生誕425年を記念して“シェイクスピア俳優と舞台の仮面”と題して発行された切手4種と小型シート1種のうちの1枚で、リア王を演じたイギリスの俳優リチャード・バートン（1925-1984）が描かれている。なお、彼はハムレット、オセローなども演じている。
（Scottカタログ 1111, G84）
原寸　2.9×4.3cm

31-3：《ハムレット》とシェイクスピアの肖像
2014年にジブラルタルから“シェイクスピア生誕450年”を記念して発行された切手5種のうちの1枚で、シェイクスピアの肖像とその前に《ハムレット》の表紙が描かれ、その第3幕第1場でオフィーリアを前に放ったハムレットの台詞、「世に在る、世に在らぬ、それが疑問ぢゃ」が書き添えられている。
（Scottカタログ 1459, A322）
原寸　3.2×3.2cm

31-4：《ハムレット》の舞台
2011年にイギリスから“ロイヤル・シェイクスピア劇団50年記念”の切手が6種と小型シート（切手4種

イクスピア生誕400年」と銘打って《夏の夜の夢》のロバの頭をつけたボトムが描かれている。切手余白に原画・作者と彫師の直筆のサインがある。切手4種のうち3種(シェイクスピア。ミケランジェロ、ガリレオ)が貼られている初日カバーである実逓のカッシェには各々に関連した絵が描かれている。
(Scottカタログ 1230, A471)
原寸 2.2×4.4cm

26-3:不採用になった切手デザイン
原画作者のカレル・スヴォリンスキー(1896-1986)の直筆でKarel Svolinskyのサインが入っている。彼はチェコを代表する絵本画家で、切手原画作者としても知られていて、生涯に170種を超える切手の原画を描いた。

27-1:シェイクスピアの肖像
1964年にイギリスから"シェイクスピア生誕400年"を記念して、封書が2種発行されたがその一つで、切手部分にはエリザベス女王の肖像とグローブ座が描かれていて、その左下にはシェイクスピアの肖像とシェイクスピア・フェスティバルと書き添えられている実逓封書(イギリスのダービー(Derby)から西ドイツ宛)である。また、封書の内側にはシェイクスピアの6つの作品の場面が描かれている。

27-2:《ヘンリー六世 第二部》の一場面
2011年にイギリスから"ロイヤル・シェイクスピア劇団50年記念"の切手6種と小型シート(切手4種連刷)が発行されたそのうちの1枚である。切手のモチーフは2006年の舞台から俳優Chuk Iwujiがヘンリー6世を演じ、グロースター公爵邸の一室において王妃になる野心を持つグロースター公爵の妻エリナーをたしなめるグロースター公爵との会話(第1幕第2場)で、エリナー「手を伸ばしてお取り遊ばせな、立派な金環」と書かれている。
(Scottカタログ 2896, A707)
原寸 3.5×3.5cm

27-3:《じゃじゃ馬ならし》の一場面
1989年にシエラレオネから"シェイクスピア生誕425年"を記念して、切手8種の連刷シートが2種と小型シート2種が発行されたうちの1枚である。
(Scottカタログ 1051e, A153)
原寸 4.0×5.2cm

28-1:シェイクスピアの肖像
1987年にリベリアから"シェイクスピア"に関する切手8種が発行されたうちの1枚で、シェイクスピアの肖像と背景にグローブ座が描かれ、"Globe Southwark in 1598"と書き添えられている。
(Scottカタログ 1060h, A305)
原寸 3.9×5.1cm

28-2:バレエ「ロミオとジュリエット」
2010年にアイルランドから《ロミオとジュリエット》のバレエを題材にした切手が発行されたが、同じデザインで同時にスウェーデンからも発行された。シェイクスピアの戯曲を題材にしたバレエの一つが「ロミオとジュリエット」で、1939年にセルゲイ・セルゲエヴィチ・プロコフィエフ(1891-1953)により作曲されている。
(Scottカタログ 1895, A665)
原寸 3.7×2.9cm

28-3:バレエ「ロミオとジュリエット」
2010年にスウェーデンから"凹版彫刻の技術"と題して、スウェーデンの著名な凹版彫刻家の手になる切手3種からなる小型シートが発行された。その一つがアイルランドと同時発行の同じデザインのバレエ「ロミオとジュリエット」で、作者は切手凹彫刻家として世界に名の知れたCzeslaw Slaniaである。このオリジナルは、1975年にスウェーデンからバレエ「ロミオとジュリエット」として発行されている。
(Scottカタログ 2642c, A927)
原寸 3.6×2.8cm

28-4:バレエ「ロミオとジュリエット」
1975年にスウェーデンから"バレエ「ロミオとジュリエット」"が普通切手3種のうちの1枚として発行されたが、先に紹介した切手28-2, 28-3のオリジナルでスウェーデンの切手凹版彫刻家Czeslaw Slaniaの手になるものである。因みに、当切手は1979年にインドで開催された"世界でもっとも美しい切手コンテスト"で1位を受賞している。
(Scottカタログ 1141, A305)
原寸 3.2×2.5cm

29-1:シェイクスピアの肖像
2010年にサントメ・プリンシペから"著名な詩人と作家"と題して発行された切手5連刷の小型シートの中の1枚で、シェイクスピアの肖像と背景にペンを

原寸　3.3×2.7cm

22-2:《オセロー》の舞台(切手と初日カバー)
1964年にキプロスから“シェイクスピア生誕400年”を記念して発行された切手4種のうちの1枚で、オセロー塔の前で演じられる《オセロー》の舞台が描かれている。また初日カバーのカッシェにはシェイクスピアが描かれ、発行された切手4種すべてが貼られている。
(Scottカタログ 240, A62)
原寸　3.1×4.4cm

23-1:シェイクスピアの肖像
2000年にシエラレオネから“ミレニアム(1600-1650)のハイライト”として発行された切手17種連刷のシートのうちの一つに“シェイクスピアの肖像”があり、「1603年に戯曲《ハムレット》出版」と書き添えられている。
(Scottカタログ 2254b, A321)
原寸　4.0×3.0cm

23-2:劇場「グローブ座」
1995年にイギリスから“グローブ座再建”の記念切手5種が発行されたうちの1枚で、1614年に建てなおされたグローブ座が中央に描かれている。グローブ座は、1613年6月シェイクスピアの《ヘンリー八世》を上演中に火災で焼失し、翌1614年に再建されたのが切手に描かれているグローブ座である。しかし、この劇場も1642年の“ピューリタン革命”による劇場閉鎖令で使われなくなり、2年後に取り壊されている。
(Scottカタログ 1624, A458)
原寸　3.7×3.5cm

23-3:《ロミオとジュリエット》の舞台
1969年にフジエイラから“シェイクスピアの舞台”をテーマにした切手9種が発行されたうちの1枚である。
(Michelカタログ 315, hp)
原寸　4.7×4.7cm

24-1:シェイクスピアの肖像
2006年にイギリスから“National Portrait Galleryの作品”として発行された切手10種のうちの1枚で、シェイクスピアの肖像が描かれている。
(Scottカタログ 2391, A607)
原寸　3.7×2.7cm

24-2:《ヘンリー五世》(切手とマキシマム・カード)
1964年にアメリカから“シェイクスピア生誕400年”を記念して発行された切手(14-1に既出)と、それを貼ったマキシマム・カードで《ヘンリー五世》の一場面が描かれている。
(Scottカタログ 1250, A682)
原寸　4.0×2.6cm

25-1:シェイクスピアとジョン・レノンの肖像(切手とマキシマム・カード)
1988年にオーストラリアから“オーストラリア建国200年”を記念して発行された切手4種のうちの1枚で、シェイクスピアとジョン・レノンの肖像とシドニーのオペラハウスが描かれている。切手を貼ったマキシマム・カードは、切手と同じデザインである。なお、同じデザインの切手がイギリスから同時に発行された(15-1)。
(Scottカタログ 1085, A392)
原寸　3.5×3.5cm

25-2:《リチャード三世》の舞台
1989年にシエラレオネから“シェイクスピア生誕425年”を記念して発行された切手8種の連刷シートが2種と小型シート2種のうちの1枚である。
(Scottカタログ 1050a, A153)
原寸　4.0×5.2cm

25-3:《ヘンリー四世》の舞台
1989年にシエラレオネから“シェイクスピア生誕425年”を記念して発行された切手8種の連刷シートが2種と小型シート2種のうちの1枚で、ロンドンの街での場面である。
(Scottカタログ 1051h, A153)
原寸　4.0×5.2cm

26-1:シェイクスピアの肖像
1990年にモルディブから“記念と出来事シリーズ”として発行された切手8種のうちの1枚で、“シェイクスピア生誕425年記念”と銘打ってシェイクスピアの肖像と生家が描かれている。
(Scottカタログ 1792, A244)
原寸　2.9×4.3cm

26-2:《夏の夜の夢》の場面(切手と初日カバー)
1964年にチェコスロバキアから“著名人の各種記念”として発行された切手4種のうちの1枚で、「シェ

（Scottカタログ 770, A173）
原寸　3.1×3.9cm

18-2：《夏の夜の夢》の一シーン（切手とシート）
1989年にガーナから“シェイクスピア生誕425年”を記念して発行された切手21連刷のスーベニアシートで、《夏の夜の夢》の一シーンであるアテネ近郊の森の中の情景が描かれている。2枚を選んで示せば、4-1で木間のオーベロンとティターニアそして4-2でロバの頭を被ったボトムである。
（Scottカタログ 1147a-u, A215; 1147k, A215; 1147l, A215）
原寸　3.9×2.6cm

19-1：シェイクスピアの肖像
1989年にシエラレオネから“シェイクスピア生誕425年”を記念して切手8種の連刷のシートが2種と小型シート2種が発行されたが、その小型シートの一つである。“Globe Southwark in 1598”と書き添えられて、グローブ座の描かれた台紙にシェイクスピアの肖像が描かれている。
（Scottカタログ 1052, A153）
原寸　4.0×5.1cm

19-2：《オセロー》の舞台
1989年にシエラレオネから“シェイクスピア生誕425年”を記念して切手8種の連刷のシート2種と小型シート2種が発行されたがその1枚で、デズデモーナと2人の男が描かれている。
（Scottカタログ 1050b, A153）
原寸4.0×5.2cm

20-1：シェイクスピアの肖像（切手と実逓カバー）
1966年にパラグアイから“世界の作家”として発行された切手8種のうちの1枚で、シェイクスピアの肖像とグローブ座が描かれている。実逓カバーには、切手8種すべてが貼られていて、4人の文人シェイクスピア、ゲーテ、ダンテ、モリエールが各2種である。
（Scottカタログ 957, A187）
原寸　4.0×5.0cm

20-2：《夏の夜の夢》の舞台
1964年にイギリスから“シェイクスピア生誕400年”を記念して発行された切手5種のうちの1枚で、右にエリザベス女王、左にシェイクスピアの肖像、そして中央にロバの頭をつけられたボトム（右）と妖精パック（左）が描かれている。
（Scottカタログ 402, A165）
原寸　2.5×4.1cm

21-1：シェイクスピアの肖像
1989年にシエラレオネから“シェイクスピア生誕425年”を記念して切手8種の連刷のシートが2種と小型シート2種が発行されたが、その小型シートの一つである。シェイクスピアの肖像が切手で、台紙には仮面が描かれている。
（Scottカタログ 1053, A153）
原寸　4.0×5.1cm

21-2：《夏の夜の夢》の一場面
2011年にイギリスから“ロイヤル・シェイクスピア劇団50年記念”の切手が6種と小型シート（切手4種連刷）が発行されたその1枚である。1970年の舞台から女優Sara Kestelmanが妖精女王ティターニアを演じ、第2幕第1場でのヘレナの台詞「忠実な鋼鉄（はがね）よ」が書かれている。
（Scottカタログ 2898, A707）
原寸　3.5×3.5cm

21-3：《ハムレット》の舞台
1969年にフジエイラから“シェイクスピアの舞台”をテーマにして発行された切手9種のうちの1枚で、シェイクスピアの作品「ハムレット」（1600-1601）と書き添えられている。
（Michelカタログ 313, hn）
原寸　4.7×4.7cm

21-4：《ハムレット》の舞台
1997年にルーマニアから“シェイクスピア俳優”シリーズとして切手4連刷小型シートが発行されたうちの1枚で、1916年の舞台からハムレットを演ずる俳優AL.Demetrescu Dan（1870-1948）が描かれている。
（Scottカタログ 4156b, A1177）
原寸　4.2×2.7cm

22-1：シェイクスピアの肖像
1964年にルーマニアから“シェイクスピア生誕400年”及び著名人の生誕あるいは没後を記念して発行された切手6種のうちの1枚で、シェイクスピアの肖像が描かれている。ここでは、田型を採用してみた。
（Scottカタログ 1648, A546）

をテーマにして切手9種が発行されたが、その1枚である。
(Michelカタログ 316, hr)
原寸　4.7×4.7cm

14-3：《あらし》(切手とマキシマム・カード)
1964年にアメリカから“シェイクスピア生誕400年”を記念して発行された切手を貼ったマキシマム・カードで、《あらし》の一場面が描かれている。
(Scottカタログ 1250, A682)
原寸　4.0×2.6cm

15-1：シェイクスピアとジョン・レノンの肖像(切手と初日カバー)
1988年にイギリスから“オーストラリア建国200年”を記念して発行された切手4種のうちの1枚で、シェイクスピアとジョン・レノン(1940-1980)の肖像そしてシドニーのオペラハウスが描かれている。また初日カバーのカッシェには、オーストラリアの古地図が描かれていて、同時に発行された4種の切手が貼られている。
(Scottカタログ 1225, A367)
原寸　3.5×3.5cm

15-2：《ウィンザーの陽気な女房たち》の舞台
1989年にシエラレオネから“シェイクスピア生誕425年”を記念して切手8種の連刷シートが2種と小型シート2種が発行されたその1枚である。
(Scottカタログ 1050g, A153)
原寸　4.0×5.2cm

15-3：《ヴェニスの商人》の舞台
1969年にフジエイラから“シェイクスピアの舞台”をテーマにして切手9種が発行されたその1枚で、シェイクスピアの作品「ヴェニスの商人」(1596-1597)と書き添えられている。
(Michelカタログ 318, ht)
原寸　4.7×4.7cm

16-1：シェイクスピアの肖像(切手と初日カバー)
1964年にハンガリーから“出来事記念”シリーズとして発行された切手18種のうちの1枚で、“シェイクスピア生誕400年”を記念したものでシェイクスピアの肖像が描かれている。また、初日カバーは同切手が貼られた実逓である。
(Scottカタログ 1591, A346)
原寸　4.4×3.4cm

16-2：ハムレットを演ずる俳優
1982年にイギリスから“芸能”に関するヨーロッパ切手4種が発行されたその1枚で、《ハムレット》の主人公ハムレットを演ずる俳優が描かれている。
(Scottカタログ 989, A313)
原寸　4.1×3.0cm

16-3：《マクベス》
2001年にドミニカ共和国から作曲家“ヴェルディ没後100年”を追悼して発行された切手4連刷の小型シートで、その一つに彼が作曲したオペラ「マクベス」の楽譜そしてマクベス夫人を演ずる歌手、またヴェルディの肖像と演奏風景が描かれている。
(Scottカタログ 2299, A381)
各切手の原寸　4.3×2.9cm

17-1：シェイクスピアの肖像(切手と初日カバー)
1966年にパラグアイから“世界の作家”として発行された切手8種のうちの1枚で、シェイクスピアの肖像とグローブ座が描かれている。なお、グローブ座は1598年にロンドンのテムズ川の南岸に建てられ、1599年に開業された。切手8種のうち5種が貼られた初日カバーには、シェイクスピアのほかにゲーテ、ダンテ、モリエールの切手が貼られ、カッシェにはそれら4人の文人が描かれている。
(Scottカタログ 954, A187)
原寸　4.0×5.0cm

17-2：グローブ座(切手とマキシマム・カード)
1995年にイギリスから“グローブ座再建”を記念して発行された切手5種のうちの1枚で、グローブ座が中央に描かれ、切手の左下にはマクベスとマクベス夫人、ロミオとジュリエット、ハムレット、リチャード3世が描かれている。シェイクスピアの戯曲すべてが上演された劇場だが、1613年6月火災で焼失している。切手を貼ったマキシマム・カードは、切手と同じデザインである。
(Scottカタログ 1622, A458)
原寸　3.7×3.5cm

18-1：シェイクスピアの肖像
1998年にジブラルタルから“著名人”として発行された切手4種のうちの1枚で、シェイクスピアの肖像と“Love comforts like sunshine after rain(愛は雨のあとの陽光のように我々を癒してくれる)”と書かれている。タブ付きである。

11-2：《ロミオとジュリエット》の一場面（切手とマキシマム・カード）
2011年にイギリスから“ロイヤル・シェイクスピア劇団50年記念”の切手が6種と小型シート（切手4種連刷）が発行されたその1枚である。切手のモチーフは1976年の舞台からで俳優Ian McKellenとFrancesca Annisがヴェローナの街を舞台にモンタギュー家とキャピュレット家の間の激しい不和の中に両家の若い男女が繰り広げる情熱的な恋人同士のロミオとジュリエットを演じ（第2幕第2場）、キャピュレット家の庭園でジュリエットとその乳母そしてロミオが登場し、ジュリエット「何故卿（おまへ）はロミオじゃ！」が書かれている。マキシマム・カードの絵は切手と同じ図案である。
（Scottカタログ 2899, A707）
原寸　3.5×3.5cm

12-1：シェイクスピアの肖像とロイヤル・シェイクスピア劇場（切手と初日カバー）
1964年にドミニカから“シェイクスピア生誕400年記念”として、イギリス植民地領（12ヵ国）のオムニバス形式による同一デザインで発行された1枚で、右にシェイクスピア、左にエリザベス2世、そして中央にストラットフォードにあるロイヤル・シェイクスピア劇場が描かれている。また初日カバーのカッシェには、左にシェイクスピアの肖像が描かれ、その下に“シェイクスピア生誕400年、1564-1964”と書き添えられている。
（Scottカタログ 184, CD316）
原寸　2.9×4.3cm

12-2：《ロミオとジュリエット》の一場面（切手と初日カバー）
1995年にイギリスからグリーティング切手“アートで挨拶”と題して切手10種連刷が発行されたその1枚で、シェイクスピアの愛の詩としてロミオとジュリエットが描かれている。また、初日カバーには切手10種が貼られている。
（Scottカタログ 1605, A454）
原寸　3.0×4.1cm

12-3：《アントニーとクレオパトラ》の一場面
2011年にイギリスから“ロイヤル・シェイクスピア劇団50年記念”の切手が6種と小型シート（切手4種連刷）が発行されたその1枚である。切手のモチーフは、2006年の舞台（白鳥座）からで、俳優Patrick Stewartがカリスマ的存在のローマの戦士で巨大な権力と名声を犠牲にして、魅惑的な異国の女性クレオパトラに愛を捧げるアントニーを演じている。戦いに敗れたアントニーは、愛するクレオパトラの腕の中で亡くなる。
（Scottカタログ 2900b, A708）
原寸　3.1×4.1cm

13-1：シェイクスピアの肖像（切手と初日カバー）
1964年に東ドイツから“シェイクスピア生誕400年”を記念して、彫刻家2名の生誕200年と300年記念を合わせて切手3種が発行されたその1枚で、シェイクスピアの肖像が描かれている。また、初日カバーにはシェイクスピアをはじめ3種の切手が貼られている。
（Scottカタログ 690, A226）
原寸　2.6×4.4cm

13-2：《ヘンリー五世》の一場面
2011年にイギリスから“ロイヤル・シェイクスピア劇団50年記念”の切手が6種と小型シート（切手4種連刷）が発行されたその1枚である。切手のモチーフは、2007年のCourtyard劇場の舞台からで、俳優Geoffrey Streatfeildがシェイクスピアをして「王様の中の王」と言わしめているヘンリー5世を演じている。
（Scottカタログ 2900c, A708）
原寸　3.1×4.1cm

14-1：シェイクスピアの肖像（切手と初日カバー）
1964年にアメリカから“シェイクスピア生誕400年”を記念して発行された切手で、シェイクスピアの肖像が描かれている。シェイクスピアが生まれたストラットフォードの地名は、イギリスのロンドン郊外の他にも、本切手が発行されたアメリカのコネチカット州、そしてカナダのオンタリオ州のトロント郊外などにもある。初日カバーのカッシェには、シェイクスピアの肖像の背景に、「生誕400年（1564-1964）」と書かれ、主な作品として《ハムレット》《オセロー》《マクベス》《ヘンリー五世》が挙げられていて、前景には《じゃじゃ馬ならし》と書かれ、気性の激しい冒険好きなペトルーキオが描かれている。
（Scottカタログ 1250, A682）
原寸　4.0×2.6cm

14-2：《ウィンザーの陽気な女房たち》の舞台
1969年にフジエイラから“シェイクスピアの舞台”

右にエリザベス2世、左にシェイクスピアの肖像、そして中央にバルコニーにいるジュリエットの姿に目を奪われるロミオの姿が描かれている。

(Scottカタログ 404, A165)

原寸　2.5×4.1cm

8-1：シェイクスピアとロイヤル・シェイクスピア劇場
1964年にベチュアナランドから"シェイクスピア生誕400年記念"として、イギリス植民地領(12ヵ国)のオムニバス形式による同一デザインで発行された1枚で、右にシェイクスピア、左にエリザベス2世、そして中央にストラットフォードにあるロイヤル・シェイクスピア劇場が描かれている。
(Scottカタログ 197, CD316)
原寸　2.9×4.3cm

8-2：《あらし》の一場面(切手とマキシマム・カード)
2011年にイギリスから"ロイヤル・シェイクスピア劇団50周年記念"の切手が6種と小型シート(切手4種連刷)が発行されたその1枚である。切手のモチーフは、2009年の舞台からで俳優Antony Sherが強力な魔術師で正当なミラノ大公プロスペローを演じ(第1幕第2場)、台詞「獣類(けだもの)も其声を聞いて慄へ戦(おのの)くほどに吠えさせるぞ」が書かれている。マキシマム・カードの絵は切手と同じ図案である。
(Scottカタログ 2895, A707)
原寸　3.5×3.5cm

9-1：シェイクスピアとロイヤル・シェイクスピア劇場
1964年にモントセラト(島)から"シェイクスピア生誕400年記念"として、イギリス植民地領(12ヵ国)のオムニバス形式による同一デザインで発行された1枚で、右にシェイクスピア、左にエリザベス2世、そして中央にストラットフォードにあるロイヤル・シェイクスピア劇場が描かれている。
(Scottカタログ 153, CD316)
原寸　3.9×4.3cm

9-2：《リア王》の一場面
1987年にリベリアから8種の切手が発行された、その1枚である。
(Scottカタログ 1060g, A305)
原寸　2.9×5.1cm

9-3：《ヴェローナの二紳士》の一場面
1989年にシエラレオネから"シェイクスピア生誕425年"を記念して切手8種の連刷のシートが2種と小型シート2種が発行された、その1枚である。
(Scottカタログ 1050c, A153)
原寸　4.0×5.2cm

10-1：シェイクスピアとロイヤル・シェイクスピア劇場
1964年にアンティグア(島)から"シェイクスピア生誕400年記念"として、イギリス植民地領(12ヵ国)のオムニバス形式による同一デザインで発行された1枚で、右にシェイクスピア、左にエリザベス2世、そして中央にストラットフォードにあるロイヤル・シェイクスピア劇場が描かれている。
(Scottカタログ 151, CD316)
原寸　2.9×4.3cm

10-2：《オセロー》の舞台
1997年にルーマニアから"シェイクスピア俳優"シリーズとして、切手4連刷小型シートが発行された中の1枚で、1855年の舞台からオセローを演ずる俳優Constantin Serghie (1819-1887) が描かれている。
(Scottカタログ 4151, A1176)
原寸　4.2×2.7cm

10-3：《ハムレット》の舞台
1990年にサンマリノから"俳優ローレンス・オリヴィエ"を称える切手が3種発行された中の1枚で、ローレンス・オリヴィエ(1907-1989)演ずるハムレットが描かれている。
(Scottカタログ 1202, A300)
原寸　4.1×3.0cm

11-1：シェイクスピアとロイヤル・シェイクスピア劇場
1964年にガンビアから"シェイクスピア生誕400年記念"として、イギリス植民地領(12ヵ国)のオムニバス形式による同一デザインで発行された1枚で、右にシェイクスピア、左にエリザベス2世、そして中央にストラットフォードにあるロイヤル・シェイクスピア劇場が描かれている。
(Scottカタログ 192, CD316)
原寸　2.9×4.3cm

1964年にジブラルタルから"シェイクスピア生誕400年記念"として、イギリス植民地領(12ヵ国)のオムニバス形式による同一デザインで発行された1枚で、右にシェイクスピア、左にエリザベス2世、そして中央にストラットフォードにあるロイヤル・シェイクスピア劇場が描かれている。

(Scottカタログ 149, CD316)

原寸　2.9×4.3cm

4-2:劇場「ローズ座」
1995年にイギリスから劇場"グローブ座再建"の記念切手5種が発行されたその1枚。シェイクスピアが俳優として演じていたとされる劇場"ローズ座"が中央に、そして右下にはシェイクスピアに影響を与えた劇作家クリストファー・マーロウ(1564-1593)が描かれている。シェイクスピアの作品のほとんどがここで上演されたといわれる。
(Scottカタログ 1621, A458)
原寸　3.7×3.5cm

4-3:劇場「白鳥座」
1995年にイギリスから劇場"グローブ座再建"の記念切手5種が発行されたその1枚。シェイクスピアが雇用されて最初に仕事をした劇場"白鳥座"(1595年建立)が中央に、そして左下には観客の馬番が描かれている。
(Scottカタログ 1620, A458)
原寸　3.7×3.5cm

5-1:シェイクスピアとロイヤル・シェイクスピア劇場
1964年にバージン諸島から"シェイクスピア生誕400年記念"として、イギリス植民地領(12ヵ国)のオムニバス形式による同一デザインで発行された1枚で、右にシェイクスピア、左にエリザベス2世、そして中央にストラットフォードにあるロイヤル・シェイクスピア劇場が描かれている。
(Scottカタログ 164, CD316)
原寸　2.9×4.3cm

5-2:《リア王》の一場面(切手とマキシマム・カード)
2011年にイギリスから"ロイヤル・シェイクスピア劇団50年記念"の切手が6種と小型シート(切手4種連刷)が発行されたその1枚である。切手のモチーフは、1962年の舞台からで俳優Paul Scofieldは2人の娘に城を追われることになる老王リアを演じ(第1幕第4場)、王の横柄な家来にうんざりした長女ゴネリルに家来など不要と言われた時の反応の台詞、「こゝにをる者の中で、だれか俺を知ってをるか?」が書かれている。マキシマム・カードの絵は切手と同じ図案である。
(Scottカタログ 2897, A707)
原寸　3.5×3.5cm

6-1:シェイクスピアとロイヤル・シェイクスピア劇場
1964年にタークス・カイコス諸島から"シェイクスピア生誕400年記念"として、イギリス植民地領(12ヵ国)のオムニバス形式による同一デザインで発行された1枚で、右にシェイクスピア、左にエリザベス2世、そして中央にストラットフォードにあるロイヤル・シェイクスピア劇場が描かれている。
(Scottカタログ 141, CD316)
原寸　2.9×4.3cm

6-2:《マクベス》の一場面(切手とマキシマム・カード)
2011年にイギリスから"ロイヤル・シェイクスピア劇団50年記念"の切手が6種と小型シート(切手4種連刷)が発行されたその1枚である。切手のモチーフは、1976年の舞台からで俳優Judi Denchがスコットランド王ダンカンの暗殺を企てて、夫マクベスをそそのかすが、躊躇した夫の男らしさを疑うマクベス夫人を演じている。最後には、殺人に果たした自己の役割の罪に苛まれ、心乱れて自殺をはかる。マキシマム・カードの絵は切手と同じ図案である。
(Scottカタログ 2900d, A708)
原寸　3.1×4.1cm

7-1:シェイクスピアとロイヤル・シェイクスピア劇場
1964年にセントルシア(島)から"シェイクスピア生誕400年記念"として、イギリス植民地領(12ヵ国)のオムニバス形式による同一デザインで発行された1枚で、右にシェイクスピア、左にエリザベス2世、そして中央にストラットフォードにあるロイヤル・シェイクスピア劇場が描かれている。
(Scottカタログ 196, CD316)
原寸　2.9×4.3cm

7-2:《ロミオとジュリエット》の舞台
1964年にイギリスから"シェイクスピア生誕400年"を記念して5種の切手が発行されたその1枚で、

「切手に見るシェイクスピアとその作品」図版キャプション

＊図版の切手は、シート、小型シートを除いてすべて原寸。マキシマム・カードや封筒に関しては適宜縮小してある。また最初の数字は章を示す。

1-1：シェイクスピアとエリザベス2世（切手と初日カバー）
1964年にバハマから"シェイクスピア生誕400年記念"として、イギリス植民地領（12ヵ国）のオムニバス形式による同一デザインで発行された1枚で、右にシェイクスピア、左にエリザベス2世、そして中央にストラットフォードにあるロイヤル・シェイクスピア劇場が描かれている。また初日カバーのカッシェには、左にシェイクスピアの生家そして右下に彼の妻アン・ハサウェイの生家とがデザインされている。
（Scottカタログ 201, CD316）
原寸　2.9×4.3cm

1-2：《マクベス》の舞台
1989年にシエラレオネから"シェイクスピア生誕425年"を記念して切手8種の連刷のシートが2種と小型シート2種が発行されたが、その1枚である。
（Scottカタログ 1050d, A153）
原寸　4.0×5.2cm

1-3：シェイクスピアの肖像
1964年にロシアから"シェイクスピア生誕400年"を記念して発行され、シェイクスピアの肖像が中央に、左に《ロミオとジュリエット》、右に《ハムレット》の一場面が描かれている。
（Scottカタログ 2691, A1455）
原寸　4.1×2.9cm

2-1：シェイクスピアとロイヤル・シェイクスピア劇場（切手と初日カバー）
1964年にケイマン諸島から"シェイクスピア生誕400年記念"として、イギリス植民地領（12ヵ国）のオムニバス形式による同一デザインで発行された1枚で、右にシェイクスピア、左にエリザベス2世、そして中央にストラットフォードにあるロイヤル・シェイクスピア劇場が描かれている。また初日カバーのカッシェには、左上にシェイクスピアそして左下にロイヤル・シェイクスピア劇場がデザインされている。
（Scottカタログ 171, CD316）
原寸　2.9×4.3cm

2-2：《ウィンザーの陽気な女房たち》の舞台
1987年にリベリアから8種の切手が発行されたその1枚である。
（Scottカタログ 1060C, A305）
原寸　3.9×5.1cm

2-3：《ヘンリー四世》の舞台
1987年にリベリアから8種の切手が発行されたその1枚である。
（Scottカタログ 1060d, A305）
原寸　3.9×5.1cm

3-1：シェイクスピアの肖像とロイヤル・シェイクスピア劇場
1964年にフォークランド（諸島）から"シェイクスピア生誕400年記念"として、イギリス植民地領（12ヵ国）のオムニバス形式による同一デザインで発行された1枚で、右にシェイクスピア、左にエリザベス2世、そして中央にストラットフォードにあるロイヤル・シェイクスピア劇場が描かれている。
（Scottカタログ 192, CD316）
原寸　2.9×4.3cm

3-2：ハムレットとエリザベス2世
1964年にイギリスから"シェイクスピア生誕400年"の記念切手5種が発行されたその1枚で、左にハムレット、右にエリザベス2世の肖像が描かれている。
（Scottカタログ 406, A166）
原寸　2.7×4.4cm

3-3：《マクベス》の舞台
1987年にリベリアから8種の切手が発行されたその1枚である。
（Scottカタログ 1060f, A305）
原寸　3.9×5.1cm

4-1：シェイクスピアとロイヤル・シェイクスピア劇場

初出

「大塚薬報」二〇一二年一・二月合併号〜二〇一六年十月号（全四十八回）

本書は右記連載をもとに加筆したものです。

装　画　山本容子
装　丁　十河岳男
本文・口絵レイアウト　松田行正＋杉本聖士

堀田　饒（ほった・にぎし）

1937年生まれ。名古屋大学大学院医学研究科修了後、名古屋大学医学部第三内科教授、名古屋大学大学院医学研究科代謝病態内科学教授、労働者健康福祉機構　中部ろうさい病院院長等を経て、現在中部ろうさい病院名誉院長、名古屋大学名誉教授。

著書に、『内科学』（共著、朝倉書店）、『今日の内科学』（共著、医歯薬出版）、『糖尿病の診療』（共著、新興医学出版）、『糖尿病――予防と治療のストラテジー』（共著、名古屋大学出版会』、『人を活かす組織の意識改革――何が病院を変えたのか』（昭和堂）、『切手にみる病と闘った偉人たち』（ライフサイエンス出版）、『切手にみる糖尿病の歴史』（ライフサイエンス出版）ほか。訳書に、マイケル・ブリス『インスリンの発見』（朝日新聞社）、ジェロム・J・ベルナー『疾患と臨床検査』（共訳、医歯薬出版）ほか。

病気《びょうき》を描《えが》くシェイクスピア
エリザベス朝《ちょう》における医療《いりょう》と生活《せいかつ》

2016年10月31日　第1刷発行

著　者　堀田《ほった》　饒《にぎし》
発行者　吉倉英雄
発行所　株式会社 ホーム社
〒101-0051　東京都千代田区神田神保町3-29　共同ビル
電話［編集部］03-5211-2966
発売元　株式会社 集英社
〒101-8050　東京都千代田区一ツ橋2-5-10
電話［読者係］03-3230-6080
［販売部］03-3230-6393（書店専用）

印刷所　凸版印刷株式会社
製本所　加藤製本株式会社

ISBN 978-4-8342-5314-6 C0098

切手にみるシェイクスピアとその作品

シェイクスピアに関連した切手の歴史は、1964年の“シェイクスピア生誕400年”を記念してイギリスをはじめとして多くの国から切手が発行されたことに求められます。そして2016年は“シェイクスピア没後400年”ということで記念切手が、イギリスをはじめとして多くの国から発行されました。本書には、それらのほとんどが収載されています。しかし、本書の出版に間に合わなかったものに、2016年にピトケアン諸島からの“シェイクスピア没後400年”の記念切手4種があります。切手になった題材は《マクベス》、《ハムレット》、《ロミオとジュリエット》、《夏の夜の夢》です。

本書を手にされて、シェイクスピアの切手に興味を抱かれた方は図版キャプションの切手に記されているScottカタログ、Michelカタログの各々の番号を手懸りに収集されたら良いと思います。しかし、一般的に発展途上国の切手は入手困難なことが多いのは致し方のないことです。

1-1：シェイクスピアとエリザベス2世（切手と初日カバー）

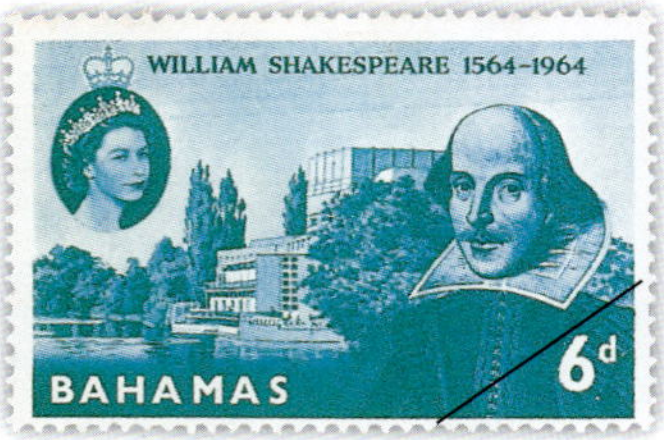

1-2：《マクベス》の舞台

1-3：シェイクスピアの肖像

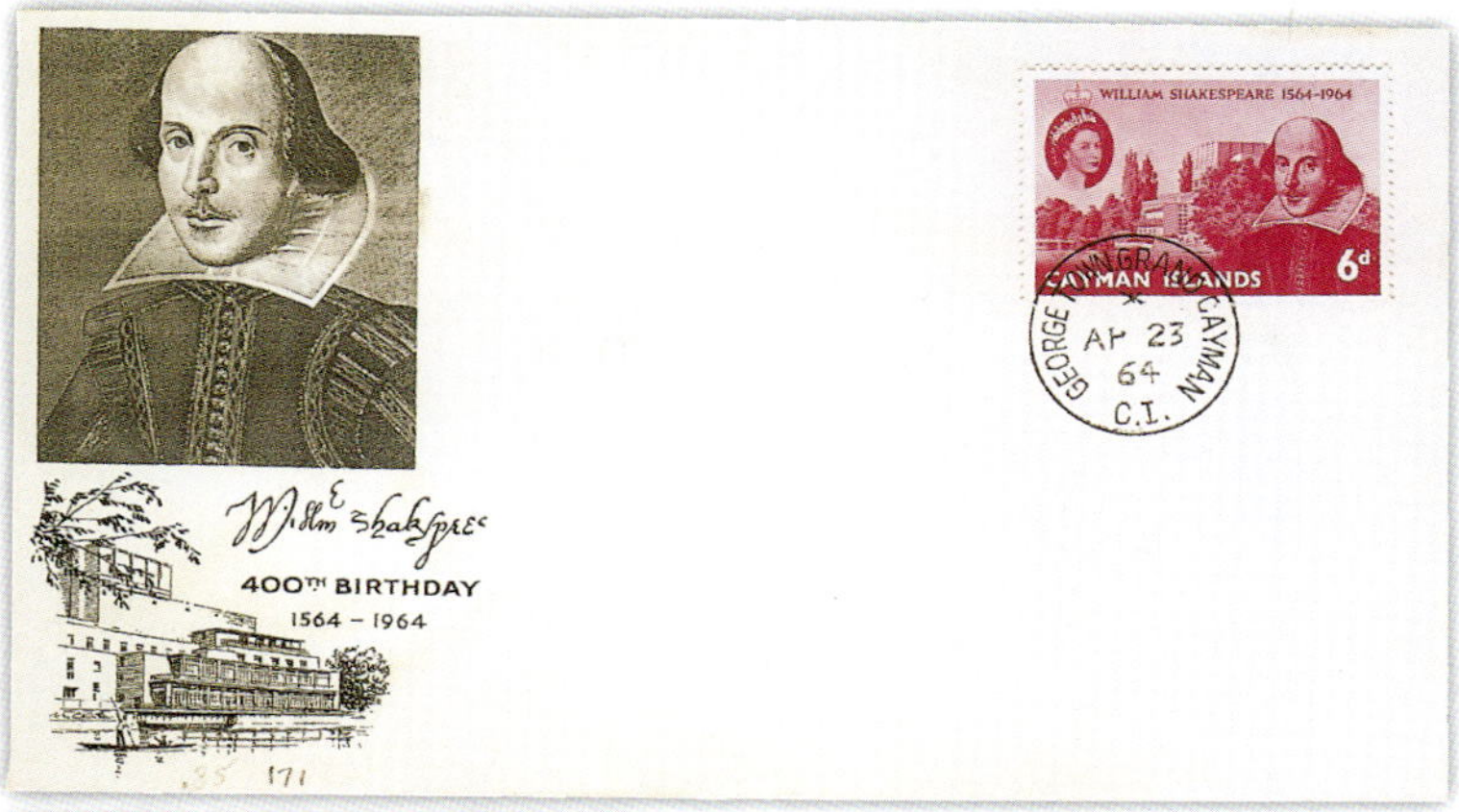

2-1：シェイクスピアとロイヤル・シェイクスピア劇場（切手と初日カバー）

2-3：《ヘンリー四世》の舞台

2-2：《ウィンザーの陽気な女房たち》の舞台

3-2：ハムレットとエリザベス2世

3-1：シェイクスピアの肖像とロイヤル・シェイクスピア劇場

4-1：シェイクスピアとロイヤル・シェイクスピア劇場

3-3：《マクベス》の舞台

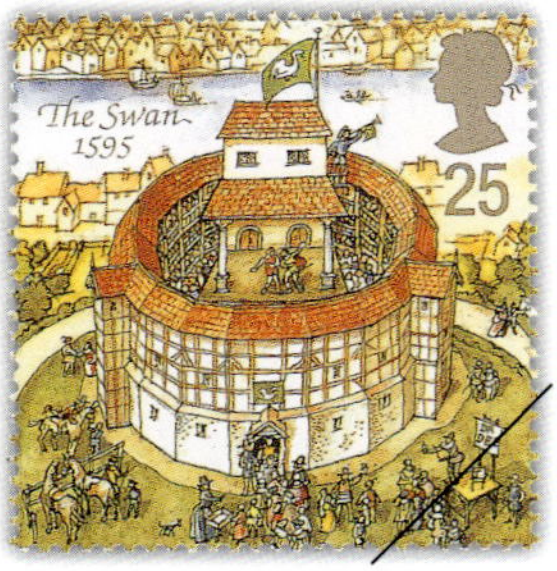

4-3：劇場「白鳥座」

4-2：劇場「ローズ座」

6-1：シェイクスピアとロイヤル・シェイクスピア劇場

5-1：シェイクスピアとロイヤル・シェイクスピア劇場

5-2：《リア王》の一場面（切手とマキシマム・カード）

6-2：《マクベス》の一場面（切手とマキシマム・カード）

7-2：《ロミオとジュリエット》の舞台

7-1：シェイクスピアとロイヤル・シェイクスピア劇場

8-2：《あらし》の一場面（切手とマキシマム・カード）

9-1：シェイクスピアとロイヤル・シェイクスピア劇場

8-1：シェイクスピアとロイヤル・シェイクスピア劇場

10-1：シェイクスピアとロイヤル・シェイクスピア劇場

9-2：《リア王》の一場面

10-2：《オセロー》の舞台

9-3：《ヴェローナの二紳士》の一場面

11-1：シェイクスピアとロイヤル・シェイクスピア劇場

10-3：《ハムレット》の舞台

11-2：《ロミオとジュリエット》の一場面（切手とマキシマム・カード）

12-1：シェイクスピアの肖像とロイヤル・シェイクスピア劇場（切手と初日カバー）

12-2：《ロミオとジュリエット》の一場面（切手と初日カバー）

13-2：《ヘンリー五世》の一場面

12-3：《アントニーとクレオパトラ》の一場面

13-1：シェイクスピアの肖像（切手と初日カバー）

14-1：シェイクスピアの肖像（切手と初日カバー）

14-3：《あらし》（切手とマキシマム・カード）

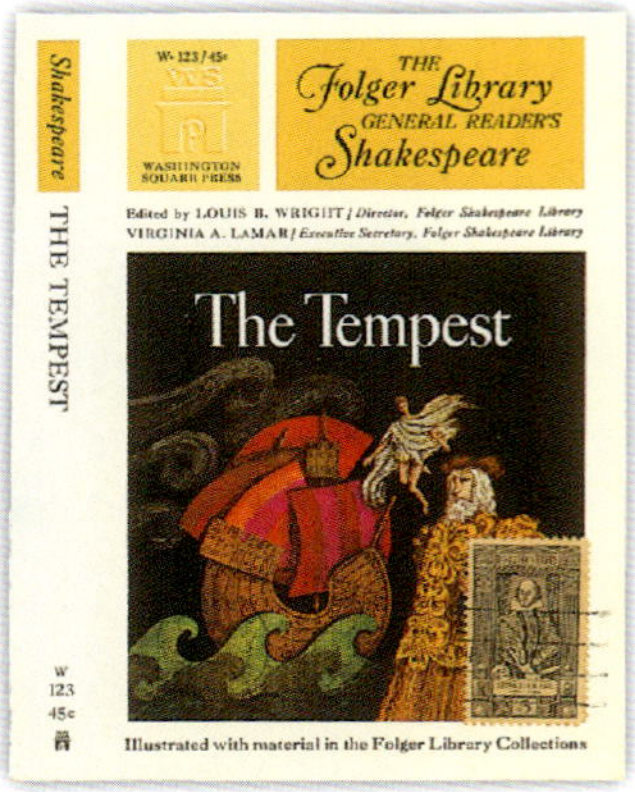

15-3：《ヴェニスの商人》の舞台

15-2：《ウィンザーの陽気な女房たち》の舞台

15-1：シェイクスピアとジョン・レノンの肖像（切手と初日カバー）

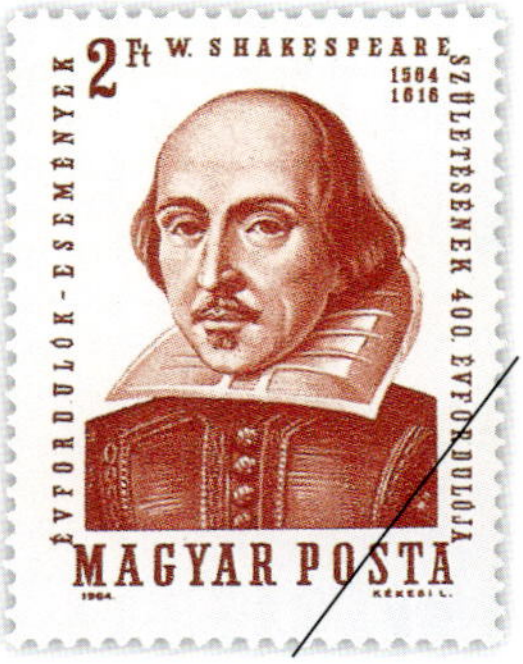

16-1：シェイクスピアの肖像（切手と初日カバー）

16-3：《マクベス》

17-1：シェイクスピアの肖像（切手と初日カバー）

16-2：ハムレットを演ずる俳優

17-2：グローブ座（切手とマキシマム・カード）

19-2：《オセロー》の舞台

18-2：《夏の夜の夢》の一シーン（切手とシート）

19-1：シェイクスピアの肖像

20-2：《夏の夜の夢》の舞台

20-1：シェイクスピアの肖像（切手と実逓カバー）

18-1：シェイクスピアの肖像

21-1：シェイクスピアの肖像

22-1：シェイクスピアの肖像

21-2：《夏の夜の夢》の一場面

21-4：《ハムレット》の舞台

22-2：《オセロー》の舞台（切手と初日カバー）

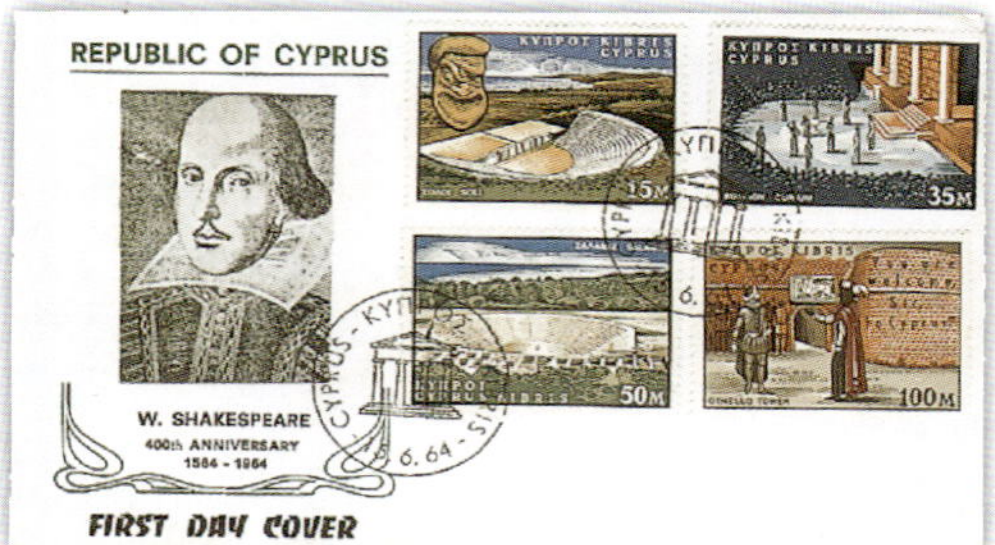

23-1：シェイクスピアの肖像

23-2：劇場「グローブ座」

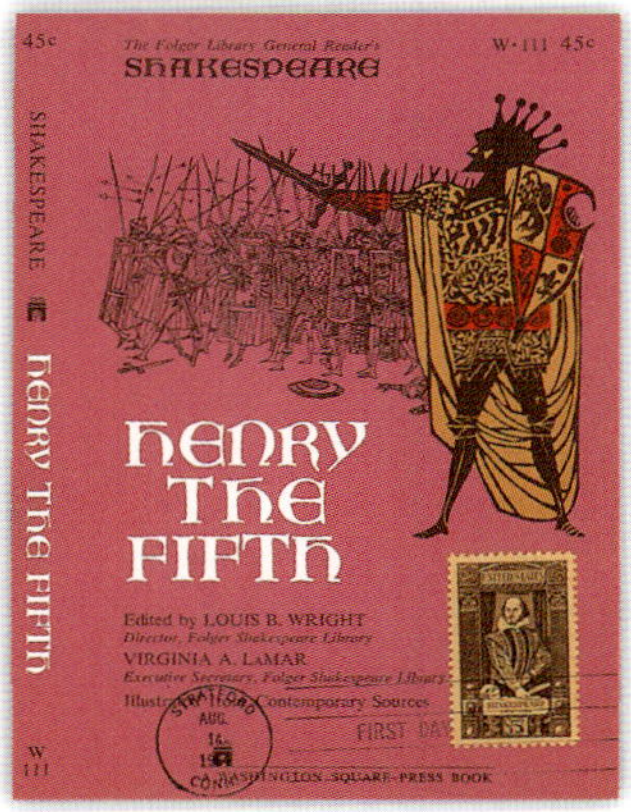

24-2：《ヘンリー五世》（切手とマキシマム・カード）

21-3：《ハムレット》の舞台

23-3：《ロミオとジュリエット》の舞台

24-1：シェイクスピアの肖像

25-1：シェイクスピアとジョン・レノンの肖像（切手とマキシマム・カード）

25-2：《リチャード三世》の舞台

25-3：《ヘンリー四世》の舞台

26-1：シェイクスピアの肖像

26-3：不採用になった切手デザイン

26-2：《夏の夜の夢》の場面（切手と初日カバー）

27-1：
シェイクスピアの肖像

27-3：《じゃじゃ馬ならし》の一場面

27-2：
《ヘンリー六世　第二部》の一場面

28-2：
バレエ「ロミオとジュリエット」

28-3：
バレエ「ロミオとジュリエット」

28-4：
バレエ「ロミオとジュリエット」

29-1：シェイクスピアの肖像

28-1：シェイクスピアの肖像

29-2：《ハムレット》の舞台

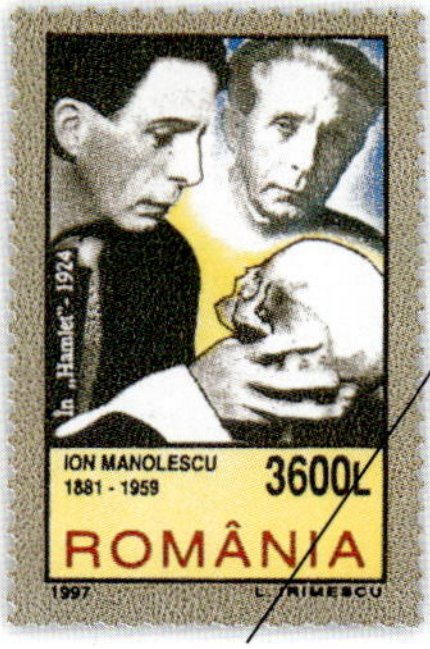

29-3：
《恋の骨折り損》（切手とマキシマム・カード）

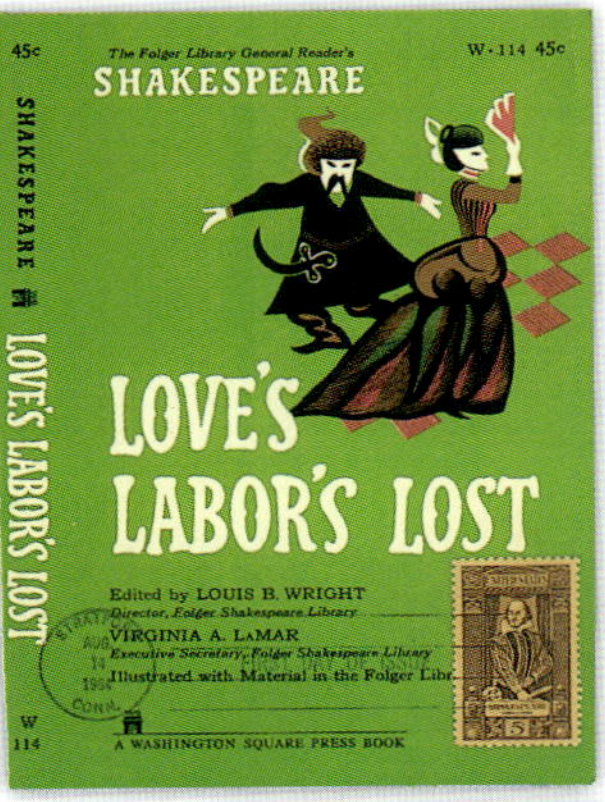

30-1：シェイクスピアの肖像

30-2：《オセロー》の舞台

30-3：《ハムレット》の舞台

30-4：《マクベス》の舞台

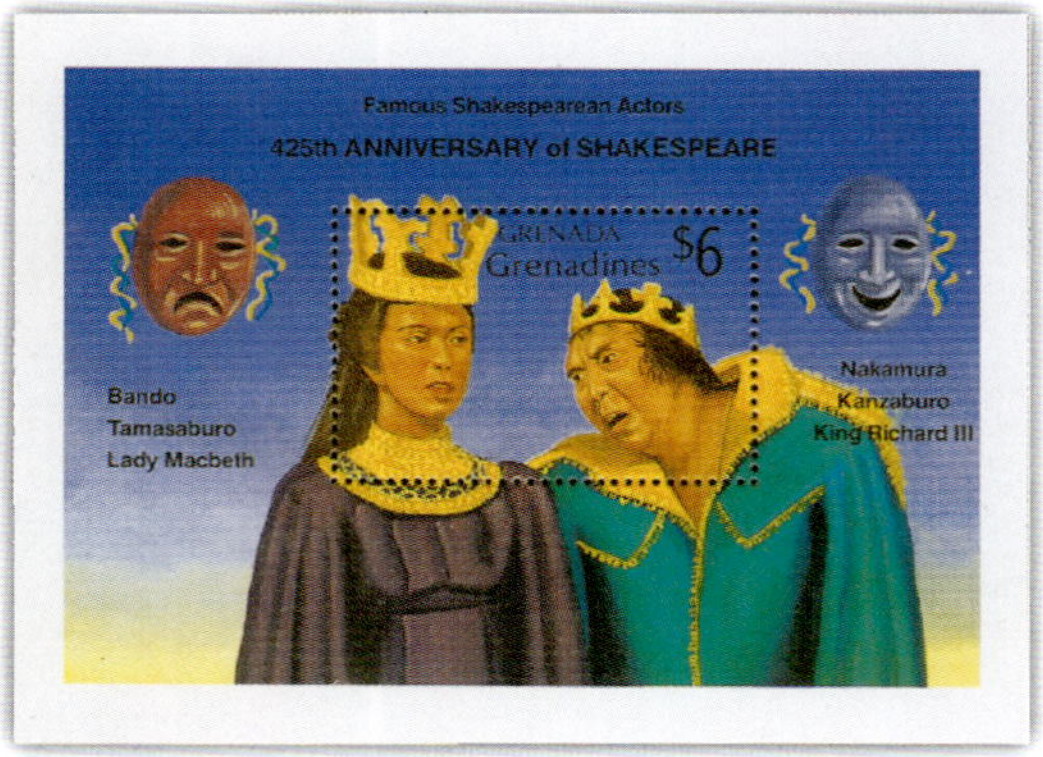

31-2：《リア王》の舞台

31-1：シェイクスピアの肖像

31-5：《ヴェニスの商人》の舞台

31-4：《ハムレット》の舞台

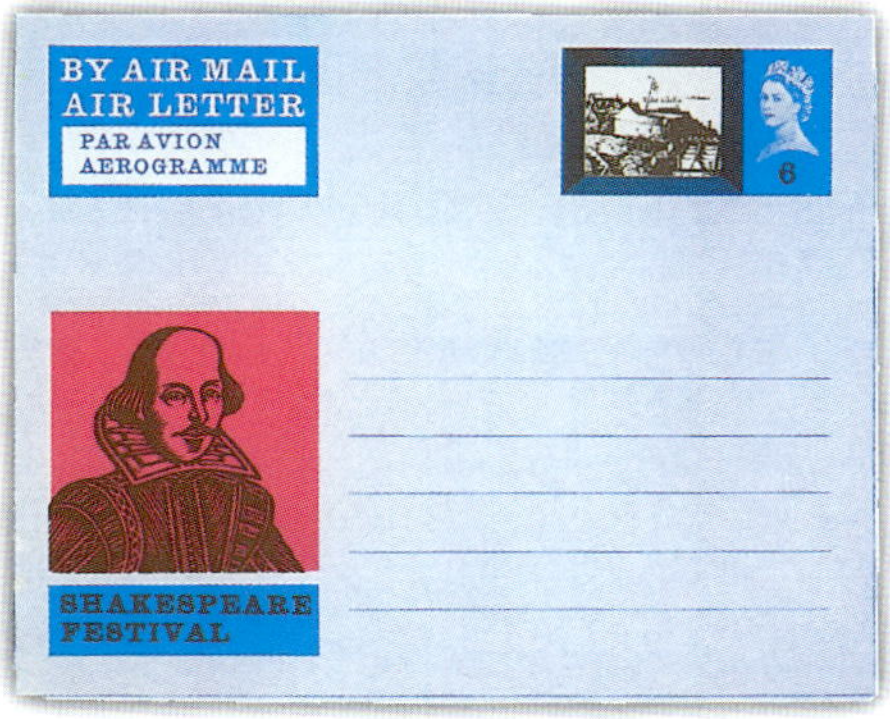

32-1：シェイクスピアの肖像

31-3：《ハムレット》とシェイクスピアの肖像

32-2：《オセロー》の一場面

32-3：《マクベス》の舞台

32-4：《ロミオとジュリエット》の一場面

33-1：シェイクスピアの肖像

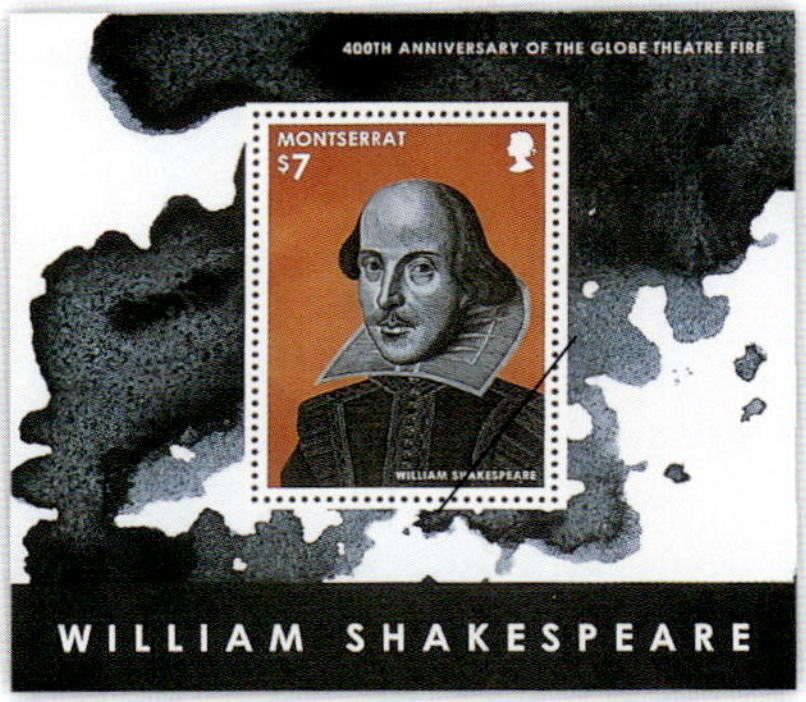

33-4：《十二夜》の舞台

33-3：《リア王》の舞台

33-5：《オセロー》の舞台

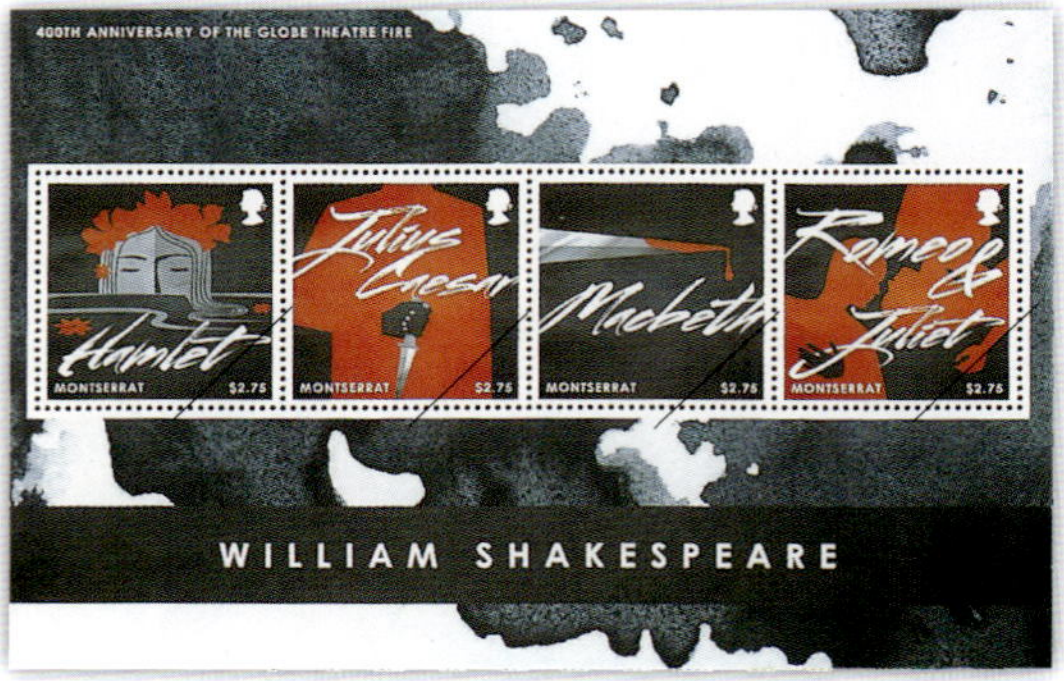

33-2：シェイクスピアの戯曲と
そのイメージ

34-2：《お気に召すまま》の舞台

34-1：シェイクスピアの肖像

34-3：《リア王》の舞台（切手と初日カバー）

35-2：《じゃじゃ馬ならし》の舞台

35-1：シェイクスピアの肖像

35-3：《アントニーとクレオパトラ》の場面（切手と初日カバー）

35-4：劇場「ホープ座」（切手と
マキシマム・カード）

35-5：《十二夜》

36-4：オペラ「オセロー」の舞台

36-1：シェイクスピアの肖像

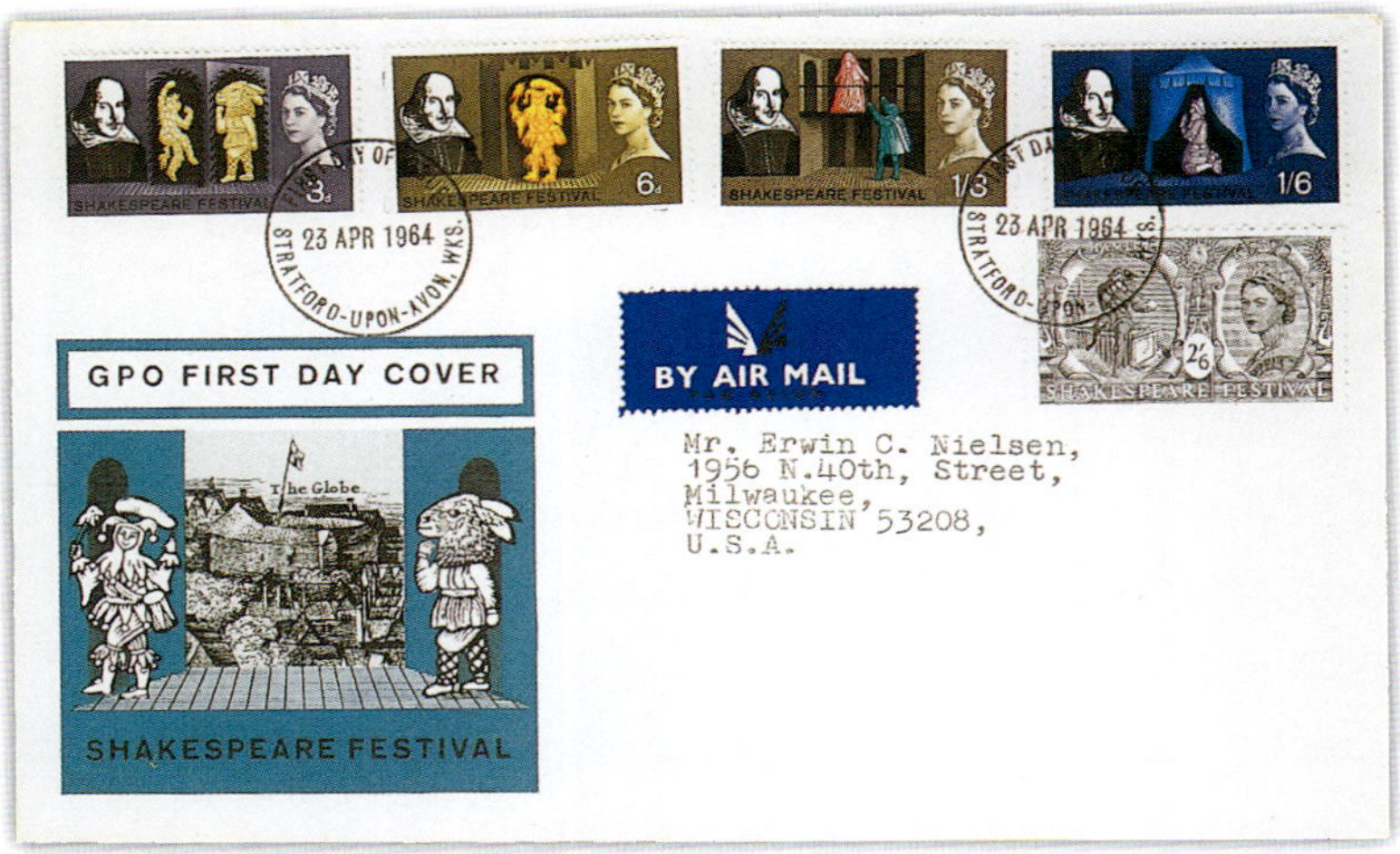

36-3：《ロミオとジュリエット》の舞台（切手と初日カバーの実逓）

36-2：《夏の夜の夢》

37-1：シェイクスピアの肖像

37-4：《ハムレット》

37-2：オペラ「フォールスタッフ」の舞台

38-1：シェイクスピアの肖像

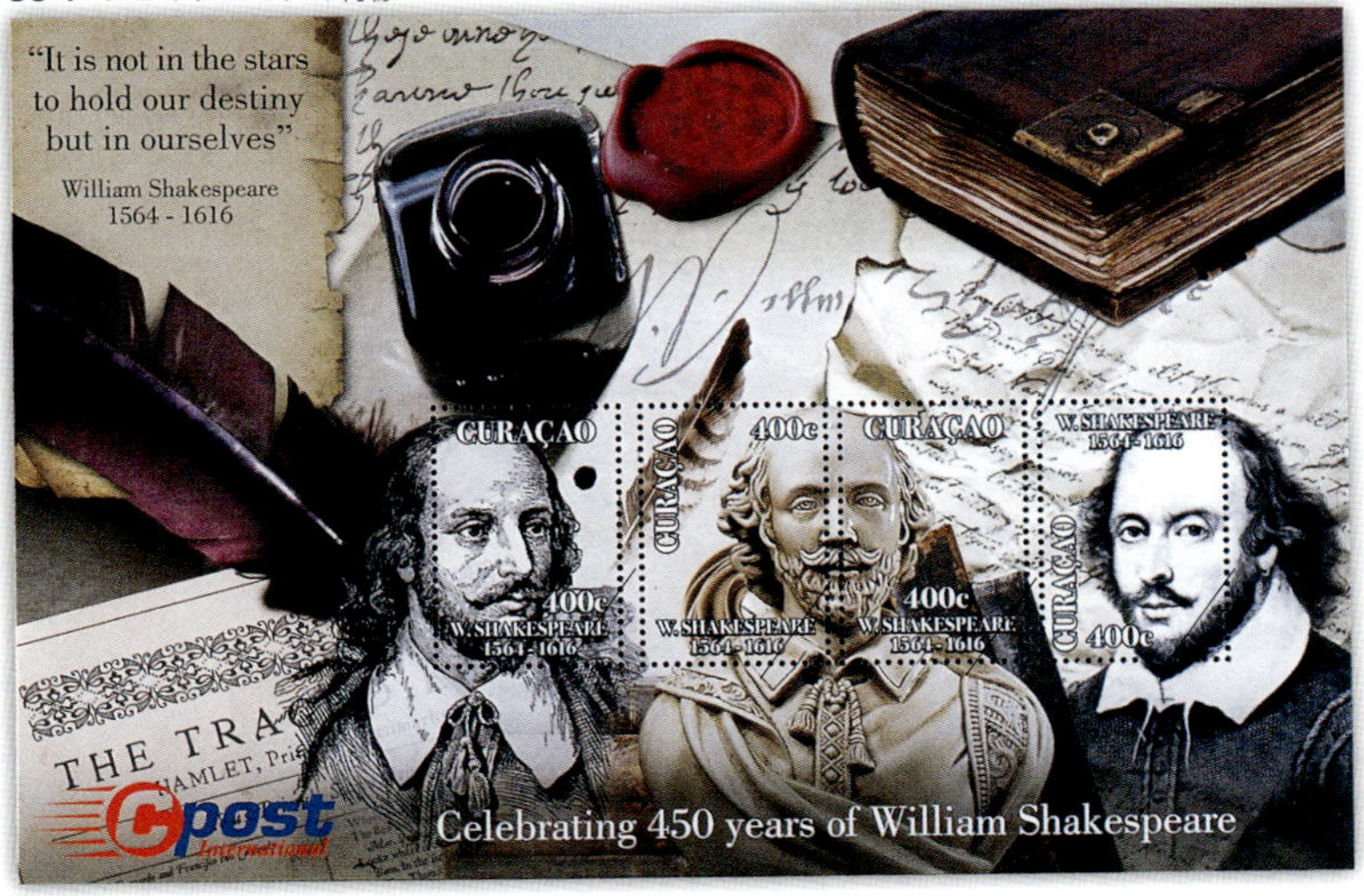

37-3：《じゃじゃ馬ならし》の舞台

38-2：
《ロミオとジュリエット》

38-4：シェイクスピアの肖像

38-3：《ハムレット》の舞台

39-1：シェイクスピアの肖像

39-2：《十二夜》

39-3：プロコフィエフの肖像

40-2：
オペラ「オテロ」の舞台

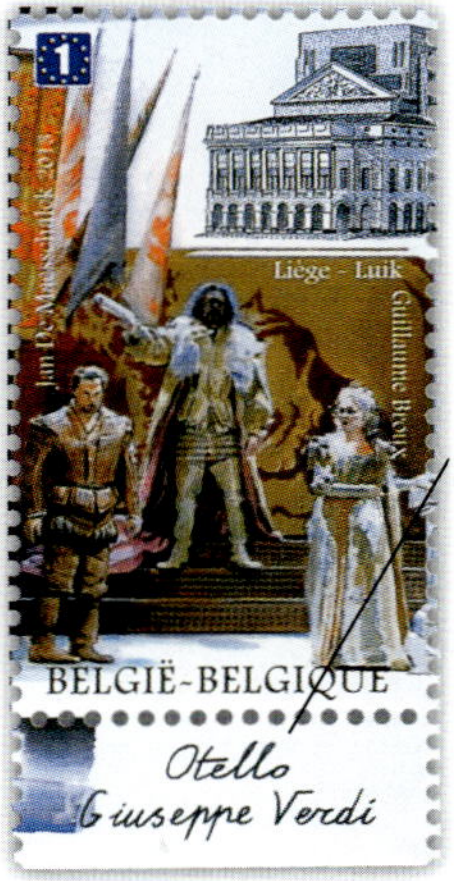

40-3：《マクベス》の舞台

40-1：シェイクスピアの肖像（切手と初日カバー）

41-1：シェイクスピアの肖像

41-2：プロコフィエフの肖像

41-5：《ハムレット》の一場面

41-3：《マクベス》とシェイクスピアの肖像

41-4：《夏の夜の夢》の舞台（切手と初日カバー）

42-1：シェイクスピアの肖像と《ロミオとジュリエット》

42-3：《ロミオとジュリエット》の一場面

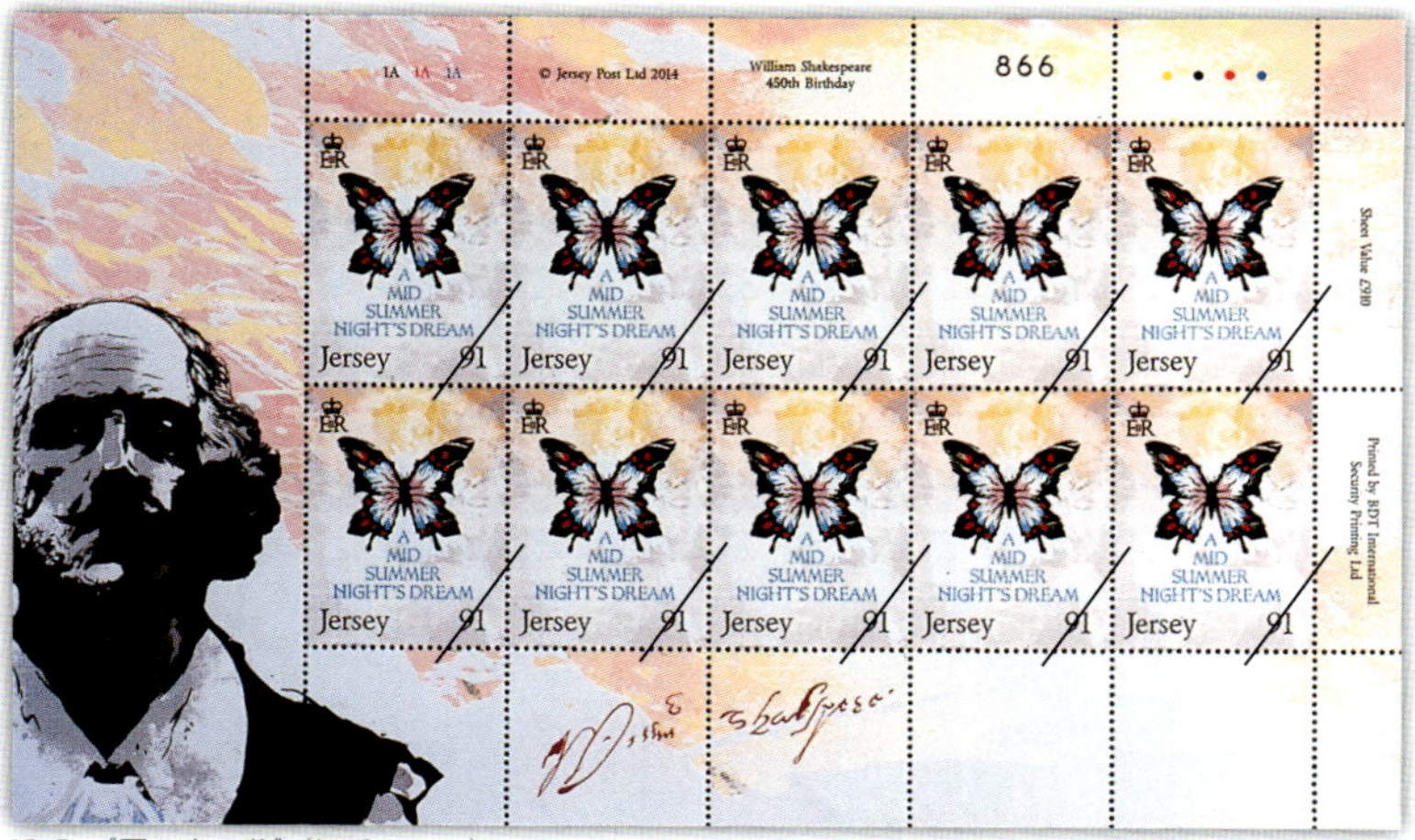

42-2：《夏の夜の夢》（切手シート）

43-2：アリゴ・ボーイトの肖像

43-1：シェイクスピアの肖像

43-3：《オセロー》の舞台

43-4：オペラ「マクベス」の舞台

44-1：シェイクスピアの肖像

43-5：《終わりよければすべてよし》の舞台

44-4：《オセロー》

44-2：
《ロミオとジュリエット》
とシェイクスピアの肖像

44-3：《マクベス》の一場面（切手シート）

45-3：《ハムレット》の舞台

45-2：
《ヘンリー五世》の舞台（切手とエラー切手）

45-1：シェイクスピアの肖像

45-4：《お気に召すまま》からの台詞（切手とマキシマム・カード）

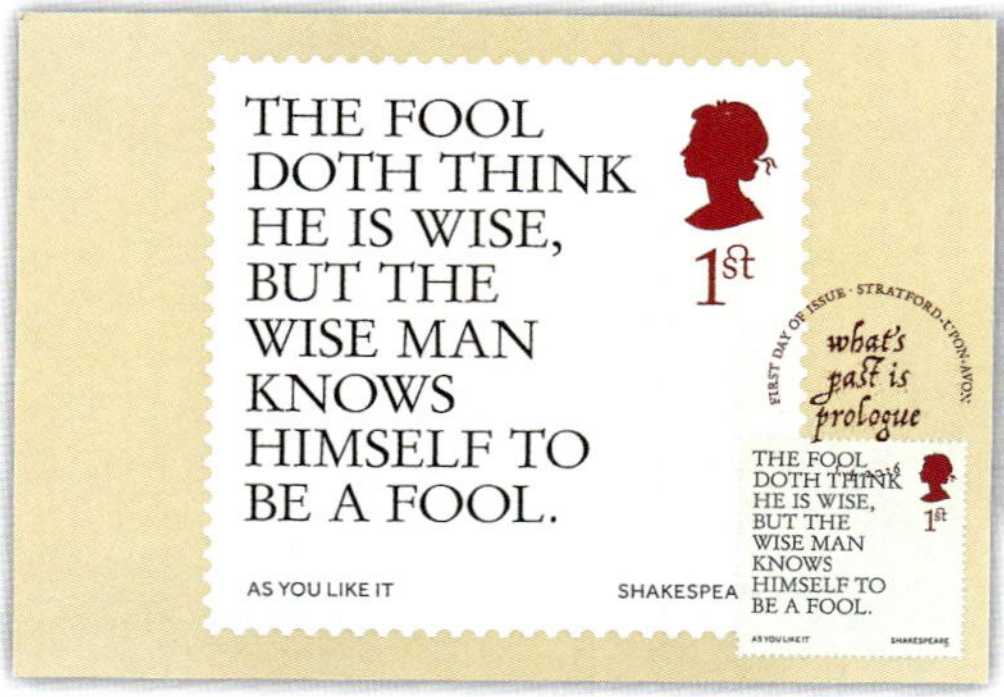

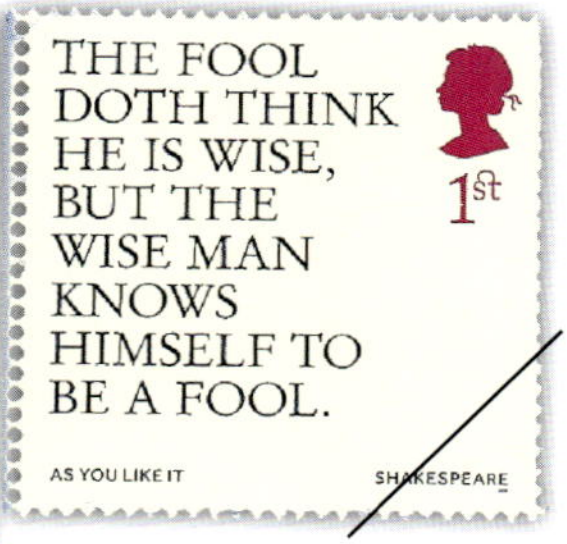

45-5：《マクベス》からの台詞

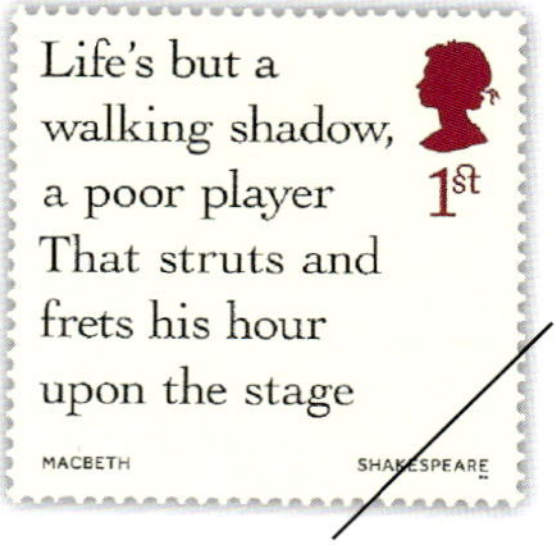

46-1：シェイクスピアの肖像（切手と初日カバー）

46-4：
ヴェルディの肖像とオペラ「オテロ」

46-3：《ハムレット》の舞台

47-1：シェイクスピアの肖像

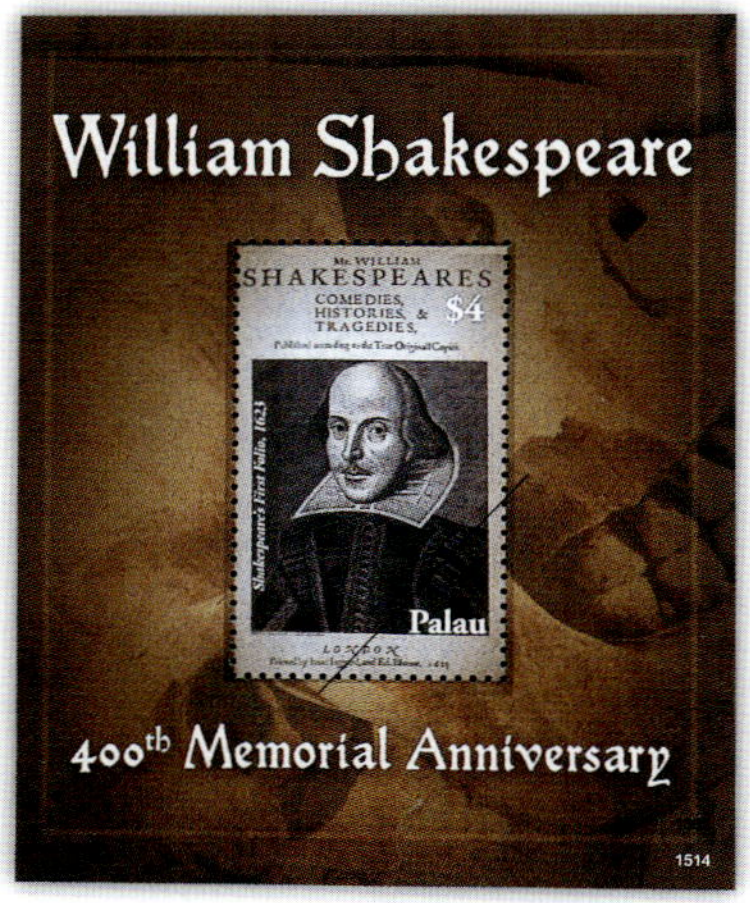

46-2：
ミラノのスカラ座と作曲家ヴェルディ

46-5：
《ジュリアス・シーザー》からの台詞

46-6：
《リチャード二世》からの台詞

47-2：《マクベス》（切手と初日カバー）

47-3：
《ロミオとジュリエット》からの台詞

47-4：
サミュエル・バーバーの肖像

48-2：『ソネット集』の詩の一部

48-1：シェイクスピアの肖像（記念式典招待状）

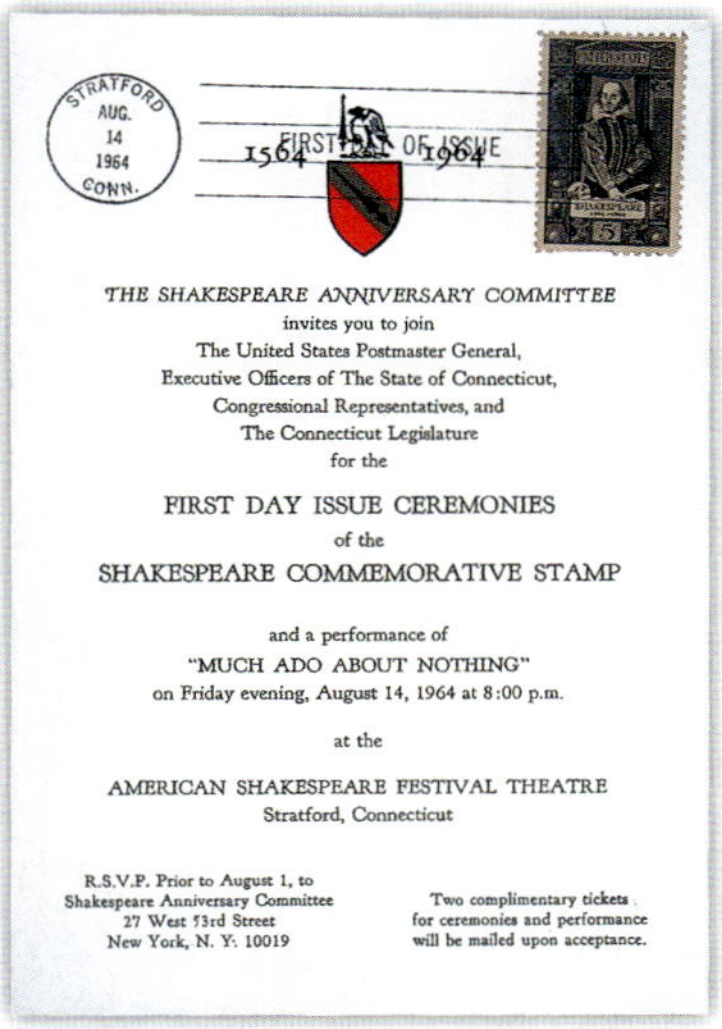
STRATFORD AUG. 14 1964 CONN.

FIRST DAY OF ISSUE 1564 1964

THE SHAKESPEARE ANNIVERSARY COMMITTEE
invites you to join
The United States Postmaster General,
Executive Officers of The State of Connecticut,
Congressional Representatives, and
The Connecticut Legislature
for the

FIRST DAY ISSUE CEREMONIES
of the
SHAKESPEARE COMMEMORATIVE STAMP

and a performance of
"MUCH ADO ABOUT NOTHING"
on Friday evening, August 14, 1964 at 8:00 p.m.

at the

AMERICAN SHAKESPEARE FESTIVAL THEATRE
Stratford, Connecticut

R.S.V.P. Prior to August 1, to
Shakespeare Anniversary Committee
27 West 53rd Street
New York, N. Y. 10019

Two complimentary tickets
for ceremonies and performance
will be mailed upon acceptance.

48-5：《リチャード三世》の舞台

48-4：シェイクスピアのイメージ

48-3：オペラ「オテロ」の舞台

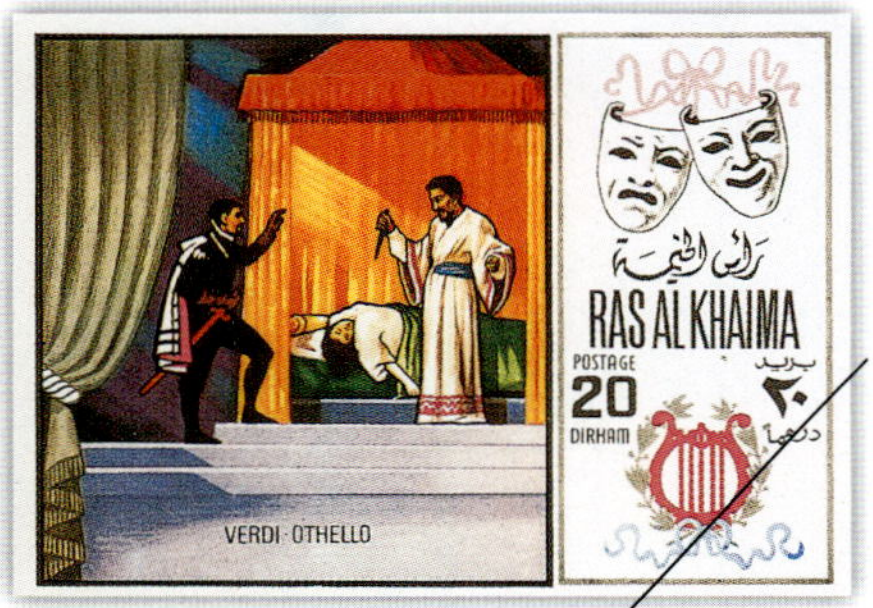

48-7：シェイクスピアと彼の生誕地の風景

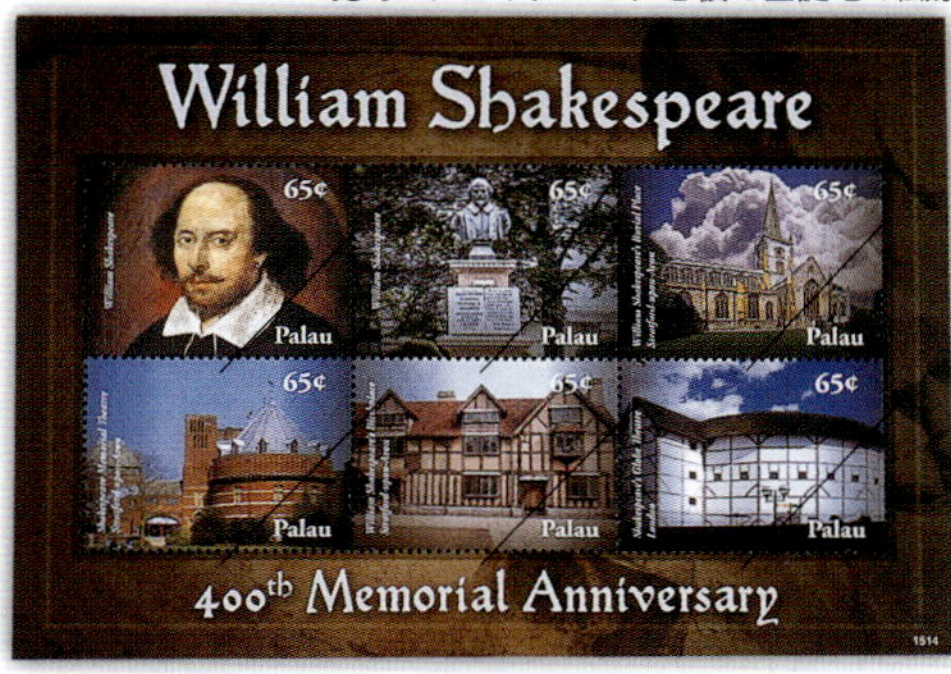

48-6：オペラ「マクベス」の舞台

付：
《夏の夜の夢》とシェイクスピアの肖像

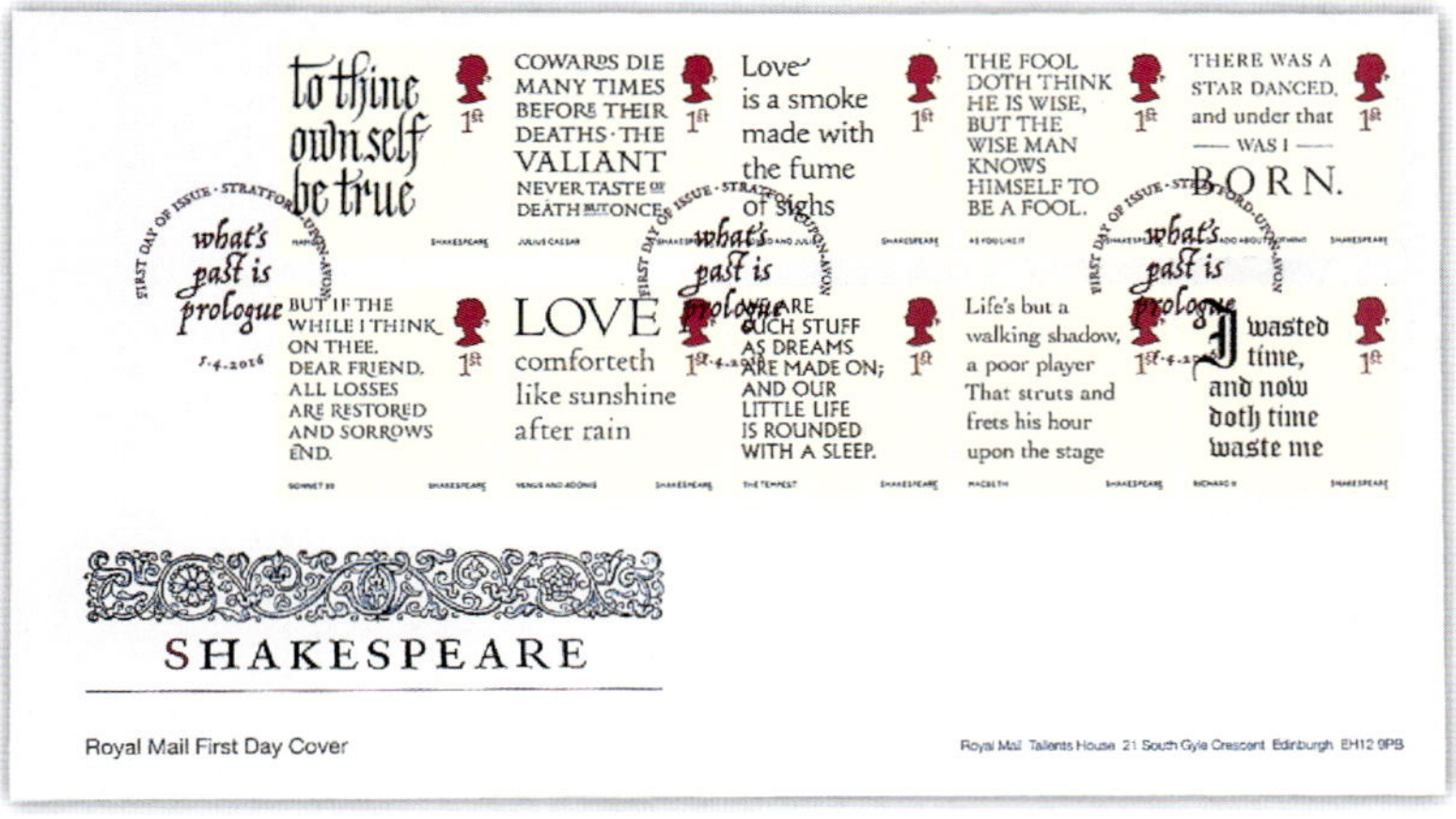

48-8：詩「ヴィーナスとアドニス」から（切手と初日カバー）